H. P. Lovecraft

作家出版社 & 悬疑世界（上海浩林文化传播有限公司）

悬疑
世界
文库

命运有无限种可能

克苏鲁神话 I

克苏鲁的呼唤

[美]H.P.洛夫克拉夫特 /著

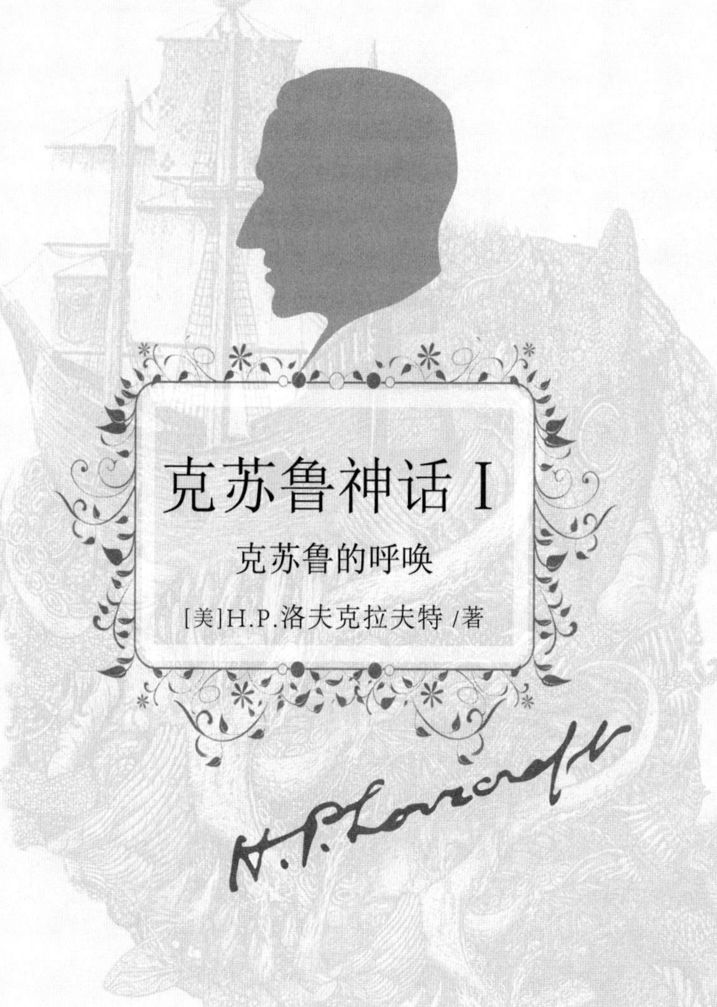

作家出版社

目录
Contents

H.P. 洛夫克拉夫特生平

All H.P.Lovecraft's Life

1.1915 年，洛夫克拉夫特的美国业余记者协会照。

作者：Setarium

1890年8月20日上午九点，霍华德·菲利普斯·洛夫克拉夫特出生在罗得岛州首府普罗维登斯城，父母均为早期英国移民的后裔（这一点使重视血统与出身的洛夫克拉夫特在日后十分自豪）。他的父亲，温菲尔德·斯科特·洛夫克拉夫特（Winfield Scott Lovecraft），时任格尔汉姆银器制品公司[1]的销售员，时常因生意出行，旅居于美国东海岸。在洛夫克拉夫特三岁时，温菲尔德因梅毒晚期引发精神失常而住院，直至五年后的1898年在波士顿的巴特勒医院逝世。据日后洛夫克拉夫特的书信称，当时他被告知自己的父亲是因工作压力而精神崩溃，所以就医，而洛夫克拉夫特本人是否得知其父入院与死亡的真正原因，今日已不可知。

父亲住院之后，抚养小霍华德的重任便落在了其母莎拉·苏珊·菲利普斯·洛夫克拉夫特（Sarah Susan Phillips Lovecraft）与他的两个姨妈，及其外祖父，

[1] 格尔汉姆银器制品公司：Gorham & Co. Silversmith，日后改名为格尔汉姆工业公司（Gorham Manufacturing Company），是一家起于普罗维登斯的银制器皿制造商，现为美国规模最大的银与银合金制品生产商之一。

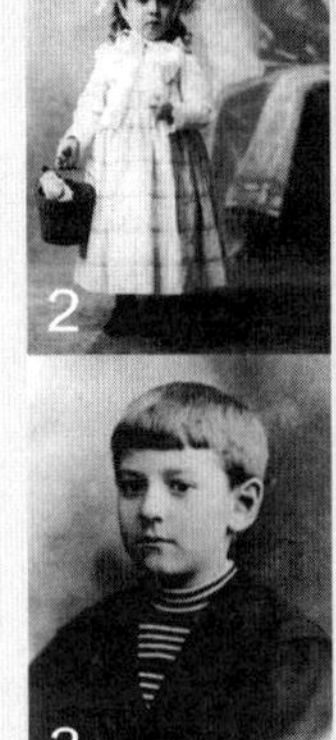

惠普尔·范·布伦·菲利普斯（Whipple Van Buren Phillips）——一位在当时颇有名气的富商身上。当时，洛夫克拉夫特家家境富足，五人均住在其外祖父的大宅里。宅邸中专门设有一间藏书室，作为私人图书馆所用，而洛夫克拉夫特童年的绝大多数时间便是在那里度过。也因此，洛夫克拉夫特在孩童时期展现出惊人的文学天赋——他两岁便能背诵诗词，在六七岁时便可写出完整的诗篇。在外祖父的鼓励下，他阅读了诸多文学经典，例如《天方夜谭》、布尔芬奇[1]的《神话时代》与《伊利亚特》《奥德赛》等古典希腊神话，而外祖父也时常给他讲述一些哥特式恐怖故事。这成为了他对恐怖与怪奇的兴趣的源头，同时，对神话的阅读也激发了他对古典文学乃至一切古代文化与事物的爱好。这一爱好最终伴随了他一生。也是在这时，年轻的洛夫克拉夫特自《天方夜谭》中汲取灵感，创造了“阿卜杜·阿尔哈兹莱德”（Abdul Alhazred）这一人物，日后在其笔下成为了《死灵之书》的作者。

青年与少年时期的洛夫克拉夫特常受身心疾病，

1. 1892年，莎拉、霍华德和温菲尔德·洛夫克拉夫特。
2.1892年11月，幼年洛夫克拉夫特。
3. 日期不明，童年洛夫克拉夫特。

［1］布尔芬奇：汤玛斯·布尔芬奇（Thomas Bulfinch），19世纪的美国作家，在1881年编纂完成了一部面向大众的普及的西方传说合集《神话时代》。

特别是心理疾病所困扰。他在八岁入学于斯雷特街公学，之后因健康状况数次休学。但这并没有影响洛夫克拉夫特对知识的渴望，并因对科学的爱好首先自学了化学，而后转向天文学。在兴趣的指引下，洛夫克拉夫特开始自己编辑出版了几期胶版印刷刊物——《科学公报》（*The Scientific Gzette*）（1899—1907）与《罗得岛天文学杂志》（*The Rhode Island Journal of Astronomy*）（1903—1907）——在社区与好友之间传阅。之后，洛夫克拉夫特于赫普街高中就读，并在其中结识了诸多好友。也是在这时，他开始为如《鲍图基特谷拾穗者》《普罗维登斯论坛报》（1906—1908）与《普罗维登斯晚报》（1914—1918）等当地报刊撰写天文学或类似的科普专栏。

1904年，惠普尔因中风去世，而家人对其遗产的经管不当使洛夫克拉夫特家很快陷入了财政危机。因此，洛夫克拉夫特与其母不得不搬离外祖父的豪宅，既而入住于安吉尔大街598号的一座小屋。外祖父的去世，外加失去了自己心爱的家园，使洛夫克拉夫特遭受了沉重的打击，甚至一度令他产生了自杀的念头，不过这时他的求知欲仍远胜于这些消极情绪。然而在1908年，洛夫克拉夫特因自己无法学好高等数学，进而无法成为他理想中的职业天文学家引发了精神危机，又在不久之后演变为严重的精神崩溃，因此

4. 1915 年摄。
5. 1919 年 6 月 30 日，洛夫克拉夫特在普罗维登斯欧茶德大道 30 号的院内。
6. 1919 年 6 月 30 日（待考证），洛夫克拉夫特在位于普罗维登斯安吉尔大街598号的家门口。

1.1921年7月5日，洛夫克拉夫特和乔治·朱利安·荷坦。
2.1921年7月5日，洛夫克拉夫特和索尼娅·格林。
3.1921年7月5日，洛夫克拉夫特和威廉·J. 道戴尔在波士顿的布伦瑞克旅馆前。
4.1921年7月5日，洛夫克拉夫特和威廉·J. 道戴尔在波士顿的布伦瑞克旅馆前。

在高中毕业前夕退学。虽然他在日后坚称自己获得了高中文凭，但他始终没能完成高中学业，而未能入读心仪的布朗大学深造天文学也成了洛夫克拉夫特一生中无法释怀的遗憾。

在退学后的1908年到1913年里，洛夫克拉夫特变成了一位隐士。这是他一生中唯一一段几乎对外界完全封闭的时光，除了继续自学天文学与诗歌创作之外毫无建树——据其高中同窗回忆，当时洛夫克拉夫特很少出门，而当他外出时则会将衣领拉得很高，对任何人，即使是高中时的好友，也会回避有加。他的母亲也仍被丈夫的死所困扰，因而歇斯底里患上了抑郁症，并与洛夫克拉夫特处在一种爱恨交加的关系中——大多数时候她仍会像洛夫克拉夫特小时候那样疼爱他，但有时又会莫名其妙地对他数落谩骂，称他相貌丑陋——这也进一步导致了洛夫克拉夫特的自我封闭，也是他在日后近乎自卑自谦的源头。

将洛夫克拉夫特从避世带回到现实的事件多少有些偶然。在阅读了大量当时的通俗杂志后，他对业余杂志《大船》[1]中的一位名叫弗莱德·杰克森（Fred

[1]《大船》：*The Argosy*，美国著名通俗杂志，创刊于1882年，是美国第一部通俗杂志。它在1920年与另一份杂志《故事全刊》（*The All-Story*）合并（接后页）

Jackson）的浪漫爱情作品意见甚多，认为它们庸俗不堪，因此写了一封抨击其作品的信。这封信于1913年发表后立刻引来了杰克森的支持者一连串的反攻，洛夫克拉夫特不甘示弱，相继在《大船》和类似业余杂志的来信专栏展开还击。这场激烈的争论引起了当时的联合业余刊物协会（United Amateur Press Association, UAPA）——一个由美国各地的业余作家与杂志出版人构成的组织——会长爱德华·F. 达奥斯（Edward F. Daas）的关注，他在不久后邀请洛夫克拉夫特加入了这一组织。洛夫克拉夫特于1914年初应邀入会，并在1915年自创杂志《保守党人》（*The Conservative*）（1915—1923）以发表自己的诗作与论文。在后来的岁月中，他又当选为协会会长与首席编辑，也曾在联合业余刊物协会的竞争对手，全国业余刊物协会（National Amateur Press Association, NAPA）任会长一职。参与业余写作协会是洛夫克拉夫特人生中的一个重要的转折点——这一系列事件不但将他从可能默默无闻的一生中所拯救，他在其中所结识的业

5. 1921年7月5日，洛夫克拉夫特、查尔斯·W. 汉斯和W. 保罗·库克。
6.1922年，洛夫克拉夫特在布鲁克林。
7. 1921年7月5日，刊登于索尼娅·格林的《彩虹》杂志。
8.1921年9月7日，哈罗德·B. 门罗和洛夫克拉夫特。

（接前页）改名为《大船—故事全刊》（*Argosy All-Story*），最终在1978年停刊。众多美国著名科幻与奇幻作家，如E. E. 史密斯、A. 梅里特、埃德加·莱斯·巴罗斯与罗伯特·E. 霍华德均由此起家或在此杂志刊有其作品。

余作家也对他多加鼓励，使他重拾了一度遗弃的小说创作。虽然直至1922年他的作品大多仍是诗篇与论文，但是在这段时间里他还是写出了如《坟墓》与《达贡》等具有代表性的早期作品。同时，他也通过这些业余作家协会的联络网认识了日后众多志同道合的好友。

洛夫克拉夫特的母亲因每况愈下的身体与精神状况，在1919年的一场精神崩溃后被送入了其夫曾经入住的巴特勒医院，并于1921年5月24日在一场失败的胆囊手术后离世。虽然在1908—1913年的五年中，洛夫克拉夫特与母亲之间有过些许不和，但他们仍旧保持着亲密的关系，即使在她入院之后两人之间仍有密切的通信来往。毫无疑问，母亲的去世是继外祖父的死以及失去童年家园后，洛夫克拉夫特所再次承受的巨大打击。这使他又一次短暂地陷入了与世隔绝的状态，不过几周后便从中恢复，并在1921年7月前往波士顿参加了一次业余刊物集会。也是在这一场会议中，他遇到了自己未来的妻子，索尼娅·格林（Sonia Greene)——一位比自己年长七岁、居住在纽约的衣帽商人。两人一见如故，洛夫克拉夫特还特意在1922年前往索尼娅在纽约布鲁克林的公寓看望她，最终在两年后的3月3日成婚。不过，洛夫克拉夫特的姨妈——他仅存的两名亲人——对两人的交往在一开始便毫不

1.1921年7月5日，R. 克雷纳、索尼娅·格林和洛夫克拉夫特在波士顿。

赞同，认为自己的外甥不应被商人的铜臭味所玷污，所以洛夫克拉夫特在婚礼结束之后才向她们传达了自己婚事的消息。婚后，洛夫克拉夫特搬入了索尼娅在布鲁克林的公寓。在这场婚姻的初期，一切看似对两人都十分有利：洛夫克拉夫特因其早期作品被杂志《诡丽幻谭》[1]所采纳，正式开始了职业写手的生涯，同时索尼娅在纽约第五大道的衣帽店的生意也蒸蒸日上。

这段时间可能是洛夫克拉夫特生命中唯一的高潮。在初来纽约时，他在书信中将其描绘为“如同仅在梦里才能一见的城市”；而在索尼娅的陪伴下，他的饮食也改善了很多，开始略微发福。对他来说，未来充满了希望，同时在这段时间他也接触了邓萨尼勋

[1]《诡丽幻谭》：Weird Tales，美国著名的通俗杂志，主要以刊登恐怖与奇幻作品闻名，也是洛夫克拉夫特作品面向大众的主要途径。在20年代至30年代初，洛夫克拉夫特的恐怖小说、克拉克·阿什顿·史密斯的奇幻小说，以及罗伯特·E.霍华德的“蛮王柯南”剑与魔法奇幻冒险系列是杂志社的三大顶梁柱。同时，这部杂志也是众多当时的年轻作家，如弗里茨·雷柏（Fritz Leiber）、雷·布拉德布里、亨利·库特纳、奥古斯特·德雷斯与罗伯特·布洛克的起家之所。《诡丽幻谭》于1954年停刊，但在80年代至90年代经历了屡次复兴，并在2000年后以不定期电子杂志的形式持续至今。

2. 1922年4月11日，弗兰克·贝尔科纳福·朗、洛夫克拉夫特和詹姆斯·F.莫顿在纽约福特汉姆的爱伦·坡小屋。

1. 1922年8月，洛夫克拉夫特在马萨诸塞州马格诺力亚的海岸。
2. 1924年（待考证），洛夫克拉夫特在纽约。
3. 1925年，在布鲁克林的克林顿街169号前面。

爵的作品，并为其中奇伟瑰丽的梦之幻境而着迷，进而写出了如《乌撒的猫》《塞勒菲斯》《蕃神》《伊拉农的探求》等邓萨尼式风格浓厚、奇幻大于恐怖的作品，与之前爱伦·坡式的哥特恐怖风格大相径庭。夫妇两人在这一段时间里也合作完成了一篇名为《马汀海滩的恐怖》的小说。

不过好景不长，两人不久便遭遇了困境。索尼娅的衣帽店因经济原因破产，她本人也不堪重负而病倒，不得不在新泽西的一家疗养院养病；洛夫克拉夫特因不愿搬去芝加哥而拒绝了《诡丽幻谭》杂志副刊的编辑职位，并试图在其他领域寻找工作，但他并没有在其他领域的工作经验，加之年龄偏高（34岁），所以一筹莫展。1925年1月，索尼娅应聘前去克利夫兰工作，而洛夫克拉夫特则因廉价的房租搬去了人种杂居的布鲁克林雷德胡克（Red Hook）区，落脚于一间单人公寓中。

尽管洛夫克拉夫特在纽约结交了许多朋友——弗兰克·贝尔科纳福·朗、莱恩哈特·克莱纳，以及诗人萨缪尔·洛夫曼等——他仍因与日俱增的孤独感，以及在移民潮中无法找到一份适合自己的工作，只能靠撰写毫无文学价值的庸俗文章以及代写与修订工作勉强度日，这一切所带来的挫败感令他日渐沮丧。洛夫克拉夫特十分看重出身与血统，并因自己对早期殖

民时代的认同感，认为盎格鲁–撒克逊文明是世界上最为先进的文明。此时，自己作为一名盎格鲁–撒克逊人的后裔，面对来自东欧、中东以及来自世界各地的移民大潮却几乎无法维生。这使他对自己眼中的“外国人”逐渐产生了偏见与抵触，而他作品的主题也由起初对家乡的怀念（《避畏之屋》，1924年，取材自普罗维登斯）转向了消沉与厌世（《他》和《雷德胡克的恐怖》均写作于1924年，前者表达了他对纽约的厌恶，而后者更像是他对外来移民的恐惧与憎恨之情的宣泄）。最终在1926年，他在与朋友的书信中声明自己正在计划返回普罗维登斯，随后下定了回家的决心；虽然洛夫克拉夫特在书信中仍称对索尼娅爱慕有加，但他的姨妈依然坚决反对两人的婚事。于是，洛夫克拉夫特与索尼娅的婚姻在维持了七年后（其中两人相处的时光仅有三年）于1929年终结。离婚后，索尼娅在加利福尼亚定居，并在那里度过了余生。

洛夫克拉夫特在1926年4月17日返回普罗维登斯，入住于布朗大学以北的巴恩斯街10号。这一次他并没有像在1908年一般使自己在默默无闻中消亡——直到1936年去世为止，这最后的十年是洛夫克拉夫特生命中最为高产的时光，也是在这十年里，他脱离了之前爱伦·坡或邓萨尼勋爵的风格，明确地在作品中建立了独属于自己的笔风。在他的写作生涯中最具有代

4. 1925年（待考证），洛夫克拉夫特抱着弗兰克·贝尔科纳福·朗的猫菲利斯。

5. 1927年8月21日，亚瑟·古迪纳夫、洛夫克拉夫特和W. 保罗·库克在古迪纳夫位于佛蒙特州西博瑞特波罗的家门前。

6. 1928年9月，洛夫克拉夫特和弗莱斯·特奥顿在佛蒙特州。

1.1930年（待考证），洛夫克拉夫特坐像。
2.1931年，洛夫克拉夫特在布鲁克林。
3.1931年（待考证），弗兰克·贝尔科纳福·朗和洛夫克拉夫特在布鲁克林。
4.1931年7月11日，弗兰克·贝尔科纳福·朗和洛夫克拉夫特在布鲁克林玩“拳击”。

表性的作品——《克苏鲁的呼唤》《疯狂山脉》《印斯茅斯的阴霾》《敦威治恐怖事件》《查尔斯·德克斯特·沃德事件》与《超越时间之影》均是这十年间的产物。同时，作为坚定的古典爱好者，他也时常沿着北美东海岸旅行，到访一个又一个古城镇的博物馆与历史遗迹，最远曾前往加拿大的魁北克城。也是在这时，他通过数量惊人的书信联络，认识了诸多在当时仍处在事业初始阶段的年轻作家，如在他死后大力推广其作品、为保持其作品流传而功不可没的奥古斯特·德雷斯与唐纳德·汪德雷，20世纪60年代著名科幻与奇幻巨头弗里茨·雷柏，《惊魂记》（*Psycho*）小说原作者罗伯特·布洛克等，并鼓励他们积极创作，同时无偿为他们修改文章。洛夫克拉夫特也是在这时结识了大名鼎鼎的罗伯特·E. 霍华德——“蛮王柯南”系列的作者。两人进而成为了好友，在书信之间对如人类文明的发展等主题展开了诸多讨论，而两人的作品也因此相互影响。但洛夫克拉夫特终究心仪于生养自己的土地——新英格兰地区与普罗维登斯城，于是，它们也成为了他这十年内作品灵感的源泉。同样也是在这时，他开始对美国以及世界上所发生的一切产生了兴趣：因大萧条对经济与政治的影响，他开始支持罗斯福的“新政”并逐渐成为了一位温和社会主义者，但同时对古典文化以及英国王权的认同又使他对墨索

里尼的法西斯主义[1]产生了好感（不过他却鄙视希特勒，认为希特勒不过是效仿墨索里尼，是哗众取宠的小丑），并持续了对从哲学到文学，再到历史与建筑学知识的自学。

不过，洛夫克拉夫特一生中最后的数年间却充满了艰辛。1932年，他的一位姨妈，安妮·E. 菲利普斯·加姆威尔（Annie E.Phillips Gamwell）病故，洛夫克拉夫特便于1933年再次迁居至学院街66号，与另一位姨妈，母亲的姐姐莉莉安·D. 克拉克（Lillian D.Clark）同住。而他后期的作品因其长度与词句之复杂，向杂志社的推销开始逐渐变得困难。加之洛夫克拉夫特表面上处世态度波澜不惊，但私下里对其作品受到的批评却十分敏感，尤其是《疯狂山脉》在科幻杂志《惊奇故事》（*Amazing Stories*）中首先惨遭大篇幅修改，进而饱受看惯了浮夸的"太空歌剧"式科幻作品的读者的猛烈抨击，这对洛夫克拉夫特的打击巨大，使他几乎产生了放弃写作的念头。同时，在他生命中最后的几年里，外祖父留下的家产已然消耗殆尽，

5. 1931年（待考证），唐纳德·万德拉、洛夫克拉夫特以及弗兰克·贝尔科纳福·朗在纽约。

6. 1931年，弗兰克·贝尔科纳福·朗和洛夫克拉夫特在布鲁克林。

7. 1931年7月11日，弗兰克·贝尔科纳福·朗和洛夫克拉夫特在布鲁克林。

8. 1933年。

---

[1] 墨索里尼的法西斯主义：墨索里尼在上台之初组织修复了诸多意大利境内古罗马时代的遗迹，希望重现罗马帝国的荣光。这一举动，外加一些其他政策博得了一批国外古典主义者的好感，似乎洛夫克拉夫特也位列其中。

洛夫克拉夫特被迫又回到了在纽约时期的老本行，以代写与修订工作挣取收入，依靠廉价的罐头食品（有时甚至是过期的罐头食品）度日。在这段时间里，他唯一的慰藉来自于与自己保持通信的友人们——1935年，居住在美国东海岸的朋友陆续前来拜访洛夫克拉夫特，而他也在1935年夏季南下至佛罗里达州探望好友罗伯特·巴洛，之后在秋季迎来了巴洛北上的旅行。

1936年，挚友罗伯特·E. 霍华德自杀身亡，这使得洛夫克拉夫特在震惊与悲伤之余备感疑惑。但当年冬季的旅行，以及业余出版协会同好威廉姆·L. 克劳福德决定将《印斯茅斯的阴霾》以书籍形式出版仍为他带来了些许惊喜——即使这个版本错误连篇且漏洞百出，篇幅与正规书籍相比也只能算是小册子，但这仍是洛夫克拉夫特在活着时唯一以书籍形式出版的作品。

艰辛的生活，以及长期因财政窘境而养成的糟糕的饮食习惯，终于在1937年初使洛夫克拉夫特一病不起。他的病情在年初开始迅速恶化，仅用了几个星期便使他因难以忍受的疼痛而无法自由行动。因此他推掉了诸多写作任务，其中包括一项来自英国出版商、很可能会使其从通俗杂志写手转为主流作家的项目。当友人们在2月底拜访洛夫克拉夫特时，他已经因剧痛而卧床不起，并终于在3月10日入住普罗维登斯的简·布朗纪念医院。1937年3月15日早晨7点15分，在

1. 1933年(待考证)，洛夫克拉夫特在普罗维登斯的布朗大学的范·温克尔大门前。
2. 1936年7月18或19日(待考证)，洛夫克拉夫特和毛利斯·W. 莫。
3. 1935年，洛夫克拉夫特在普罗维登斯圣约翰教堂墓地。

入院五天后，霍华德·菲利普斯·洛夫克拉夫特因小肠癌与世长辞，终年四十六岁。

因其生前并不十分出名，在洛夫克拉夫特死后，他的作品面临着被遗忘的危险。而他那些以通信而结识的朋友在此刻则帮了他的大忙——奥古斯特·德雷斯与唐纳德·汪德雷为了使洛夫克拉夫特的作品保持流通，不惜自己出钱成立出版社出版他的作品，使他的作品能够流传至今；众多曾受他鼓励与指导的作家在日后都为纪念洛夫克拉夫特写下了回忆录。不过，洛夫克拉夫特能有今日的影响力，且受世人敬仰，除了友人的不懈努力，与其作品的独特性，以及其中超越时代的洞察力是有着无法分割的关系的。诚然，他的一些作品的主题在今日看来早已不被时代所接受，而他的笔风也有些许迂腐，但其中对于人类过度探索未知的警示，以及在人类无法企及的未知边缘所徘徊的恐惧却是永恒的——无论在史蒂芬·金脍炙人口的小说中，还是在克里夫·巴克笔下光怪陆离的扭曲异界里，抑或在托马斯·黎哥提对形而上的黑暗的探寻中，我们都能看到洛夫克拉夫特的影子。可能正如洛夫克拉夫特自己在他的著名论文《文学中的超自然恐怖》中所提，黑暗题材终于在今日成为了大众瞩目的焦点。但无论如何，洛夫克拉夫特早已与世长辞，如今只有他的作品留下供众人品析。

4. 1935年(待考证)，洛夫克拉夫特在佛罗里达(待考证)。

克苏鲁的呼唤
The Call of Cthulhu

译者：竹子

可以想见，像是这样强大的力量或存在可能仍有残存……是从极端久远的时代残存下来的遗物……或许，那些用外形与模样所表达的理念早在高等人类崛起之前就已经消失了……仅仅有诗歌与传说捕捉到了一些飘荡着的、有关它们模样的记忆，并将它们称作神、怪物以及各式各样神话里的存在……

——阿尔杰农·布莱克伍德[1]

I.黏土中的恐怖

人的思维无法将已知的事物相互关联起来，我认为，这是这世上最仁慈的事情了。我们居住在一座名为无知的平静小岛上，而小岛的周围是浩瀚无垠的幽暗海洋，但这并不意味着我们就应当扬帆远航。科学正循着各自的方向发展延伸，迄今尚未伤害到我们；可有朝一日，当这些相互分离的知识被拼凑到一起，展现出真实世界的骇人图景，以及我们在这幅图景中的可怖位置时，我们便会在这种启示前陷入疯狂，或者逃出致命的光明，躲进一个平静、安宁的黑暗新世纪。

神智学者们曾猜测说，宇宙存在着一个令人敬畏的宏伟循环，而我们的世界与人类本身只是这个循环里的短短一瞬。他们曾向世人暗

[1] 阿尔杰农·布莱克伍德：19至20世纪著名的英国恐怖小说作家。

示过那些残存下来的古怪事物，而那些措辞如果不是用一种平淡而乐观的方式加以掩饰的话，足以令听者浑身冰凉、毛骨悚然。我曾有幸一窥这些被视为禁忌的亘古岁月，但却并不是从神智学者那儿了解到这些禁忌的。而每当我想起那一切的时候都会觉得不寒而栗，每当我梦见那一切的时候更是几近发疯。就像所有窥探真相的可怖过程一样，当我偶然把一些相互分离的东西——一张旧报纸和一位已故教授留下的部分笔记拼凑在一起时，那可怖的一窥便突然出现在了我的面前。我衷心地希望，不要再有人将这些碎片拼凑起来；当然，只要我还活着，我就绝不会再有意地去把其他东西和这一连串让人惊骇的事情联系起来。我想那位教授本来也有意要将自己所知道的一切埋在心底，保持沉默；如果不是因为死神突然降临，他肯定会销毁掉那些笔记的。

我对这些事情的了解要从1926年到1927年的那个冬天，我外叔祖父乔治·甘美尔·安吉的过世说起。他是罗得岛州普罗维登斯市布朗大学的荣誉退休教授，主要从事闪族语领域的研究。此外，他还是一位古代铭文方面的权威，颇有些名气，甚至那些著名博物馆的负责人也经常会向他寻求帮助；因此，许多人可能还记得92岁的他过世的消息。而由于死因离奇，所以他的去世在当地更是引起不小的关注。教授离开纽波特的客船时可能已有些不适，根据目击者的描述，他在抄近道从码头返回自己在威廉斯街上的家时，一个海员模样的黑人忽然从陡峭山坡上的一个阴暗角落里跑出来，推撞了一下他，接着他便突然摔倒在地上。医生们没能从教授身上找到任何明显的病征，因此在困惑地争论了一段时间后，他们只能将死因归结为这个高龄老人在匆忙攀登陡峭山坡的时候诱发了某些心脏上的损害。那时候，我对这一推论没有任何异议，但后来我开始有些怀疑——甚至不仅仅是怀疑。

由于外叔祖父是个鳏夫，也没有子女，因此作为他的继承人和遗嘱执行人，我需要完全彻底地检查他遗留下来的所有文件；而出于这个目的，我将他的卷宗和箱子全都搬到了我在波士顿的住处。我整理出来的大多数材料将会在不久之后交由美国考古学会发表出版，但其中有一个箱子却让我感到极为困惑，而且也很不愿意将其公之于众。

那个箱子是锁着的，而且我一开始没有发现任何能打开它的钥匙，但不久我便想起去查看外叔祖父总是随身携带的私人钥匙圈，并最终在那里找到了相配的钥匙。可当我打开它之后，却发现自己面对着一道更加巨大、更加严密闭锁着的障碍。我在盒子里发现了一件黏土浮雕以及一些杂乱无章的草稿、便条和剪报，但它们究竟意味着什么？难道我的外叔祖父在晚年时变得盲目轻信起来，甚至没办法识破这些极端明显的骗局了？于是，我决心找到那个古怪的雕刻家，因为他显然是让这位老人心绪不宁的罪魁祸首。

那件浮雕大致上呈长方形，不到一英寸厚，约五英寸宽，六英寸长；显然是一件现代作品。不过，它的图案设计，在风格与蕴意上，都与现代作品相去甚远；因为尽管其中有着大量的、狂野的立体派与未来派奇特变化，但是这两个流派的作品很少会表现那种常隐含在某些古老文稿里的神秘规律。此外，浮雕上的一大堆图案应当是某种文字或书写；可是，尽管对外叔祖父的收集与论文非常熟悉，我依旧没有办法鉴别这些特别的符号，甚至找不出任何与它们有一丁点儿关联的东西。

在这些看起来像是象形文字的符号之上有一个显然包含了某些象征含义的轮廓，可是它那种印象派的处理方式却让人无法对它形成一个清晰的概念。它似乎是某种怪物，或者象征着某个怪物，而且只有病态的想象才能构思出这样的一个形象。要我说的话，用有些夸张的想象力将它看作一只章鱼、一条龙与一个歪曲夸张了的人同时杂糅在一起产生的形象或许能较为忠实地反映它的神髓。它有着一个长着触须的黏软头部，下面连接着一个披盖着鳞片的怪异身体，并且身体上还生长着发育不全的翅膀；但它最让人惊骇恐惧的地方还是它整体的轮廓。而在这个形象后面，还隐约有着一个由巨型建筑构成的背景。

与这座怪异浮雕有关的文件被放在了一摞剪报旁边，从笔迹来看应该是安吉教授在不久前写下来的；而且完全不像是文学作品的风格。那份看起来像是主要文本的稿件上所著的标题是“克苏鲁教团”，字迹写得很清晰，像是为了避免误读了这个从未听说过的词而刻意这么做的。这份手稿被分成了两个部分，第一个部分的标题是

“1925年——罗得岛州普罗维登斯市托马斯大街7号的H. A. 威尔科克斯做过的梦与他的梦境作品”，而第二部分的标题则是“路易斯安那州新奥尔良市比安维尔街121号的约翰·R. 勒格拉斯巡官在1908年美国考古学年会上所做的陈述”。其他的手稿文件都是些简短的笔记，有些是在叙述不同的人做过的怪梦，有些则是从一些神智学书籍与杂志上摘抄的引文（值得注意的是其中还有W. 斯科特·艾略特[1]所著的那本《亚特兰蒂斯与失落的利莫里亚》），其余的文件都是一些针对部分源远流长的秘密结社和隐匿教团做出的评论，而且还附上了一些摘自神话学和人类学书籍里的段落，像是弗雷泽[2]所著的《金枝》以及默里小姐[3]所著的《西欧女巫教团》。而箱子里的剪报则大多与1925年春季爆发的集体盲信与癫狂有关。

手稿的第一部分讲述了一个非常奇怪的故事。在1925年3月1日，似乎有一个黝黑、瘦弱的年轻人赶来拜访过安吉教授。这个颇为激动兴奋甚至略有些神经质的年轻人随身带着一块奇怪的黏土浮雕——当时这块浮雕刚做成不久，还很潮湿。年轻人递来的名片上印着的名字是“亨利·安东尼·威尔科克斯”。我的外叔祖父认出了这个人，知道他来自一个与自己没多少深交的显赫家族，而且还是那个家族里最小的孩子——此人当时正在罗得岛设计学院里学习雕塑，并且独自居住在学院附近的鸢尾花大楼里。威尔科克斯是个早熟的年轻人，才华出众，却又非常古怪，从小就喜欢将那些奇异的故事与某些古怪的梦境联系起来，而且乐此不疲。他称自己“有着极度敏感的心灵”，但那些生活在这座古老商业都市里的保守市民只是觉得他有点儿“奇怪”而已。由于从不和自己的同行混在一起，他渐渐地淡出了人们的视线，只在一个由外地美术家组成的小圈子里还有几分名气。甚至就

---

[1] W. 斯科特·艾略特：活跃于19世纪末20世纪初的一名神智学者，曾著书论述亚特兰蒂斯与利莫里亚的存在。

[2] 弗雷泽：詹姆斯·G. 弗雷泽，英国人，20世纪著名人类学家、民族学家、宗教史学家，其所著的《金枝》是人类学研究中的重要著作。

[3] 默里小姐：玛格丽特·默里，英国人，19到20世纪的著名人类学家，历史学家。

连极力维持保守思想的普罗维登斯艺术俱乐部也觉得他是个完全不可救药的人。

教授在手稿里记叙说，会面的时候，这位雕塑家忽然唐突地请求教授用他的考古学知识鉴定那块随身带来的浅浮雕上刻印的象形文字。他说起话来神情恍惚、言语做作，像是在故作姿态，让人疏远；另一方面，这块显然是新做好的浮雕也与考古学毫无关系，因此外叔祖父在回应年轻人的要求时显得很不客气。但年轻人威尔科克斯的回答却给外叔祖父留下了深刻的印象，并令他逐字逐句地记录了下来。那句话有着一种美妙迷人的诗意——事实这种感觉贯穿了他的所有谈话，并且后来我发现它高度地概括了这个年轻人的性格特征。他说："是的，它是新做的，它是我昨晚在一个充满了许多奇异城市的梦境里做成的；而梦比丰饶的提尔[1]更古老，比沉思的斯芬克斯更年长，比花园环绕的巴比伦城更久远。"

也就在这个时候，他开始絮絮叨叨地说起了那个杂乱无章的故事。然后，在突然之间，他的故事唤起了一段沉睡已久的记忆，让我的外叔祖父产生了强烈的兴趣。在他们会面的前天晚上曾有过一场轻微的地震，而新英格兰地区也经历了近几年来震感最为强烈的震动；与此同时，威尔科克斯的想象力也敏感地受到了影响。在入睡之后，他做了一个从未做过的怪梦。他梦见了由雄伟巨石和顶天立柱组成的巍峨城市，到处都湿漉漉地覆盖着绿色的泥浆，凶险不祥地透着隐伏的恐怖。墙面与立柱上满满地覆盖着象形文字。此外，地下深处，某个无法确定位置的地方还传来了一种不是声音的声音；那是一种混乱的感觉，只能辅以适当的想象力才能将之转化为声音，但这种感觉之中，他努力地抓住了一些由文字拼凑出来的、几乎无法发音的词句，

"Cthulhu fhtagn"。

正是这些口头上的只言片语开启了那段令安吉兴奋而又不安的记

[1] 提尔：古代腓尼基的著名城市。

忆。他细致而严谨地向雕刻家提出了许多问题；并且用一种几乎是狂热的态度研究着年轻人带来的浅浮雕——威尔科克斯告诉教授当自己困惑地苏醒过来时，他发现自己披着睡衣、瑟瑟发抖地在雕刻着这块雕塑。威尔科克斯后来说，我的外叔祖父抱怨自己老了，没有立刻认出那些象形文字与绘画图案。在访客看来，他问的许多问题似乎毫无关联，让人难以琢磨，尤其当他试图确定雕刻家是否与某些古怪教派或团体有所牵连时，更显得古怪；威尔科克斯不明白教授为何会一再向他承诺自己会保守秘密，只要他能吸纳自己加入某些传播甚广的神秘宗教团体或隐秘异教。当安吉教授逐渐意识到眼前这个雕刻家确实对宗教团体与神秘学识体系一无所知时，他转而要求访客往后一定要把做过的梦都告诉他。这件工作非常有规律地进行着，因为在第一次会面后，根据手稿的记录，年轻人每天都会拜访教授。在拜访的时候，年轻人会叙述起一些破碎同时也令人惊异的夜间梦境，梦境的主要部分总是一些由暗色潮湿石头组成的、恢宏而又可怖的景色，同时还夹杂着一个藏在地下的声音或意识所发出的单调呼喊——这种呼喊会对感官产生神秘难解的冲击力，同时又似乎全是毫无意义的胡言乱语，完全无法记录。最经常重复的有两个音，如果用文字来表达的话，它们分别是“克苏鲁”和“拉莱耶”。

手稿继续叙述到，3月23日，威尔科克斯没有露面；当教授前往他住处打听情况时才得知这个年轻人染上了一种神秘的热病，已经被送回到了他在沃特曼街的家中。他曾在夜间大喊大叫，还吵醒了住在同一座楼里的几个艺术家。然后，从这时起，他就时而昏迷不醒，时而胡言乱语，并且始终在这两种状态间交替变化。于是，我的外叔祖父立刻给他的家人打了电话，并且密切地关注起了事情的进展；此外，他在得知是托比医生负责治疗后，也经常拜访托比医生那间位于塞耶街上的办公室。年轻人发热的头脑里装满离奇怪异的想象；好几次，当他说出那些东西时，医生会跟着不由自主地全身发抖。这些胡言乱语里，年轻人反复嘟囔着他过去梦见的场景，同时还疯狂地提到了一个“几英里高”的庞然大物，正拖着沉重的身躯，缓缓地走来走去。他一直没能完整地描述出那个东西；但托比医生在转述时提到的部分偶尔出现的疯狂词句让教授相信，这个无可名状的怪物正是年轻人做梦时试图用浮雕来描绘的东西。医生还补充说，只要一提到这个东西，年轻人很快就会陷入昏睡的状态。奇怪的是，他的体温并不比正常温度高多少；但整体来看，他的确像是在发烧，而非普通的精神错乱。

4月2日，大约下午3点钟的时候，威尔科克斯的所有病征突然间消失了。他猛地从床上坐了起来。当意识到自己在家里时，他显得很惊讶，并且完全不知道3月22日夜晚之后发生了什么事情，也不记得自己梦见了什么。由于医生宣布他已经恢复了正常，于是在三天后他回到了自己的住所；但对于安吉教授来说，他已经帮不上什么忙了。随着他的康复，所有的怪梦全都一并终止了；在接下来的一个星期里，他只讲述了一些既无意义又不相干的寻常梦境，而我的外叔祖父也就此停止了他的记录工作。

手稿的第一部分到这里就结束，但它中间提及的某些零散记录却为我提供了许多可供思索的材料——事实上相关材料多得惊人，如果不是我当时的哲学观里还包含着根深蒂固的怀疑思想，我绝对不会再对这个艺术家抱有任何疑虑了。这些材料记述了许多人在年轻的威尔科克斯身陷离奇苦难的那段时间里曾做过的梦。似乎外叔祖父在短时间里进行了大规模的调查活动，询问了几乎所有可以随意发问却不用担心粗鲁冒犯的朋友，并要求他们描述自己梦境，同时说明这段时间内所有值得一提的梦境所出现的具体日期。他的要求得到了各式各样的回应；但即便如此，所收到的积极反馈肯定也多到让他这样一个没有秘书的普通人完全处理不过来的地步。那些原始信件都没能保留下来，但他在笔记里留下了一份完整细致、数量惊人的摘要。那些从事商业或社会活动的普通人——例如新英格兰地区传统的“老实人[1]”——几乎全都给出了否定的回答，但也有些零星的回复声称偶尔会在夜间出现一些令人不安但却没有清晰印象的模糊梦境，而且全都出现在3

[1]老实人：原文直译是“地上的盐”，是一个英语俗语，出自《圣经·马太福音》第五章第十三节；指谦逊、含蓄的人。后来也常被引申为社会的中坚力量。

月23日到4月2日——年轻的威尔科克斯出现精神错乱的这段时间里。从事科学研究的人受到影响稍大一些，不过也只有四例模糊的叙述提到自己曾偷偷地瞥见了奇怪的风景，还有一例叙述提到了某个不同寻常、令人恐惧的东西。

真正让教授关心的回复大多来自艺术家与诗人；而且，如果他们能够对比这些笔记的话，我想肯定会造成大规模的恐慌。由于缺少原始信件，我怀疑外叔祖父在写信时提出了一些诱导性的问题，抑或他为了配合潜意识里决心要看到的东西而特地编辑了所有的信件。这也是为什么我始终觉得威尔科克斯不知怎地知道了我外叔祖父所掌握的老资料，进而利用了这个经验丰富的科学家。来自艺术家的反馈讲述了一个令人不安的故事。从2月28日到4月2日，很大一部分的艺术家都梦到了非常怪诞的东西，而在雕刻家精神错乱的那段时间里这些梦境变得极度强烈起来。在那些反馈了一些内容的来信中，有超过四分之一的人声称自己梦见了威尔科克斯所描述的景象与那种类似声音的感觉；还有一些做梦者承认自己最后看见了一个非常难以名状的庞然大物，并且感受到了极端强烈的恐惧。笔记着重强调了一件颇为令人悲伤的事情。就在年轻人威尔科克斯发作的那一天，一个偏好神秘学与神智学的著名建筑家突然陷入了极度的疯狂之中，接着几个月后的一天，他不停高声尖叫着说自己逃脱了某些居住在地狱里却重获自由的东西，然后突然死掉了。如果外叔祖父是用真名而非数字给这些记录编号的话，我可能会去做一些考证与私访；但像这样的数字编号记录，我只能成功地追查到其中的一小部分。然而，我所找到的人全都证实了笔记上的全部内容。我常怀疑那些被教授询问过的人是否全都像是这一小部分人那样对所发生的事情困惑不解，毫无头绪。对他们来说，永远不知道解释将是最好的结果。

那些之前提到的杂志剪报涉及了一些在那段时期发生的恐慌、狂热与古怪行径。安吉教授肯定雇用了一家剪报社，因为这些摘录的数量多得惊人，而新闻的来源也散布全球。在伦敦发生了一起自杀案——夜晚时分一个独居者在发出了令人惊骇的尖叫后从窗户上跳了下去。在南美有人寄了一封不着边际的信给一家报纸的编辑，声称他根据自己看到的幻觉疯狂地预测到了一个可怕的未来。此外，加利福尼亚州寄来的一份新闻报道声称有一个神智学团体为了某场永远不会降临的“光荣圆满”而统统换上了白袍。来自印度的消息有保留地讲述了3月下旬发生的严重动乱。海地的伏都教徒频频举行大规模的狂欢活动。非洲的边远小镇传来不祥的嘟哝和低语。在这段时间里，驻扎在菲律宾的美国官员发现某些部落变得极度恼人起来。3月22日夜晚，一群歇斯底里的黎凡特人聚众围攻了纽约警方。西爱尔兰也盛传着一些疯狂的谣言与传说，一个名叫阿杜瓦·博诺的幻想画家在1926年的巴黎春季沙龙上挂出了一幅亵渎神明的画作《梦景》。精神病院里有着数不胜数的麻烦，只有奇迹才能蒙住医疗人员的眼睛，让他们没能注意到那些离奇的相似性与病人画下的神秘结论。合计起来，这里有一大堆的古怪剪报；虽然之前我曾以无情的理性主义将它们抛诸脑后，但时至今日却几乎无法再面对这种理性的论调。不过，在当时，我依然相信年轻的威尔科克斯事先已经知道教授所提到的这些古老事件。

II.督察勒格拉斯的故事

外叔祖父那份长长的手稿的第二部分讲述了一些往事——正是这些往事使得外叔祖父对雕刻家的梦与浅浮雕产生了极大的兴趣。根据手稿来看，安吉教授之前曾经见过这个无名畸形怪物的可憎轮廓，并且还研究过那些未知的象形文字，甚至还曾听过那些只能被拼写成“克苏鲁”的不祥音节；有了这样一个可怖而又挑动人心的联系，不难想到为何他会拿出一大堆问题来追问年轻的威尔科克斯，并要求这个年轻人提供进一步的信息。

那段较早的经历发生在十七年前，也就是1908年。当时美国考古学会正在圣路易斯召开年会。鉴于个人的权威地位与学术成就，安吉教授在所有的研讨会上都扮演着重要的角色；因此也是几个借大会之利寻求正确解释与专家意见的非专业人士求助的第一人选。

这些非专业人士的领头人在短时间里吸引了整个会场的注意。那是一位样貌普通的中年男人，名叫约翰·雷蒙德·勒格拉斯，在警局里担任督察的职务。他这次专程从新奥尔良赶来为的是打听一些没办法从当地获得的特殊信息。勒格拉斯随身带着他这次拜访的话题——一尊令人厌恶、丑陋怪诞而且看起来非常古老的石头雕像。他完全无法确定这尊雕像的来源。不过，不要以为勒格拉斯督察对考古学抱有多少兴趣；正相反，他过来寻求帮助纯粹是因为工作上的原因。这尊雕塑、神像、圣物或者别的什么叫不上名的东西是数月前在新奥尔良南部的沼泽森林里缴获的。当时警方怀疑有一些伏都教徒在沼泽里集会，于是就此展开了一场搜捕行动；但在见识到那些与这尊塑像有关的仪式是如此怪异和恐怖后，警方意识到自己撞见了一个他们从未听说过的黑暗教派，这个教派远远比非洲伏都教派中最为邪恶的那些团体还要恶毒恐怖。警方对于这尊塑像的来历一无所知，只是从那些被捕的成员那里听说了部分飘忽不定、难以置信的故事；因此他们急于寻求一些考古学方面的建议来鉴定这尊可怖的塑像，并且根据它的信息追查到这个教派的源头。

勒格拉斯完全没有料到自己带来的东西会引起巨大的反响。单单只是看一眼那尊塑像就足以让这些聚集在一起的科学工作者们进入一种极度兴奋的状态；他们没有做片刻的耽搁，立刻围了上来，盯着这尊小小的塑像——它极度古怪的形象，以及那种看起来确实极端古老的风格，有力地暗示着一片尚未开拓的古代领域。没人能认出这尊可怕的物体属于哪个雕塑流派，然而那无法鉴定的石头所展现的暗绿色表面似乎记录着数世纪，甚至数千年的岁月。

最后，人们一个接一个地缓慢传递着那尊塑像，进行了近距离的细致研究。它有七到八英寸高，展现出精细而艺术化的制作工艺。塑像表现的是一个隐约有些人形轮廓的怪物。不过，它有着一颗如同章鱼般的头颅，一张生长着一团触须的脸孔，一副披盖着鳞片、看起来如同橡胶般的躯干；它的前后脚上都长着巨大的爪子，背后还附生有狭长的翅膀。这东西似乎充斥着一种不自然的可怖恶意，它那稍显臃肿肥胖的身躯邪恶地蹲踞在一块长方形的石块或基座上——而石块上覆盖着无法解译的符号。怪物蹲坐在石块的中央，它的翅尖则触碰着石块的后沿，而那蹲坐曲起的后腿上伸出的细长曲爪则抓住了石块的前沿，并且还向下延伸出四分之一个底座的高度。它那章鱼般的头部向前倾着，面部触须的末端则扫到了巨大前爪的背面，而那双爪子则抓着因蜷曲坐着而竖起来的膝盖上。整个雕像异常栩栩如生，而且由于人们对它的来源一无所知，所以它还透着些许更加模糊的恐怖感觉。它无疑有着悠久、令人惊叹乃至无可估量的历史；可没人能将它与任何已知的文明早期的艺术风格联系起来——事实上，它与已知的任何时期的艺术风格都毫无关联。完全抛开这些不谈，单单这尊塑像的材质已是一个难解的谜团；因为这种滑润的暗绿色石头，以及它上面金色或棱彩的斑点与条纹，和地质或矿物学中的任何发现都不尽相同。底座上的符号同样让人迷惑；尽管会场里的人可以代表世界上研究这一领域的半数专家，但他们却没法找出与这些字符有一丁点语言学亲缘关系的文字。它们与雕像的材质及所表达的主题一样，都属于某些极为生僻而且与我们所知的人类截然不同的东西；让人恐惧地联想起某些古老而不洁的生命循环——而在那个循环里，我们的世界、我们的观念完全没有容身之所。

可是，当与会成员纷纷摇着头承认对督察的问题束手无策时，有一个人却从那可怕的轮廓与符号里隐约察觉到了些许奇异的熟悉感。不久，他便腼腆地说出了自己了解的那一点儿奇异见闻。此人便是已故的威廉·钱宁·韦伯，他曾在普林斯顿大学担任过人类学教授，同时还是个留下了大量记录的探险家。四十八年前，韦伯教授曾远赴格陵兰与冰岛展开探险，想要寻找某些他一直没能发现的如尼铭文；而当他登上格陵兰岛的西海岸时，曾遇见过一个非常古怪的部落或教派——这一族群由一伙堕落的因纽特人组成，他们信奉的宗教是一种形式有些古怪的恶魔崇拜，其刻意显露出的嗜血与嫌恶令他觉得不寒而栗。其他因纽特人对这一信仰知之甚少，而且一提起这些事情就会止不住地发抖。他们说，这种信仰是从遥远得可怕的亘古时期流传下来的，早在世界诞生之前就已经存在了。除了难以名状的仪式与活人献祭外，教派还保留着某些世代传递的奇怪仪式——教徒们可以通过这些仪式向一位至高无上的古老魔鬼或托纳撒克[1]祈祷。韦伯教授小心地从一位年长的安格科[2]——或者说巫医——那里录下了一份祭祀录音，并且尽可能地用罗马字母将声音表达了出来。这一教派精心呵护着一件神物，当极光出现在冰崖上方的天空时，他们就会围绕着这尊神像跳舞——而眼下，这尊神像显得重要起来了。教授说，那尊神像是一块用石头雕刻的非常粗糙的浅浮雕，上面有着极为恐怖的图案与一些神秘的文字。在他个人看来，那浮雕粗略地包含了会场里这尊野蛮塑像所表现的全部基本特征。

这个故事让人群有些惊异和疑惑。但勒格拉斯警官却显得格外兴奋；他立刻连续提出了一大堆问题。由于从那些在沼泽地区被逮捕的信徒那儿记录并拷贝了口头上的仪式用语，所以他恳求教授尽量回想起那些举行恶魔崇拜的因纽特人所使用的音节。然后他们非常仔细地比对了两种仪式用语，接着警探与科学家一致同意这两群相距甚远的信徒在举行两场可憎的仪式时常用的短句实际上是同一个句子。当听到这个消息时，在场的所有人一时间全都充满畏惧地安静了下来。这意味着那些因纽特巫师与路易斯安那州的沼泽祭司在面对他们那有着某些亲缘关系的偶像时会诵唱起一些非常像是这样的话句——

"Ph'nglui mglw'nafh Cthulhu R'lyeh wgah'nagl fhtagn."

他们用猜测的方式根据教徒大声诵唱这段句子时采取的传统停顿节奏划分了句子里的词语。

但勒格拉斯比韦伯教授知道得稍多一点儿。因为几个混血儿囚犯反复告诉他，那些年长的祭祀者曾向他们讲解了这些词句的含义。它们的意思大抵上像是：

---

[1] 托纳撒克：原文此处是 tornasuk（实际是 Tornarsuk），是因纽特人神话中的一种超自然存在，类似于恶魔或精魂。

[2] 安格科：基本等于因纽特人的萨满或巫医。

“在拉莱耶的宅邸里，长眠的克苏鲁等待着梦境。”

于是在大家的强烈要求下，勒格拉斯督察尽可能完整地讲述了他与那些沼泽教徒打交道的经历，而我发现外叔祖父认为这个故事有着极为深刻重要的意义。它听起来像是那些神话讲述者与神智学家做过的最疯狂的奇梦，并且揭露出那些混血儿和被社会遗弃者怀抱着一个令人惊异的宇宙幻想——几乎没有人会预料到这一点。

1907年11月1日，新奥尔良警察局接到了来自南部沼泽与潟湖区乡民的紧急求助。那些在当地私建房屋并定居下来的乡民大多是拉斐特[1]追随者的后裔，虽然原始但却天性善良。可最近常常有某些未知的东西在夜间滋扰他们的生活，令他们陷入了巨大的恐惧之中。显然，当地有一支伏都教派，但这支教派要远比他们所知道的其他伏都教派更加可怕；自从那片定居者从不敢深入的闹鬼黑森林里接连不断地响起满怀恶意的手鼓声后，当地已发生了好些妇女和儿童的失踪案。有人听见了疯狂的呼喊与痛苦的尖叫，还有人遇上了令灵魂战栗的吟诵和不断跃动的邪恶火光；随着令人恐惧的消息越积越多，人们已经变得无法忍受了。

于是接近傍晚的时候，吓得发抖的定居者领着二十个警察坐着两辆马车与一辆汽车出发了。他们一直将车开到了无法继续通行的路段，然后下了车，继续在不见天日的可怖柏树林中悄悄地跋涉了数英里。丑陋的树根与铁兰[2]悬垂下来的险恶遮障将他们团团围住，畸形的树木与遍布真菌的小岛联合起来形成了一种压抑沉闷的氛围，偶尔出现的一小堆潮湿的石块或是倒塌崩落的墙体都让人联想起了那些病态

[1] 拉斐特：一位著名的海盗，他曾在墨西哥湾活动，并在新奥尔良地区有过一定规模的地方武装。在第二次独立战争（1812—1815）期间他还曾与美国军队并肩作战抵抗英军。

[2] 铁兰：学名松萝铁兰（松萝凤梨），是一种附生在松树等乔木上的草本植物。因常从高处悬挂向下生长，形成蓬松的结构，故又名“老人须”。

的住所，进而让压抑的感觉变得更加强烈。直到最后，当地人的聚居地——一堆杂乱拥挤的可怜棚屋——终于出现在了视线里；欣喜若狂的居民纷纷跑了出来，迅速地聚拢在了这一群提着摇晃提灯的警员身边。前方非常遥远的地方隐约地传来了模糊不清的手鼓声；当风向改变时，偶尔还会飘来一阵令人血液凝结的骇人尖叫。顺着夜晚那似乎永无尽头的林间小道望去，可以看到暗淡的灌木间似乎透出了些许红色火光。虽然冒着被单独留下的风险，但那些吓坏了的当地人依旧不愿意朝举行邪恶仪式的方向上再多走一英寸的路，于是勒格拉斯督察与他的十九名同僚在没有向导的情况下径直走进了那可怖的、他们从未涉足过的黑暗林间小径。

警察们进入的区域自古就有着相当邪恶的名声，不过白人们对这个地方几乎是一无所知，也从未涉足过这里。传说，那里有一个凡人无法看见的隐秘湖泊，而这座湖泊里居住着一个没有固定形状的巨型怪物——那怪物像是巨大的白色水螅，并且有着发光的眼睛；根据当地人的传说，午夜时分会有许多长着蝠翼的恶魔从大地深处的洞穴里飞出来，对着那个巨大的怪物顶礼膜拜。他们说，它很早以前就出现在那里了，比第伊贝维尔[1]还早，比拉塞尔[2]还早，比印第安人还早，甚至它比那些在森林里活动的正常鸟兽出现得还要早。它就是梦魇，任何看见它的人都难逃一死。但它会让人们做梦，这样人们就明白应当远远地避开它。事实上，那些教徒举行伏都狂欢仪式的地方仅是在那片令人憎恶的土地的最边缘，但就算是这样，那儿也是个糟透了的地方；因此或许最令当地人恐惧的是这些伏都教徒举行崇拜仪式的地点，而非那些令人惊骇的声音与事件。

一路上，勒格拉斯与手下们拖着步子走在黑色的泥沼里，向着那红色的火光与模糊不清的手鼓声步步前进。只有诗篇与疯狂才能正确对待那些回响着的噪音。人类有人类特有的声音，野兽有野兽特有的

[1] 第伊贝维尔：17 世纪著名探险家，出生在加拿大（当时还是法国殖民地），后来在路易斯安那地区建立了法国殖民地。

[2] 拉塞尔：17 世纪中叶著名法国探险家，探索了密西西比河与墨西哥湾。

声音；然而当一个嗓音呼喊出另一种不同种类的声音时，事情就变得毛骨悚然起来。咆哮与尖声高呼的狂乱如同从地狱深渊中汹涌袭来的苦痛风暴撕扯回响在那片黑暗的树林之中，让动物的狂暴与狂欢仪式上的放纵拔高到了恶魔般的高峰。偶尔，那些杂乱无章的哭号会停顿下来，然后一种经过反复练习、由嘶哑嗓音组成的合唱会随着哭号的停顿陡然响起，歌咏般地诵唱着那令人胆寒的词句或仪式：

"Ph'nglui mglw'nafh Cthulhu R'lyeh wgah'nagl fhtagn."

这时，人们来到了一块树木较为稀疏的地方。而后，在突然之间，那幅骇人的场面出现在了他们的面前。在他们之中有四个人晕眩地晃了晃身子，一个人直接昏了过去，还有两个人被惊骇得发出了一声慌乱的尖叫。所幸这阵惊恐的尖叫被狂欢上的疯狂喧闹掩盖了下去。勒格拉斯用沼泽积水泼醒了昏迷的人。所有人都浑身发抖地站着，几乎被恐怖催眠定在那里。

在那片沼泽中有一处天然的空地，空地中露出了一块一英亩见方、还算干燥并且完全没有树木的绿茵小岛。而此时此刻，一大群人正病态地在那块小岛上跳跃、扭动着，那是一幅难以形容和描绘的景象，唯有斯密[1]或安格瑞拉[2]的画作可以与之相媲。这些血统混杂的贱民赤裸着身体，如同驴子一般嘶鸣，如同公牛一般哞叫，并散布在一团可怖的环形篝火边翻滚扭动；随着火焰的帷幕时涨时落，他们透过偶尔露出的间隙看见那后面耸立着一块约有八英尺高的巨型花岗岩独石；而岩石的顶部则安置着一尊小得有些不太相称的邪恶雕像。远处，竖立起来的十只鹰架以火焰环绕的独石为中心，分布均匀地围绕成一个大圈。那些失踪的当地人全都已经死了，只剩下一部分被古怪破坏后的尸体还无助地倒吊在鹰架的中央。在鹰架组成的圆环之内，

---

［1］斯密：1867—1941，英国插画家，以幻想与讽刺的主题最为出名，曾为邓萨尼勋爵的小说绘制插画。

［2］安格瑞拉：1893－1929，美国画家与艺术教师，插画风格富有异域色彩。

崇拜者们又是跳跃又是呼号，他们大体上从左到右地游走着，像是在尸体圆环与火焰圆环之间的地带进行一场无穷无尽的放纵狂欢。

或许是想象和回声的影响，一个有些敏感的西班牙人觉得自己在仪式起伏的间隙听到这片充满了恐怖与传说的森林深处某个遥远而黑暗的地方传来了回应。此人名叫约瑟夫·D. 盖勒兹，我后来还曾拜访过他并询问了些问题；而他也保证那只是些他分神时的想象而已。他的确走神得太厉害，以至于听到了巨翼发出的微弱拍打声，还望见在最遥远的树梢上闪过了一对发光的眼睛与如同山脉般的白色躯体——但是我猜这可能是他听说了太多当地传闻的缘故。

实际上，这些警员们并没有因为恐惧而长时间停顿不前。他们想起了自己的职责；虽然小岛上群聚了将近一百名混血狂欢者，警员们依旧拿起枪支，坚定地冲向了那群令人嫌恶的乌合之众。在这之后，难以叙述的喧闹和混乱场面足足持续了五分钟。人们疯狂斗殴，掏枪射击，四散逃窜；但勒格拉斯最后还是抓住了四十七名面色阴沉的与会者。督察命令囚犯们立刻穿好衣服，然后在两队警员之间排成一列。在骚乱中有五名教徒丧生，还有两人伤势严重，只能躺在临时制作的担架上由其他被逮捕的同伴抬走。当然，独石上的塑像也被小心地取了下来，并由勒格拉斯带了回去。

在经过一段极为紧张而疲惫的旅程后，他们将犯人押回了总部，并核实了身份。囚犯全都是些地位低贱、精神异常的混血儿。他们中的大多数都是水手，有一小部分是黑人或者黑人的混血后裔，大多数都是西印度群岛人或是来自佛得角群岛的葡萄牙裔布拉瓦人，这让这个成分复杂的教派蒙上了一层伏都教的色彩。但简单询问了几个问题后，警员们便发现这中间牵涉到的秘密要远比黑人的物神崇拜更加深远、古老。虽然既无知又堕落，但这些家伙对于他们那可憎信仰的中心理念却抱有一致得令人惊异的看法。

按照他们的说法，他们崇拜旧日支配者。早在地球尚且年轻的时候，这些存在就从天而降，并且在一切人类出现之前就已生活在这里。而现在，旧日支配者已经死了，埋在大地深处，沉在海底深渊；但它们死亡的尸体通过梦境将自己的秘密告诉了第一批人类，于是这些人成立了一个永不消亡的教派。他们就是那个教派，囚犯们说它一直存在而且将永远存在，它会隐匿在世界各处的偏僻荒野与黑暗角落里。直到大祭司克苏鲁自他那水底雄伟城市中的黑暗宅邸里崛起，统治整个世界。当群星都做好准备，他将会呼唤，而秘密教派则一直都在等待着解放他的那天。

此外再没有更多可透露的了。还有一个即便严刑拷问也不能透露的秘密。人类绝不是世界上唯一有智慧的生物，因为有些东西会从黑暗中出现造访少数忠诚的信徒。但这并不是旧日支配者。没有人见过旧日支配者。那尊塑像就是伟大的克苏鲁，但没人知道是不是还有与他一样的存在。现在已经没有人能阅读那些古老的文字了，但有些事情却被口耳相传地保留了下来。唱诵的仪式并不是秘密——虽然那仪式只能低声窃语，从未被大声念诵过。那词句的意思仅仅只是：

“在拉莱耶的宅邸里，长眠的克苏鲁等待着梦境。”

在抓获的囚犯中，只有两人被认定是神志清醒，可以被判处绞刑，剩下的全都被送往了不同的收容机构进行监禁与治疗。他们全都否认在仪式上参与了谋杀，并断言是黑翼者执行了这些杀戮——它们从这座闹鬼森林中的远古集会地飞出来，抓住了那些受害者。警方获得的大多数供词都来自一个极为年长的混血儿——他名叫卡斯特罗，自称曾驾船航行到某些奇怪的港口，还曾遇见过深居在中国群山里的某个教派，并与他们不朽的首领有过谈话。

老卡斯特罗还记得一些足以让神智学者的思索推测相形见绌的可怖传说。这些传说让人类与整个世界看起来就像是新近出现的短暂一瞬。早在亘古之前，还有其他一些“东西”统治过地球，它们曾建造过宏伟的城市。他说，那个长生不死的中国人告诉他，直到现在人们还能找到这些“东西”的遗迹，像是太平洋小岛上的巍峨巨石。早在人类出现很久很久之前，它们就已经死了，但是若永恒的轮回中的群星重新回到了正确的位置上，便可以通过某些方法令它们复活。的确，它们来自群星，并且带来了它们的塑像。

卡斯特罗继续说，这些旧日支配者并不是血肉之躯。它们有自己的形状——那在群星间制作的塑像不正说明了这点么？——但那形状却并不是由物质构成的。当群星归位之时，它们便能飞越天空，从一个世界冲向另一个世界；但当群星的位置出现了错误，它们便不能继续存活下去。虽然它们不再活着，但它们永远也不会真正地死去。它们全都躺在它们那雄伟城市拉莱耶的石屋里，伟大的克苏鲁用魔法保护着它们。等到群星与地球再一次做好了准备，它们便会在荣耀中复生。但到了那个时候，它们需要一些来自外界的力量释放它们的身体。那些保护它们完整无缺的咒语同样也阻碍着它们的行动，因此它们只能清醒地躺在黑暗里，思考着，任由千万年的时间从身边流逝。它们知道宇宙里发生的一切事情，而它们通过散射思维的方式进行交流。即便是现在，它们依旧在坟墓里说话。经历过无穷无尽的混乱之后，第一批人类出现了，旧日支配者塑造了他们的梦境，向那些较为敏感的人传递去信息；因为只有这样，它们的语言才能传递到这些哺乳动物那血肉的头脑里。

卡斯特罗继续低声地说，旧日支配者展示了那些小偶像，而第一批人类围绕着这些偶像组建了教派；这些偶像从黑暗的群星上带来了一些隐晦的领域。直到群星运转到正确的位置之前，这个教派永远不会消亡，届时秘密祭司们会令克苏鲁从他的陵墓中复生，继续他在地球上的统治。这一时刻很容易分辨，因为到那时，人类将会变得和旧日支配者一样：自由、狂野、超越善恶，将法律与道德抛在一旁后，所有人会在狂喜中高声尖叫、疯狂杀戮、纵情狂欢。然后重获自由的旧日支配者将会教导他们用全新的方式去呐喊、去杀戮、去狂欢、去尽情享乐，自由与狂欢的屠杀将如同火焰般燃烧整个世界。在此之前，教派必须通过恰当的仪式将有关这些古老方法的记忆流传下去，并通过暗示传达出它们回归的预言。

在过去，旧日支配者的选民能够在梦中与那些被埋葬的旧日支配者交谈，但后来发生了一些事情。伟大的石城拉莱耶，以及它上面的独石与陵墓，全都沉没到了波涛之下；深邃的海洋充盈着一个原始的秘密，甚至就连意念也无法穿透，因此这种幽灵般的交流被中断了。

但记忆永不褪色，而高阶祭司们也断言当群星运行到正确位置上时，那座城市便会再度崛起。然后地球上那些幽暗而腐烂的黑暗精魂便会重归世间，带来了那些在被遗忘的海底下方的洞穴中听到的含混谣言。但关于这些事情，卡斯特罗不敢说得太细。他匆忙地打住了话头，不论如何说服或诱导都不能在这方面上探出更多的消息。而他也不愿描述这些旧日支配者的大小，显得有些古怪。至于整个教派，他说他觉得教派的中枢位于阿拉伯地区那无路可通的沙漠之中，千柱之城埃雷姆的梦境就隐匿在那里，无人触碰。它并不是欧洲女巫教派的同盟，而且除了教派内的成员外，没有人知道它的存在。没有哪本书曾真的提起过它，但长生不死的中国人说阿拉伯疯子阿卜杜·阿尔哈兹莱德所编撰的那本《死灵之书》包含了一些巧妙的双关语，读者在阅读时需选择他要领会的意思，尤其是那句争议颇多的叠句：

“那永恒长眠的并非亡者，
在诡秘的万古中即便死亡本身亦会消逝。”

这些叙述给勒格拉斯留下了深刻的印象，同时也令他感到极度困惑。他没能找到与这个教派有关的历史记录。显然，卡斯特罗说的是实话，对世人而言这个教派完全是个秘密。杜兰大学的权威对于教派和塑像都一无所知。因此，警探拜访了国内最高水平的专家学者，但他仅仅得到了韦伯教授讲述的格陵兰传说。

有了这尊小雕像作为证据，勒格拉斯的故事在会场引起了极为强烈的反响。此外，会议结束后，与会者依旧时常在往来书信里提起这件事情，不过却很少在社会上的正式出版物里刊登有关的消息。对于这些习惯了偶尔会遇到欺骗和造假的学者来说，谨慎永远是第一位的。有一段时间，勒格拉斯将塑像借给了韦伯教授，但当教授死后，塑像又交回到了他的手中，并一直由他保管着。在不久之前，我还曾在他那儿见过这尊雕像。它的确是一件非常可怖的东西，而且与年轻人威尔科克斯在梦中制作的雕刻有些不容争辩的相似之处。

事到如今，我一点儿也不怀疑外叔祖父为何会对雕刻家的故事如此感兴趣。如果你在勒格拉斯那里听说了有关神秘教派的故事，又遇到一个敏感的年轻人声称自己不仅梦到了与那些表现在沼泽雕像与格陵兰邪恶石板上的象形文字和邪恶轮廓完全相同的事物，而且还在梦中听见了三个与因纽特恶魔教徒和路易斯安那混血儿所唱诵的咒语完全相同的词语，你会作何感想呢？对于安吉教授来说，立刻展开一场完整透彻的调查研究是再自然不过的事情了；不过，就个人而言，我仍然怀疑那个年轻的威尔科克斯可能通过某些间接的途径听说了那个秘密教派，并且自己捏造了一系列的梦境让外叔祖父在这件神秘的事情上继续花费时间和精力。当然，梦境的叙述与教授收集起来的剪报已是非常有力的证据；但思想中的理性主义观点以及整件事情的夸张程度让我接受了我认为最为合理的结论。因此，我重新完整地研究了一遍手稿，并且将勒格拉斯关于神秘教派的叙述与那些神智学及人类学记录相互关联起来。然后，我去了一趟普罗维登斯，准备见一见那位雕刻家，责备他为何会如此大胆地戏弄一位年事已高的饱学之士。

威尔科克斯依旧独自居住在托马斯大街的鸢尾花大楼里。那是一座维多利亚时期修建的大楼，但拙劣可怕地模仿着17世纪布列塔尼风格。虽然围绕在古老山丘上那些可爱的殖民地房屋中，笼罩在美国最好的乔治亚风格屋顶所投下的阴影里，但它却可笑地招摇着自己那灰泥粉刷的正面。我到的时候，他正在房间里工作，我立刻从他那散乱的作品里发现这的确是个有着真正精深天赋的人。我相信，他将会成为一个伟大的颓废派艺术家；就像亚瑟·梅琴[1]用自己的散文启发梦魇与幻想，克拉克·艾什顿·史密斯[2]用诗句与画笔描绘噩梦与鬼怪一样，他将这些东西统统凝聚在了泥塑里，而且总有一天他会用大理石来表现它们。

他看起来黝黑、瘦削，而且还有点儿不修边幅。当我敲门的时

[1] 亚瑟·梅琴：19到20世纪著名的超现实主义恐怖小说家、散文家、记者、翻译家。

[2] 克拉克·艾什顿·史密斯：19到20世纪著名的恐怖小说家、画家、雕刻家、诗人，同时也是洛夫克拉夫特的笔友。

候，他没有起身只是有些倦怠地转过头来，问我有什么事情。当我做完自我介绍后，他显露了些许兴趣；因为他曾一度对外叔祖父的行为有些好奇——那个老人一直都在调查他做过的怪梦，却始终没有告诉他为什么要进行这些研究。在这方面，我并没有向他透露更多的内容，反而有些狡猾地试图从他那里探听到更多的信息。短时间里，我开始相信他绝对是真诚无辜的，因为在谈起那些梦境的时候，他的表现不容置疑。这些梦境，以及它们在他潜意识里留下的痕迹，深刻地影响了他的艺术，而且他还向我展示了一件病态而恐怖的塑像——这尊塑像轮廓，以及它所能表现出的邪恶暗示，让我几乎不由自主地战栗起来。除开那块他在自己梦中制作出的浅浮雕外，他不记得自己在哪里见过这尊塑像的原型，而当他制作这尊塑像的时候，那些轮廓自然而然地显露了出来。无疑，这就是他在谵妄错乱时胡言乱语到的庞然大物。除了从我外叔祖父那接连不断地询问中推导出的些许信息外，他对那个隐秘的教派一无所知，而他的言辞很快便证实了这一点。于是，我再次努力地思索起他还可能从哪些地方得知这样一些离奇怪异的印象。

他以一种诗意得有些古怪的方式谈论自己的梦境，让我在令人恐惧的生动中看见那座由黏滑的绿色石头修建起来的潮湿城市——那座，按他那古怪的说辞，几何学完全错乱的城市——同时，还让我在充满恐惧的期待中听见了那从地底传来的、永不停歇、几乎像是精神感应般的呼唤：

"Cthulhu fhtagn"，*"Cthulhu fhtagn"*。

那些讲述拉莱耶城的石头墓穴里死去的克苏鲁在梦中守望的可怖仪式也提到了这几个词句，尽管有着理性的信念，但我仍然深感震动。我敢肯定，威尔科克斯肯定在某些场合偶然听说了关于那个教派的事情，并且很快就把这些信息遗忘在那一大堆他阅读和想象过的同样离奇怪异的文字和念头里。后来，由于它极难被彻底遗忘，因此这些信息通过潜意识再度表现在了怪梦里，也表现在了那块浅浮雕中，更表现在了我现在看到的可怖塑像中；因此，他在非常无辜的情况下欺骗了我的外叔祖父。这个年轻人既有点儿做作又有点儿无礼，虽然我不喜欢这样的年轻人，但现在我很愿意称赞他的天赋与诚实。我客气地向他道别，并由衷地希望他能取得属于自己的成功。

另一方面，我对那些与教派有关的事情依旧深感着迷，有时我甚至还会幻想着自己会因为研究教派的起源与联系而获得一些个人的名望。我去了一趟新奥尔良，拜访了勒格拉斯及其他参加过沼泽围剿、见过可怖塑像的成员，甚至还询问了一些依旧活着的混血儿囚犯。不幸的是，老卡斯特罗已经死了很多年了。虽然我从这些第一手来源那里获得了更清晰细致的叙述，但这些叙述不过是更细致地证实了外叔祖父所写的内容，令我再度兴奋起来而已；因为我确信自己正在追查一个非常真实、非常隐秘、非常古老的宗教——它的发现无疑会让我成为一个著名的人类学家。另一方面，我的态度依旧是绝对唯物主义的，我希望现在依旧如此，我几乎怀着刚愎自用到不可思议的态度忽略了安吉教授收集起来的那些古怪剪报与梦境记录是如此的一致。

另外，我当时还怀疑到了另一件事情——而现在，我甚至有些害怕自己会知道这件事——我怀疑外叔祖父并不是自然死亡的。他当时经过了一个挤满外国混血儿的古老码头，接着在上山的时候被一个黑人水手无意地推撞了一下，然后便跌倒在了狭窄的山路上。我没有忘记，那些路易斯安那州的教徒全是些混血儿与海员。如果哪一天我了解到许多与那些神秘仪式与信仰一样残忍、一样古老的秘方与毒针，我也不会因此大惊失色。的确，勒格拉斯与他的人没遇到什么麻烦；但在挪威，某个海员在见过这些东西后的确丧了命。或许我外叔祖父在遇到雕刻家后继续展开的深入研究最后传到了某些邪恶的人耳朵里？我相信，安吉教授之所以会死是因为他知道得太多了，或是因为他想要了解更多的信息。我不知道自己会不会落得和他一样的下场，因为我自己如今也知道不少事情了。

III.来自海洋的疯狂

如果上天真的想要眷顾我，它就应该完全改变那次机会，让我永远都不会看到架子上那张报纸偶然露出的一角。在日常生活里，我本不会注意到那张纸片，因为那是一张已经过期了的澳大利亚报纸——1925年4月18日的《悉尼公报》。在它出版的时候，剪报社正在为外叔祖父的研究贪婪地收集着各种材料，但即便是他们也将这张报纸漏了过去。

那时，我基本上已经放弃继续调查那个安吉教授所说的“克苏鲁教”了，并且正在新泽西州的帕特森拜访一位很博学的朋友；他是当地一家博物馆的馆长，同时还是一名颇有名气的矿物学家。一天，我正在博物馆后方一间房间中检查那些随意摆放在贮物架上的储备标本。突然，那些垫在石头下方的报纸上刊登的一幅奇怪图案吸引了我的注意。那正是我之前提到的《悉尼公报》，因为我的朋友在世界各地都有着广泛的合作；而报纸上刊登的是一张关于可怖石头塑像的网版照片[1]——而那尊塑像与勒格拉斯在沼泽里找到的那尊几乎一模一样。

在急切地清理开上面压着的贵重标本后，我仔细审视了新闻的细节内容；却颇为失望地发现新闻的内容并不长。不过，对于即将放弃研究的我来说，新闻记叙的内容依旧有着不祥的重大意义；我小心地将它撕了下来，好准备接下来的行动。它的内容如下：

海中发现神秘弃船

“警戒号”拖曳一艘无动力的新西兰武装快艇抵港。
船上发现一名生还者与一名死者。
据称快艇曾在海上进行过拼死战斗，并有数人伤亡。

---

［1］网版照片：一种常用的印刷技术。这样印刷的图片由许多不同颜色的圆点组成，从而可以实现一些普通印刷无法实现的效果。例如颜色渐变等。

获救海员拒绝透露与其怪异经历有关的更多细节。

在他的随身物中发现一尊古怪偶像。

详情见下文。

莫里森公司的货船“警戒号”自法尔巴拉索返航，今晨抵达达令港码头。随船拖曳有一艘来自新西兰达尼丁港的武装汽艇“警报号”。“警报号”现已瘫痪，船上留有战斗痕迹。“警报号”于4月12号在西经152°17’，南纬34°21’被发现，当时船上有一名生还者与一名死者。

“警戒号”于3月25日驶离了法尔巴拉索。由于遭遇极强的风暴与巨浪侵袭，到了4月2日，货船的航线已经出现了显著的向南偏移。4月12日，“警戒号”发现了弃船；虽然看起来像是废弃的船只，但船员登船后却发现了一名处于半昏迷状态的幸存者与一名已经死去长达一个星期之久的死者。生还者手中紧紧抓着一尊来源不明的可怕石头塑像。塑像有一英尺高。悉尼大学、皇家学会及学院路博物馆的所有专家均表示对此物一无所知。幸存者说他是在汽艇船舱里发现这尊塑像的，当时它正摆在一个样式普通的雕花神龛里。

在恢复意识后，生还者讲述了一个相当古怪、有关海盗与杀戮的故事。他名叫古斯塔夫·约翰森，是个聪明的挪威人，并且曾在奥克兰的双桅纵帆船“艾玛号”上担任过二副的职务——此船于2月20日启程航向卡亚俄港，船上共有船员十一人。根据他的叙述，由于3月1号的大风暴，“艾玛号”延误了行程，并且严重偏移进了航线以南的海域。3月22日，“艾玛号”在西经128°34’，南纬49°51’处遇到了武装汽艇“警报号”。当时“警报号”由一伙行为古怪、面相凶恶的卡纳卡人及混血儿驾驶。这伙人态度强硬地要求“艾玛号”掉头返航，但柯林斯船长拒绝了对方的要求；于是这伙怪人便在没有事先预警的情况下用汽艇上的黄铜炮对纵帆船进行了猛烈的炮击。根据生还者的叙述，“艾玛号”的船员进行了回击，虽然纵帆船因为水线以下的部分遭到炮击而进水下沉，但船员们设法靠上了敌舰，并展开了登船作战，与那些野蛮的歹徒在汽艇甲板上进行了肉搏战，最后被迫将他们全都杀死。人数优势并不明显，因为虽然歹徒在搏斗时表现笨拙，但却特别凶恶拼命。

“艾玛号”上包括船长柯林斯与大副格林在内有三人死于战斗；剩下八人在二副约翰森的指挥下驾驶着占领的汽艇沿着他们原有的航线继续前进，想看看歹徒为何会要求他们掉头离开。第二天，他们遇到了一座小岛并在岛上登了陆，但却没有人知道海洋的那块区域里为何会有一座小岛；然后有六个船员莫名其妙地死在了岸上。但是约翰森非常古怪地不愿提起这部分故事，只是说他们跌进了一道裂缝里。然后，他与剩下的一个同伴回到了汽艇上，并试图重新驾驶它。但4月2日，风暴袭击了他们。从那时起到4月12日被营救起的那段时间里，他不记得发生了什么，甚至都不记得他的同伴，威廉·布雷登，是什么时候死的。威廉·布雷登的尸体上没有显露出明显的死因，可能是因为过度刺激或暴晒。来自达尼丁港的电报称警报号是艘著名的海岛商船，而且在码头一带有着非常不好的名声。它由一群奇怪的混血儿所有，这些人会经常聚在一起进行集会，并且在夜晚跑进树林里，因此引来了不少的好奇；而且在3月1号的大风暴与轻微地震后，这艘船便非常匆忙地起航了。我报驻奥克兰的通讯记者声称“艾玛号”及它的船员有着非常好的名声，约翰森也被认为是一个沉着冷静、值得尊敬的人。明日海事法庭会成立一个调查组研究此事，并劝导约翰森比现在更加坦率地将一切都说出来。

加上那张可怖的照片，这就是报纸所讲述的全部内容；但我的脑海里却疾驶过了一连串的念头！这是关于克苏鲁教的宝贵新资料。这证据说明这一教派的奇怪兴趣不仅仅表现在陆地上，还表现在海洋里。这些混血儿在带着自己那可憎神像出海的时候，为什么会迫切命令“艾玛号”返航呢？那个导致六名“艾玛号”船员丧生的未知小岛上到底发生了什么？为何二副约翰森会如此讳莫如深？殖民地海事法庭[1]展开调查

[1] 殖民地海事法庭：指18世纪起英国在其海外殖民地设立的一系列不带陪审团的法庭。

后又挖掘出来什么东西？关于达尼丁港的邪恶教派又有多少已知的内幕？还有一个最难以置信的神秘问题，这件事情让我外叔祖父细心记录下来的各种事件蒙上了一层险恶而又无可否认的重要意义，而这些事件与这桩新闻在日期上究竟有着怎样一些更深层次的、超越自然常理之外的联系？

3月1日——根据国际日期变更线，也就是我们的2月28日——发生了地震与风暴。“警报号”上那些来自达尼丁港的可憎船员便像被强行召唤了一般急切地驾船出海了，而地球的另一边，诗人与艺术家们开始纷纷梦见一座古怪而阴湿的雄伟城市，甚至还有一个年轻的雕刻家在自己的睡梦里制作出了可怖的克苏鲁的形象。3月23日，“艾玛号”的船员登上一座未知的岛屿，其间有六人遇难；而在那一天那些敏感的人的梦境也变得更加栩栩如生，并且因为害怕被某个庞然大物凶恶地追逐而变得更加阴暗不祥起来，甚至有一个建筑师因此发了疯，另一个雕刻家突然陷入了高烧的精神错乱之中！而4月2日刮起风暴的时候又发生了什么事？——那天所有关于阴湿城市的梦境全都消失了，威尔科克斯从古怪高烧的束缚中毫发无损地挣脱了出来。老卡斯特罗叙述的那些从群星中降临，而后沉没在海底的旧日支配者，以及它们即将统治世界；还有它们那忠诚的教派，以及它们精通梦境的力量——所有这些究竟预示了什么？难道我触碰到了超越人类承受能力的浩渺恐怖的边缘？如果真的是这样，它们肯定只是存在于心灵中的恐怖，因为不论是怎样一些可怖的威胁在围攻人类的灵魂，到了4月2日它们都停止了。

在经历过一天匆忙发送电报与安排行程之后，那晚我与招待我的主人道了别，然后搭上了前往圣弗朗西斯科的火车。不出一个月，我便赶到了达尼丁港；可是，当抵达那里后，我才发现当地人对那些过去经常出入古老海边酒馆的奇怪邪教成员知之甚少。码头边的混混实在太过寻常普通，因此根本没有人会对他们多加注意；不过当地还有一些含混的闲话声称这些混血儿曾经深入过内陆——有人还注意到远处的山丘上燃起了红色的火焰，并且听到了微弱的鼓声。在奥克兰，我听说约翰森在悉尼经历过一场草率而又不得要领的问询之后，一头金发已经转成了白发。在那之后，他卖掉了自己在西街的小屋，与妻子一同坐船回到了奥斯陆，搬回了自己的老家。他并没有将那段惊心动魄的经历告诉自己的朋友——只是用搪塞海事法庭官员的说辞回答了他们的问题；所以除了告诉我他在奥斯陆的地址外，他们也帮不上什么忙。

在那之后，我前往悉尼拜访了一些海员与殖民地海事法庭的成员，但却没有什么收获。此外，我还在悉尼湾的环形码头上看到了“警报号”——它现在已被其他人买下转做了商业用途——但我依旧没能从它那里获得更多的信息。那个有着乌贼头部、巨龙身躯、覆鳞膜翼以及象形文字底座的蹲伏塑像被保存在了海德公园的博物馆里；我曾经长时间仔细地研究它的模样，并且发现这是一尊精致得有些邪恶的手工艺品。与我在勒格拉斯那里看到的稍小一点的样品一样，它也是由同一种极端神秘、非常古老而且与地球上的其他物质完全不同的材料制成的。博物馆的馆长告诉我，地质学家们对它束手无策；因为他们发誓说这个世界上绝不会有这样的岩石。然后我想起老卡斯特罗在描述那些远古的旧日支配者时，曾对勒格拉斯说过的话，并不由自主地打了个寒战。他说：“它们从群星上来，并且带来了它们的塑像。”

我被之前从未有过的心理转变撼动了，并下定决心去一趟奥斯陆，亲自与二副约翰森谈一谈。于是，我乘船去了伦敦，然后转船抵达了挪威的首都；秋天的时候，我在埃格伯格堡[1]的阴影下登上了整齐的码头。随后，我发现约翰森的住址位于哈罗德·哈德罗达皇帝[2]的老城里——在大城区被改名成“克里斯蒂娜”的那几个世纪里，只有这一小块地方还保留着“奥斯陆”的名字。我坐着出租车驶过了一小段路，然后在一座整洁、古老、有着灰泥面的建筑前怀着激动的心情敲响了它的大门。回应我敲门声的是一个面色悲伤的黑衣女人，而当她用蹩脚的英语告诉我古斯塔夫·约翰森已经不在人世的时候，我感到了极度的失望。

---

［1］埃格伯格堡：奥斯陆的一处著名建筑。

［2］哈罗德·哈德罗达皇帝：挪威历史上的一名皇帝。

他的妻子告诉我，他回来后并没有活多长时间，因为1925年海上发生的事情已经彻底地打垮了他。除了告诉公众的故事外，他并没有对妻子说更多的详情，不过他留下了一份长长的手稿——用他的话来说是“技术文件”——手稿是用英文书写的，显然是为了防止妻子偶然看到手稿后受到伤害。后来，有一天他在穿过哥登伯格码头附近的一条狭窄小巷时，被一捆从阁楼高处扔下来的纸给砸倒了。两个东印度的水手立刻扶住了他，但在救护车赶到之前，他已经死了。医生们没有发现他的死因，只能将之归因于心脏问题以及他虚弱的体质。

这时，我感到阴暗的恐惧也在吞噬着我的身心，在我最终安息之前它是不会放过我的；“意外”或别的什么事情最终会找上门来。我说服了那名寡妇，告诉她，她丈夫留下的“技术文件”对我有着非常重要的意义，请求她将文件转交给我。然后，我带着文件离开了奥斯陆，在返回伦敦的船上阅读了其中的内容。那是一份简单而又零散的东西——一个头脑单纯的水手在事后努力写成的回忆录——上面努力地一天天回忆了最后那段可怖的航程。由于它既混乱又重复，因此我没法逐字逐句地将它摘抄下来，但我会把它的要点讲述出来，告诉读者为何水流拍打船侧的声音会让我觉得如此难以忍受，甚至不得不用棉花塞住自己的耳朵。

感谢上天，约翰森知道得并不完整，即使他看见了城市与那个东西。某些恐怖一直潜伏在这个时空的生命之后，那些污秽不洁、来自古老群星的亵神之物如今长眠海底；此外有一个可怖的教派知道并热爱着这些存在，这个教派时刻准备着，只要另一场地震将它们的可怖巨石城市再度抬出水面暴露在空气与太阳之下，教徒们就会热切地解开它们的束缚，让它们重回这个世界。一想到这一切，我就没办法再平静地入睡。

约翰森驾船起航的日期与他向殖民地海事法庭所做的陈述一致。2月20日，“艾玛号”装载着基本的压舱物驶离了奥克兰，随后正面遭遇了由地震引发的猛烈风暴。这场风暴肯定从海底掀起了那些侵入人们梦境的恐怖事物。再度控制住帆船后，“艾玛号”一直航行得很顺利，直到它3月22号的时候遇上了“警报号”。当手稿叙述到“艾玛号”被炮击并最终沉没的时候，连我也能感觉到二副流露出的遗憾与悲伤。此外，在叙述到那些皮肤黝黑的教团凶徒时，他明显地表现出了强烈的恐惧。这些凶徒身上有着某种极端可憎的特质，几乎让人觉得自己有责任消灭他们，因此在庭询时当有人指控他与他的船员处理事件的方式过于冷酷残忍时，约翰森甚至老实地坦白表示自己不理解为何会有人这样指控他们。然后，在约翰森的指挥下，船员驾驶着俘虏来的汽艇好奇地继续向前驶去。不久，他们看到了一根雄伟的石头立柱直直地耸出了海面，接着在西经126°43'、南纬47°9'的位置上，他们遇到了一片混杂着黏土、淤泥与长满水草的巨石建筑交错混杂成的海滩。那正是这世上终极恐怖的有形实体——梦魇般的死城拉莱耶。那些从黑暗群星上渗透下来的可憎巨怪早在无数个亘古之前就建造了这座城市。伟大的克苏鲁与他的部属就长眠在此，隐匿在绿色黏液的墓穴中。在无数个轮回之后，它们最终将思绪播送了出去，在那些敏感者的梦境里播撒恐惧，专横地呼唤着忠心耿耿的信徒们展开一场解放与重建的朝圣之旅。约翰森并没有料到这一切，但上帝知道，他很快就会亲眼看到。

我猜实际露出水面的只有一座高山的顶端。那是一座顶端矗立着独石的可怖堡垒——那是伟大的克苏鲁的葬身之地。而当我想到那周围的海面下可能潜伏着什么东西的时候，我几乎希望立刻自杀死掉。这座淌着水滴、属于古老魔鬼的邪恶之城展现出无比宽广的神秘，这让约翰森与他的手下们感到畏惧，也让他们在没有任何指引的情况下立刻猜到它不是这颗星球，或是任何正常的星球，应该拥有的东西。绿色巨石那巨大得令人难以置信的尺寸，巍峨雕花独石那令人目眩的高度，还有那些雄伟塑像及浮雕与“警报号”神龛里那尊古怪塑像之间令人茫然无措的相似性，全都鲜明地展示在了二副那吓坏了的叙述中。

虽然对未来派艺术一无所知，但约翰森却在描述这座城市时表现出了非常相似的风格；他没有描述任何具体的建筑或结构，他仅仅描述了那些巨大棱角与岩石表面带给他的整体印象——那些表面非常巨大，任何存在于这个世界上的东西都无法与之匹配；此外，这些表面上还充满了亵渎神明的恐怖象形文字图案。我注意到他提到了棱角，因为这让我想起了威尔科克斯在讲述自己可怖梦境时说过的话。他说自己在梦中看到的那个地方透露着不同寻常的几何理念——它令人憎恶，充满了与我们思想理念完全不同的球面与尺寸。而现在，一个没读过多少书的水手盯着这可怕的实物时，感觉到了完全相同的念头。

约翰森与他的水手从一处倾斜着的泥土堤岸边登上了这座可怕的卫城，然后攀上了覆盖着泥浆、有些打滑的巨型石块——在这些石块上没有为凡人准备的阶梯。带有偏光效果的迷瘴从这座被海水浸透的扭曲事物中喷涌而出，让天空中的太阳看起来也像是变形了一般；扭曲的威胁与疑虑邪恶地潜伏在那些雕花岩石组成的角度之后——这些夹角变幻莫测令人发狂，第一眼看起来还像是凸角，第二眼却又变成了凹角。

虽然没有发现任何比他们看到的岩石、淤泥和水草更明确的东西，但某种类似恐惧的情绪已经笼罩住了探险队的成员们。如果不是害怕其他人鄙视与嘲笑，他们全都会拔腿就跑。就这样，他们三心二意地搜索着一些能够带走的证据——结果，他们什么也没找到。

葡萄牙人罗德里格斯爬到了那根巍峨独石的脚边，然后大喊着自己发现了什么东西。于是，其他人跟了上去，好奇地看着那座无比巨大的雕花大门。大门的浅浮雕上全是他们已经反复见过的章鱼和龙组成的怪物。约翰森在手稿里说，那像是一扇巨大的仓库大门；虽然他们不知道面前这东西到底像是地板活门一样平躺着，还是像户外地窖木门那样斜立着，但是它周围那些充满装饰的横楣、门槛与侧柱都让他们觉得这是一扇门。正如威尔科克斯所说的一样，这里的几何观念全都错乱了。他们甚至都不知道海洋与地面是不是水平的，因为所有东西的相对位置似乎都如同幽灵般地变幻着。

布雷登试着从几个地方推了推石头，但却没有成功。而杜诺凡则仔细地沿着边缘查看了这扇门，并且一边走动一边断断续续地按压着经过的地方。他沿着那些怪诞的石头雕刻没完没了地向上攀爬——如果这门不是水平躺着的话，那他应该就是在攀爬了——同时所有人都在怀疑在这个宇宙里怎么会存在着如此巨大的门。接着，这面足有几英亩大小的平板自顶部开始轻柔而缓慢地向内转去；接着人们看到它转得很平稳。杜诺凡沿着侧柱滑了下来——也可能是用某种方法滚了过来——回到了其他人身边；然后，所有人看着这面雕刻着可怖图案的大门古怪地向后退开。在这种扭曲产生的奇幻景象里，它怪异而反常地沿着对角线移开了，不由得让人们觉得所有与物质和透视法有关的规则全都被打乱了。

露出来的门洞里很黑，里面的黑暗几乎像是有形的物质。而黑暗在此刻反而是件好事；因为它模糊了内墙上那些本应该会显露出来的东西，并且像是烟雾一样实实在在地从囚禁了它千万年的远古牢笼里喷涌了出来。当黑暗拍打着它的膜翼悄悄飞向那时而皱缩时而鼓胀的天空时，太阳也明显地暗了下来。令人无法忍受的恶臭从新打开的深渊里飘了出来，然后，耳朵很尖的霍金斯听见下面传来了一阵令人作呕的、像是液体泼溅时发出的声响。接着所有人都听见了；而他们就这样聆听着，直到它淌着口水、沉重而笨拙地走进了人们的视线，摸索着将自己有如凝胶一般的巨大绿色身躯挤过了黑色的门洞，冲进了这座恶毒的疯狂之城那已被污染的户外空间。

可怜的约翰森在写到这里时几乎已经写不下去了。有六个人没能逃到船边。他觉得其中两个人在看到那个该诅咒的瞬间时因为恐惧而被活活吓死。他没有办法描述那景象——没有任何语言能够描述那个充斥着让人尖叫的远古疯狂的深渊，没有任何语言能够描述那颠覆一切物质、力量和宇宙法则的存在。一座高山摇晃着走了出来。老天啊！难怪地球另一端的那位著名建筑师会发疯，难怪可怜的威尔科克斯在那心灵感应连通的瞬间陷入高烧的胡言乱语之中。那偶像上的东西，那绿色、有如凝胶般的群星子民已经苏醒，宣告要取回自己的一切。群星已经就位，那个古老教派没能按照计划行事，但有一帮无辜的水手却在无意间完成了这一切。在历经了千百亿年后，伟大的克苏鲁终于挣脱了束缚，开始为了享受而肆意掠食起来。

还没来得及转身，三个人就被松软的爪子给扫倒了。愿他们安息，如果这宇宙间还有安宁的话。那三个人是杜诺凡、盖瑞拉和昂斯特姆。剩下来的三个人冲进了一望无际的青皮石块之中，疯狂地奔向汽艇。帕克在这时滑倒了，约翰森发誓说他被石头建筑上一个本不应该存在的棱角给吞没了；那个棱角是个锐角，但看上去却像是钝角。所以，只有布雷登与约翰森跑到了船边，绝望地发动了“警报号”汽艇。这个时候，那个如山脉一般的巨大怪物踏过黏滑的石头，在水边踌躇，犹豫不前。

尽管所有的人手都上了岸，但他们并没有将汽艇熄火；因此他们狂躁地在舵轮与引擎室间来回跑过数次之后，“警报号”便启动了。渐渐地，在那难以言语的景象所带来的扭曲恐怖中，汽艇开始驶离危险的水域；而同时，在那阴森岸边的巨石建筑上，那来自群星、不应属于这个世界的庞然大物像是独眼巨人波吕斐摩斯诅咒奥德修斯逃跑的帆船一般[1]，流淌着口水，狂暴地咆哮着。接着，伟大的克苏鲁做出了比故事里的独眼巨人更加勇猛的举动，他油滑的身躯溜进了水中，接着他用无比强大的力量激起了滔天的巨浪。布雷登向后望了一眼，然后彻底地疯了，尖叫着大笑起来。此后，他一直断断续续地高声大笑，直到一天晚上，死亡带走了他——当时，约翰森也昏昏沉沉神志不清地待在船舱里。

不过，约翰森并没有放弃。他知道在“警报号”的蒸汽用尽前，那东西肯定会追上自己，于是他决心拼死一搏；他将引擎开到了全速，闪电般地跑到了甲板上，扭转了舵轮。恶臭的海水中涌起了泡沫与涡流，而当蒸汽开得越来越高时，这个勇敢的挪威人驾船朝着那团追逐着自己的胶状身躯冲了过去。此时那东西从不洁的泡沫中渐渐升起，像是一艘魔鬼般的西班牙大帆船的船尾。那可怖的章鱼头颅带着不断扭动的触手几乎就要扑上坚实汽艇的船首斜桅，但约翰森依旧勇敢地驾船向前冲去。接着，传来了如同气囊爆炸一般的猛烈冲击，接着泛起了好似切开翻车鱼时产生的黏稠恶心感觉，然后涌起了一股仿

---

[1] 那来自群星、不应属于这个世界的庞然大物像是独眼巨人波吕斐摩斯诅咒奥德修斯逃跑的帆船一般：波吕斐摩斯曾捕捉并囚禁了奥德修斯与他的船员，供自己食用，奥德修斯设计用木桩刺瞎了他的眼睛，然后带着船员从巨人手中乘船逃走。

佛同时打开一千座坟墓般的恶臭，并伴随着一声记录者甚至都不愿写在纸上的声响。那一瞬间，船被一种遮挡视线的呛人绿云包笼了起来，接着就只剩下了船后一团不停翻滚着的毒云；老天在上——那无可名状的群星子民所剩下的破碎胶质正如同云雾般重组着自己那可憎的原型，与此同时，“警报号”在不断提升的蒸汽动力的推动下，渐渐拉开了距离。

这就是全部了。在那之后，约翰森只能对着船舱里的塑像发呆，并将精力都放在了为自己和身边狂笑不止的疯子寻找食物上。在最初那次勇敢的举动后，他没有再试着驾驶汽艇，他灵魂里的某些东西因为这场事故而被抽走了。接着便是4月2号的风暴，然后他的意识也渐渐地模糊了。他感觉自己如同鬼魅般地旋转着穿过了充满液体的无尽深渊，坐在彗星的尾巴上晕眩地飞驰在旋转的宇宙里，歇斯底里地从深坑中冲向月亮然后又从月亮上跃回深坑，同时扭曲而又令人发笑的古老神明与来自地狱的长着蝠翼、大声嘲笑自己的绿色恶魔全都在放声大笑，让一切变得快活有趣起来。

从噩梦中醒来后，他被救了——“警戒号”，殖民地海事法庭，达尼丁的大街，还有回到埃格伯格堡老家的漫漫旅途。他没法把一切都说出来——别人会觉得他疯了。他只能在死之前把自己知道的一切都写下来，但他的妻子必须不能生疑。如果没法擦去这段记忆，死亡对他来说也是一种恩赐。

这就是我读到的文件，而现在，我把它一同放进那只锡制的箱子里，与那尊浅浮雕以及安吉教授的文件放在一起。随它一起的还有我的记录——这些是我心智正常的证明，这里面拼起了所有的一切，但我希望永远也不会有人将它们再拼凑起来。我已经看到了所有的恐怖，那些宇宙不得不藏起来的恐怖，从此之后春季的天空与夏季的花朵对我来说都如毒药一般。我觉得自己将不久于人世。就像外叔祖父以及可怜的约翰森一样，我将会死去。我知道得太多了，而那个教派依旧还活着。

克苏鲁也还活着，我猜。它又回到了早在太阳尚且年轻时就一直庇护着它的石头裂缝之中。它被诅咒的城市再一次沉没了，因为“警戒号”在4月的风暴之后曾航行穿过了那片水域；但它在地球上的祭司们依旧在某些偏远的地方围绕着供奉偶像的独石咆哮、跳跃、杀戮。他肯定在沉没时被困在了自己的黑暗深渊里，否则整个世界必定会在恐惧与疯狂中高声尖叫。谁知道最后会如何呢？升起的或许会沉没，而沉没的也将会升起。可憎之物在深渊里等待着、长眠着，而腐朽在摇摇欲坠的人类都市中播散扩张。一个时代终会到来——但我不愿去想，也不能去想！我祈祷，如果我在死前未能销毁这份手稿，我的遗嘱执行人会谨慎行事，不致鲁莽妄为，别再让它暴露在其他人的眼前。

大衮
Dagon

译者：竹子

写下这些文字时，我正处在精神极度紧张的状态中，因为今晚过后我将不复存在。我现在身无分文，药物是唯一能让我忍受折磨继续生活下去的东西，而当它们中断后，我便无力再续；届时，我会从这间阁楼的窗户里跳出去，摔死在下面肮脏的大街上。不要因为我是吗啡的奴隶就觉得我是个软弱或自甘堕落的家伙。当你读过这几页草草写下的文字后，你或许会猜到我为何一定要忘记过去，或者一心寻死；但你永远也无法完全明白其中的深意。

在茫茫太平洋上最旷阔、最无人造访的海域中，德国的军舰袭击了我押运的油轮。当时，大战[1]刚刚打响，德国佬的海军力量还没有被彻底地削弱到后来的地步；因此，我们的油轮也就理所当然地变成了他们的战利品。此外，全体船员也得到了作为海军战俘应该得到的所有公正、客气的待遇。事实上，那些羁押我们的水手军纪非常松散，因此五天后，我便设法带着足够维持很长一段时间的补给与淡水独自驾着小船逃了出去。

当最终意识到自己已经重获自由，并且正漫无目的地漂在海上时，我开始茫然无措起来。我并不是一个合格的领航员，只能凭借着太阳与星星的方位大致地推断自己处在赤道南面的海域中。我不知道自己的经度位置，周围也看不见任何岛屿或海岸。天气一直很晴朗，于是我在酷热的烈日下漫无目的地漂流了不知道多少天；我一直期待着能够看到路过的船只，或是撞上某些可以居住的陆地。但船只与陆

[1] 大战：指第一次世界大战。

地从未出现过，独自面对着一望无际、波涛起伏的蓝色汪洋，我开始感到绝望。

但在我睡觉的时候，事情发生了变化。我一直都不知道其中的细节；尽管打盹儿的时候烦乱不安，总是被梦境侵扰，但我却一直没能醒来。当最终醒过来的时候，我发现自己正陷在一片可憎的黑色泥沼里。在我视力能及的范围里全都单调地铺展着起起伏伏的烂泥。而且我的小船也搁浅在不远处的泥滩上。

有人或许会猜测我的第一反应是为这种出乎意料的场景剧变而感到惊讶。实际上，与其说是惊讶，不如说是恐惧；因为空气与腐烂的泥土中都透着一种不祥的意味，让我觉得不寒而栗。这片区域飘荡着恶臭，随处可见腐烂的死鱼以及其他一些从无边平原的恶心烂泥中露出来的、难以描述的死物。或许，我不该奢望仅仅依靠文字就能描述那种出现在死寂与荒芜的广袤中、无法言说的恐怖。除了绵延得无边无际的黑色烂泥外，我看不见任何东西，也听不见任何声音；然而完全的死寂与一成不变的风景让我产生了一种几欲作呕的恐惧，并为此深感压抑。

太阳在天空中散发着刺目的光芒。而在我看来，没有一丝云彩的冷酷天空似乎是黑色的；仿佛正倒映着脚下这片墨黑色的泥沼。我爬回了搁浅的小船，意识到眼下处境只有一种解释——由于某些规模空前的火山运动，一部分海床被抬升到了海面，因而让这片一直隐藏在水底深渊下的土地暴露了出来。这片从我下方隆起来的土地一定非常辽阔，因为即便我竖着耳朵静静聆听，也察觉不出一丁点儿由汹涌海洋发出的声响。而且，这些死物的上空也看不见任何盘旋着的海鸟。

我坐在侧翻在泥地上的小船里冥思苦想了几个小时，随着太阳慢慢越过天际，船身也跟着投下了浅浅的阴影。随着白天渐渐过去，地面已不再像之前那么泥泞，而且似乎干燥到了可以供人短时间行走的地步。那天晚上，我几乎没有入睡；第二天，我打包装好了食物和淡水，准备穿越陆地去寻找消失的海洋与任何可能的救援。

第三天早晨，我发现泥土已经干燥到可供人轻松行走了。死鱼发出的臭味浓烈得让人发疯；但是，比起这些微不足道的毒害，我更关心那些更加严重的问题，因此，我大胆地向着未知的目的地出发了。整个白天我都在向着西面稳步前进。远方一座高出这片起伏荒漠的小丘为我提供了清晰的指引。入夜后，我就地扎营，然后次日继续向着小丘前进。可是，那座小丘似乎并没有比我第一次瞥见它时近上多少。到了第四天傍晚，我终于抵达了小丘的脚下，发现它比我从远处眺望时要高得多；一条坡度陡峭的峡谷隔开了它与周围的地面。我觉得很疲倦，没有力气继续攀登，于是只能睡在山丘的阴影里。

那晚我梦见了许多狂野而诡异的东西，但我不知道这是为什么；但在那轮亏缺却鼓胀得有些奇异的凸月从东面的平原上升起之前，我便在浑身冷汗中醒了过来。所经历的梦境太过可怕，让我无法忍受。接着，在月亮的光辉下，我意识到在白天穿越荒原实在是个非常愚蠢的主意。没有灼人烈日的烘烤，我可以省下不少的体力；事实上，我觉得那片在日落时曾阻碍过我的山坡已经不是难以逾越的阻碍了。我收拾好了自己的包裹，开始向着小丘的顶端爬去。

我曾说过，自己隐约感到恐惧的原因之一便是这片绵延起伏的荒原所展现出的那种一成不变的单调；但当爬到小丘的顶端，向下俯瞰，望见一座深不见底的天坑或峡谷时，我觉得自己的恐惧变得更加强烈了。此时，月亮爬得还不够高，无法照亮坑底的漆黑深渊。我觉得自己像是站在世界的尽头；越过边缘看着永夜中的无底混沌。在恐惧中，我古怪地回忆起了《失乐园》[1]，回忆起了撒旦爬过未成形的黑暗王国时的可怖情景。

随着月亮在天空中越升越高，我开始看见深谷的山坡并不像我想象的那么陡峭。裸露出的石块与岩架为攀爬提供了方便的落脚处，而在向下约一百英尺后，坡度就变得非常平缓了。在一种无法明确解析的冲动的驱使下，我艰难地爬下了岩壁，站在平缓山坡的底端，凝视着还未被月光照亮的阴森谷底。

突然之间，我注意到了一个位于对面山坡上、巨大而又古怪的物

[1]《失乐园》：英国诗人弥尔顿所创作的长篇神话史诗，紧接着的叙述也是《失乐园》中描述的情景。

体。那东西直直地耸立在我的正前方，距离我大约有一百码的距离，在渐渐升起的月亮所投下的光辉中闪烁着白色的反光。那仅仅是一块非常巨大的石头。我很快便确信了这一点；不过，依据它的轮廓与位置，我清晰地意识到这并不是天然生成的巨石。在更仔细地眺望后，我产生了一种无法表达的古怪感觉；虽然它无比巨大，而且位于一座早在世界之初就一直敞在海底的深渊中，但我却非常肯定地相信这个奇怪的物体是一个经过仔细塑形的巨型独石。它巨大的躯体必然经过手工的琢磨，甚至可能还被某些会思考的活物崇拜着。

这让我觉得头晕目眩，极度恐惧，同时有了某种科学家或考古学家才会有的欣喜。我开始更加仔细地检查起了四周。此时，月亮已接近天顶，开始鲜亮而又诡异地照耀在裂谷两侧耸立的峭壁上，并显露出从远端汹涌而来的海水正在山谷的底端流淌着。站在山坡上的时候，拍打起来的浪花几乎溅到了我的脚上。这条水道曲折蜿蜒，不论从哪个方向都看不见尽头。裂谷的对面，涌动的波浪正冲刷着巨大独石的底端；此时我注意到那块巨石的表面还雕刻着铭文与粗糙的图案。我对铭文所使用的象形文字系统一无所知，也从未在书本里看到过任何与之类似的东西；大多数文字都是由形式化了的水生符号组成，像是鱼、鳗鱼、章鱼、甲壳类动物、软体动物、鲸等等。还有一些符号显然代表着现代世界从未听说过的海洋生物，不过我却在这片从海底升起的荒原上见过它们腐烂的尸体。

但是，最让我痴迷的还是它表面那些绘画般的雕刻。即便隔着旷阔的水面，那些尺寸大得惊人的雕刻依旧清晰可见。那是一系列复杂的浅浮雕，其表达的主题甚至能激起多雷[1]的艳羡。我想这些东西可能是在描绘人——或者某一种特殊的人；不过画上的生物像是鱼一样在海底的洞室里嬉戏，或是聚集在某些位于波涛之下的独石圣坛前表达它们的敬意。我不敢细致描述它们的面孔和躯体；因为

[1]多雷：古斯塔夫·多雷（1832-1883），法国画家，雕刻家。他因为《圣经》以及但丁、弥尔顿、塞万提斯等人的作品绘制插画而举世闻名。其作品多以宗教、神秘或恐怖为主题。

仅仅回忆那些景象就让我觉得晕眩。这些东西比坡[1]和布沃尔[2]的想象更加怪诞，虽然有着带蹼的手掌与脚掌、宽得令人惊讶的松弛嘴唇、鼓胀无神的眼睛以及其他一些回忆起来更令人不快的特征，但它们却在整体外形上与人类相似到了可憎的程度。更奇怪的是，相比雕刻上的其他景物，这些生物中的一个个体似乎凿刻得相当不合比例；因为在雕刻上，那个个体正在试图杀死一只鲸鱼——但雕刻将其表现得几乎和鲸鱼差不多一样大小。我之前说过，我注意到了怪诞的模样和离奇的尺寸；但随后我便觉得它们仅仅只是一些依靠捕鱼与航海为生的原始部族所想象出来的神明。早在皮尔丹人[3]或尼安德特人[4]的祖先出现之前，这支部族的最后遗民就已经灭绝了。透过这尊巨石，我窥见了哪怕最为大胆的人类学家也不曾构想的过去。这让我充满了敬畏，一时间只能站在那里静静沉思着，任由月亮将奇异的倒影投射在我面前寂静的峡谷里。

突然之间，我看见了它。那东西悄悄地浮现在了黑暗的水面上，仅仅搅起了一连串轻微的波澜昭示着它的到来。那是一个令人憎恶，仿佛神话中的波吕斐摩斯巨人[5]一般的庞然大物。它像是一只噩梦里的巨大怪物一般飞扑向那块巨型独石，同时伸出了自己那双覆盖着鳞片的巨臂，然后它低下了自己那令人毛骨悚然的头颅，发出了某些缓慢而又有节奏的声响。我想我当时一定疯了。

我发疯般地爬上了山坡与峭壁，神志不清地跑回了搁浅的小船。

---

[1] 坡：爱伦·坡（1809—1849），19世纪美国诗人、小说家和文学评论家，侦探小说与科幻小说的先驱，同时也是19世纪的恐怖小说大师之一。洛夫克拉夫特曾对他有极高的评价。

[2] 布沃尔：可能是指爱德华·布沃尔·利顿（1803—1873），英国诗人，作家，他的许多作品充满奇想，是早期科幻小说作家的代表人物之一。

[3] 皮尔丹人：1912年发现的一具骸骨，当时被认为是找到了人类和猿类之间进化缺失的环节。但在1953年被证实是赝品。

[4] 尼安德特人：距今大约20万至30万年，生活在欧洲、近东和中亚地区的古人类。

[5] 波吕斐摩斯巨人：希腊神话中的吃人的独眼巨人，海神波塞冬和海仙女托俄萨之子。在《奥德赛》故事中奥德修斯设计刺瞎了他的独眼。

而其中的经过几乎没有留下任何记忆。我觉得自己曾大声尖叫过，并且在没办法尖叫的时候古怪地大笑不止。我还隐约记得自己在返回小船后不久便经历了一场巨大的风暴；至少我知道自己曾听见雷霆的轰鸣与其他一些大自然在最为狂野时才会发出的声音。

当最终走出阴影时，我已经在旧金山的医院里了；一艘美国海轮在大洋中央遇到了我的小船，因此船长将我送到了医院里。在精神错乱时我说了不少话，但却没有人认真关注过这些言语。搭救我的船员并没有看到任何从太平洋中央隆起的土地；我不觉得自己有必要再去坚持讲述其他的事情——我知道他们不会相信我的故事。我曾拜访过一个著名的人种学家，并向他询问了一些有关古非利士人神话中的鱼神大衮的古怪问题。这些问题把他给逗乐了；但我很快便意识到他是个因循守旧到无可救药的人，因此也没再继续问下去。

如今在晚上，尤其是在悬着渐亏凸月的时候，我便会看到它。我试用过吗啡；但药物只能给予短暂的安宁，并且牢牢地掌握住了我，让我无可救药地成为了它的奴隶。所以，我准备结束这一切。我的同胞们会从我写下的这份完整的叙述中得知所发生的一切，或许他们也会耻笑这些内容。我常问自己这一切会不会纯粹只是一场幻想——仅仅是我在从德国士兵手下逃出去后躺在毫无遮挡的小船里被太阳炙烤到高烧不退满口胡话时的离奇幻想。每当我这样问自己时，我的眼前总会出现一幅栩栩如生得让人毛骨悚然的画面。一想到深海，我便会颤抖着想到那些无可名状的东西此刻可能正爬行蠕动在它那泥泞的海床上，膜拜着它们那古老的石头偶像，并在被海水浸透的海底花岗岩方尖碑上雕刻出自己的可憎模样。我梦见有一天它们会浮现在巨浪之上，用它们恶臭的爪子拖走那些残余下来、已被战争搞得筋疲力尽的软弱人类——梦见有一天大地将沉入海底，而黑暗的海床会在世界陷入一片混乱时抬升出海面。

时间已经不多了。我听见门边有些声音，就像是某些巨大黏湿的躯体在重重地撞击着大门。不能让它找到我。老天啊，那手！那窗户！那窗户！

神殿
The Temple

译者：玖羽

1917年8月20日，我，卡尔·海因里希(Karl Heinrich)，阿尔特伯–爱斯坦因(Altberg–Ehrenstein)的伯爵，身为德意志帝国海军少校兼潜艇U–29的艇长，将装有此笔记的漂流瓶投进海中。我的潜艇因故障而搁浅在大西洋海底，具体位置不明，大约是在北纬20°、西经35°左右之处。我投出此篇笔记，只是为了让公众知道某种非比寻常的事实；现在，我正处在险恶而诡异的状况之中，继续生存的可能性极低。这状况不仅使U–29受到了致命的损害，也使我这日耳曼人独有的、铁一般的意志遭到了凄惨的损伤。

6月18日下午，正如通过无线电向驶往基尔港的U–61报告的那样，我艇于北纬45°16'、西经28°34'的海域，击沉了从纽约开往利物浦的货轮“胜利号”。应海军部的命令，我艇拍摄了纪录片；为了获得良好的拍摄效果，我允许该船的乘员坐救生艇逃脱。“胜利号”就像画上的沉船那样，船头先沉，然后船尾高高扬起，垂直地沉没了。我艇的摄像机没有错过任何一个细节，我甚至觉得把这影片送交柏林稍微有些可惜。拍摄结束后，我艇用炮将救生艇击沉，然后潜航。

日落之时，潜艇再度上浮，在甲板上发现了一名船员的尸体，他用很奇怪的方式抓住了栏杆。这可怜人很年轻，长着一头黑发，看起来颇为英俊。他可能是意大利人或希腊人，但肯定是“胜利号”的船员。当他所乘的船被击沉时，他一定想到我艇上寻求避难——结果，他也成了英国佬们向我的祖国挑起的不义之战的牺牲品。艇上的水兵为寻找纪念品，搜了他的外套，结果在上衣口袋里发现了一个形状极其奇特的象牙雕像，那是一个戴着月桂冠的年轻人头像。我的同僚克兰策上尉认为这雕像是个古董，而且具有美学价值，于是就从水兵那里抢来，据为己有。我和克兰策上尉都无法想象，一介水兵竟配拥有如此珍贵的东西。

当要把尸体扔出艇外时，发生了两件事，严重动摇了我方水兵的军心。其一，在掰开尸体抓着栏杆的手的时候，很多人都产生了幻觉，觉得尸体闭着的眼睛仿佛睁了开来，静静地嘲笑着正抓住尸体的施密特和齐默尔。其二，水手长穆勒(Mueller)，一个老头子——他是只阿尔萨斯出身的迷信的猪，目睹了被投到海里的尸体后，就因幻觉而变得异常激动。他发誓，那尸体稍稍下沉之后，像游泳似的挥动着手脚，在波浪下向南方游去。克兰策和我都十分厌恶此等村汉的愚昧之语，于是严厉地训斥了所有人，特别是穆勒。

翌日，一部分水兵产生不适，难以履行职务。他们显然被漫长的远航弄得神经紧张、噩梦连连，不少人看起来都变得茫然而迟钝。在确认他们并非装病之后，我解除了他们的责任。又因海况变差，潜艇决定潜航到波浪较为平静的深度。这里相对安稳，然而却有一道不存在于海图上的神秘洋流向南流去；病人的呻吟声令人恼火，但为了不影响其他水兵的士气，我们没有采取极端措施。潜艇计划原地停留，根据在纽约的间谍传来的情报，截击将要从此地通过的邮轮“达奇亚号”。

傍晚，潜艇上浮，发现海况有所好转。在北方的水平线上发现了战舰烟囱冒出的烟柱，但双方的距离和我艇的潜航能力足以保证安全。更令我们忧虑的，则是水手长穆勒的狂言。随着夜幕降临，他变得越来越疯狂，现在已处于一种令人唾弃的愚稚状态之中。穆勒喋喋不休地述说着他的幻觉，说他看到了很多尸体漂在海底的舷窗外，还说那些尸体都直直地看着他；而且，他竟宣称那些被水泡胀的尸体中有一部分是我德意志海军辉煌战果中的死者，这些尸体全都由那个被我们扔进海里的年轻人引导着。由于这些可怖而反常的发言，我命令把穆勒铐起来，狠狠地鞭打了他一顿。对他的处罚不会让水兵们高兴，但我必须严肃军纪。与此同时，齐默尔代表水兵们要求将那奇特的象牙雕像抛下海，这也被我拒绝。

6月20日，在前一天感到不适的水兵波姆和施密特已经陷入疯狂。我很后悔艇上没有配备医官，因为德国人的生命是宝贵的。可是这两人一直胡乱念叨着可怕的诅咒，这将会扰乱军心，所以我采取了断然的处置措施。水兵们无疑对此感到不满，不过这似乎却使得穆勒平静下来，他没再给我们带来任何麻烦。在夜色将近的时候，我命令释放他，然后他就开始默默地履行自己的职责。

在接下来的一周中，所有人的神经都极度紧张，一直等待达奇亚号到来。当穆勒和齐默尔失踪后，艇内的紧张更加恶化；虽然没有任何人目睹，不过他们无疑是在过度恐惧中投海自杀。我倒是很高兴能摆脱穆勒，因为他即使沉默不语也会给艇员造成恶劣影响。看起来所有人现在都宁愿保持沉默，把恐惧藏在心头，虽然许多人出现了身体不适，但无一人挑起骚动。克兰策上尉在紧张之下变得十分焦虑，他正为一些极其细微的事情烦恼——聚集在U-29周围的海豚数量有所增加，那道不见于海图的南向洋流也有增强之势。

终于，我们发现自己已错失了迎击“达奇亚号”的机会，这样的失败并不罕见。但比起失望，我们更多的是感到高兴：根据规定，我艇现在可以回到威廉港[1]了。6月28日中午，我艇将航路转向东北，与异常多的海豚可笑地纠缠在一起，迅速归航。

下午2时，在毫无预警之下，轮机舱发生爆炸。尽管没有出现任何机械故障和人为疏忽，潜艇还是突然遭到巨大的冲击，剧烈摇晃。克兰策上尉立即赶往轮机舱，发现燃料箱和大部分机械都被炸得粉碎，机械师拉贝和施奈德当场死亡。潜艇的状况一下变得极为严峻，虽然空气再生装置未受损伤，压缩空气和蓄电池也使潜艇保留了下潜、上浮和打开舱门的功能，但潜艇已然失去全部动力。如果派出救生艇求助，就等于将自己交到那些向我伟大的德意志帝国挑起这场痛苦的不义之战的敌人手中；潜艇的无线电自击沉“胜利号”之后就一直故障，所以也无法向帝国海军的其他U艇求援。

自事故发生之后，直到7月2日为止，我艇一直向南方漂流，无计

[1] 威廉港（Wilhelmshaven）：德国的重要军港。

可施，也未与任何船只相遇。海豚依然包围着U-29，考虑到潜艇移动的距离，这实在是令人惊讶。7月2日早晨，潜艇发现一艘悬挂美国国旗的战舰，水兵们焦躁不安，极欲投降；最后，克兰策上尉不得不枪毙了一名鼓吹这种叛国行径最甚的、名叫特劳贝的水兵，这让水兵们全都老实下来。潜艇未被敌舰发现，径直下潜。

翌日下午，南方出现了密集的大群海鸟，海况也开始变得不祥。潜艇关闭舱门静候其变，最后发现，如果再不下潜，就铁定会被巨浪吞没。下潜会使气压和电力持续减少，虽然我们尽量避免消耗潜艇仅存的些微动力，但这种时候也没有选择的余地了。我艇潜得并不太深，几小时后，当大海恢复平静，我们就决定浮出海面。可是，此时又发生了新的麻烦：就算用尽一切手段，潜艇也无法再度上浮。在海中的幽闭增长了乘员的恐惧，一些人又开始嘀咕关于克兰策上尉的象牙雕像的事情，只是在看到手枪之后方才住口。尽管明知毫无意义，但我还是指派这些可怜的水兵修理机械，让他们拼命工作，不得歇息。

我和克兰策上尉轮流入睡，水兵们的暴动就发生在我睡觉的时候，约为7月4日凌晨5时。艇上仅存的那六只猪怀疑我们已经完蛋，为了前天没有向扬基佬的战舰投降一事愤怒得发狂，在诅咒和毁灭中神志失常。他们像野兽那样咆哮，不分青红皂白地砸烂了仪器和用具，还喊着各种胡话，说这些都是象牙雕像和那自己游走的死去黑发青年的诅咒。克兰策上尉一副目瞪口呆的样子，完全不中用，我认为，这全因他是一个软弱的、女人气的莱茵兰人的缘故。我执行了必要的处理措施，将这六名水兵全部射杀，并确认他们已经彻底死亡。

我们通过双联舱口把尸体全部投弃，这样U-29上的活人就只剩下我和克兰策二人。克兰策看起来极度紧张，总是喝酒；我们决定最大限度地利用没有被那些猪一样的水兵们的疯狂行为毁掉的丰富食品储备和化学制氧装置，尽可能活下去。由于罗盘和深度计等精密仪器已被破坏，从这以后我们只能依靠手表、日历以及从舷窗和潜望塔中看到的物体的移动速度来推断自己的位置。幸运的是，就算同时用于艇内照明和探照灯，蓄电池也还能维持很久。我们常用探照灯照射艇外，但只能看到海豚伴随在漂流的潜艇四周。我对这一大群海豚产生了科学上的兴趣：它们的学名叫真海豚，属于鲸目的哺乳动物，必须呼吸空气才能生存。但我曾盯着一只海豚看了两个小时，却没见它为换气而上浮过一次。

在接下来的时间里，克兰策和我都推测潜艇一直被海流带着向南方行去，而且沉得越来越深。我们认出了许多海洋动植物，我为了打发时间，也读了很多这方面的书。可是我也注意到，我的同僚对科学知识的了解比我浅薄得多。克兰策没有普鲁士人的精神，他只会沉浸在毫无价值的空想之中。我们正在走向死亡这个事实对他产生了奇妙的影响，他成天为那些被我们葬送到海底的男女老少忏悔、祈祷，全然忘记了我们对德意志祖国做出的高尚贡献。后来他的精神变得越发失衡，经常用好几个小时去注视那个象牙雕像，去编织那些关于被遗忘在海底的失落之物的想象。有时作为一种心理试验，我会让他讲讲这些幻想故事，听他不厌其烦地述说各种诗歌的引文和关于沉船的传说。我觉得他很可怜，我不愿看到一个德国人陷入这般悲惨的处境；不过，我更不愿和克兰策这样的同伴一起去死。我知道，祖国将彰扬我的战功，我的儿子们将被教育成像我这样的人才，我为这些感到自豪。

8月9日，我们看到了海底，并用探照灯的强光打到海床上。那是一片布满起伏的平原，大部分被海藻覆盖，还有小型软体动物的壳散乱其间。这里到处都能见到形状奇特、覆满海藻和藤壶的物体，克兰策一口咬定，那是沉睡在这个海底墓地里的沉船。可克兰策也对一样东西感到困惑，那是一个硬物，粗约二英尺，从海底突出约四英尺，侧面为平面，顶端是一个钝角尖顶。我认为那只是裸露的岩石，但克兰策觉得他在那东西表面看到了雕刻。过了一会儿，他开始发抖，像被吓到一样把脸转开；我难以解释这种现象，只能认为，他身处大海的深渊之中，因此被那巨大、黑暗、遥远、古老的神秘感压倒了。尽管克兰策的大脑已经疲惫，但我仍然保持着德国人的精神，并很快注意到两件事。其一，U-29已处在深海的水压之中，绝大多数博物学家都断定在这样的深度下不可能存在任何高等生物，可那些海豚还像没事一样游在潜艇周围。我能肯定，自己以前一定把深度算得太大了，但就算如此，我艇现在的位置依然很深，足以让这种现象变得不同寻常。其二，通过对海底物体的测量可以得知，正如我在不太深的地方通过对海底生物的目视推测的那样，潜艇向南的速度没有什么变化。

可怜的克兰策陷入完全疯狂，是8月12日下午3时15分左右的事情。他本应在潜望塔操作探照灯的，但他却进了图书室，当时我正在读书。他的表情立即背叛了他；我把他的话记在下面，并在他着重强调的字下加了下划线。“他在叫我！他在叫我！我听见他了！我必须去！”克兰策一边这么说着，一边从桌上拿走那个象牙雕像，装进自己的口袋，又抓住我的胳膊，把我拽到通往甲板的升降扶梯那里。我马上明白，他想打开舱门，和我一起跳进海中，但我不想和他一起变成自杀狂兼杀人狂。我退回去，试图安抚他，但他只是变得更加暴力，并说：“赶紧来吧，不要再磨蹭了，忏悔而被原谅比抗拒而受惩罚要好得多。”于是我试着改变态度，告诉他，他已经疯了，变成了一个可怜的疯子。然而克兰策根本不为所动，只是哭叫道：“如果我疯了，那简直是太仁慈了！愿诸神怜悯那些麻木不仁、在面临骇人听闻的终结之时还能保持正常的人吧。你也过来吧，你也变成疯子吧，他依然在充满仁慈地叫着我啊！”

这次爆发似乎解除了他大脑中的所有压力；当平静了之后，他开始温和起来，对我说，如果我不愿意同行，就请让他一个人离去。这样，摆在我面前的选择就很清楚了。的确，克兰策是德国人，可他只不过是一介莱茵兰的平民。而且，他现在已经变成了一个潜藏着危险的疯子。如果允许他自杀，我就能立即解除来自这个同伴的威胁。我要求他在离开前先把象牙雕像交出来，但他只是诡异地笑着，我不想把他的话记下来。接着，我考虑到自己万一获救的可能，问他要不要给身在德国的家人留一些纪念品或遗发，他也只是报以同样诡异的笑。于是克兰策登上了扶梯，我在操作杆前等了一会儿，就启动了那个会导致他死亡的装置。当我认定克兰策已经不在艇内之后，为了看他最后一眼，开动了探照灯。理论上说，克兰策应该会被水压压扁，但我想确认，他是否会像那些非比寻常的海豚那样，不受任何影响。可是那些海豚却密密麻麻地聚集在潜望塔周围，模糊了视线，使我没能看到同僚最后的样子。

那天晚上，我一直不能忘记那个象牙雕像，并后悔自己怎么会让可怜的克兰策把它装在兜里，一起带走。尽管我无法忘记那戴着月桂冠的美貌年轻人的容颜，但我生来就不是艺术家的料，我只是感到可惜，自己将再也无法与他人谈及此物；克兰策虽然在智性上无法与我相比，但总比没人谈话要来得好。这一晚我辗转难眠，只是在想，最后的时刻何时才会降临。的确，我对获救已经基本绝望了。

翌日，我登上潜望塔，和往常一样用探照灯照射四周。向北望去，自从看到海底以来，景色在四天中都没有什么变化，但我感觉推动U–29前进的海流的速度已经没有以前那么快了。把探照灯向南照，只见前方的海底明显下陷成斜坡，形状规则的石块奇妙地躺在固定的地方，仿佛是遵照某种明确的模式被安置在那里一样。因为潜艇不可能迅速潜入如此深的海底，所以我立即调整探照灯的角度，让光呈锐角向下照去。结果，角度变换过大，导致线路中断，修理它浪费了不少时间。但探照灯还是再度放出光柱，照亮了在视野里铺展开来的海中山谷。

我不是个会让感情支配理性的人，但当我看到被探照灯的光柱照亮的东西时，仍震惊不已。身为接受了最高水平的普鲁士文化教育的人，而且更是身为知晓被地质学证明、在传说中流传的沧海桑田之事的人，本是不应表现出这般震惊的。我所目睹的，乃是许多宏伟建筑的废墟，这些建筑巨大无朋、精巧无匹，尽管建筑样式和保存状态各自不一，但所有建筑都极尽壮美。看起来，这些建筑中的大部分都是以大理石建成，它们在探照灯的光柱下闪着白色的光辉。总体来说，这广大的城市位于狭窄山谷的底部，不过在陡坡上也星罗棋布着一些孤立的神殿或山庄。就算屋顶崩落、立柱折断，但那不可能被任何事物抹去的、属于遥远得难以追忆的太古的光辉依然没有消逝。

看到此前一直被我视为神话的亚特兰蒂斯在眼前出现，我油然生出考察这座废墟的热切渴望。过去肯定曾有河流在谷底深处流过，当仔细观察的时候，我不禁为那石制和大理石制的桥梁和河堤，为那美丽的、翠绿的阶台和堤岸目眩神迷。在这热情之中，我几乎变得和可怜的克兰策一样愚蠢、感伤，以至于很久以后才注意到，那向南的海流已经停止；就像飞机在地面上的城市中着陆那样，U–29开始缓慢地在沉没的城市中着陆了。同样，我一时也没发现，那非比寻常的海豚群已经消失不见。

又过了约两小时，潜艇才终于停在靠近山谷岩壁的铺石广场上。在潜艇的一侧，是一个斜坡，从广场直达昔日的河岸，可以让我看清城市的全貌。在另一侧，紧挨着潜艇，一座装饰得富丽堂皇、保存得极其完美的庞大建筑巍然耸立，毫无疑问，这是一座在岩石上挖出来的神殿。这幢宏大的建筑究竟是如何建成的，我根本无从想象。它的正墙巨大得难以形容，毫不间断地把岩山上的凹陷整个盖满；墙上开着许多窗户，墙中央则有一扇连接着巍峨台阶的大门像巨口一样张开，整扇门都被巧夺天工的浮雕环绕，浮雕的内容让人联想起罗马的酒神节。支撑着这一切的，则是巨大的立柱和楣梁，皆饰以华美得无法用语言形容的雕刻，那雕的尽是些理想化的田园风景，以及祭司和女祭司们排成行列、拿着奇怪的宗教用具去礼拜灿然的神祇的景象。这些雕刻呈现完美的艺术性，整体风格是希腊式的，但也包含着奇特的个性。它们看起来古老得可怕，因此只可能是希腊艺术的远祖，不可能是直系祖先。这恢弘的人造建筑的每一个细节无疑都是从我们行星上的这座岩山中雕掘而出，它整个就是山谷岩壁的一部分，可能是在一个或一连串山洞的基础上进一步掏空而成。至于它内部的空间究竟宽广到什么程度，则是我的想象力所远远不及的。它一定是一座神殿，无论是岁月的流逝还是海水的浸泡都不能腐蚀它那远古的威容，尽管经历了千年万年的岁月，它依然是那样无瑕，是那样神圣不可侵犯，就这样一直矗立在大洋深渊那漫漫的黑夜和茫茫的沉寂之中。

我整小时整小时地望着那美丽而神秘的巨大神殿，望着这座海底城市中的建筑、曲拱、雕像和桥梁。明知死亡就要临近，我还是无法控制自己的好奇之心，热切地搜索着，把探照灯的光柱到处打遍。在灯光下，我看清了许多细节，但却看不见那座岩石神殿内部的样子。

最后，我总算意识到还要节省电力，关闭了探照灯。和漂流时的那几周相比，现在的光柱明显暗了许多。探照灯的灯光逐渐消失，我探索深海秘密的欲望却水涨船高。我，一个德国人，现在成了踏入这座被永远遗忘的城市的第一人了！

我取出并检查了金属框架的深海潜水服，又确认潜水电筒和空气再生装置一切正常。尽管一个人打开双联舱口有些困难，但我深信，依靠掌握的科学技能，我能够克服一切障碍，亲身踏上这座死城的地面。

8月16日，我离开U–29，费力地走在荒废的、被淤泥覆盖的道路上，朝远古河道的遗迹前进。我没有发现任何骨殖或人类的遗骸，但却搜集了包括雕像和硬币在内的各种古代文物。我无法用语言形容自己的心情——当穴居人还在欧洲大地上漫步，还没有人见过尼罗河怎么流入海洋的时候，这里就已经出现了高度发达的文明。对这文明，我只有敬畏，没有别的念头。倘若这份笔记能被发现，靠着它的引导，这些我只能隐约暗示的奥秘定能被别人解明。后来，潜水电筒的光开始减弱，我便回到潜艇，决定第二天再去探索那座岩石的神殿。

17日，我正沉浸在探究神殿奥秘的冲动之中，沉痛的失望却给我当头一棒。我发现给潜水电筒充电的设备已在7月暴动的时候被那群猪一样的水兵们破坏了。我无比愤怒；但日耳曼人的直觉告诉我，如果不拿电筒就走进黑暗无光的神殿，说不定会和以此地为巢的难以形容的海中怪物碰个正着；退一步说，我也可能陷在迷宫般的通路中，再也无法出来。我能做的，只有启动U–29的探照灯，依靠已经非常微弱的灯光，登上通往神殿的台阶，开始研究外墙上的雕刻。光柱能以向上的角度照进大门里，我想试试能不能看见门里的东西，但只是徒然。不过，里面的天花板倒是能看见一点；我在确定门里是坚实的地面之后，踏进了一两步，然后就不敢前进了。我生平第一次感到了恐惧，同时也明白了可怜的克兰策的感受。那神殿仿佛是在一步一步地把我拉扯过来，我开始畏惧那不可见的、逐渐增强的恐怖。我回到艇上，关了灯，坐在黑暗里沉思。为了应对紧急情况，必须从现在开始节省电力。

18日星期六，我整天都在黑暗里度过。我这日耳曼人的意志已被打碎，各种各样的思想和记忆不断折磨着我。那禁忌的遥远往昔留下的不祥残迹已让克兰策发狂而死，它现在也在劝我走上同样的道路。命运保留下我的理性，难道只是为了把我推向那人类连做梦都未曾梦见过的，无比恐怖、无比不可思议的终局吗？我的精神万分痛苦，我必须摆脱这种弱者的迷茫。

那一晚，我根本睡不着。我全然不为将来打算，整晚都开着灯；电力会比空气和食物先用完，这一点让我很恼火。我想到安乐死，于是检查了手枪。快到早晨的时候，我一定没关灯就睡过去了，当下午醒来时，艇内一片黑暗，无疑是蓄电池用完了。我在连续划了好几根火柴后，不禁深深地后悔，为什么我们以前毫无远见地耗尽了艇上仅有的几根蜡烛。

最后一根火柴的火苗消失之后，我就静静地坐在无光的黑暗中。在无可避免的死亡面前，我开始回忆过去发生的所有事情，终于唤起了到目前为止一直潜藏在意识深处的记忆——那是会让我像迷信的弱者一样瑟瑟发抖的记忆。我在岩石神殿的雕刻上见到的那名辉煌的神祇的相貌，竟和那溺死的海员从大海里带来，又被可怜的克兰策随身带回大海的象牙雕像上的容颜完全相同。

这个巧合令我呆若木鸡，但我并不害怕。只有浅薄的论者才会性急地用朴素而单纯的超自然因素来解释这桩奇妙的、错综复杂的事情。这巧合的确令人难以置信，但我是一个拥有健全理智的人，绝对不会把那些毫无逻辑关系的事情——从击沉“胜利号”开始，直到我陷入眼下的绝境为止，这中间发生的所有非比寻常的事件——联系在一起。我觉得必须多休息一会儿，于是就服用了镇静剂，重新入眠。不知是不是日有所思夜有所梦的缘故，我在梦中听到了被淹死的人们的哀号，看到了贴在潜艇舷窗上的死者的脸庞。在那些死者的脸庞之中，也有那带着象牙雕刻的年轻人的活生生的、嘲讽的面容。

我必须谨慎地记录今天醒来后发生的事情，因为我的精神现在十分衰弱，幻觉和真实正在我眼里混成一团。从心理学的角度来看，我现在的精神状态无疑是很有趣的，我很遗憾，德意志的权威专家不能对它进行科学性的观察。睁开眼睛之后，我首先兴起了想要探访那座岩石神殿的难以遏止的欲望，这欲望每一分每一秒都在增长，我只好本能地唤起一些恐惧的感情来打消它。接下来，我觉得自己好像在蓄电池耗尽的黑暗中看到了光——有一种类似磷光的光辉从面向神殿那一侧的舷窗里透了进来。这激起了我的好奇心，因为据我所知，没有任何深海生物能发出如此强烈的磷光。可在着手调查之前，我又出现了第三个感觉，这个感觉是如此有悖常理，令我开始怀疑我的感官是否依然客观。我听到了幻听：透过U-29那完全隔音的船体，我仿佛听到了有韵律、有节奏，同时还有些狂野的声音，它就像是美丽的清咏，或是合唱的圣歌一般；于是，我确信自己的精神和神经已经不正常了，在划了一堆火柴、灌了一瓶溴化钠水溶液[1]后，幻听平静了不少，可磷光并没有消失，而且我也很难抑制自己想要靠近舷窗、调查光源的幼稚冲动。这种感觉真实得让人恐怖：磷光使我能看清周围那些熟悉的物品，包括我刚喝完的溴化钠水溶液空瓶——可是，那空瓶已经不在我刚才放下的位置了。我琢磨了半天，最后穿过房间，摸到了空瓶。它正放在我所看到的那个位置。现在我知道了，这光要么是真实的，要么是一种始终如一、不可驱散的幻觉。最后，我放弃一切抵抗，登上潜望塔，去寻找光的来源。也许，那光来自另一艘U艇，我还有获救的可能?

我以下的记录一定不是客观、真实的，因为那之后发生的事情完全超越了自然的法则，所以它一定是我这疲惫头脑的主观、虚幻的想象。当登上潜望塔之后，我发现大海并不像我预想的那样光芒四射，没有任何动植物在发出磷光，河岸斜坡上，城市一片黑暗，看不见任何东西。接下来我所目睹的事物，一点也不夸张，一点也不怪诞，一点也不恐怖，因为看到它之后，我就再也不相信我的知觉了。在那座从岩石山丘上雕掘而出的海底神殿的门窗里，摇曳的光辉正灼然闪耀，仿佛有火焰在神殿深处的祭坛上猛烈燃烧。

后面的事情就混沌不明了。当凝视那发出神秘光辉的门窗时，我

---

[1] 溴化钠水溶液：在医学上用作镇静剂。

仿佛看到了世间最为异常的东西——那些东西太异常了，我无法在此加以名状。我觉得我看见了一些东西在神殿里，它们有些静止不动，有些正在移动。这时，我又开始听到那种非现实的、跟我刚醒来时所听到的一模一样的咏唱，于是我所有的思想和恐惧都集中到了那个海中的年轻人，以及那个与神殿的楣梁和立柱上的雕刻一般无二的象牙雕像之上。我想到了可怜的克兰策。如今，他的尸体随着被他带进海里的那个象牙雕像漂到了什么地方呢？他肯定警告了我什么事情，但我没有注意；无论如何，他只是一个软弱的莱茵兰人，足以让他发狂的苦难，对普鲁士人来说却能轻易承受。

现在我要做的事情非常单纯。进入神殿探访的冲动已经成了一种难以解释的、压倒性的命令，我根本不可能拒绝。我这日耳曼人的意志已经无法再控制自己的行动，自此之后，我的意志本身大概也会变成无所谓的东西吧。我将像疯狂的克兰策那样死去，但和毫无防护地跳入大海的他不同，我依然保持着一个普鲁士人——保持着一个人的心志，直到最后的最后，我也要调动仅存的一丝意志。当明白自己必须到那里去之后，我就准备好潜水服、头盔和空气再生装置，然后，为了这段经历有朝一日能为世人所知，立即开始撰写这篇记录。我会把笔记装进瓶子里，在我永远离开U–29的时候，把它投进海中。

疯子克兰策的预言至今犹在耳畔，但我却一点也不害怕。我知道我看见的东西不可能是真实的，我也知道我的疯狂最多不过是让自己在空气耗尽之后窒息而死罢了。从神殿里发出的光辉是纯粹的幻觉，而我将在这黑暗的、被人遗忘的海底，得到与一个日耳曼人相称的平静的死亡。我在写下这些文字时听到的恶魔般的笑声，当然也是我自己这疲惫的头脑的产物。就这样，我将小心地穿上潜水服，鼓起勇气登上台阶，走进那座原初的神殿，走进那沉默的、属于无限深渊和无尽岁月的神秘之中。

魔宴
The Festival

译者：玖羽

恶魔之能，乃化无形之物为有形，而使人见之。

——拉克坦提乌斯(Lactantius)[1]

即使远离故乡，我也热爱东方的海洋。当夕阳西下之时，我听着波浪拍击在岩石上的声音，望着澄净的天空和最初出现在黄昏之中的星辰，望着天空下长满扭曲柳树的小山，就知道大海在那里了。我收到父祖们从大海彼方的古老小镇发出的召唤，所以就踩着薄薄的新雪，沿着坡道，孤身一人走向毕宿五在森林之上闪耀的方向。我要走向的地方，是我从未目睹，却经常在梦里见到的古老小镇。

此时适逢朱尔节(Yuletide)[2]，虽然人们通常称它为圣诞节(Christmas)，但他们心里却明白，这个节日远比伯利恒、巴比伦、孟菲斯，甚至人类自身古老得多。在朱尔节当天，我终于来到了海边的古老小镇。古时，当祝祭(festival)被禁止时，我的家族搬到这个镇上，继续执行祝祭；为了不让原初的秘密从记忆里消逝，祖先们还命令自己的子孙，每过一百年就要把祝祭执行一次。我的家族拥有漫长的历史，三百年前就已到这片土地上殖民。他们是一群异邦人，偷偷摸摸、掩人耳目

[1] 拉克坦提乌斯：路奇乌斯·凯奇里乌斯·菲米亚努斯·拉克坦提乌斯(Lucius Caecilius Firmianus Lactantius)，公元3-4世纪的基督教学者，引文出自《圣职制度》(Divinarum Institutionum)。

[2] 朱尔节(Yuletide)：古代北欧的冬至祭日，祭祀奥丁，后与圣诞节混同，遂变为圣诞节的别名。

地从南方那令人陶醉的芝兰花园里搬来，就连语言也和本地人不同，直到他们学会了那些蓝眼睛渔民的语言。现在我的族人已经星散四方，我们唯一共同拥有的记忆，只是这没有一个活人能够理解的神秘仪式；那一晚，被往昔的传说引诱、来到古老的渔镇的，只有贫穷而又孤独的我一人而已。

我终于走到山顶，黄昏下被积雪覆盖的金斯波特镇出现在眼前，陈旧的风向标、尖塔、屋梁、烟囱、码头、小桥、柳树、墓地全都一览无余。陡峭、狭窄、弯曲的街道组成了无尽的迷宫，令人目眩、仿佛从未受到岁月侵蚀的教堂矗立在迷宫中央的小丘之上。而那些殖民时代的房屋也构成了另一个没有尽头的迷宫，它们像小孩子用积木搭起的城堡一样，角度、高度各异，有时紧密，有时稀疏。房屋的山墙和复式斜顶被染得雪白一片，老旧的颜色张开灰白的翅膀，凝结在房上。在黄昏的光线中，扇形窗和小玻璃窗一扇一扇地反射着冷冷的光芒，加入以猎户座为首的、拥有悠远历史的群星的行列。波涛冲洗着朽烂的码头——在那里的，正是沉默、永恒的大海。过去，我的族人就是越过辽阔的大海，来到这片土地的。

在通往山顶的坡道边，风吹打着另一座更高的山丘。我知道那里就是墓地，黑色墓碑被雪盖住的怪异样子，正像庞大尸体上腐烂的指甲。这条路上偏僻无人，但有时我会觉得耳边响起风吹过绞架的可怕声响。我们一族里有四名亲属在1692年[1]被指控行巫术而遭绞刑，但我不清楚此事发生的具体地点。

走下通往海边的扭曲坡道时，我侧耳倾听夕阳下小镇欢乐的声音，可什么也没有听见。我考虑到现在的时节，心想是不是这些老派的清教徒镇民有着独特的圣诞习俗，他们这时全都安静地聚在炉边默祷。既然这么认定了，我就不再设法聆听欢声，也不再寻找街上的路人，只是一直走向暮光下的农舍和被阴影笼罩的石墙。古旧的商店和海边酒馆的招牌在海风中吱嘎作响，在空无一人、没有铺石的街道两

---

[1]1692年：1692年的塞勒姆巫术恐慌事件。洛夫克拉夫特常在文中影射此事件。

旁，设有立柱的大门并排而列，门上奇形怪状的门环反射着从窗帘深锁的小窗里射来的光。

我看过本镇的地图，知道在哪儿能找到我们家族的屋邸。镇上有着历史悠久的传说，所以他们肯定会很快明白我的来意，对我加以欢迎。我急切地穿过后街，进入圆形广场，踩着落在镇上唯一一条铺石道路上的新雪，前往绿巷的起始之处，那个地方正好在市场管理所后面。老地图现在依然能派上用场，我完全没有迷路；在阿卡姆，我听说镇上已经通了电车，但我没看到高架电线，所以那一定是谎言。再说，如果有路轨的话，这么一点雪也根本盖不住。我庆幸自己选择了徒步旅行，否则我也不会从山丘上俯视镇子，并看到这么美丽的雪景了。现在我正热切地敲着家族屋邸的大门，这栋屋邸是绿巷从左手边算起的第七幢房子，是一栋拥有古朴尖顶的二层小楼，在1650年前就已建成。

当我到访的时候，屋邸里突然亮起了灯光。我透过菱形窗的玻璃望进去，发现屋里基本上保持着古时的状态。屋邸的二楼长满了杂草，草一直长到街上，和对面二楼长出来的杂草相接，我就像置身于隧道里一般，雪也完全不会落到通往屋门的石阶的较低之处。街上没有人行道，但大多数屋邸的门却建得很高，需要走过装有铁栏杆的二层台阶才能到达，看起来颇为奇怪。这是我第一次来到新英格兰，我完全不明白这么做的理由；新英格兰的美景令我欣喜，要是雪上留有足迹、有几个行人，再来几个没有拉上窗帘的窗户的话，我会更高兴的。

当敲响古式的铁制门环时，我感到了一阵恐惧。这恐惧的来源，大概就是我继承的这份怪异的遗产，以及这个在昏暗天色下遵守奇妙的习俗、保持着异样沉默的古镇。当我的敲门得到回应时，我真的是浑身发抖，因为我根本没有听到脚步声，门就突然开了；可这颤抖没有持续很久，因为出现在门口的是一位身穿长袍和拖鞋的老人，他平稳的面容足以令我安心。老人向我做了几个手势，表示他是哑巴，并用铁笔在蜡板上写下了古老的欢迎之词。

老人领我进入一个被烛光照亮的低矮房间，厚重的椽木裸露在天花板下，屋里只有几件黝黑、坚固的17世纪家具。“昔日”正栩栩如生地展现在我眼前，具备所有特性，没有一点缺失。这里有着洞窟一般的暖炉，还有纺车，一个穿着松垮外衣、戴着宽檐女帽的老太婆背对我坐着，尽管今天是祭日，可她依然在纺线。整个房间都很潮湿，我感到奇怪，他们为什么不生火。我左手边有一张高背木椅放在拉着窗帘的窗户之前，背冲着我，我觉得上面好像坐着人，但不能确定。目睹的这一切都令我生厌，我又逐渐感到了早先的那种恐惧，而这回的感觉更强。我越是盯着老人那平稳的面容看，这面容的平稳就越发激起我的不安，因为他的眼珠从未转动过，而他的皮肤也实在太像蜡了。最后我断定，那不是他的脸，而是一张如恶魔般的狡诈的面具；可他用肌肉松弛、戴着奇怪手套的手在蜡板上写下了和善的话语，告诉我，必须先在这里等一会儿，才能去举行祝祭的地方。

老人指了指桌椅和堆积如山的书本，转身离开了房间；当我坐下来开始阅读的时候，才发现那尽是些发霉的古书，其中有老摩利斯特(Morryster)那本奔放的《科学的惊奇》(*Marvels of Science*)；约瑟夫·格兰威尔(Joseph Glanvill)的《撒督该教徒的胜利》(*Saducismus Triumphatus*)，1681年版；雷米吉乌斯(Remigius)那令人战栗的《恶魔崇拜》(*Daemonolatreia*)，1595年里昂版[1]。而其中最糟糕的，还是那本由疯狂的阿拉伯人阿卜杜·阿尔哈兹莱德(Abdul Alhazred)所著的、根本不可言及的《死灵之书》(*Necronomicon*)——这是它那禁忌的拉丁语译本，出自奥洛斯·沃尔密乌斯(Olaus Wormius)之手。我从未见过此书，只是常在耳语中听到关于它的可怕传说。没有人和我说话，传入我耳中的，只有夜风刮过招牌的声音，还有那戴着女帽、沉默不语的老太婆纺线的声音。纺车骨碌骨碌地转着，我觉得这屋子及屋子里的书和人都十分病态、令人不安，但我心想，我是遵从父祖们古老的传统，为了参加陌生的祝祭而被召唤到这里的，碰见一些奇事也是理所当然，我决心期待它们的到来。我想读一下书，于是目光很快落到那

[1]1595年里昂版：《撒督该教徒的胜利》和《恶魔崇拜》皆是实际存在的书籍，内容均与巫术有关。

本可诅咒的《死灵之书》上，一边战栗一边被它吸引。我想到，在传闻中，对理智而健全的精神来说，这本书记载的内容实在太过丑恶。可这时我觉得自己听到了高背椅对面的一扇窗户被关上的声音，这声音就像有人悄悄地把窗户打开；这是一种咻咻的声音，绝不是纺车发出来的——在老太婆专心致志的纺线声和古旧时钟发出的嘀嗒声中，这个声音几不可闻。然后，高背椅上坐着人的感觉就消失了，我一边发抖一边想静心读书，此时那老人穿着长靴、披着宽松而古意盎然的衣服回到房间，坐在高背椅上，于是从我这边就看不到他了。这段等待使我的神经紧绷，我手中亵渎的书籍更是令紧张倍增。当钟敲了十一响后，老人站起来，滑步走到放在角落里的巨型雕花立柜前，拿出两件带头罩的外套，一件自己穿上，另一件给停止了单调工作的老太婆披上。这二人开始向玄关走去，老太婆走得一瘸一拐，几乎是在地上拖行。老人拿起我刚才看的书，用头罩盖住自己一动不动的脸或面具，示意我跟他们走。

我们在无月之夜出门，在古老得令人难以置信的小镇那像渔网一样纵横交织的道路上前进；被窗帘遮挡的窗户一扇接一扇暗了下来，天狼星睨视着一切——每一个大门都吐出怪异的行列，每个人都裹着带头罩的外套，他们走过了摇摇欲坠的招牌、历史悠久的山墙、茅草的屋顶，以及菱形的玻璃窗。行列穿过陡峭的小巷，在小巷两旁，朽坏的房子一间叠着一间，当人群穿过广场和教会墓地时，不断摇动的提灯就像喝醉了似的，组成了可怕的星座。

我置身于沉默的人群之中，跟随他们的脚步前进。他们柔软的胳膊挤着我的胸腹，我感觉这些胳膊柔软得有些反常；我看不到他们的面孔，也听不见他们的声音。这一怪诞的行列沿着山路蜿蜒而上，我见到所有人都疯狂地沿着小巷走去，集中到一个焦点，那就是城镇中央的山丘，在山丘顶部矗立着巨大的白垩教堂。我在夕阳下俯瞰金斯波特时曾见过这座教堂，可现在看到它时却全身发抖，因为我发现毕宿五刚好闪耀在它那缥缈的尖塔之顶。

教堂周围是一片开阔地，墓碑如幽灵般站在墓地里，广场的铺装只完成了一半，落下的雪花几乎全被风吹走，在更远的地方还能看到不洁的、拥有尖顶和出挑山墙的古宅的轮廓。鬼火在坟墓上舞蹈，显出一幅可怕的景象，可是很奇妙，它们没有留下影子。在墓地远方没有房屋的地方，我能看见山顶和闪耀在港口上方的群星，但小镇却完全被黑暗笼罩。在蜿蜒的小巷里，只有可怕的摇动的提灯时隐时现，就像在追赶人群。人们开始沉默地滑步走进教堂，我看到他们流入黝黑的门口，便站在那里，等所有人都进去；虽然老人扯着我的袖子，我还是决心最后一个走进。终于，我尾随这阴险的老人和纺线的老太婆，抬步迈过门槛。在进入充满未知黑暗的教堂之前，我回头看了一眼外面的世界，只见墓地发出的磷光把山顶的石板路面照得惨白。这一瞬间，我全身颤抖——尽管落下的雪花几乎都被风吹走，但在靠近门口的路面上还是有一些积雪。在这回头的一瞥中，我混乱的目光似乎看见，积雪上人群的足迹就像是故意要把我的足迹擦掉似的。

进入教堂的人群几乎全都消失了，所有提灯都放在一起，可即使是它们的全部光亮也只能把黑暗照亮少许。人流经过白色高背长椅之间的通道，走向讲坛前的活板门，这扇通往墓穴的门正可厌地张着大嘴；而他们只是俯下身，无言地走进其中。我轻手轻脚地跟在后面，走下被踩平的台阶，进入阴冷的、令人窒息的教堂地下室。从队伍的最后往前望去，这支蜿蜒的暗夜游行队看起来可怕异常，而当他们蠕动着进入古代的地下纳骨所时，看起来就更加可怕。我很快发现，在纳骨所的地上还有一个入口，人们正滑步迈进；很快，我们所有人就在一条粗糙、不祥的石头台阶上向下走去了。这狭窄的螺旋台阶既潮湿又有一种奇怪的气味，单调的墙壁上尽是滴水的石块和剥落的灰浆，台阶就这样向山丘地下的深处一直延伸。这是一次沉默而可怕的下降，当我看见下面一段墙壁和台阶的材质发生改变时，不禁栗然，因为它们好像是直接从岩石里凿出来的。最让我烦心的是，这么多人在走，却听不到一点脚步声，也没有一点回音。在仿佛没有尽头的下降之后，我发现，在黑暗中未知的幽深之处出现了一些黝黑而神秘的通道或地洞，看起来就像岔出去的巷道。很快这些通道变得为数众多，仿佛是不洁的、充满不知名威胁的地下墓穴，从通道中传来的刺鼻臭味也令我难以忍受。我知道，我们一定是走在这座山丘，乃至金斯波特镇的地下；一想到蛆虫已在古老小镇的隐秘之处啃出了这样邪恶的巢穴，我就不禁发抖。

终于，我看到了苍白的光辉在怪异地闪烁，听见了永不见天日的流水的声响。我又一次浑身颤抖，因为我厌恶被夜晚带来的这一切，苦涩地希望父祖们从未召唤我来参加这原初的仪式。当石阶和道路开始变宽时，我听到了别的声音：那是长笛微弱的、嘲弄般的哀鸣。此时我眼前的景观一下豁然开朗，地下世界的一切都映入眼帘——广阔的河岸长满了菌类，喷涌而出的焰柱带着病态的绿色；宽广而油腻的大河从未知的可怕深渊流出，一直流向永恒大洋深处的黑暗裂缝。

眼前的景象使我沉重地喘息，几欲昏厥——在不净的黑暗中，巨人般的伞菌直立着，像生了麻风病一样的焰柱在喷吐，黏稠的水在流动，而裹着外套的人群则在焰柱旁围成了一个半圆。这就是朱尔的仪式，是冬至及约定了积雪彼方春天的原初之仪式，是火与常绿、光与音乐的仪式——这仪式比人类本身还要古老，随着人类的生存被决定下来。置身于地狱般的岩窟中，我目睹了人群怎样执行仪式：他们膜拜那病态的焰柱，采摘一种闪烁着绿光、仿佛是得了萎黄病的黏糊糊的植物，将它们投入水中。我还目睹了姿态扭曲的长笛演奏者远离光源，蹲在地上，吹出讨厌的笛声。当听到它的时候，我感觉笛声里还隐约夹杂着一种令人作呕的声音，这声音从发出恶臭、肉眼不可见的黑暗中传来。可最令我恐惧的，还是那燃烧的焰柱，它宛如火山般从深得无法想象的地下喷出，不会像正常火焰那样照出物体的阴影，焰柱里充满了硝石和可厌的、有毒的铜绿；尽管它猛烈地燃烧，可却不会发出温暖，能感到的只有附于其中的死亡和腐烂。

那个引导我的老人蠕行到丑恶火焰的近旁，把脸朝向围成半圆的人群，开始了僵硬的仪式性动作。在仪式进行到某个阶段时，老人把他带着的那本可恶的《死灵之书》高举过头，于是人群便膜拜致敬；我是看到父祖们的记载，被召唤来参加这场祝祭的，所以我也进行了同样的敬礼。然后，老人向黑暗中几不可见的长笛演奏者发了一个信号，那姿态扭曲的演奏者就改变了虚弱的调子，开始用更大的声音吹奏另外一种曲调，在这种曲调中沉淀的恐怖既意想不到，也难以想象。被恐怖震慑，我倒伏在长满地衣的地面上——这种恐怖绝不是这个或者任何一个世界的产物，它只会存在于疯狂宇宙的群星之间。

在冰冷火焰的腐烂光芒之后，是难以想象的黑暗，黑暗中，一条奇异、无声、未知的黏稠大河正从地狱的深渊里涌来。在那里有节奏地扑打着的，是一群已经驯服并且经过训练的，像杂种似的有翼生物。健全的眼睛无法把握它们的样子，健全的头脑无法记忆它们的形貌；那些东西即使和乌鸦、鼹鼠、兀鹫、蚂蚁、吸血蝙蝠，或者腐烂的人类尸体相比，也都完全不同——我无法回忆，也绝对不能回忆起来。那些生物拍动膜翼，用带蹼的脚前行，它们蜂拥靠近参加祭祀的人群，抓住这些身穿套头外衣的人。只见这些人一个接一个被投入这条黑暗的大河，被从毒泉中涌来的未知奔流裹挟着，进入了那充满恐怖的地窖或地下通道的深处。

那纺线的老太婆也跟人群一起离开，只有老人独自站在那里，因为当他示意我，要我像别人一样被那生物抓住、好像休息似的骑在它背上时，我拒绝了。我挣扎着站起，这时那姿态扭曲的笛手已从视野中消失，只有两只生物耐心地在我们身边站立、等候。在我退缩时，老人拿出铁笔在蜡板上写道，是他在这片古老的土地上建立了对朱尔的崇拜，他是我的父祖们的真正代理人。他又写，回到这里正是我的宿命，接下来还要执行更加秘密的秘仪。看到我仍然犹豫，为了向我证明，他就从宽松的长袍中出示了一枚印章戒指和一块怀表，两者都刻有我的家族的纹章。可这证据实在是恐怖异常：我从古代的记载中读到过，这块怀表是在1698年，和我的曾曾曾曾外祖父的尸首一同埋葬的。

接下来，老人褪下头罩，向我展示，他脸上具备我们家族遗传的某些特点。可我只是颤抖，因为我早就确信那脸不过是一张恶魔般的蜡制假面。那两只有翼的生物此时开始躁动地搔抓地衣，而老人自己也变得焦躁起来，当其中一只生物蹒跚地走远时，他急忙转过身去制止；因为这个意外的行动，他的蜡面具掉了下来——从应该是头部的地方掉了下来。这时，眼见来时走的石阶已被噩梦般的黑暗阻塞，我便朝那条油腻的、一边起泡一边流入大洋裂缝的地下河一跃而入——

我在自己疯狂的尖叫把潜藏在这病害深渊里的所有魑魅魍魉都引来之前，朝那满溢着地底恐怖的腐烂汁液一跃而入。

在医院里，人们告诉我，当金斯波特港迎来黎明时，有人发现我紧抓着一根偶然漂过的圆材，差点冻死在海里。他们说我昨晚在山丘上走错了路，从橙地的悬崖那里掉入海中，这是他们根据留在雪地上的足迹推测出来的。我什么都没法说，因为这一切都是错误——一切都是错误，我能透过宽广的窗户望到连绵如海的屋顶，但古老的屋顶还不足其中的五分之一，我还能听到电车和汽车的声音从街道上传来。他们坚持说，这里就是金斯波特，我也无法否认。当听说这间医院紧邻着中央山丘上的老墓地时，我陷入谵狂，为了使我得到更好的照料，他们把我转到了阿卡姆的圣母医院，我喜欢那间医院，因为那里的医生宽宏大量，他们帮我从密斯卡托尼克大学图书馆借到了被珍重地保存在那里的阿尔哈兹莱德那本可憎的《死灵之书》的抄本，为此甚至不惜对大学施加压力。他们说了很多关于“精神异常”的事，并且同意，我应该扫除头脑中所有烦扰自己的妄念。

我读了那令人毛骨悚然的一章后，不禁加倍地颤抖，因为我对它记载的东西已不是一无所知。我已经亲眼见过那里，足迹也可以证明这点；我所见的地方最好被永远遗忘。在清醒时，没有一个人能唤起我的记忆，但我的梦境充满恐怖，所以我不愿在此转述这一章。我只敢引用一段话，这段话出自那疯狂的阿拉伯人之手，我将它从拙劣的中古拉丁语逐译为英语：

在至深窟穴之中，居住着恐怖之物，其物至奇至怪，眼不可窥。在遭到诅咒之地，死亡的思想会获得新的生命和怪异的肉体，那些肉体无头，却有邪念居于其中。大贤伊本·斯查卡巴欧曰：没有横躺着巫师尸首的坟墓是幸福的，没有撒着巫师骨灰的城邑的夜晚也是幸福的。古言相传，结交恶魔之人的灵魂不会很快离开躺在墓穴中的尸骸，它们会等到有大蛆噬咬尸体为止。那时，恐怖的生命会从腐尸中生出，愚钝的食腐之蛆会变得狡诈，使大地烦恼，它们会肿胀到可怕的程度，使大地遭殃。它们会钻进大地的毛孔，偷偷掘出大洞，它们不再只能爬行，而会开始学着走路。

异乡人
The Outsider

译者：玖羽

那一夜，男爵又做了悲哀的梦
他所有英勇的宾客都逐一变貌
变成魔女、恶魔和肥大的蛆虫
那真是个漫长的噩梦[1]

——济慈

对童年时代的回忆只会勾起恐惧与悲伤的人是何其不幸啊。一个只能想起自己在房间——宽广而阴森、悬着褐色帷幔、排着足以令人疯狂的古书的房间里度过的时光的人，一个只能记得自己在森林——被藤蔓缠绕、扭曲的枝条在高空无声地摇晃的奇形巨树林立而成的昏暗森林里看到的事物的人是何其悲惨啊。诸神赐予了我许多——迷茫、失落、空洞和破碎；可每当我的心短暂地动摇，想要前往彼方、追寻别的命运时，我却会不可思议地满足于这些记忆，不顾一切地将这些渐渐消逝的记忆紧抓不放。

我对自己出生的地方一无所知，只记得那是一座无比古老、无比可怕的城堡，它有许多昏黑的走廊，在高高的穹顶上只能看到蛛网和暗影。那些崩颓走廊里的石块似乎总是潮湿得使人生厌，城堡到处都弥漫着一种令人难受的恶臭，仿佛历代死者的亡骸全都堆积到了一起。光明从来不会透进那个地方，因此我过去时常会点起一些蜡烛，

[1] 摘自济慈《圣艾格尼丝之夜》。

永不餍足地凝视它们的火光，以求安慰；那些恐怖巨树的高度早已超越了任何一座我能爬上的塔楼，它们苍郁的枝叶遮蔽天日，使城中从不见阳光。只有一座黑色的高塔能刺穿树海，直指从未得见的天空，但它的许多地方都已崩塌，除非我在垂直的塔壁上一块石头接一块石头地攀登，否则不可能爬上。

我一定在这里住了很久很久，至于具体的时间，则完全无法计测。一定有人在照顾我的日常生活，但我想不起除我以外的任何人，这里的活物，只有行动时悄然无声的老鼠、蝙蝠、蜘蛛而已。那些养育我的人，无论是谁，必然都万分古老，因为我一开始对活人的概念，就只是那些与我滑稽的相似，但却肢体扭曲、肌肤干瘪、宛如和这座城堡一样衰朽的家伙。我对散乱在城堡深处的石砌地窖里的骨片和骸骨早已见怪不怪，我曾捕风捉影地把这些东西和每天发生的事情联系起来，并觉得它们比我从那些发霉的古书里看到的活人彩图更加自然。我从这些书中学到了一切，没有老师教导我，在活着的岁月里，我也从未听到过人类的声音，甚至包括我自己的声音。我虽然从书里学会了怎样对话，但从没想过自己发声说出。城堡里连一面镜子也没有，所以我只能猜测自己的模样，自认为那应该类似我在书里看到的、被画出或被印出的年轻人。因为我能记起的事情非常少，所以我想自己应该很年轻。

我经常走出城堡，躺在腐臭的护城河边、昏暗而沉默的树下，长时间地幻想着在书中读到的内容。我万分渴望地想象自己踏入无尽森林之外的阳光世界，置身在活泼的人群之中；曾有一次，我试着逃出森林，但越是远离城堡，树影就越是浓密，周围的恐怖气息也愈发高涨。我深怕自己迷失在这漆黑而死寂的迷宫之中，因此就狂乱地跑了回去。

我只能这样在无尽的微明中怀着梦想等待，可我甚至不知道自己在等待什么。在阴霾和孤独中，我对光明的憧憬越来越强，最后达到了疯狂的境界，只好把哀求的手伸向那座刺穿树海、直指未知天空的崩塌黑塔。终于，冒着可能会从塔上摔下的危险，我下决心爬上那座高塔。哪怕瞥一眼天空就立即死去，也好过一生都未能得见一次天空。

在阴冷的微明中，我登上年久失修的台阶，一直走到塌陷的地方。然后，我踩着微小的立足之处一点点向上挪去，这没有台阶的石头圆筒让我毛骨悚然：它阴森、破败、荒废，周围只有受惊的蝙蝠无声地飞过，那种不祥感难以言表。可攀登的缓慢进展更使我恐惧不已，不管怎么爬，黑暗都不见薄弱，这股新的恶寒开始不断侵袭、纠缠。我奇怪为什么爬这么久都看不到光亮，尽管浑身颤抖，但只要我有勇气，我肯定会向下望。我想象，可能是暗夜突然在周围降临，并用一只手徒劳地摸索，寻找窗棂，想向外张望，以此判断自己现在的高度。

在那看不到任何东西，只有小洼坑可以立足的绝壁上，我经历了可怕的、仿佛永无休止的爬行。突然，我的头碰到了一个坚硬的东西，我知道这一定是塔顶，或者至少是某一层的天花板。我在黑暗中伸出一只手，开始探摸它，结果发现这是一道不可撼动的石壁。于是我在黏滑的塔壁上试遍所有的立足点，直到发现一个能用单手推动的地方。然后我又用双手开始这可怕的攀登，并用头顶开了石壁上的厚板或门。上面没有一丝光辉，当我向更高处摸索时，才发现这次攀登已经结束：这厚板原来是盖在地穴上的板门，而地穴正位于宽广而平坦的铺石地面之上，这应该就是塔顶的瞭望室了。我艰难地从地穴里钻出，同时小心不让板门落回原处。但我失败了，只能筋疲力尽地倒在铺石地面上，听着板门关闭时撞出的巨响，并希望在必要时还能将它再撬起来。

我相信自己此时已远远高过了那森林可诅咒的枝叶，来到了惊人的高度。于是我努力从地板上爬起，在周围寻找窗户，想生平第一次看到天空，以及我从书中读到的月亮和星辰。但我的每一次摸索都只是把希望变成虚无；周围只有巨大的大理石架，架上放着坚硬、可憎、大小让我心烦意乱的长方形箱子。我冥思苦想，在这座高高耸立、自太古之时就与下方城堡切断了联系的房间里，究竟潜藏着怎样的久远秘密？就在这时，我的手突然碰到了一扇门，在门框上有奇怪的凿痕，使它十分粗糙。门上了锁，但我使尽浑身的力气，克服一切障碍，把它从里面拉开了。当门打开的时候，我心中充满了前所未有的至纯的喜悦：我看到，光明从一道精美的铁栅之后射来，静静地洒在门后不长的台阶上。除了在梦里，以及在那些我甚至不敢称为记忆的模糊幻影里，我从未见过它——那正是满月耿耿的冷光。

我觉得已经到了整座城堡的最高点，便一路快跑，登上门后的台阶。刚跑上几级，云朵遮住了月亮，使我被绊倒在地。我在黑暗中手脚并用、摸索前行，爬到铁栅边时，周围还是一片黑暗。仔细检查之后，我发现栅门没有上锁，但我害怕会从自己爬上来的如此之高的地方摔下，所以没有打开它。这时，月亮又出来了。

一切冲击中最能使人狂乱的，无过于那些完全出乎预料、荒诞到极度不可信的冲击了。我经历过的任何恐怖都无法与眼前的景色，以及这幅景色的怪异和惊奇带来的恐怖相比拟。这一景象如此令我骇异，因为它竟然如此平凡——我透过铁栅看到的，不是从巍然的高远之处俯瞰到的令人头晕目眩的树海，而只是从我周围铺展出去的坚实地面，以及铺设在地上的大理石板面和圆柱而已。一座古老石砌教堂的阴影笼罩着这一切，它倒塌的尖塔在月光下散发着幽寂的光。

我在几乎无意识之中打开栅门，蹒跚地走上通往两个方向的白沙小道。我的心尽管呆然而错乱，但依然没有抛弃对光明的疯狂渴望，哪怕天变地异的惊奇就摆在眼前，我也没有停下脚步。我不知道，也不关心现在的这些究竟是疯狂、梦境还是幻术，只是决心，无论如何也要目睹光明在眼前绽放。我不知道自己是谁、是什么、正在何处，但当蹒跚地挪动脚步时，我意识到自己前进的方向绝非偶然选择，而是出自某种可怖的潜在记忆。我穿过拱门，走出这个遍布石板和圆柱的区域，在广阔的土地上漫步。我有时会沿着已有的道路前行，有时却会奇怪地走上草地，只有些许遗迹能够表明在草地中曾经存在一条古道。有一次，我甚至游过了一条湍急的小河，在河里有一些长满苔藓的崩塌石块，表明这里有一座早已消失的桥。

大概花了两个小时，我才到达那座位于繁茂林园之内、爬满青藤、古意盎然的城堡。它有一种令我疯狂的亲切，又有一种令我困惑的生疏。我看到护城河已被填上、熟悉的塔楼已被拆除，但新建的侧楼却使我的眼睛有些糊涂。然而，让我欢欣而喜悦地注视的，还是几扇打开的窗口：在那些窗口里有灿烂的灯光，更有最快活的宴会才会发出的笑语欢声。我走近一扇窗户，向其中窥视，看到一群奇装异服的人在无忧无虑、清新爽朗地语笑喧阗。我以前好像从未听过人类的言语，因此只能模糊地猜想他们交谈的内容，他们中有几个人的面容似乎让我想起了极其古老的记忆，除此之外的脸对我来说都十分陌生。

我越过低矮的窗台，踏入灯火辉煌的房间。这一刻，我从充满光明希望的瞬间一下落入绝望和领悟的黑暗漩涡；噩梦降临，出乎意料的是，我刚要进屋，房间里就顿时化作了可怕的惊骇图景。我还没完全跨过窗台，这突发的恐惧和猛烈的畏怖就攫住了每一个人，使他们的脸全都扭曲不堪，使他们的喉咙发出最可怕的尖号。所有人都立即夺路而逃，有几个人在喧嚣和恐慌中昏倒，然后被疯狂逃窜的同伴拖走。更多的人用双手挡住眼睛，像没头苍蝇那样乱撞，踢翻家具、碰在墙上，直到撞出很多房门中的一扇为止。

尖叫声依然在梁间回响，我呆然地站在明亮的房间里，听着逐渐消失的回声，想到附近潜藏着怎样的恐怖之物，不禁浑身颤抖。一望之下，房中空荡无人，但向墙壁的一个凹陷处走去时，我发现了有物活动的迹象。那凹陷原来是扇涂金的拱门，通往一个和这里别无二致的房间。接近拱门时，我更加清楚地感到了那种迹象，然后就看见了它。我在目睹它的同时，可能是第一次，同时也是最后一次，发出了可怕的号叫，这叫声几乎和导致我惊叫的恶因同样阴惨——我竟然直面了那只可怕的、鲜活的、不可想象、不可言表、不可称谓的怪物，那仅仅露一露脸就足以使一伙欢乐的宾主瞬间变作一群癫狂的逃亡者的怪物。

我无法描述那是个什么样的东西。那简直是肮脏、怪异、嫌恶、畸形和可厌的混合体，是一具衰坏、古老、凄凉不堪的恶鬼之影。它那腐烂的、脓汁流淌的不净形体本应被仁慈的大地永远隐藏，可现在却被赤裸裸地暴露在地表之上。天啊，它是不属于这个世界——应该说，不再属于这个世界的东西，在我眼中，它那被啃得露出骨架的轮廓更像是一具荒谬地戏拟了人类的姿态，却拙劣而令人憎恶的赝品；然而，它身上那发霉的、支离破碎的衣物却使我感到了一种难以言喻、肝胆俱裂的寒意。

我几乎昏倒，不过还有试图挣扎着逃跑的气力；可就算我跌撞着向后挪去，也无法打破这无名、无声的怪物施加在我身上的魔法。那对玻璃球般的眼球瞪着我，向我施了咒，使我不得闭眼。值得庆幸的是，我的视线开始模糊，只能隐约看到那恐怖之物的轮廓。我想举手遮挡视线，但我的神经已经麻痹，连手臂也无法动弹，这动作使我失去平衡，为了防止摔倒，只好向前踉跄了几步。突然，我发现那仿若腐尸的东西是如此接近，我甚至在想象中听到了它空洞而可怕的呼吸声。在半疯的境地中，为了挡开那近在咫尺、散发恶臭的厉鬼，我伸手挥了一下；就在这一瞬间——在这宇宙的噩梦与地狱的灾变一齐涌来的瞬间，我的手指碰到了那只怪物从金色拱门下伸来的腐烂指爪。

我没有尖叫，但在早已消逝的记忆如雪崩般把我的心灵淹没的一瞬间，一切乘夜风而行的残忍食尸鬼们全部替我尖叫起来。在那一瞬间，我知道了过往的一切，忆起了城堡和森林之外的恐惧，搞清了这座我正置身其中、早已经过改建的建筑。而尤为恐惧的是，当我抽回被弄污的手指的同时，也认出了这只不洁而可憎、正站在面前睨视着我的怪物。

但这个宇宙中既有残酷也有慰藉，那慰藉就是“忘却”这剂灵药。在瞬间的至高恐怖之中，我忘记了使我惊骇的事物，心中反复回荡的残影形成一片混沌，奔涌的黑暗记忆在这混沌中消失殆尽。我在噩梦里逃离了那座被诅咒、被鬼缠的宅邸，飞快而安静地奔跑在月光之下。当我回到大理石教堂的坟地、走下台阶时，发现那扇石头活门已经无法挪动分毫，但我本来就厌憎那座古城和森林，所以并不难过。如今，我与那些爱嘲讽但却友善的食尸鬼们一起乘夜风而行，白天在涅弗伦·卡[1]的地下墓穴里游乐——他那隐秘而被封印的坟茔位于尼罗河畔的哈多斯山谷之中；我清楚地知道，现在我拥有的光明，只

[1] 涅弗伦·卡(Nephren-Ka)：洛夫克拉夫特虚构的疯狂法老，详见《夜魔》。

是照耀在涅伯石冢上的月光，现在我拥有的欢乐，只是大金字塔下妮托克莉丝[1]的无名飨宴。然而，在这全新的疯狂和自由中，我几乎要感谢我异邦人身份带来的苦痛。

因为，尽管忘却为我带来了慰藉，但我一直知道，我只是一个异乡人，是一个置身于这个世纪、置身于那些依然是人的家伙中的异客。自那天以来，我一直明白这一点——自从那天我向那个巨大金框之后的丑恶之物伸出手去以来，就一直明白这一点：那一天，我伸出的手指碰到了又冷又硬、被擦得光光亮亮的镜子表面。

[1] 妮托克莉丝(Nitokris)：传说中埃及第六王朝的最后一任法老，洛夫克拉夫特称她是食尸鬼及其他恐怖之物的支配者。

皮克曼的模特
Pickman's Model

译者：玖羽

你可别当我疯了，艾略特。天底下那么多有怪癖的人，奥利弗的爷爷还说什么都不坐汽车呢，你怎么不笑话他？我就是受不了地铁，这是我自己的事，不用你管。再说，打车不是更快吗？要是坐地铁的话，我不是还得从帕克街走上山来吗？

没错，我是神经了点，比去年你认识我的时候更厉害了，但你也没必要给我做心理分析啊。我变成现在这样不是没有原因的；天做证，我没被扔进疯人院就已经够走运了。干吗要这么逼问我？你以前可没这么喜欢刨根问底啊。

好啦，你要是非得问的话，我干脆告诉你算了。毕竟，在我疏远了艺术俱乐部、断绝了和皮克曼的来往之后，你给我写了那么多信，就跟个着急上火的爹似的。现在皮克曼没影了，我才敢偶尔去俱乐部转转，上次被吓了那一下之后，我的神经一直都没恢复好。

不，我不知道皮克曼怎么样了，也不想猜。你是不是觉得我和皮克曼绝交，是因为私底下发生了什么事？没错，是这样，所以我才不想猜他到底去了什么鬼地方。这种事叫警察去查好了，不过，他们就连皮克曼以前用彼得斯这个化名在老北角区[1]租过套旧房子的事都没查出来，你说还能查出什么名堂？我也不知道我能不能再找到那地方——我可不是说我要去找啊，哪怕是在大白天找！哎，我知道，或者说，我恐怕知道皮克曼为什么要租那房子。你别催，我马上就要说到了。等我说完你就知道我为什么没把那地方告诉警察了，他们肯定

[1] 老北角区(North End)：波士顿最古老的区之一。

得叫我带路，但就算记得路，我也决不会去第二趟的！那房子里有东西！所以我从那次之后就不再坐地铁了，而且（你爱笑就笑吧，趁现在赶紧笑）也绝不再下地下室了！

你想必知道，在我之前也有不少人和皮克曼绝交了，像瑞德博士啦、乔·迈诺特啦，还有博斯沃思啦，都是些老妈子似的人物。我跟他们不一样，皮克曼的画很病态是不假，但我一点都没被吓到，我觉得他真是个大天才，不管他的画有什么倾向，能认识他，我都三生有幸。理查德·厄普顿·皮克曼是波士顿有史以来最伟大的画家，我一开始就这么认为，现在也这么认为，哪怕是在看到皮克曼那幅《进食中的食尸鬼》的时候，这种想法也没有改变。你还记得那幅画吧？迈诺特就是为那画才跟他绝交的。

你知道，只有画功精绝、对自然洞察深刻的画家才能画出皮克曼的那种作品。随便拽出个给杂志画封面的来，让他在画纸上划拉划拉，也能画出个什么“噩梦”“巫魔集会”“恶魔肖像”来，但只有伟大的画家才能画得毛骨悚然和栩栩如生。因为一个真正的画家会懂得恐怖的解剖学和恐惧的生理学——他们能用精确的线条和比例直达我们沉睡的本能和代代遗传的可怕记忆，用恰当的颜色反差和明暗效果撩拨蛰伏在我们心里的异常感觉。大概也不用告诉你，为什么福塞利[1]的画能让我们汗毛倒竖，廉价鬼故事的插画却只能使我们捧腹大笑。在我这辈子见过的画家里，只有极少数人能抓到这种超越人世的感觉。多雷能，斯密[2]能，芝加哥的安格瑞拉也行，但皮克曼可真是前无古人——上帝保佑，但愿也是后无来者！

你别问那些画家到底看见了什么。你也知道，一般来说，对着大自然和模特作出的画是生机勃勃的，那些不入流的商业画家窝在他们光秃秃的画室里循规蹈矩画出来的东西完全不能比。是的，真正的怪

[1] 福塞利：亨利·福塞利(Henry Fuseli, 1741—1825)，英国著名画家，生于瑞士，以对神秘、恐惧和梦境的描绘闻名。

[2] 斯密：西德尼·斯密(Sidney Sime, 1867—1941)，英国插画家，最有名的作品是为邓萨尼勋爵的小说创作的插画。

奇画家能以某种幻象为模特，他能从自己所生活的幽冥世界中唤起某些接近真实情景的东西。总之，他的梦和那些欺世盗名的怪奇画家的粗制滥造的梦截然不同，就像以实物为模特的画家的作品和靠函授教育教出的画家的作品之间的差别一样大。如果我能看见皮克曼看见的东西……不，算了，先喝杯酒再谈吧。天哪，要是我真的看见了那个人——如果他还算是人——看见的东西的话，我肯定活不下去！

你应该还记得，皮克曼最擅长画的是脸。自戈雅[1]以后，能把面部特征和扭曲的表情画得像地狱一样的画家，除了他不做第二人想。在戈雅之前，就只能朝中世纪的教堂那里找了——就是巴黎圣母院和圣弥额尔山隐修院建筑上的那些滴水怪和吐火兽。你知道，中世纪的人都信这些，说不定还亲眼见过呢；那个时代毕竟很古怪嘛。我还记得，你在走前一年，曾经直接问过皮克曼，他是从哪儿得到这些灵感和想象的，他只是对你不怀好意地笑了笑。瑞德和皮克曼绝交，就是因为他的笑。你知道，瑞德当时正热衷于比较病理学，他总是吹他那些“专业知识”，说什么精神和肉体上的各种症状都有生物学或进化论上的意义。瑞德跟我说，他一天比一天反感皮克曼，最后到了害怕的地步——皮克曼脸上的特征和表情正在一点一点地变化。在某种意义上，那绝对不是人类的脸和表情。瑞德还经常谈到食物，他断言，皮克曼的饮食最后一定会变得极为反常而怪异。如果瑞德在给你的信里提到了这些，你一定会告诉他不要在意，因为他只是被皮克曼的画折磨了神经、搅扰了想象力罢了。在他跟我讲这些的时候，我就是这么跟他说的。

但你要记住，我和皮克曼绝交不是因为这种事。正相反，我一天比一天崇拜他，那幅《进食中的食尸鬼》棒极了，我对他佩服得五体投地。你知道的，俱乐部不愿展出它，美术馆也把它拒之门外，同时也没人肯买，皮克曼就把它挂在自己家里，他失踪之后，他爸爸把画带回塞勒姆去了——你知道，皮克曼就出身于塞勒姆的古老家系，他还有个祖先在1692年被当成女巫吊死过呢。

---

[1]戈雅：弗朗西斯科·戈雅(Francisco Goya，1746—1828)，西班牙著名画家。

我一开始拜访皮克曼，是为了给怪奇画作的论文积攒一些笔记，但这很快就成为习惯了。其实，我会想写这论文，可能也是受到他的作品的影响。不管了。我发现，对我的论文来说，皮克曼简直是一座资料和建议的宝库。他给我看了他所有的画作，包括钢笔素描。我绝对肯定，如果俱乐部里的那些人看到这些，会立即把他踢出俱乐部。没过多久，我就差不多变成了他的信徒，像一个小学生那样，几小时几小时地聆听他的绘画理论和哲学思考，而那些理念都是足以把他送进丹弗斯精神病院的。在我把皮克曼当成英雄崇拜的同时，其他人逐渐和他疏远了，因此皮克曼对我愈发信赖。终于，在一个晚上，他暗示道，如果我能保守秘密并且有胆量，他就可以给我看一些相当不寻常的作品——比陈列在他家里的那些作品强烈得多。

“你得知道，”他说，“有些事没法在纽伯里街做。这里不会有那种东西，也不会有那种灵感。我的工作是捕捉灵魂的意义，而这里尽是暴发户建在填埋地上的人造街道，在这儿，你决计找不到这种东西。后湾区[1]根本不能算波士顿——它的历史太短了，根本不足以积攒足够的记忆，好吸引本地的幽魂。就算这里有鬼魂，也是徘徊在盐沼、海滩上的无精打采的鬼魂罢了。我追寻的是人类的鬼魂——这些鬼魂的前生具有高度的组织性，它们能在直视地狱时瞬间明白所见之物的含义。

“北角区真是最适合画家住的地方。真正的唯美主义者就得住在传统汇集的所在，哪怕那里是贫民窟，也无伤大雅。天哪，你不知道吗？这种地方不是被生造出来的，而是一点点成长起来的。一代又一代人在这里居住、感受、死去，而在有些时代，人们根本不怕在这里居住、感受、死去。你知道吗，1632年在库珀山上有座磨坊，而现在的街道大多都是1650年铺设的。我能告诉你，哪些房子拥有两个半世纪，甚至更久的历史，它们曾经亲眼看着现代的建筑倒塌成一堆瓦砾。现代人对生命及生命背后的力量了解多少？对你来说，塞勒姆的巫术可能只是妄想，但我敢说，如果我那曾曾曾外祖母还活着的话，

[1] 后湾区(Back Bay)：19世纪下半叶填海造地而成。

她一定会告诉你一些事情。她当时被绞死在绞架山[1]上，那个科顿·马瑟[2]就在旁边看着，一副道貌岸然的德行。马瑟那可恶的混账，他生怕有谁能逃出那个被诅咒的、枯乏单调的牢笼；要是有谁真能给他下咒，或者在晚上吸干他的血就好了！

“我能告诉你马瑟那家伙的故居在哪儿。这老东西嘴上胆大，可我也能告诉你哪些房子是他不敢进去的。他的鼠胆让他根本不敢把自己知道的事情写在那本弱智的《业绩》[3]和那本幼稚的《不可见世界的惊异》[4]里。看啊，你知不知道北角区地下布满了四通八达的隧道，某些人可以通过隧道互相串门、去墓地、去海边？就让地面上的人继续那些揭发和迫害吧——在他们的手伸不到的地方，事物依然和以往一样，到了晚上，地面上的人根本没法找出笑声的来源！

“我发誓，你就在这儿找1700年以前建的房子，只要在那之后没动过，十家里有八家能在地下室里看见什么东西。报纸每个月都会报道工人们拆除老屋时，在屋中发现被砖封堵却不通向任何地方的拱门或井口。这种房子去年在亨奇曼街附近还有一座，你从高架铁道上就能看到。过去，魔女是存在的，被魔女念咒唤来的东西也是存在的；海盗是存在的，被海盗从海中带来的东西也是存在的。此外还有走私者、私掠船船长等等告诉你，那时的人们真的是懂得怎样生活、怎样扩展生命的界限！每个大胆而聪明的人都晓得，这里不是唯一的世界。咳，你看看今天这些人吧，在那些自诩为画家、抱团取暖的家伙们的头盖骨里都是淡粉色的东西，任何一幅逾越了灯塔街上茶会的氛围的画都足以把他们吓得发抖、抽搐！

---

[1] 绞架山(Gallows Hill)：塞勒姆事件时绞死女巫的山丘。

[2] 科顿·马瑟(Cotton Mather)：塞勒姆事件的核心人物和主要煽动者，时为波士顿老北教堂(Old North Church)的本堂牧师。

[3] 《业绩》(*Magnalia*)：全名为《耶稣基督在美洲的光辉业绩》(*Magnalia Christi Americana*)，是马瑟最重要的著作，讲述了新英格兰教会的历史，并用大量篇幅记载了塞勒姆事件，同时试图使自己和事件划清界限。

[4] 《不可见世界的惊异》(*Wonders of the Invisible World*)：记载塞勒姆事件的专著。马瑟在书中大量隐瞒了自己在事件中发挥的作用，以开脱责任。

“现代唯一的优点，就是人们够蠢，已经不会再详细地探究过去了。就说北角区吧，地图、记录和导游书能告诉你什么呢？呸！我能在王子街北边领你逛上三四十条小巷，除了挤在那儿的意大利佬[1]之外，还活着的本地人里了解它们的可能还不足十个。难道那些老意知道它们的意义吗？什么也不知道啊，瑟伯。那些古老的场所是华美的梦幻，充满了威胁和恐怖，同时还是人们逃离日常生活的方法。已经没有一个活人能够理解这些、得益于这些了——不，只有一个活人，那就是我，我对过去的挖掘并不是徒劳的！

“嗯，我知道你对这些也有兴趣。要是我告诉你，我在这里也有一间画室，在那儿我能抓到古代恐怖之夜的氛围——这是我在纽伯里街绝对想不出来的，你感觉怎么样？当然啦，我肯定不会对俱乐部里那帮老妈子说这件事，特别是瑞德，那混账竟敢嘀咕说什么，我是一只迅速退化着的怪物。没错，瑟伯呀，我很久以前就有一种理念：应该像绘制生命之美一样绘制恐怖，因此我就在那些我知道潜伏着恐怖的地方做了一些小调查。

“最后，我找到了一个所在。见过那儿的活人，除了我，可能只有三个北欧人而已。它的位置虽然离高架铁道不远，但它的精神却远在数世纪之外的彼方。我选中它，是因为地下室里有一口怪异的砖砌古井——就是我刚才跟你说的那种井。那间小破房子都快塌了，也没人住，我都懒得说我花了多便宜的价格就租到了。屋里的窗户几乎全被木板钉死，但我本来就不需要阳光，所以也不在乎。我作画是在最能带来灵感的地下室里，不过也在一楼摆了些家具。房东是个西西里人，我用的是彼得斯这个假名。

“如果你有兴趣，我今晚就可以带你去。你可以在那儿好好欣赏我的画，就像刚才说的，我可以在那里随心所欲地作画。那地方也不远——我怕打车会引人注意，所以都是走过去的。咱们也可以从南站坐城铁到巴特利街，然后走很短一段就到了。”

哎呀，艾略特，听完他的一番话，我只剩了一个念头，就是赶紧

[1] 意大利佬：从19世纪开始，北角区逐渐变成了意大利移民的居住区。

跑向最近的一辆空出租车。我们在南站坐上高架铁道，在12点左右下了巴特利街那一站的台阶，接着通过了宪法码头那边的老沿海路。我不记得穿过了哪些道路，也不记得拐进了哪些小巷，但我肯定，不是在格里诺巷拐的。

拐进小巷，我们走上了一条前所未见、古老肮脏、寥无人迹的上坡路。顿时，我看到了接近崩塌边缘的三角山墙和破损的小玻璃窗，看到了半毁但仍然直指月空的古式烟囱。我相信，凡视野所至之处，比科顿·马瑟时代晚的房屋不超过三座——我至少瞥见了两座屋檐挑出的房屋，还有一次，我觉得我看到了几乎被遗忘的、在复式斜顶出现之前的屋顶样式，尽管古物学家们声称，在波士顿已经没有这种老房子了。

从这条幽暗的小巷向左拐去，就进了一条更窄的胡同，这里静寂依然，没有一点灯光。在这条胡同里走了很短一会儿，我们又在黑暗中向右拐了一个钝角。没过多久，皮克曼就打开手电，照亮了一扇非常古旧的十格镶板木门，它已经被虫子蛀蚀得很严重了。他开了锁，催促我走进空荡的门厅，那门厅昔日显然装修精良，镶嵌着黑色橡木板。当然，它也是朴素的，令人想起那毛骨悚然的安德罗斯[1]、菲普斯[2]和巫术的时代。皮克曼领我进了左手边的门，点起油灯，让我随意看看。

好吧，艾略特，虽然我也被人称为是条硬汉，但看到那房间的墙壁时，我还是惊呆了。那里挂的当然是皮克曼的画——但却不是他在纽伯里街画过、挂过的那些。那时我才明白，皮克曼说“随心所欲地画”，不是随便说说的。来，再喝一杯，我非得再喝一杯不可。

我没法跟你形容那是些什么画。他用极为单纯的笔触画出的东西——是那样骇人听闻、充满亵渎的恐怖，可憎得令人难以置信，仿佛散发着一股精神上的恶臭，你要我怎么用言语形容这些呢？他不用

---

[1]安德罗斯：艾德蒙·安德罗斯(Edmund Andros)，塞勒姆事件时的弗吉尼亚总督。

[2]菲普斯：威廉·菲普斯(William Phips)，塞勒姆事件时的马萨诸塞总督，与科顿·马瑟关系密切。

斯密那种充满异国情调的画风，也不画克拉克·埃什顿·史密斯[1]笔下那些足以使人血液冻结的外星景色和疯狂菌类。他的画的背景，大体上都是老教堂的墓地、幽深的森林、面朝大海的断崖、砖砌的隧道、镶着嵌板的旧房间、简素的石砌地窖等等，离这座房子不太远的库珀山墓地[2]也是他喜欢画的。

他在前景里描绘的人物充满了疯狂和畸形——皮克曼那病态的绘画甚至已经超越了“恶魔般的人物画”的范畴。他笔下的人物几乎没有一个还保留着完整的人类形貌，但几乎每一个人物又都带有不同程度的人类特征。它们大多用两足直立、身体前倾，看起来就像一群狗；那仿佛胶皮一样的皮肤，使人心生厌恶。唉！那些东西现在还历历在目！它们在……算了，别问那么细了。我是绝不会说它们在吃什么的。画上描绘了它们成群结队地蜂拥在墓地或地道里，争夺猎物的样子。对它们来说，那些猎物可是宝贝呢！皮克曼用何等生动、何等可憎的笔触描画了那些恐怖的猎物，描画了它们没有眼珠的脸啊！在另一些画上，那些生物在夜晚跳进打开的窗户，蹲在睡着的人类胸前，准备撕咬他们的喉咙。还有一张画，画的是它们围着在绞架山上被绞死的魔女，不停吠叫，而死去的魔女的脸竟和它们十分相似。

可你别觉得这种恐怖的主题和背景就能把我吓晕过去，我又不是三岁小孩，这种东西我以前见多了。吓到我的是脸，艾略特，是那些可诅咒的脸。它们就像活的一样，正从画布上回望着我，还流口水呢。啊，我发誓，它们简直是活生生的。那个可憎的魔法师用地狱的烈火作颜料，把画笔变成了能生出噩梦的魔法杖——艾略特，给我酒瓶！

有一幅画叫《上课》——天哪，饶恕我吧，我居然看了那幅画！听着——你能想象吗？一群没有名字的、像狗一样的东西在教堂墓地里蹲坐成一圈，教小孩子像它们一样进食。那大概就是被换走的孩

---

[1] 克拉克·埃什顿·史密斯：绘画是史密斯的业余爱好之一，洛夫克拉夫特十分喜欢他的画。

[2] 库珀山墓地：建于1659年。

子——你知道吧？在古老的传说里，怪异之民会把它们的幼仔放在人类的摇篮里，和人类的婴儿调换。皮克曼画出了在这些孩子身上发生的事情——画出了他们是怎么被养育长大的。这时我才第一次意识到，人类的脸和那些非人之物的脸上的特征有着怎样的关联，皮克曼把人类逐步退化、最后变成完全不属于人的东西的发病过程全都画了出来，显示出充满讥嘲的联系和“进化”。那些像狗一样的东西原本也是人类啊！

看到这里，我不禁想，它们换到人类世界去的幼仔会被皮克曼怎么描绘；刚想到这儿，就有一幅画为我做出了解答。那是一间古式的清教徒房间——天花板上横着粗粗的大梁、窗户是格子窗、屋里有长椅和笨重的17世纪家具，一家人都坐在屋里，父亲在朗诵《圣经》。除了一张脸之外，所有的面孔都显得高贵而虔诚，而那唯一一张不同的脸上却充满了来自地狱的嘲笑。这位嘲笑着的少年应该就是虔敬的父亲的儿子，可他的本质却是那些污秽之物的同类。他就是被换来的孩子；无上讽刺的是，皮克曼把他的脸画得和自己十分神似。

这时，皮克曼点起隔壁房间的灯，彬彬有礼地帮我把住门，问我有没有兴趣欣赏他的一些“新作”。我没法给他太多意见——恐惧和厌恶使我张口结舌，但皮克曼看起来好像完全理解我的感受，并为此自豪。艾略特，我不怕啰唆，我绝不是个看到点稍微反常的玩意儿就会哀号、瘫软的小少爷，我是个中年人，见多识广，在法国打仗的时候你也见识过了，没有什么能轻易把我吓昏。还有一点我要说，只要再给我些时间，我就能适应那张把新英格兰殖民地画成地狱属国的画。可即使是这样的我，在目睹了隔壁房间里的东西之后，仍禁不住惊声尖叫、双腿发软，不得不扶住了门框。在刚才的房间里，我见到了纵横肆虐于我们先祖的世界中的食尸鬼和魔女们，而这个房间里展现的，则是完全属于今天的日常生活中的恐怖。

唉，他画了多少那种东西呀。在《地铁事故》里，一大群污秽的恶心东西从某个未知的地下墓穴爬出，通过地上的一个裂缝，上了博伊斯顿街地铁站的站台，开始袭击站台上挤挤挨挨的人群。另一幅画描绘了库珀山墓地里的舞会，可它的背景却分明是现代。地下室里的其他很多画都画的是怪物从石砌建筑的缝隙里钻出，狞笑着躲在木桶或火炉后边，等待第一个牺牲者走下地窖。

最让我作呕的一幅画竟然画了灯塔山的整个剖面图，画面既深又广，那些恶害像蚂蚁似的堆在山里，在地下的蜂巢状地道中钻进钻出。画里也有很多开在现代的教会墓地里的舞会，不过，使我震撼的则是另一个场景——那是一个无名的地下墓穴，一大群怪兽正围成一团。中间的一只怪兽拿着一本有名的波士顿导游书，好像正在朗读；所有怪兽都指着书中的一个段落，脸上布满了癫痫般的狂笑，我甚至觉得能听到它们的笑声。那幅画的标题是《霍姆斯、罗威尔和朗费罗长眠于奥本山公墓[1]》。

我逐渐平静下来，开始习惯这恶魔般的、病态的第二间屋子里的画作。我一边抑制着嫌恶，一边开始分析画作的特点。首先，我对自己说，这些画会让我感到厌憎，是因为皮克曼把自己的冷血和残酷赤裸裸地展现了出来。他是人类的残忍死敌，会从头脑和肉体的痛苦及躯壳的退化中获得快感。接下来我想到，他的画之所以恐怖，正因为它们是真正的伟大作品。这些画能够让人信服——看到画就等于亲眼看到魔鬼本身，足以令人瑟瑟发抖。还有一点很奇怪，皮克曼的画的那种逼真的力量并非来自他选择的主题或主题的怪异。在他的画里完全没有模糊、曲解和符号化；他笔下的人物轮廓鲜明、活灵活现，连最小的细节对观者都是一种折磨。特别是他画的脸！

我看到的东西并不是单纯的“画家的诠释”。他用令人栗然的客观和水晶般的清晰描绘出来的，正是万魔殿本身。我向天发誓，正是这样！皮克曼绝不是空想家，也不是浪漫主义者——他画的不是摇荡的、五光十色的、如蜉蝣般短命的梦境，而是冰冷地、充满讽刺地倒映出了稳定、机械、毫不动摇的恐怖。他彻底地观察了那个世界，卓越地描画了那个世界，断然地直面了那个世界，坚决地表现了那个世界。只有神才知道那是个什么样的世界，只有神才知道，他在哪里瞥见了亵渎的形体们在那个世界里行走、奔跑、爬行。但在他那些无可

[1] 奥本山公墓：在马萨诸塞州剑桥市，建于 1831 年。

解释的灵感的泉源中，只有一件事是明白无误的。皮克曼在任何意义上——不管在构想上还是在表现上——都是一个彻头彻尾、身体力行、几乎可说是有科学精神的现实主义者。

皮克曼此时领我走下通往地下室的台阶，好去他的画室。而我鼓起勇气，努力使自己不要为未完成的画布上的那些地狱般的效果吓倒。当我们通过潮湿的台阶下到尽头时，他把手电照向宽广地下室的一个角落，那是一口井，井口用砖砌成，直接开在泥土地上。走近一看，井口约有五英尺宽，超过一英尺厚，高出地面六英寸——应该是17世纪的古井，也可能更早。皮克曼说，这就是过去布满山丘的隧道网的一个出口。细看时我才发现，井口没有用砖砌死，只是盖了个沉重的木头盖子。皮克曼那些狂野的暗示如果不是浮夸，就多半和这口井有关——想到这里，我不禁打了个寒战，赶紧跟他走上台阶，穿过一扇窄门，进了一间相当大的房间，这里配上了家具，好作画室之用；桌上的煤气灯正射出仅够作画所需的光亮。

留在画架上、靠在墙边的那些半成品和楼上的成品一样恐怖，同时还展现出了作者的细腻技法。他十分仔细地勾勒出了轮廓，从铅笔稿上可以看出，皮克曼对透视和比例掌握得非常到位，那无比精确的构图雄辩地说明，他的确是一位伟大的画家，直到今天，即便我对他有了那么深刻的了解，我仍然要承认他的水平。这时我注意到，有一架很大的照相机摆在桌上，就问他要照相机干什么；他回答，他用照相机拍摄各种可作为背景的风景，这样就可以在画室里参考照片作画，免得背着画架跑来跑去。他还说，在持续的工作中，这些照片的效果几乎和现实中的景色或模特一样好，因此他经常用照片做参考。

一眼看去，房间各处都散放着令人作呕的钢笔素描和半成品的怪物画作，让我十分不安。这时，皮克曼突然掀开罩在一张大画布上的罩布，把光照到画布上。我顿时发出了难以抑制的尖号——这是我今晚第二次被吓得尖叫了。我的叫声在古老的、挂满硝石的地下室那昏暗的拱顶下来回反射，而在听到回声之后，我只能竭尽全力压住想要歇斯底里地狂笑的冲动。慈悲的造物主啊！但是，艾略特，我已经不知道哪些是真实的、哪些是我妄想的产物了。在整个地球上，哪里能找到足够容纳这梦的地方啊！

那是个身躯庞大、不可名状的亵渎之物，双眼还闪着红光，骨钩般的手指紧紧抓着一个曾经是人的东西，像小孩舔棒棒糖一样舔着人头。它蹲伏在地，一眼看去，就好像随时可能扔掉手里的猎物，向更新鲜的猎物扑过去似的。但是，最可憎的、使这张画成为一切惊恐之源的，并不是这地狱般的主题——并不是那尖尖的耳朵、布满血丝的眼睛、扁平的鼻子、流着口水的嘴或者像狗一样的脸，也不是长着鳞片的钩指、覆满霉菌的身体、半是蹄子的脚。尽管这些特征中的任何一点都足以让一个敏感的人疯狂，但这些都不是这张画真正可怕的地方。

那是何等出色的画功啊，艾略特——那是何等被诅咒的、亵渎的、超乎寻常的画功啊。在我这一辈子里，从没见过这么鲜活、几乎是把活物放在画布上的画。那怪物就在那里——盯着我、嚼一嚼，嚼一嚼、又盯着我——于是我明白了，在遵循自然法则的地方，一个人类要是没有模特，是绝对画不出这种东西的，除非他把自己的灵魂卖给了魔鬼，以换得来往地狱世界里的匆匆一瞥。

在画布的空白处，用图钉钉着一张皱皱巴巴的纸——我猜，那肯定是一张照片，是他在画那夸张的、如噩梦般恐怖的背景时作参考用的。我刚要伸出手去把它抚平，皮克曼突然像被枪打了似的一跃而起；当我被吓到的叫声在黑暗的地下室里反射出去之后，皮克曼就一直在非常专心地聆听什么。虽然比不上我的程度，但他的身心也被恐怖压倒了。只见他掏出手枪，示意我保持安静，然后就从画室里出去，还顺手掩上了门。

这一瞬间，我全身都僵硬了。我努力朝皮克曼离开的方向听了一下，觉得自己听到了什么东西偷偷摸摸跑动的声音，又听到了从不知什么方向传来的一连串叫声。我想，那一定是他说的“大耗子”，不禁浑身颤抖。然后，传来一声被压抑的叩响，使我起了一身鸡皮疙瘩。那是一种摸索时发出的咔嗒声，但我没法用语言具体形容，似乎是沉重的木头掉在石头或砖头上的声音——你知道这声音让我联想到了什么吗？

又传来了声音，比刚才还要大。木头似乎掉到了比刚才更深的地方。随即传出一阵嘈杂的巨响——皮克曼不知为什么大叫一声，就像狮子的调教师为了更有效地驯兽而对空鸣枪那样，把手枪里的六发子弹全部打了出去。接着是一阵被压抑的叫声、咯咯声和叩响声，好像有更多木头掉到了砖头地面上。很快，门就开了——把我吓得浑身一哆嗦。皮克曼拎着冒烟的手枪，嘴里不住地骂着那些从古井里跑出来的老鼠。

“你知道它们吃的是什么吗，瑟伯？”皮克曼咧嘴笑道，“那些古老的隧道通往墓地、魔女的屋邸和海岸，但它们既然出来了，就可以想见，无论它们吃的是什么，那都已经所剩无几了。我猜是你的尖叫刺激到了它们。来这些古老的地方时还是小心为好——我们的啮齿类朋友是这里唯一的缺点，但它们对氛围和色彩的烘托还是很有用的。”

那天晚上的历险就那么结束了，艾略特。皮克曼答应给我看他的画室，他可真是给我看了个够。然后皮克曼带我穿过乱麻般的小路，好像把我带到了和来时不同的方向，因为当我看到路灯的时候，我们正在走过一条似曾相识的街道，单调的房屋和宅邸排排而立。原来是查特街。但我走得太急，忘记是从哪里拐到查特街上去的了。当时太晚，高架铁路已经停了，我只好穿过汉诺威街走回商业区。从这儿开始我就记得路了：我从特里蒙特街走到灯塔街，皮克曼在乔伊街的转角和我告别，然后我就进了小巷。从那之后，我再也没跟他说过一句话。

你问我为什么要跟皮克曼绝交？别急，先叫杯咖啡吧。今天咱们喝了不少酒了，我得来点别的了。不，你想错了，我不是因为在那儿看到的那些画而跟他绝交的。当然啦，他要是把那些画拿进波士顿的住家或俱乐部，十次里得有九次被撵出去。现在你也应该能猜到我为什么要避开地铁和地下室了。那真正的原因，正是我第二天早晨在上衣口袋里发现的东西。刚才不是说过吗，我从地下室那张骇人的画布上取下了一张皱纸，那纸被图钉钉着，我以为它是什么地方的照片，被皮克曼用作参考，好给那怪物加上背景。我当时顺手把它放进衣袋里，然后就给忘了。正是在我展开那张纸的时候，最后的恐怖降临了——啊，咖啡来了。艾略特，我建议你最好别加糖也别加奶。

没错，那张纸正是我决定和皮克曼绝交的原因。理查德·厄普顿·皮克曼，我所知道的最伟大的画家——也是最污秽的存在，他越过了人的界限，跳进了传说和疯狂的深渊。艾略特，瑞德老头说得对，严格地说，他确实不是人！他要么就是在奇异的阴影中降生，要么就是找到了开启禁忌之门的方法；这没什么区别，反正他也失踪了。就让他回到他所喜爱、常常拜访的荒诞的黑暗中去吧！来，把吊灯点上。

至于我后来烧了什么，你别问，也别瞎猜。同样，你也别问那发出鼹鼠一样的嘈杂声、让皮克曼非得谎称为“耗子”的东西是什么。你知道，有些秘密可能在古老的塞勒姆审判时就存在了，科顿·马瑟还记载过更为怪异的东西。你也知道，我们都很惊讶，到底是哪儿来的想象力让皮克曼画出那么逼真、那么栩栩如生的脸的。

好吧！那张纸根本不是什么用来作参考的景色照片，就是皮克曼画在那可怕画布上的怪物本身啊！皮克曼是照着他的模特作画的——那怪物背后，是他地下画室的砖墙，连最细微的地方都丝毫不差！但是，天哪，艾略特，那的确是一张从实物照出来的照片啊！

潜伏的恐惧

The Lurking Fear

译者：玖羽

I.烟囱上的影子

为了究明“潜伏的恐惧”的真相，我在一个雷雨之夜前往风暴山山顶那座被遗弃的公馆。我并不是独自一人——虽然我热爱怪奇之物和恐怖之物，却没有让这种热爱把自己变得有勇无谋。在这种热爱之下，我一往无前地进行了一连串探寻，去求索文学与生活中那些未知的恐怖。两个值得信赖的壮汉跟在我身边，强韧的心理素质使这两人非常适合此类工作。在探索恐怖之事的调查中，他们已经跟我合作很久了。

在那场怪异的恐怖——那场如噩梦般蔓延的死亡——于一个月前降临之后，仍有一些记者在这附近徘徊。为了避开记者的耳目，我们悄悄地从村庄离开。后来我才想到，他们可能会成为我的助力；但我当时并不想让他们跟过来。上帝啊，如果那时我让他们参与调查，可能就不会在这么长的时间里独自背负这个秘密了。我害怕世人会说我疯了，更害怕潜藏在这件事背后的恶魔般的意义会让世人发疯，因此我不得不独自一人背负着它。现在我无论如何都要把它说出来，免得心中纠缠的思绪把我彻底搞疯。我真希望自己从来没有隐瞒过这个秘密，因为我，而且只有我，知道是怎样的恐惧潜伏在那座幽鬼般的荒凉山峰。

我们开着一辆小型汽车，在原生林和山丘中行驶了几英里，直到被一条林木葱茏的上坡路挡住。夜幕降临，又没有了大群调查员的吵闹声，我们觉得这一带的样子看起来比平时更加凶险。因此，即使可能吸引别人的注意，我们也经常冒险使用乙炔头灯；周围暗下来之后，目力所及之处，景色看起来非常病态。我相信，就算我对肆虐在这里的恐怖一无所知，也肯定会注意到这种异常。此地没有任何野生动物——它们很聪明，知道当死亡窥探着接近时必须逃开。布满雷电伤迹的古树变得不自然的高大、扭曲，其余的植被则是不自然的茂密、蔓生。在被闪电劈得到处都是化石[1]疤痕的地面上，有许多古怪的土堆和圆丘卧在杂草丛中，它们排成蛇形，样子让我想起膨胀到巨大比例的死人骷髅。

恐惧已经在风暴山上潜伏了超过一个世纪。那场灾难使当地第一次引来世间的关注，我也是看了报纸对灾难的报道，才得知它的存在。这是位于卡茨基尔[2]的一块偏远而荒凉的高地，当年荷兰殖民者[3]曾徒劳地试图在这里定居；他们的努力很快就遭到挫败，只在当地留下几座塌毁的公馆和一批衰退的棚户居民[4]，这些家伙住在山坡上几个孤零零的可怜小村里。正常的人类几乎从不踏足此地，直到州警设立[5]；但即使是现在，州警也鲜少来这里巡察。无论如何，恐惧也算这些相邻村庄间的一种古老传统，是村民们用简单的语言进行对话时的主要话题。这些可悲的混血杂种会定期走出谷地、贩卖手编篮子，以换取他们无法猎到、养殖、制作的基本生活必需品。

“潜伏的恐惧”就盘踞在那座令人忌避、早已荒废的玛尔滕斯公馆里。这座公馆位于高度较高但坡度平缓的山顶；这一带频繁的雷暴使它得到了风暴山这个名字。一百多年来，这座被林木包围的古老石砌建筑一直是那些狂野得难以置信、既骇人又丑恶的故事的主题，这

[1] 化石：闪电化石(fulgurite)，当闪电接触地面时，瞬间产生的超高温度会融化岩石或沙子。若它们立即被雨水冷却，就会形成长管状的硅质物体。

[2] 卡茨基尔(Catskills)：位于纽约州东南部的一块山地，很好地保留了自然景观。

[3] 荷兰殖民者：在17世纪，当地属于荷兰设立的“新尼德兰”殖民地的一部分。

[4] 棚户居民(squatter)：指占据闲置或废弃的建筑或土地，没有一般法律认定的拥有权或租用权的居民。本文中这个词的意思是，这些居民生活的土地是被荷兰殖民者废弃的，土地的所有权本不属于他们。

[5] 州警设立：纽约州州警于1917年4月11日设立。

些故事述说了一种会在夏天出没的、巨大、爬行、同时无声无息的死亡。棚户居民们会抽泣着讲述一只恶魔在天黑后捕捉孤旅之人的故事，它要么会把人整个攫走，要么会把人肢解后啃得不成样子。有时他们甚至低声说道，会有染血的痕迹一直通往远处的公馆。有人说雷鸣会召唤“潜伏的恐惧”，也有人说雷鸣本身就是它的吼声。

居住在这个偏僻森林地区之外的任何人都不会相信这些变化无常、自相矛盾的故事，更何况这些描述都是语无伦次、过度夸张的，而那恶魔顶多只是被隐约瞥到而已；然而，所有当地农夫或村民都坚信，玛尔滕斯公馆是魑魅出没之地。有好几次，在听过棚户居民讲述某些特别生动的故事之后，一些调查员探访了那座建筑，却没有发现任何幽灵存在的证据，但这一传统在当地的历史中根深蒂固，人们很难完全否定。老太婆们念叨着关于玛尔滕斯家的幽灵的传说，那些传说包括玛尔滕斯一族自身、他们家族遗传的古怪异色瞳、冗长而变态的家族史，以及使整个家族受到诅咒的那场谋杀。

让我来到事发现场的原因是一桩恐怖的事件，它既突然又不祥地使山民们最为狂野的传说化作了现实。一个夏夜，在一场前所未有的大雷雨后，整个乡间都被一名棚户居民的惊逃和喊叫唤醒了——那种惶怖绝不会出于单纯的幻觉。这些可怜的当地人成群结队地尖叫、哀号，说不可名状的恐惧之物已经降临到了他们身边，他们对此确定无疑。他们并没有看到恐惧之物，但从一个村庄传来的哭喊声让他们断定，死亡已经开始蔓延。

早晨，市民和州警们跟着颤抖不已的山民，来到他们口中的死神降临之所。死亡的确在那里降临了。在一个棚户居民的村落，闪电的一击使地面塌陷,摧毁了几间散发恶臭的窝棚；不过，和“有机物”的惨剧相比，财产的损毁根本无足轻重。原本有七十五人住在这里，可现在一个活人也不剩。被蹂躏的地面上散落着鲜血和肉块，这些人类残骸布满了恶魔般的齿印和爪印，但在屠杀现场却没有明显离去的踪迹。在场的所有人都认为，这是某些狂暴的野兽所致，当时没有人质疑，这桩神秘的死亡事件可能仅仅是在堕落族群中发生的一次集体谋杀。在清点尸首、发现有二十五人失踪后，这一质疑的确被提了出来，但人们很难解释，为什么二十五人能杀害数量比自己多一倍的五十人。事实就是这样：在一个夏日的夜晚，雷光从天空劈下，留下一个死寂的村庄。村子里的尸体全都被可怕地摧残、咬烂、抓碎了。

被这一事件刺激的村民们立即把恐怖的元凶和闹鬼的玛尔滕斯公馆联系到了一起，尽管事发现场离公馆足有三英里远。州警们对此更是怀疑，他们随意地调查了一下公馆，但发现它已完全荒废，于是放弃了这方面的线索。周边的乡村居民倒是以极大的关注仔细搜查了公馆，把屋子翻了个遍，探到池塘和小溪的底部，弄倒灌木丛，还彻底搜索了附近的森林。但所有行为都是徒劳无功，除杀戮现场外，突如其来的死亡没有留下任何痕迹。

搜索进入第二天的时候，报纸报道了这桩惨案，记者们蜂拥到风暴山。他们详细地描述了事件，并在许多访谈中叙述了由当地老太婆口传的恐怖历史。我一开始只是没精打采地读着这些报道，因为我在恐怖事件方面几乎算是个鉴赏家；但一周之后，我发现某种氛围奇妙地激发了我，于是，1921年8月5日，我来到风暴山附近的勒费茨科纳斯村，在旅馆做了登记。由于旅馆里已经塞满了记者，我的登记挤在大批记者中间——这个小村庄是公认的调查者本部。在这段时间里，我忙于细致的调查和测量，三周后，记者逐渐散去，我才有机会以调查和测量的结果为基础，进行可怕的探索。

于是，在这个夏夜，听着遥远的雷声滚滚，我把车子熄火，和两个携带武器的同伴一起徒步走过风暴山最后一段土丘遍布的区域。就在前方橡林的高耸树梢之后，手电的光照出了幽灵般的灰色墙壁；在这个病态的夜晚里，只有手电那摇曳无力的孤独光亮，犹如大箱子一般的公馆隐晦地暗示着恐怖，而这恐怖是在日光下无法揭示的。但我毫不犹豫，因为我已下了坚定的决心，无论如何都要确认自己的想法。我相信，是雷鸣把那只带来死亡的恶魔从某个令人畏惧的秘密所在召唤而来的，我要探明，这恶魔究竟是一种实体，还是像瘟疫那样无影无形。

我先前已经仔细地搜查过公馆的废墟，由此制订了周到的计划。我选择了扬·玛尔滕斯的老房间作为守夜的地方，关于他被谋杀的暧昧不详的传说在当地乡间非常有名；我隐约感觉，这位昔日受害者的房间最适合我的目的。这个房间的面积约为二十平方英尺，和别的房间一样，装满了曾经是家具的垃圾。房间位于公馆二层的东南侧，有一扇朝东的大窗和一扇朝南的小窗，两扇窗户的玻璃和百叶窗早就不见了。大窗的对面是一座豪华的荷兰式壁炉，上面贴着“浪子回头”[1]的瓷砖画，小窗的对面则是一张嵌入墙内的大床。

在被树叶闷住的雷声渐次增强之中，我安排着计划的细节。首先，我带来三条绳梯，把它们系在大窗的突出处，并且测试了一下，确保它们能通往外边杂草丛中的合适地方。然后，我们三人从别的房间拖来了一张宽大的四柱床架，把它横在窗口那里，还在床上铺满了杉树枝。我们全部拿着上了膛的自动手枪躺在床上，两人休息，一人放哨，轮班看守。这样，无论恶魔从任何一个方向前来，我们都有处可逃：如果它在公馆里出现，我们可以顺着绳梯爬到外面；如果它从外边进来，我们只要出门下楼就好。从之前的杀戮事件判断，我们认为，即使在最坏的情况下，它也不会追逐太远。

我从半夜十二点看守到一点。尽管置身于这座凶险的公馆，靠着空荡荡的窗户，窗外就是电闪雷鸣，我却有一种奇异的昏昏欲睡的感觉。我坐在两个同伴中间，乔治·班尼特在靠窗一边、威廉·托比在靠壁炉一边。班尼特似乎和我一样被嗜睡感攫住，已经酣然入睡，所以，虽然托比也开始摇头晃脑，我还是指定他接我的班。我自己也奇怪，自己怎么会一直目不转睛地盯着壁炉。

越来越响的雷声一定影响了我的梦境，在短暂入眠的时间中，我梦到了极为不吉的景象。我曾经迷迷糊糊地醒了一次，可能是因为躺在窗边的那位不安分地把一条胳膊放到了我的胸口上。我没清醒到能够确认托比是不是还在履行放哨的职责，但我感觉，当时这一点在我心里留下了一种明显的焦虑。从来没有任何险恶之事能带给我如此的压迫感。后来我一定又睡着了，因为当那惨烈的、超越我迄今为止的任何经验或想象的叫声响起，把我在变得愈发骇人的深夜中惊醒时，

[1] “浪子回头”：《圣经》故事，出自《路加福音》15：11-32。

我的意识正处于幽灵般的混沌状态。

那种惨叫，足以让潜藏在人类恐怖和痛苦的最深处的灵魂绝望而疯狂地扒着遗忘之门的黑檀门柱。我在赤红的疯狂和恶魔的嘲笑中惊醒，与此同时，包含病态恐怖和终极痛苦的不可思议的光景摇荡着，渐渐远去。房间里一片漆黑，但我从变空的右侧知道托比已经消失了，只有上帝才知道他到哪里去了。躺在我左边睡觉的那位依然把沉重的手臂放在我的胸口上。

然后，毁灭性的雷霆震撼了整座山峰。它照亮了苍老森林里最黑暗的墓穴，撕裂了扭曲古树中最年迈的成员。在一颗可怕火球的恶魔般的闪光中，睡在我旁边的那个家伙被突然惊醒，从窗外射来的刺眼强光把它的身影鲜明地投映过来，照在我一直盯着的那个壁炉上方的烟囱上。我依然活着且没有发疯，这真是一个无法理解的奇迹——因为，烟囱上的那个影子不是乔治·班尼特，甚至不是任何人类的影子，它是如此亵渎而畸形，简直只会来自地狱最底层的火山口。那是一种无名、无形的可憎之物，不管怎样敏锐的头脑也无法完全理解，不管怎样生花的妙笔也无法稍作描摹。下一瞬间，我就孤单地置身在这被诅咒的公馆中，瑟瑟发抖，胡言乱语。乔治·班尼特和威廉·托比不要说挣扎，连一点痕迹也没有留下就消失无踪，至今杳无音信。

II.在风暴中经过的东西

我在林木笼罩的公馆中经历过那场恐怖的事件之后，躺在勒费茨科纳斯的旅馆房间里好几天，神经紧张、精神疲惫。我完全不记得自己是怎么到达汽车那边、启动汽车，又在不被发现的情况下开回村庄的。只有一些幽幻的印象保留在我的脑海里：极大的树木伸着粗野的手臂、犹如恶魔咕哝一般的雷声，以及斜在这一带成点、成线的低矮土丘上的冥界般的阴影。

那个投下恐怖得足以破坏大脑的影子的东西——当我颤抖着思考它的实体时，知道自己终于触及了超越这个世界的恐怖的一个末端。

它属于来自外宇宙虚空的无名暗影之一，我们只能听见这些暗影在宇宙尽头发出的恶魔般的抓挠声；人类有限的视野仁慈地使我们无法目睹它们的样子。我几乎不敢分析或识别自己看见的那个影子。在那一晚，一定有什么东西挡在我和窗户之间，但我只要一开始思考那东西的真身，就会无法遏制地、本能地开始战栗。那时，哪怕它吠叫、低吼，或者低声嘲笑呢……即使这样，也能把那种深不见底的丑恶感减少一些。但它没有发出任何声音。它已经把一只沉重的手臂或前脚放到了我的胸口……显然，它是有机生物，或者曾经是有机生物……扬·玛尔滕斯，我们侵犯的那个房间的主人，被埋在公馆旁边的墓地里……如果班尼特和托比还活着，我必须找到他们……为什么只有他们被抓走，而我却被留下？……眠意是如此令我窒息，梦境是如此令我惧怕……

没过多久我就发现，我必须把知道的一切完完整整地讲出来，否则就会完全崩溃。我已下定决心，绝不放弃搜寻“潜伏的恐惧”；因为我认为，与其在难忍的无知中焦躁不安，还不如索性去迎接真相，尽管这真相可能会无比恐怖。于是，我构思了最完善的策略——该选择哪个值得信赖的人，以及该如何追寻那个彻底抹消了两个男人、又在我面前投下噩梦般的影子的东西。

在勒费茨科纳斯，和我最为相熟的都是些和蔼的记者，他们还有几个人留在这里，想要搜集悲剧最后的回响。我决定在他们中选择一个调查的伙伴；我越是考虑，越觉得一个叫亚瑟·芒罗的男人最合适，他黑发、瘦削，大约三十五岁，而他的教育经历、品位、智性和气质全都清楚地表明，他是一个不会被循规蹈矩的思想和经验束缚的人。

亚瑟·芒罗在9月初的一个午后听我讲了这一切。从一开始，芒罗就对我叙述的内容充满兴趣，并对我的心理状态表示同情，当我讲完之后，他又发挥最大的机敏和判断力，仔细地分析和讨论了这个问题。他的建议非常切合实际：他认为，我们应该先搜集历史和地理方面的详细资料，等这些资料备齐，再去探查玛尔滕斯公馆。他主动领着我在乡间仔细寻找关于恐怖的玛尔滕斯家族的情报，最终，我们找到了一个人，他拥有一本绝妙的、极具启示性的祖传日记。我们还和山里的那些杂种交谈；在那场恐怖和混乱之后，他们并没有逃到更加偏远的山坡上去。我们决定，在执行最后的任务——在完全了解它的具体历史的情况下，详尽而明确地调查公馆——之前，应该先同样详尽而明确地调查棚户居民传说中的每一处发生悲剧的地点。

一开始，从调查的结果完全看不出什么。但我们把结果列表造册之后，却似乎发现了一个很明显的趋势：在绝大多数情况下，恐怖的传说都靠近那座被人忌避的公馆，要么就是通过病态的、营养过剩的森林和公馆相连。的确，也有例外存在；比如，吸引世间注意的那场恐怖之事就发生在一个根本没有树木生长的地方，那里既不靠近公馆，也不靠近连接着公馆的森林。

至于"潜伏的恐惧"的性质或外观，从这些吓怕了的、愚笨的棚户居民那里完全问不出什么。他们把它同时称为一条蛇、一个巨人、一只雷电恶魔、一只蝙蝠、一只秃鹫及一棵会走路的树；不过，根据这些情报，我们有理由假设，它至少是一个有生命的有机体，非常容易被带有闪电的风暴影响。虽然少数故事提到了翅膀，我们还是认为，由于它厌恶开阔地带，还是认为它是个陆行生物更为合理。这种假设唯一不能解释的事实，是它极为迅速的移动能力：这只生物必须能够高速移动，才能来得及做出一切被归在它名下的事情。

随着对这些棚户居民的了解愈发深入，我们发现了他们身上的很多奇异之处，这些特点甚至非常有趣。他们是单纯的动物，由于不幸的血脉和僵化的孤立处境，他们在进化的尺度上渐渐退行。他们害怕外来者，但慢慢地习惯了我们。最后，当我们为了探求"潜伏的恐惧"而在公馆内外砍伐所有的灌木、拆毁所有的隔墙时，他们起到了很大作用。我们请求他们帮助寻找班尼特和托比，他们对此打心底感到难受，因为，虽然他们想帮我们，但却明白，就像他们自己消失的族人一样，这两个人已经不存在于这个世界了。他们已经有非常之多的族人遭到了杀害或掳掠，那就和野生动物遭受的灭绝命运一样。当然，我们完全相信他们的话；我们忐忑不安地等着悲剧变本加厉地降临。

直到10月中旬，调查也没有什么进展，我们陷入了茫然。最近夜晚晴朗，恶魔般的侵袭事件并未发生，而我们对房屋和乡间的搜索全属徒劳，没有发现任何证据，这一切几乎让我们觉得“潜伏的恐惧”可能不是具有实体的存在。所有传说都一致地称，这个恶魔在冬天基本会很安分，我们担心，调查不得不因到来的寒冷天气而中止。因此，怀着匆忙和无奈的心情，我们在夏时制的最后一天[1]搜查了那个恐怖曾经降临的村落。由于棚户居民们的恐惧，现在这个村落已经空无一人。

这个悲惨的窝棚村落已经在这里存在了很久。它没有名字，不过却夹在两座有名字的山冈之间，这两座山冈分别叫圆锥山和枫树丘；虽然山谷里没有树木，但隆起的山丘也可以遮风。村落本身更加靠近枫树丘，实际上，某些粗陋的住所就是在枫树丘的山坡上挖出来的地穴。在地理位置上，它位于风暴山西北，距山脚约两英里，距橡树环绕的那座公馆约三英里。从村落算起，村落到公馆之间足足二又四分之一英里都是开阔的空地，除了一些排成蛇形的低矮土丘，地面相当平整，其上的植被也只有青草和分散的草堆。根据这里的地形特征，我们最后得出结论：恶魔肯定是通过圆锥山来到这里的。从圆锥山的南面伸出一条树木繁茂的山体，它与风暴山最西边的突出部相距不远。在这片动荡之地上，我们最终追查到了枫树丘的一处发生山体滑坡的地方，这里有一棵已被雷电劈裂的高大孤树，正是劈开它的那道闪电召唤出了恶魔。

我和亚瑟·芒罗已经把这个被袭毁的村庄仔细翻查了二十次，甚至更多次，随着失望的情绪，我们心里产生了一种模糊而全新的恐惧。在那般惊人的杀戮之后，却没有留下半点线索——即使已经发生了这么多可怕而反常的事情，这个事实还是未免过于反常。在阴云逐渐沉淀的昏暗天空之下，我们踉跄地徘徊，一边觉得做任何事都是徒劳，一边又觉得必须行动，这两种矛盾的心情结合在一起，就变成了

[1] 夏时制的最后一天：1921 年 10 月 30 日。美国于 1918 年首次实行夏时制，虽一度于 1919 年取消，但仍被一些州保留。当时，夏时制的最后一天是 10 月的最后一个星期日。

一种悲惨的、毫无方向性的热忱。我们的关注点变得非常细微：每个窝棚都重新进去过了，每个住人的地穴都重新找过，看里面是不是有尸体了，为了寻找巢穴或洞窟，附近山坡上的每一丛荆棘根部都搜索过了。一切都是白费力气。然而，就像我在前面说过的，那种模糊而全新的恐惧依然险恶地盘旋在我们周围，就好像长着蝙蝠翅膀的巨大狮鹫无形地蹲踞在山巅，用它们那足以看穿异次元深渊的毁灭之眼睨视着我们一般。

随着下午的时间过去，周遭越来越暗，越来越难以看见。雷雨云在风暴山上空聚集；我们听见了从那里传来的隆隆声。从那个地方传来的雷声自然会令我们颤抖，如果现在是夜间，比这更轻的声音也足够达到恐怖的效果了。事实上，我们无比希望风暴至少持续到夜幕完全降临。带着这种希望，我们放弃了在山坡上毫无目标地搜索，想要赶往最近的有人居住的村落，找一些棚户居民来协助我们调查。虽然这些家伙十分胆小，但还是有几个年轻人被我们呵护备至的领导方式充分鼓舞了，答应提供此类帮助。

可是，几乎就在我们刚刚做出这个决定之后，滂沱的大雨就阻塞了视线，逼得我们不得不先找地方躲雨。天空如深夜般黑暗，伸手不见五指，我们在磕磕绊绊中前行。不过，靠着频繁的闪电光亮和对这片地区的详尽了解，我们还是很快到达了漏雨最少的那间小屋。这是一个由原木和木板胡乱堆起来的窝棚，它勉强撑起来的门和唯一一扇小窗都正对着枫树丘。我们闩住门，防止愤怒的风雨侵入屋内，然后又用粗糙的窗板堵住窗户——反复搜查了这么多遍，我们早就知道窗板放在什么地方。四周一片漆黑，只能坐在摇摇晃晃的箱子上，这种处境无疑令人极度沮丧，但我们还是点燃了烟斗，并时常用手电照照周围。透过墙上的裂缝，我们能看见闪电不时劈下；午后的天空竟暗得如此不可思议，以至于每一道闪电都清晰可见。

在暴风雨中的这次守夜让我想起了风暴山上的那个阴森之夜；我不禁浑身颤抖。自那次噩梦般的事件以来，一个奇妙的问题一直在我心中回荡，此时我的意识再次转向了它：不管那只恶魔是从窗户还是从屋里接近我们这三人的，它在被巨大的火球吓跑之前，为什么先抓走了我两边的人，反而把中间的我留到最后呢？不管从哪边开始算，我都排在第二，为什么它不按照自然的顺序，让我成为第二个牺牲者呢？它是用怎样一种巨大的触手越过我、把第三个人卷走的？难道它知道我是领队，所以故意留下我去面对更加可怖的命运？

当这些疑问还在我的头脑里盘旋时，就像故意要把恐怖推上戏剧性的高潮，一道可怕的闪电落在附近，随之而来的是一部分山体滑塌的声音。同时，狂风愈发猛烈，风声听起来就像鬼哭狼嚎。我们确信，枫树丘上的那棵孤树又被雷劈中了，于是芒罗站起身来，走近小窗，想看看树受到了多大损伤。他刚刚取下窗板，风雨就怒吼着冲进屋内，声音震耳欲聋，我根本听不清他在说什么。当芒罗探出身去、试图揣摩这座大自然里的万魔殿时，我只能在一边耐心等待。

暴风渐渐平息，不自然的黑暗也逐渐退去。为了搜寻更加顺利，我曾希望这风暴能够持续到夜里，但阳光偷偷地从我背后板壁上的一个节孔照进来，从而打消了这种可能。我记得芒罗说过，就算会被大雨再浇一次，我们也最好让屋里亮一些，因此就拔去门闩，打开粗糙的门。外边地上的烂泥和水坑多得出奇，轻微的滑坡还带来了一些新的泥堆。我的朋友一直把身体探出窗外，静静地看着什么，但我并没有在外面看到能让人如此感兴趣的东西。我走到他旁边，拍了拍他的肩膀，但他一动不动。接着，我开玩笑般地摇了摇他，把他的身体转了过来——那一刻，我感到如癌症般的恐怖伸出触手，绞上了我的喉咙，这恐怖扎根于无限悠久的太古之间，扎根在无底的渊薮之中，而在这些渊薮里弥漫的，则是超越时间的夜暗。

因为亚瑟·芒罗已经死了。在他被啃咬、抠挖得不成样子的脑袋上，没有任何还可以被称为脸的部分留下。

III.红色光芒的意义

1921年11月8日的那个风暴之夜，我在提灯投射出的阴森暗影里，独自一人像白痴一样挖着扬·玛尔滕斯的坟墓。由于雷雨将要来临，我从下午就着手挖掘，现在，周围已是一片黑暗，风暴也开始在头顶繁茂的枝叶上怒吼，这太让我高兴了。

自从8月5日的事件以来，我肯定自己已经有几分疯了：公馆里的幽鬼之影、一切的努力与失望，以及10月风暴袭吹时发生在小屋里的那件事，这些全都让我疯狂。总之，我为死于鬼知道是什么原因的芒罗挖了一个坟墓，别人肯定也无法理解这件事，所以我只是告诉他们，亚瑟·芒罗自己迷路、失踪了。他们去找过他，但当然没有找到。那些棚户居民可能会知道真相，但我不愿再用这件事惊吓他们。我自身的麻木无情已接近怪异的程度，在公馆里发生的那件震撼之事似乎对我的大脑造成了某种影响，现在我唯一考虑的事情，就是探明这已经成长为一场大灾难的恐怖的真相。由于亚瑟·芒罗的死，我发誓，这件事我不会向任何人提起，从头到尾也只由我一人完成。

即便是我挖墓的现场，大概也足以让常人吓得发抖了。那些险恶古树的巨大程度、年老程度、怪诞程度全都超乎常理，它们就像地狱般的德鲁伊神殿的立柱一样，从高处冷眼瞥视着我。浓密的枝叶闷住了雷鸣，安静了狂风，遮挡了几乎全部雨点。只是在后院那些伤痕累累的树干上方，会有闪电的微光从枝叶的缝隙里透出，照亮废弃公馆那爬满常春藤的潮湿石墙。我的近旁是荒芜的荷兰式花园，它的小路和苗圃都被一种白色、恶臭、类似真菌、营养过剩的植被污染了，这些植物从未见过充足的阳光。而离我最近的还是墓地，在这里，变形的树木摇晃着它们畸形的枝条，它们的根系掀开了不洁棺柩的石盖，并从躺在石盖下的物体中吸收着毒液。棕色的枯叶在原生林的黑暗中腐败、溃烂，覆盖了大地；在覆盖物下，我时不时地可以见到低矮土丘的不祥轮廓，这些土丘是这片闪电频发之地的一大特色。

我是在调查了此地的历史后，才把这个墓穴选为目标的。历史——是的，我经历的事情宛如嘲讽的恶魔之举，在它的结末，只有历史留下。不过，我不认为“潜伏的恐惧”是拥有实体的存在，它应该类似于乘午夜的闪电而行、口生狼牙的幽鬼。我的结论是：从我和亚瑟·芒罗一起调查时发掘出的大量本地传说推断，那幽鬼正是死于1762年的扬·玛尔滕斯；而这也是我现在正像个白痴似的挖着他的坟墓的原因。

玛尔滕斯公馆由一个富裕的新阿姆斯特丹[1]商人赫里特·玛尔滕斯建于1670年，他认为英国的统治使自己的社会地位下降[2]，因而心生厌恶，在偏远林地的山顶建设了这座宏伟的公馆。这里杳无人迹、与世隔绝，还有异样的风景，这让他很是满意。此地只有一处不足，就是夏天猛烈的雷雨；在选定这座小山、开始建设公馆时，荷兰绅士玛尔滕斯以为这频繁爆发的自然之力只是当年特有的现象，但他不久以后就明白，此地一直有雷雨高发。最终，当他发现这些风暴对他的健康不利时，就挖了一间地下室，好在天上的万魔殿最为疯狂地猛吹烈打时有一个逃避之地。

赫里特·玛尔滕斯的子孙都不如他那么有名，因为他们都在憎恨英国文化的氛围下长大，从小受的教育就是避开那些英国殖民者、避开由他们带来的英国文明。他们的生活极度地自我封闭，人们甚至传说，由于这种封闭，玛尔滕斯一族在语言能力和理解能力上都产生了困难。他们一族的外表皆呈现出异常的遗传特征：一只眼睛是蓝色，另一只则是棕色。随着时间的推移，他们与外界社会的接触变得越来越少，直到最后，他们竟开始与庄园地产上为数众多的奴仆阶层[3]通婚。这个繁盛家族中的许多人都堕落了，迁居到山谷中，然后再与那些混血杂种交配；他们的后代就是现在的那些棚户居民。其余的那些人依然阴郁地坚守在祖传的公馆里，变得越来越排外和沉默，并对频发的雷雨产生了越来越过激的反应。

上述这些外界知道的信息基本都来自年轻的扬·玛尔滕斯。当奥尔巴尼会议[4]的消息传到风暴山时，他被某种躁动的情绪驱使，报名参

---

[1] 新阿姆斯特丹：纽约市在荷兰殖民时代的旧称。

[2] 社会地位下降：第二次英荷战争结束后，荷兰于1667年将“新尼德兰”殖民地割让给英国。

[3] 奴仆阶层：指黑人。

[4] 奥尔巴尼会议：1754年，在纽约州的奥尔巴尼召开的会议，其目的是促进英国北美殖民地的团结，号召共同抵御法国在法英北美殖民地争夺战开战前的扩张。

加了殖民地的军队。在赫里特的后代里，他是第一个见识过外部世界的；经过六年的军旅生涯，他于1760年回到家乡，但却发现，尽管自己拥有一族特有的双眼，但却被父亲、叔父、兄弟们当成了外来者。他无法再和玛尔滕斯一族共享怪癖与偏见了，雷雨也不会再像以前那样刺激他的神经了。相反，周围的环境让他沮丧，他经常给身在奥尔巴尼的唯一一个朋友写信，计划离开父亲的家。

1763年，扬·玛尔滕斯在奥尔巴尼的朋友乔纳森·吉福德开始对友人长期中断通信感到焦急，特别是，他知道玛尔滕斯公馆里的情况，以及扬和家人发生的争吵。因此，他决定亲自上门拜访；吉福德骑马前往深山之中，据他的日记记载，他在9月20日到达了风暴山，发现公馆已经极度陈旧、破败。性格阴郁、生有怪异双眼的玛尔滕斯一族——他们如肮脏动物一般的外貌使他震惊——用蹩脚而刺耳的发音告诉他，扬已经死了。据他们称，扬在去年的秋天被雷劈而死，现在就埋在无人打理的下沉式后花园中。他们带吉福德参观了坟墓，那坟墓光秃秃的，连墓碑都没有。玛尔滕斯一族的某些态度让吉福德觉得反感和生疑，于是他在一周后带着铁锹和鹤嘴锄回到坟墓那里。如他所料，他找到了一块头盖骨，那样子就像是被残忍地砸碎的。他返回奥尔巴尼之后，就公开指控玛尔滕斯一族谋杀了他们的家人。

虽然缺乏合法证据而难以定罪，这个故事还是在这一带的乡间迅速流传。从那时以来，玛尔滕斯一族就被世间排斥，所有人都拒绝和他们交易，而他们孤绝的庄园被视为诅咒之地，遭到广泛嫌忌。不知怎么，他们靠着自己庄园的出产，依然成功地独立生存下来，因为遥远山丘上偶尔出现的灯光可以证明他们还活着。最迟到1810年，还能看见这些灯光，但那之后就几乎见不到了。

与此同时，以那座公馆和山峰为背景的恐怖传说慢慢传开。人们愈发不愿接近那里；在此其间，口耳相传的一切谣言和传说都不断丰富着那里的形象。那里一直无人拜访，直到1816年，棚户居民们发现，就连很少出现的灯光也消失了。那一年，有一群人前往调查，发现整个公馆空无一人，部分建筑甚至已化为废墟。

由于在公馆内外没有找到半根骸骨，人们猜测，玛尔滕斯一族可能并非死绝，而是离开了。那些临时建造的简易窝棚暗示着，这一族在迁走之前已经繁衍了多少人口；而从长期弃置的腐朽家具和散乱银餐具可以看出，他们的文化水准业已沦落得很低了。可怕的玛尔滕斯一族虽然已经消失，人们对这座鬼屋的恐惧却一如既往，甚至更胜先前。也是在此时，颓堕的山民中间开始流传新的、更加恐怖的怪谈。巍然的玛尔滕斯公馆一直挺立在那里，荒芜、可怕，与扬·玛尔滕斯的复仇之魂紧密相连。在我挖掘扬·玛尔滕斯坟墓的这个夜晚，它依然耸立在我身边。

我已经在前面把自己漫长的挖掘形容为像白痴一样，无论是挖掘的目的，还是挖掘的方法，都的确如此。扬·玛尔滕斯的棺材很快就被我挖了出来——棺材里只有灰尘和硝石。我勃然大怒，哪怕他只剩幽灵，我也想把他的幽灵挖出来；因此，我无理智而笨拙地向下挖开了他本来躺着的地方。连我自己都不知道自己想挖出什么，只知道自己在挖一个人的坟墓，这个人的怨灵每夜都在外面阔步游荡。

铁锹挖穿了地面——然后我的脚也陷了下去。我完全无法估测自己挖到了多么骇人的深度。在这种情况下发生这种意外事件，无疑是极为可怖的，但这个地下空间的存在却可怕地证实了我疯狂的假说。轻轻的一跌使提灯熄灭了，我立即打开手电筒观察周围，发现狭窄的水平隧道正朝两个方向无限地延伸过去。这隧道的宽度足够一个人在里面匍匐前进；尽管在那种时候，精神正常的人不会尝试这么做，但我狂热地一心想揭示“潜伏的恐惧”的秘密，因此完全忘记了危险、理智和肮脏。我选择了朝向公馆的那个方向之后，便把一切置之度外，一头爬进窄小的隧道，盲目而迅速地向前蠕动，难得用手电往前照一照。

用怎样的言语才能形容一个人在深不可测的地底没头没脑地爬行的场面呢——这个人用手扒着土，身体扭曲着，气喘吁吁，完全忘却了时间、安全、方位，甚至自己的意图，只是在被永恒黑暗笼罩的地底疯狂地向前爬着，这种场景让我怎么形容呢？这的确令人毛骨悚然，但我当时的情况就是这样。我在地底爬行得太久，就连迄今为止的人生都已褪色成遥远的记忆，自己仿佛变成了在幽暗的泥土中乱拱的鼹鼠和蛆虫中的一员。事实上，仅仅出于偶然，我才会在仿佛无休无止的蠕动之后，颤抖地打开被遗忘的手电，让它射出的诡异光线照亮前方或直或弯的固结土壤隧道。

我像这样爬了一段时间，手电的电池已经快用尽了。突然，隧道向上斜成陡峭的坡度，我不得不改变前进方式；当我抬起头时，在完全的出乎意料之中，看见远方出现了两点魔鬼般的反光。那一定是我这把快要熄灭的手电的反光——这两点反光闪着恶毒而确切无疑的光辉，它激起了我模糊的记忆，让我几乎发狂。我下意识地停下，但大脑已彻底僵住，连逃跑也想不到。那双眼睛向我接近过来，但我看不清它的身躯，只能看见一只爪子。但那是怎样的一只爪子啊！此时，我听到头顶上方远远地传来了一阵微弱的轰鸣。这是山中的狂野雷声，它逐渐提升为一种歇斯底里的狂怒。我肯定已经向上方爬了不少距离，因此现在离地表很近，而在雷声隆隆闷响的同时，那双眼睛依然怀着空洞的恶意，死死地凝视着我。

必须感谢上帝，我当时还不知道那双眼睛的真相。如果知道的话，我肯定会当场惊骇而死吧；时机恰到好处的雷鸣拯救了我——那东西也是被这雷鸣召唤而来的。一阵长得可怕的紧张过后，在我所看不见的外界，此地频发的山野闪电猛击而下，劈开大地、造出化石。随着这独眼巨人般的烈怒，惊雷撕裂了隧道上方的地面，崩塌的土沙夺走了我的听力和视觉，但没能让我完全昏迷。

大地滑开、移动，周围一片混沌。我无助地挣扎、乱扒，直到头顶的雨点让我冷静；我发现自己从地面上一个熟悉的地方钻了出来。这里是风暴山的西南坡，十分陡峭，没有树木。片状闪电接二连三地照亮了崩塌的地面和奇怪的低矮土丘的残骸，这一串土丘从树木繁茂的高坡一直延绵下来。但在混乱中，我没能找到让我从那致命的地下墓穴爬出的出口。现在我的大脑和大地一样混沌，而当南方远处爆出红色的光芒时，我已经几乎感觉不到自己刚才经历的恐怖了。

但两天后，当那些棚户居民告诉我红色光芒的意义时，我感到的恐怖，要远远超过那个发霉洞穴中的爪子和眼睛带给我的恐怖，因为它蕴含的意义实在是势不可挡，让我惊骇莫名：就在那道让我重回地面的闪电落下之后，在离此地二十英里的一个小村庄中，一只不可名状的东西从突出的树枝掉进一座屋顶残破的小屋，使全村陷入恐惧的狂躁。那东西疯狂地肆虐，但反而把棚户居民们刺激得暴怒起来，它还没来得及逃跑，他们就点燃了小屋——这一切发生的时候，在我这边，大地恰好塌陷到了那只有着爪子和眼睛的东西身上。

IV.双眼的恐怖

如果谁对风暴山上的恐怖之事知道得和我一样清楚，却还是想单枪匹马地究明潜伏在这里的恐惧，那他的精神绝不能说是正常的。即使恐惧的化身被摧毁了至少两只，这片充斥着魑魅魍魉的冥界之土也不会让人的精神和肉体得到哪怕些许安全。当事态和发现变得越来越骇人时，我却在以更大的热忱继续探求。

那一晚，我在那条墓穴般的隧道里可怕地爬行，并与那只有着爪子和眼睛的东西遭遇；两天后，我得知，就在那双眼睛凝视着我的时候，另一只恶鬼又在离此地二十英里之处不祥地现身。不是比喻，这真的把我吓得抽搐起来。但是，在我身上，恐惧已经与惊奇和诱惑怪异地混合在一起，变成了一种几近于欣快的感觉。有时，不可见的力量会攫着一个人，带他在怪异的、已然死亡的诸城市的屋顶之上盘旋，然后再把他送进尼斯峡谷那狞笑的大口。不管裂口下无底深渊的真相为何，在末日般的梦境中，他都会放声狂叫，自愿跳进丑恶的漩涡，这对他来说，简直是一种欢喜、一种解脱。那在风暴山上阔步横行的噩梦也是一样：得知有两只怪兽出现——这给了我一种终极的、疯狂的热望，使我想要钻入这片被诅咒的大地，徒手从有毒的土壤中挖出正阴恶地凝视着世间的死亡。

我尽快回到扬·玛尔滕斯的坟墓那里，在以前的地方徒劳地挖了一阵。面积广泛的塌方已经抹去了隧道的所有痕迹，同时雨水又把一些泥沙冲了进去，使我无法判断那一天到底挖了多深。我还很费力地前往了那个遥远的、烧死了带来死亡之物的村庄，可得到的一点点收获根本无法与旅程的麻烦相提并论。在那座大难临头的小屋的废墟中，我找到了一些骨头，但显然没有一根属于怪物。棚户居民们说，那怪物只造成了一个受害者；这必然是错的，因为除了一个完整的人类头骨，我还找到了一些骨头碎片，它几乎肯定属于另一个人的头骨。怪物掉到屋顶的过程倒是被人目击到了，却没有人真正看清它的样子，那些仓促间瞥见它的人只是将它称为恶魔。我检查了怪物潜伏的巨树，不过没找到明显的痕迹。我也考虑过进入幽暗的森林，寻找可能存在的足迹，但实在难以忍受眼前那些病态巨树的树干，以及那些像大蛇一样恶毒地扭曲身躯、沉入地下的庞大树根，于是作罢。

接下来，我准备付出无比的用心，再次详细调查那个被废弃的村落——那里曾经遭受过最大量的死亡，亚瑟·芒罗也是在那里见到了某个让他再也没有机会活着描述的东西。虽然我们先前无果的搜索已经极为仔细，但现在我有了需要验证的新情报。在那次万分恐怖的墓穴爬行之后，我已经确信，那怪物是穴居生物，至少也有穴居生物的一部分特性。11月14日，我把探索的焦点集中在圆锥山和枫树丘的山坡上，这两座山冈俯瞰着那个不幸的村落；其中，我更是对枫树丘滑坡区域的松软土壤投注了特别的注意。

我下午的调查没有发现任何线索；黄昏降临之际，我站在枫树丘顶端，俯瞰村庄，遥望山谷对面的风暴山。壮丽的夕阳落山之后，几近满月的月亮升起，倾泻出银色的洪流，使它流遍平原、远处的山坡，以及奇怪的、到处可见的低矮土丘。眼前是一派宁静的、田园牧歌般的景象，可我憎恶它，因为我知道在这景象之下潜藏着什么。我憎恶那嘲笑着的月亮、虚伪的平原、化脓的山冈，以及那些险恶的土丘。这里的一切仿佛都沾染了令人作呕的传染病，并且被某种由扭曲的秘密之力组成的恶性同盟影响。

过了一会儿，就在我心不在焉地凝视着月光下的一切时，注意到了某些特定地形要素的性质和布局拥有一些奇特之处。我没有什么确切的地理学知识，但依然从一开始就对这片区域里的土丘和小圆丘很感兴趣。我以前就注意到，它们广泛地分布于风暴山周边，但在平原上的要比在山顶附近的少很多。毫无疑问，史前的冰川在创作它那引人注目的、奇异的奔放作品时，发现自己在山顶遭遇的阻力更小。此时，银月低悬，在月光的照耀下，土丘拖出了长长的、怪异的影子。这让我突然产生了一种强有力的想法：这些土丘形成的种种点线排列，和风暴山的山顶有某种异常的联系。那山顶无疑是一个中心，从它无限、无规律地辐射出了成行、成列的点，就像那座病态的玛尔滕斯公馆本身伸出了可被肉眼所见的恐怖触手。一想到触手这个概念，我莫名其妙地打了个寒战；于是，我站在那里，开始分析自己为什么认为这些土丘是冰川作用的产物。

越是分析，我越觉得冰川作用的根据薄弱。在我的头脑中，全新的思维觉醒了；通过地表的样貌和自己在地下的经历，我开始了怪诞而恐怖的类推。而在理解这件事之前，我疯狂而颠三倒四地喃喃自语着："上帝啊！……那些鼹鼠丘……这该死的地方肯定像个蜂窝……有多少……那天晚上在公馆里……它们先抓走了班尼特和托比……从我的两边……"之后，我跑到一直延伸到附近的土丘那里，疯狂地挖了起来。我不顾一切地挖掘，浑身颤抖，但几乎是兴高采烈的。最后，我不由得放声尖叫——我挖出了一个隧道或洞穴，它和我在那个恶魔般的晚上爬过的那条简直一模一样。

然后，我还记得，自己当时拿着铁锹狂奔起来。我丑陋地跑过被月光照耀、土丘清晰可见的草地，穿过被山坡上闹鬼的森林笼罩的、病态而险峻的深渊。我一边跳跃、大叫、喘着粗气，一边朝恐怖的玛尔滕斯公馆直奔而去。我还记得，自己毫无理智地在长满荆棘的地下室里挖遍了每一个地方，只为了挖出由这些土丘组成的恶性架构的核心或中心；我还记得，自己在偶然发现那条通道时发出了怎样的笑声。那是一个古旧烟囱底部的洞穴，周围密生着厚厚的杂草。我身边恰好偶然有一根蜡烛，在孤零零的烛光之下，杂草投出了诡异的阴影。我仍不知道有什么东西潜伏在这地狱般的巢穴中，等待雷霆将它唤起。已经死了两只；或许它们只有两只。但是，我的心中燃烧着决心，誓要究明位于恐惧最深处的秘密。现在，我再次确信，这恐惧肯定是一种具有实体的、物质性的、有机的东西。

我犹豫不决地思考了一阵，到底是立即拿着手电下去，独自探索这条地下通道比较好，还是试着召集一帮棚户居民，一起探索比较好。随后，一阵疾风突然从外面刮进，吹熄了那支蜡烛，使我陷入彻底的黑暗，同时也吹走了我的思考。头顶的龟裂和缝隙里不再有月光漏下，当我听到那不吉的、标志性的隆隆雷声逐渐接近时，不禁产生了一种预言般的警惕感。种种联想混乱地纠缠着我的大脑，在这种混乱中，我不知不觉地摸索着爬到了地下室最深的角落。尽管如此，我的眼睛也没有离开过烟囱底部的那个可怕洞口。闪电的微明穿透了外面的森林，照亮了砖墙上方的裂缝，我可以看见坍塌的砖块和病态的杂草。恐怖与好奇混合的感觉一秒胜似一秒地把我吞没：风暴会唤来什么——或者说，还有什么会被风暴唤来的东西留下？我在闪电光亮的引导下，藏到一丛茂密的植物后面，在这里，我既能看到那个洞口，又可以隐藏自己的身形。

如果上天真的充满慈悲，那么总有一天，我看见的景象会从意识里被抹去，我可以安宁地度过余生。如今，我不仅无法在夜间入眠，而且在雷鸣时必须求助于镇静剂。那是突如其来、毫无前兆地发生的事情：从遥远而难以想象的深坑之中，传来了既像恶魔又像老鼠的疾奔足音。随着一阵地狱般的喘息和被窒闷的咕哝，从烟囱底部的洞口那里，无以计数的、就像长了麻风病的生物爆涌而出。那是一道腐烂有机物的洪流，这些令人毛发倒竖的暗夜后裔是如此丑恶、如此令人震怖，远超凡人的疯狂与病态所能产生的最黑暗产物。它们宛如状似蛇群的黏液，沸腾着、翻滚着、涌动着、冒着泡，从那个敞开的洞穴中缠卷而出，然后又像腐败性的传染病一样蔓延开来，从地下室的每一个出口流向外界——流出、分散，肆虐在被诅咒的午夜森林，散布恐惧、疯狂和死亡。

只有上帝才知道它们有多少；一定已经成千上万了。在间歇劈下的闪电的照耀下，它们的滚滚洪流令我几欲昏厥。当洪流终于分散到能看清每一只的样子时，我看到它们尽是些矮小、畸形、多毛的恶鬼或类人猿，是把猴子进行丑怪的、恶魔般的漫画化之后的形象。它们沉默得简直令人发指。当落在最后的一群也冲出来之后，其中一只转过身，用经过长期实践的熟练技巧抓住一只较为弱小的同类，像家常便饭一样把它吃掉——整个过程几乎没有一声尖叫。其余的怪物则津津有味地把它掉下来的食物残渣一抢而空。其后，尽管已因恐惧和厌恶而头晕目眩，我那病态的好奇心依然战胜了一切。当这些怪物中的最后一只落单者从充满未知噩梦的幽冥世界渗流而出的时候，我拔出自动手枪，借着雷鸣的掩盖，向它扣动了扳机。

在紫色闪电照耀的天空下，赤红而黏稠的奔流之影尖叫着、奔跑着，癫狂地一个接一个互相追逐，穿过无尽的、被鲜血染红的通道……我记忆里毛骨悚然的景象充满了不定型的幻觉和万花筒似的变异。巨怪般营养过剩的橡树森林通过大蛇一样的扭曲根系，从密密麻麻地生息着千百万食人恶魔的大地那里吸吮难以名状的汁液；水螅般的扭曲之物从地下的源核摸索着探出触手，那些土丘形状的触手……疯狂的闪电照亮了爬满恶性常春藤的墙壁，照亮了塞满菌类植被的恶魔拱廊……感谢上帝让我在无意识中凭着本能走到了有人居住的地方，走到了沉睡在安静群星和清朗天空下的宁静村庄。

我花了足足一个星期才恢复到能往奥尔巴尼送信的程度。我叫他们派一帮人用炸药把玛尔滕斯公馆连同风暴山的整个山顶炸平，堵塞所有可见的土丘下的洞穴，并铲除某些营养过剩、其存在本身仿佛就会损害理智的树木。只有在他们真的做到这一点之后，我才可以稍微合一会儿眼，但只要我还记得关于“潜伏的恐惧”的无可名状的秘密，真正的安宁就永远和我无缘。这件事情会永远搅扰我——谁敢断言这次灭绝是绝对彻底的呢？又有谁敢断言这种现象在世界上没有别的例子呢？哪一个拥有了我这些知识的人，在想到大地下的未知洞窟时，不会对未来的可能性感到噩梦般的恐惧呢？如今，就连看到一口井或一个地铁入口都会令我浑身颤抖……为什么医生不能给我一些东西，好让我能够入睡、让我的大脑在雷鸣时保持真正的平静呢？

那一天，当我向那只落在最后的不可名状的生物开枪后，在手电的光芒下看到的事情实在是太单纯了，以至于我用了将近一分钟才明白过来、陷入谵妄。那是一个令人作呕的东西，有着尖锐的黄牙和缠结的毛发，就像一只丑恶的白化大猩猩。它是哺乳动物退化到极致的形态，是孤立的交配、繁殖，以及在地表和地下靠食人行为滋养的可怖结果，是潜伏在生命背后的一切嗥叫的混沌和嗤笑的恐惧的总化身。它断气的时候还直直地盯着我，这双眼睛唤起了我模糊的回忆——那就和我在地下所见的眼睛一样，具有古怪的特征。一只眼睛是蓝色，另一只则是棕色。那是古老传说中玛尔滕斯一族特有的双眼。我目瞪口呆，被剧烈的恐怖瞬间淹没。我明白了那个消失的家族身上发生了什么；我明白了那个留在可怕的玛尔滕斯公馆中、因雷声而发狂的家族身上发生了什么。

墙中之鼠
The Rats in the Walls

译者：竹子

1923年7月16日，待最后一位工人完成手头的工作后，我住进了伊克姆修道院。重建整座修道院是一桩颇为巨大的工程——因为我最初看到这座荒废建筑的时候，它还只是一座空壳般的废墟，里面几乎没剩下什么东西；然而，它毕竟是祖上曾经居住过的地方，因此我没有计较修复工作的开销。这座建筑自英王詹姆斯一世[1]统治时期起就一直荒废着。在荒废前，这座房子里发生了一起极为骇人听闻的惨案——房子的主人、他的五个孩子，还有几个仆人都被杀害了。与惨案有关的许多疑问至今都没有合理的解释。所有的恐惧与嫌疑都指向屋主的第三个儿子——伊克姆男爵十一世，沃尔特·德·拉·普尔——他是那个声名狼藉的家族里的唯一幸存者，也是我的直系祖先。由于唯一的继承人被指控为杀人凶手，房产被收归到国王名下。被告没有为自己的行为进行辩解，也没有想办法收回自己的财产。他似乎受到了某种惊吓——这种惊吓的影响远远超过了良心受到的谴责与法律带来的制裁——他发疯似的表示自己不想再看到这座古老的建筑，也不想再想起它。后来他逃到了北美的弗吉尼亚，并且在那里组建了一个新的家庭。一个世纪后，这个家庭便发展成了后来的德·拉·普尔家族。

后来，伊克姆修道院被赐给了诺里斯家族，但却一直空着。许多人都曾详细研究过这座建筑——因为它古怪地混合了多种不同的建筑

---

［1］英王詹姆斯一世：苏格兰君王詹姆斯六世，后成为英格兰爱尔兰联合王国国王詹姆斯一世。1566—1625，1603—1625年在位。

风格：它拥有几座哥特式的塔楼，但这些塔楼下方却是撒克逊式或罗曼式[1]的构造，而建筑的地基又表现出了更加古老的建筑风格，或者混杂了好几种不同的风格——如果那些传说是真的，其中包括了罗马式，甚至德鲁伊式，或者威尔士的当地风格。这座建筑的地基设计得非常奇怪，它与实心的石灰岩连接在了一起，而整座小修道院就建在石灰岩崖壁的边缘上，能够鸟瞰到安切斯特村以西三英里外的一处荒凉山谷。建筑师和考古学者都很喜欢勘察这座从那段被遗忘的岁月里残留下来的古怪遗迹，但附近的村民却非常厌恶这座建筑。数百年前，当我的祖先还居住在这座建筑里的时候，他们就讨厌这座建筑；而现在，他们依旧讨厌它，厌恶那里面恣意滋生的苔藓与霉味。在得知自己的家族可以追溯到这座受到诅咒的老房子前，我从未到过安切斯特。而就在这个星期，工人们炸掉了伊克姆修道院，并且忙着除掉地基余下的痕迹。

一直以来，我只知道一些与祖先有关的简单事实。我知道家族的第一代先祖抵达北美殖民地的时候身陷某些疑云。可是，由于德拉普尔家族在这类问题上总是保持沉默，所以我完全不知道当中的细节。与那些种植园主邻居不同，家族里的人很少夸耀祖先中那些曾参加过十字军东征的勇士，或是在中世纪与文艺复兴时期涌现过的英雄；家族里也没有世代相传的传统，但在南北战争前，家族里有一个世代传承的密封信封，那里面可能记录了某些事情。家族里的每位家主都会把它留给自己的长子，而且要等到家主死后才能打开信封。而我的家族所看重与珍视的全都是移民北美后取得的成就；一个或许有点儿守旧而且也不太合群的弗吉尼亚家族所拥有的那些值得骄傲与自豪的荣耀。

后来，等到南北内战爆发时，我家族的运气到头了。一场大火烧掉了我们位于卡费克斯市詹姆斯河河畔上的宅邸，而家族的境况也出现了彻底的改变。年事已高的外祖父死于那场火灾，与他一同消失的

[1] 罗曼式：出现在哥特式建筑之前，盛行于10—12世纪，以半圆拱为特征的建筑风格，也叫“罗马式”。

还有那只联系着整个家族与过去历史的信封。时至今日，我仍旧能回忆起七岁时经历的那场大火。我记得那些北方联邦士兵的呼喊，记得女人们的尖叫，还有黑鬼们的咆哮和祷告。那个时候，我的父亲还在军队里，在保卫里士满。我与母亲经过了很多道程序，穿越了整个战线赶去投奔他。等到内战结束，我们一家搬到了北方，我母亲就是个北方人；再后来，我长大成人，然后人到中年，最终富有了起来，变得像是个木讷的北方佬。我与父亲都不知道那个世代相传的信封里到底藏着些什么。然而待到我完全融入马萨诸塞州单调乏味的商业生活后，我已经对那些显然就藏在久远家族宗谱里的秘密失去了兴趣。要是我揣测过那些秘密，我肯定很乐意将伊克姆修道院维持原样，让苔藓、蝙蝠和蛛网继续待在原来的地方。

我的父亲死于1904年。他没有给我，或者我的独子阿尔弗莱德，留下过任何口信。那年阿尔弗莱德还只有十岁，而他的母亲早在那之前就已经过世了。关于家族过去的事迹，这个孩子知道得比我还多。因为我仅仅只能半开玩笑似的告诉他一些有关过去的推测；但当一战爆发后，他去英格兰参军，成了一名航空兵军官，并且通过信件向我讲述了一些与祖先有关的、非常有趣的传说。德拉普尔家族显然有着一段丰富多彩，或许还有点儿邪恶不祥的过去。因为我儿子的一个朋友——英国皇家飞行队的爱德华·诺里斯上尉——就居住在距离家族祖宅不远的安切斯特。他向我儿子讲述了一些在当地农民间流传的迷信故事。这些故事相当疯狂，让人难以置信，甚至超出了大多数小说家能够企及的水准。当然，诺里斯没有将故事当真；但我的儿子却对这些故事很感兴趣，并且在写给我的信里提到了许多内容。这些传说让我注意到了祖先留在大西洋另一边的遗产，并最终下决心买下并重建那座家族祖宅。诺里斯曾经带阿尔弗莱德去参观过那座风景如画的荒宅，并且开出了一个合理得出乎意料的价钱——因为他的叔叔正是那座房子的现任主人。

我于1918年买下了伊克姆修道院，但随即便接到了儿子因伤残而退役的消息。这条消息打乱了重建祖宅的计划。随后的两年里，我搁置了其他的计划，一心一意地照顾着阿尔弗莱德，就连生意上的事也都交给了我的合伙人打理。1921年，我痛失爱子，同时也失去了生活的目标。我已经不再年轻了，成了一个退休的制造商。因此我决定去新买下的那座房子里度过余生。那年12月我来到安切斯特，并且受到了诺里斯上尉的热情款待。他是个身材矮胖、和蔼可亲的年轻人，对我的儿子有着很高的评价。他向我保证他会帮忙收集与老房子有关的图纸及传闻轶事，以便指导即将展开的修复重建工作。至于伊克姆修道院，我对它没有什么感情——在我眼里那只是一堆摇摇欲坠的中世纪废墟而已；它危险地坐落在一座悬崖之上，里面覆盖着青苔，布满了白嘴鸦的巢穴，楼层和其他内部的特征已经完全剥落损毁，只留下高大的石墙和几座独立的塔楼还耸立着。

渐渐地，我复原了这座建筑在三个世纪前被祖先抛弃时的原貌；接着我开始雇用工人试图重建整座建筑。每做一件事我都得到外地去招募工人，因为那个地方让安切斯特的村民感到恐惧与憎恶，这种情绪是如此强烈甚至到了几乎令人难以置信的程度。此外，这种强烈的情绪有时甚至会影响那些从外地雇来的工人。无数人在施工期间擅离职守。此外，他们害怕和憎恶的不仅仅是这座小修道院，还有那个曾经居住在里面的古老家族。

我儿子曾告诉我，当他拜访这个地方的时候，德·拉·普尔这个姓氏曾让他备受冷遇。而我也发现，自己也因为相似的原因遭遇了些许排斥。直到我告诉那些农民我对自己的家族一无所知后，情况才有所改善。即便这样，他们依旧绷着脸，不太喜欢我，因此我只能通过诺里斯家族的调解才能打听到大多数在村民之间流传的故事。或许，真正让这里的居民无法原谅的是我要重建一个让他们憎恶和恐惧的象征；在他们看来——不论这是否有道理——伊克姆修道院绝对是个邪魔与狼人出没的地方。

拼凑起诺里斯一家为我收集到的传说，并且补充上几个研究过这堆废墟的学者的意见，我推断出这座小修道院所在的地方原本有一座史前神庙——可能是德鲁伊的神庙，或者比德鲁伊教派更古老的东西，可能与巨石阵同属一个时代。几乎可以肯定的是，这里曾经举行过某些无可名状的仪式；还有一些令人不快的传说声称，在罗马人引入西布莉[1]的教义后，这些仪式又被转移到了对西布莉崇拜仪式中。直到现在，修道院的地下室底层还能看到一些像是“DIV…OPS…MAGNA.MAT…”[2]的铭文，似乎暗示了大圣母玛格那玛特——当年，罗马曾严禁针对这位神祇举行的黑暗崇拜活动，但后来的证据表明那条禁令完全徒劳无功。许多残存下来的证据显示，安切斯特地区曾经是奥古斯都第三军团的军营。据说在那个时候，这座西布莉的神庙修建得金碧辉煌，许多崇拜者曾涌入这里，在一位弗里吉亚祭司的邀请下，一同举行那些无可名状的仪式。传说还说，即使在旧宗教没落后，这座神庙依旧在举行神秘的仪式。神庙里的祭司改从了其他信仰，但并没真正改变仪式的内容。甚至当罗马帝国消亡后，这些仪式依旧流传了下来；撒克逊人也曾在神庙的废墟中举行同样的仪式，并且为这些仪式整理出了一个能够世代流传的基本规范，甚至还把这个地方变成了一个神秘教会的中心。七大王国[3]里有一半对这个教会深感恐惧。有一本编年史提到了这个地方在公元1000年前后的情况——当时这里已经修建起了一座坚固的石砌小修道院；一个强大而且有些奇怪的修士会居住在修道院里；修道院的周围环绕着广阔的菜园。菜园的外围没有围墙，因为当地的平民非常害怕这个地方，根本不需要再用围墙进行阻隔。虽然在诺曼征服[4]后这个地方衰落了许多，但丹麦人[5]依旧没能完全摧毁它。1261年，亨利三世将这块地方赐给了我的祖先，伊克姆男爵一世吉伯特·德·拉·普尔，这一决定当时并没有遇到任何阻碍。

---

[1] 西布莉：古代弗里吉亚人崇拜的母神。公元前6至前4世纪对她的崇拜从小亚细亚地区转移到了希腊。公元前203年罗马人接纳了这一信仰，并在屋大维统治时期发扬光大。对她的崇拜主要是性崇拜以及男性阉割，故有“令人不快的传说”一说。

[2] “DIV…OPS…MAGNA.MAT…”：MAGNA·MAT即是罗马神话中的大圣母玛格那玛特，她经常被认为是西布莉的罗马名字。

[3] 七大王国：指公元449—828年，盎格鲁-撒克逊人在英格兰建立的七个王国。

[4] 诺曼征服：指1066年诺曼底公爵威廉发动的对英格兰的军事征服。

[5] 丹麦人：准确地说应该是维京人，那时候还没有现代意义上的丹麦王国。

在取得这块土地之前，我的家族没有留下任何负面的记录，但在那之后肯定发生了一些奇怪的事情。有一部1307年的编年史称德·拉·普尔家族“受到了上帝的诅咒”；而乡野里流传的故事在提到这座在古代神庙与修道院地基上修建起来的城堡时总会表现得非常邪恶，以及近乎疯狂的恐怖，除此之外没有更多的描述。那些炉边故事里全是令人毛骨悚然的描述，而那些恐惧引起的沉默与隐晦不清的支支吾吾让事情变得更加骇人。这些故事将我的祖先描绘成了一群世袭的恶魔，在他们面前蓝胡子吉勒斯·德·雷茨[1]和萨德侯爵[2]只能算刚入行的新手。有些传说还悄悄地暗示那段时间里偶尔发生的村民失踪案都与德·拉·普尔家族脱不了关系。

所有故事里最邪恶的人物似乎总是男爵和他的直系继承人；至少大多数传闻都与他们有所关联。传说称，倘若有继承人向着好的、健康正常的方向发展，那么他肯定会早早地神秘死亡，好空出位置留给那些更符合家族本色的子嗣。这个家族的内部似乎存在着一个小教团。它由这座房子的主人主持，并且有时候会刻意将小部分的家族成员排除在外。教团似乎在根据气质和性情发展自己的成员，不太考虑血统，因为有好几个嫁入家族的女性也参加了这个教团。也正因为如此，来自康沃耳郡的玛格利特·特雷弗女士——男爵五世的次子戈费雷的妻子——成了周围村庄最让小孩害怕的灾星。时至今日，在靠近威尔士的地区还流传着一首讲述那个女魔头的骇人民谣。另一位女性——玛丽·德·拉·普尔女士——的事迹也被民谣传唱到了今天，但与前者不同，这位女士在嫁给谢斯菲尔德伯爵后，很快就被丈夫和婆婆给杀死了。但是，在听过两个凶手的忏悔后，牧师不仅宽恕而且祝福了他们，至于他们到底坦白了些什么，牧师也不敢将其中的内容转述给世人听。

---

[1] 吉勒斯·德·雷茨：法兰西元帅，中世纪有名的连环杀人犯，曾经杀害过大约三百名儿童。

[2] 萨德侯爵：法国小说家、哲学家。在七年战争结束后放弃军职。据称他多次虐待和诱拐妓女及当地年轻人，并因此多次被囚。

这些神话和民谣显然只是一些粗陋的迷信故事，却仍让我颇为反感。最让我恼火的是，它们流传得如此之久，而且牵涉到了如此多的祖先；此外，那些可怖习惯的污名还让我极不愉快地回忆起了自己亲属的丑闻——我的堂弟，住在卡费克斯的伦道夫·德拉普尔。他从墨西哥战场归来后就和黑人走得很近，而且成了一个伏都教祭司。

不过，另一些传说对我的影响则要小得多。这些传说提到了一些发生在这块地方的怪事，例如小修道院旁陡峭的石灰岩悬崖下方饱受狂风侵袭的荒凉山谷里经常回荡着哀号和咆哮；春天雨后的空气里会飘荡着墓地的腐臭；某天夜里，约翰·卡拉维先生的马在一片偏僻的田地里踩到了一个不断尖叫挣扎的白色东西；有个仆人在光天化日下在修道院里看到什么东西后，发了疯。这些东西都是些陈腐老套的鬼怪故事，而在这个时候，我是一个彻头彻尾的怀疑论者。虽然村民失踪的事情的确值得注意，但考虑到中世纪的风俗，这些失踪案也没有特别明确的意义。在那个好奇地窥探即意味着死亡的年代，肯定有不止一个被砍下来的头颅高悬公示在伊克姆修道院附近——如今已经完全毁坏的堡垒上。

一小部分的传说极其生动形象，甚至让我不由得希望自己年轻时能多学习一点有关比较神话学的知识。例如，其中有一种看法认为，有一支由长着蝠翼的魔鬼组成的军团一直都在守卫着小修道院里每夜举行的拜鬼仪式。这个魔鬼军团所需消耗大量的给养，所以修道院周围广阔的菜园里种植着远远超过修道院居民需求的粗劣蔬菜。而所有这些传说中最为生动、最为栩栩如生的还是一个与老鼠有关的令人印象深刻的传说——据说，在那场悲剧发生的三个月后，小修道院里突然涌出了一支由那些污秽害虫组成的可憎军团——这件事也宣告了修道院最终被废弃的命运——这支瘦骨嶙峋、污秽丑恶同时又贪婪成性的老鼠军团扫荡掉了挡在它们面前的一切事物。在这个疯狂的情景最终停顿下来时，它们吞没了家禽、猫、狗、猪、羊甚至还有两个倒霉的村民。这支令人难以忘记的啮齿动物军团衍生出一系列不同的神话传说，因为这支大军最后分散进了村民的房子里，并给所有人带来了恐惧和诅咒。

这些故事让我备感困扰，但我依旧怀着一种老年人特有的固执，一步步重建了祖宅。我肯定是想得太久了，所以才让这些传说影响了我的心绪。另一方面，诺里斯上尉以及其他那些协助我的考古学者却一直在称赞和鼓励我。从开始重建到最终竣工总共花了两年多的时间。当我看着那些宽敞的房间、装有壁板的墙面、拱穹形的天花板、带直棱的窗户以及宽敞的楼梯时，我的心中洋溢着骄傲和自豪，这种高昂的情绪足以弥补两年重建工作的惊人花销了。修道院中的那些中世纪特征全都得到了巧妙的重现，所有新建的部分全都与原有的墙壁及地基完美地融合在了一起。祖先的宅邸已经完成，虽然这条血脉将随着我的去世一同终结，但我仍期望自己能够在当地挽回我家族的名声。我打算余生都住在那里，并且向其他人证明德·拉·普尔家族并不一定都是魔鬼。为此我还将自己姓氏改回了最初的拼写。而令我更加感到安慰的是：虽然伊克姆修道院是按照中世纪的设计重建的，但是它的内部却完完全全焕然一新了，而且绝不会遭到古老害虫或往日鬼魂的侵扰。

我之前已经说过，1923年7月16日，我搬进了伊克姆修道院。这个家庭里包括了七位仆人和九只猫咪——后者是我尤为喜爱的宠物。我身边年纪最大的猫——尼葛尔曼，已经有七岁了。它随我离开了位于马萨诸塞州波尔顿镇的家，来到了这片新的土地。我只带来了这一只猫，其余几只都是修道院重建期间我借宿在诺里斯上尉家里时渐渐积攒起来的。搬进修道院的头五天，所有日常生活全都进展得有条不紊，大部分时候我都在编撰整理与家族有关的资料。我拿到了一些相关的叙述，从侧面了解到了最后发生在老修道院里的惨剧，以及沃尔特·德·拉·普尔的逃亡。我觉得这些文件能够帮助我了解那个在家族内部世代相传，最终因为卡费克斯火灾而遗失的文件里到底说了些什么。似乎我的祖先当时发现了一些令人极度惊骇的事情，并且在两个星期后残忍地杀害了家族里熟睡的其他成员——只留下四个愿意协助他的仆人。这项指控证据确凿。那些发现彻底地改变了他的行为举止，但除开一些模糊暗示外，我的祖先却从未向其他人说过他发现了什么——他或许透露给了那几个愿意协助自己的仆人，但后者在案发后全都逃亡了，没人见过他们。

那是一场精心计划的屠杀——被害者包括凶手的父亲、三个兄弟，以及两个姐妹——但大部分村民都宽恕了凶手，相应的处罚也非常简单，不值一提。凶手安然无恙、光明正大甚至有些光荣地逃到了弗吉尼亚；民众普遍认为他驱除了一个施加在那片土地上的古老诅咒。另一方面，我实在无法想象是什么样的发现促使他犯下了如此可怕的罪行。沃尔特·德·拉·普尔肯定很熟悉那些与自己家族有关的邪恶传说，所以他肯定不会因为听了这些传说突然有了杀人的冲动。那么，他是不是在修道院里，或邻近的地方，目睹了某些骇人的古代仪式，或者偶然发现了一些具有揭示意义的恐怖象征呢？早年在英格兰生活时，人们都说他是个和蔼害羞的年轻人。而他后来在弗吉尼亚州的表现也不像是个冷酷无情或者充满仇恨的凶手，反而有些苦恼和忧郁。有位绅士探险家——来自贝尔威的弗朗西斯·哈利——在日记里将他描述成一个品德高尚、优雅体贴，而且极富正义感的人。

7月22日，发生了一件事情。虽然那个时候我没有太在意这件事情，但这件事情与后来发生的事情却很有联系，简直就是一个超自然的预兆。事情本身实在很简单，简单到几乎可以忽略的地步。实际上，在当时的情况下，我都不太可能注意到这件事情；因为我所居住的建筑除开墙壁以外，所有陈设布置都是新的，而且还有一群神志健全的仆从也生活在这座建筑里，即便当地的居民有着各式各样的传说，但我实在没道理觉得忧虑和恐惧。回忆起来，我只记得自己的老黑猫表现得非常警惕和焦虑。我很熟悉它的脾气，而这种表现与它平日的性情完全不同。它在各个房间里转来转去，焦躁不安，拒绝休息，并且不断地嗅着这座哥特式建筑的每一堵墙壁。我知道这听起来有多平凡无奇——就像是鬼怪故事里必然会出现一条狗，而且这条狗一定会在它的主人看到某些被裹尸布包裹着的家伙前，率先大吼大叫起来——但是，我没有像往常那样阻止它行动。

第二天，一个仆人向我抱怨说房子里所有的猫都在躁动不安地乱跑。仆人来见我的时候我正在二楼西侧高大的书房里——那个房间有着穹棱形状的拱顶，黑色的橡木嵌板以及一扇三重哥特式玻璃窗，透过窗户正好能俯瞰到石灰岩悬崖和远处的荒凉山谷。就在仆人向我抱怨的时候，我看见如同墨玉般的尼葛尔曼正沿着西面的墙壁悄悄爬过，不停地抓挠着一块覆盖在古老石墙上的新护墙板。我对那个仆人说，一定是古代石墙里散发出了某些奇怪的气味，人类可能没法觉察，但即便隔着新装的护墙板，感官更加敏锐的猫还是能觉察到。我真的是这么想的，但那个仆人又暗示说房子里可能是有老鼠。我告诉他，这座修道院里已有三百年没有见过老鼠了，即便是周围乡村里常见的田鼠也极少出现在这些高墙后面，那些动物从来不会在这里游荡。那天下午，我拜访了诺里斯上尉。而他很肯定地告诉我，田鼠绝对不可能会突然大规模地出现在修道院里。

那天晚上，与一个随从进行例行的巡视后，我回到自己挑选的西面塔楼上的小间里休息。从书房到那间房间需要通过一段石制的阶梯以及一条不长的走廊——前者部分是古时留下的遗迹，而后者则完全是后来重建的。那个房间是圆形的，很高，没有装护墙板，而是悬挂着我亲自从伦敦挑选来的挂毯。看到尼葛尔曼和我在一起，我便关上了厚实的哥特式大门，在被巧妙地仿制成烛火的电灯所散发的光线中睡了下来，最后关上了电灯，陷在那张精雕细刻、带有罩盖的四柱大床上。那只老成的猫咪则待在我的脚边——它惯常休息的位置上。我没有拉下窗帘，只是盯着对面狭窗外的景色。窗外的天空里有一点儿光芒的痕迹，令人愉悦地勾勒出窗户上花饰窗格的精巧轮廓。

在某段时候，我陷入了平静的睡眠。因为当猫咪突然从它休息的位置上惊跳起来的时候，我清楚地记得自己正从某些离奇的梦境里惊醒过来。在一片朦胧的微光里，我看见它的头向前伸去，前腿摁在我的脚踝上，同时伸直了后腿。它集中注意力盯着窗户偏西的墙面上的某一点。但我却发现那面墙上没有什么值得注意的东西，但无论如何我仍然将所有的注意力全部集中在了那面墙上。当我注视着那面墙的时候，我知道尼葛尔曼绝对不会无故警觉起来。我不知道那面挂毯是否真的移动了。我觉得它移动了，非常轻微地动了一下。但我敢发誓，我听到那后面传来一阵细微但却清晰的声音，就像是老鼠匆匆跑过时发出的声响。在那一瞬间，猫咪纵身跳上了掩盖着墙壁的挂毯，而后它的体重便将它抓住的那一条挂毯猛地扯了下来，露出了之前被遮盖着的潮湿、古老的石墙。石墙上各处都是修补匠留下的痕迹，但却没有任何啮齿动物游荡的迹象。尼葛尔曼在地板上靠墙的地方冲来跑去，抓挠着掉下来的挂毯，而且不时试图将一只爪子探进墙壁和橡木地板之间。但它什么也没发现。过了一会儿，它疲倦地转过身来，爬回到我的脚那一侧属于它的位置上。我没有动，但是那一晚却再也没睡着。

第二天上午，我询问了所有的仆人，却发现他们之中没有人注意到任何不同寻常的事情，不过我的厨师说那只在她房间的窗槛上休息的猫咪表现得有点儿奇怪。那只猫在晚上突然嘶吼了起来，吵醒了厨师。然后她看见猫咪像是看到了什么目标，冲过敞开着的房门，跑下楼去了。但是，她不记得当时的具体时间。我昏昏沉沉地打发了中午的时光，然后在下午又去见了一次诺里斯上尉，将发生的事情告诉了他。他表现出了极大的兴趣。这些离奇的事情——如此微不足道然而又如此古怪——刺激了他的想象，并且回忆起了许多在当地流传的可怕故事。这些老鼠让我们打心底里觉得困惑费解。诺里斯借给了我一些捕鼠器和巴黎绿[1]。我带着那些东西回到了修道院，将它们交给了仆人们，让他们把这些东西放在那些老鼠可能出没的地方。

那晚，我早早地睡下了，觉得非常困倦，但某些极度恐怖的梦境一直纠缠着我。我觉得自己身处在一个泛着微光的洞窟里，正从非常高的地方向下俯瞰。洞窟里是齐膝的污秽，我看见一个胡子花白、如同恶魔一般的猪倌站在洞穴里，驱赶着一群身上覆盖着真菌的肥胖牲畜。那些牲畜的模样让我感到难以言喻的厌恶。然后，那个放牧人停了下来，稍稍打了个盹儿，接着一大群老鼠像是暴雨般纷纷落下，跌进散发着恶臭的深渊里，吞噬了所有的牲畜与放牧人。

这时，睡在我脚边的尼葛尔曼突然活动起来，将我从可怕的梦境里惊醒了过来。它嘶嘶地低吼着，恐惧地畏缩起来，不自觉地将爪子抓进了我的脚踝。但我一点儿也不纳闷它为什么做出这样的表现。因

---

［1］巴黎绿：乙酰亚砷酸铜，绿色有毒粉末，主要用作染料、杀虫剂和木材防腐剂。

为这间房间里的每一面墙上都回响着令人厌恶的声音——像是有许多贪婪、巨大的老鼠跑动时发出的可憎声响。这天夜晚没有微光，所以我看不见挂毯上的情况——昨天掉下来的那条毯子已经重新挂了上去——但我还没有恐惧到不敢去打开电灯。

当灯泡亮起来的时候，我看见整张挂毯都恐怖地不停抖动，显现某种奇怪的样式，仿佛正上演着一出奇异的死亡之舞。几乎在一瞬间，那些抖动停止了，声音也消失了。我跳下床，用放在身边的暖床炉子的长柄轻轻地拨弄了一下墙上的挂毯，并挑起其中的一段来，看看下面到底躲着些什么。但除了那修补过的石墙外，挂毯下面什么也没有。此时，猫咪也松弛了下来，像是感觉不到那些异状了。随后我检查了放在房间里的捕鼠器。所有打开的捕鼠器都弹上了，但却没有留下任何痕迹显示它们抓住了什么东西，或者有什么东西从里面逃了出去。

想要继续睡下去已经是不可能的事情了。我点亮了一支蜡烛，打开了门，穿过走廊和楼梯，准备走去书房里。尼葛尔曼紧紧地跟在我的脚跟后面。可是，没等我们走到石头阶梯边，猫咪突然向前猛冲出去，跑下古老的楼梯，消失不见了。我独自一个人走下了楼梯，突然听见下方的大房间里传来了一些声音；我绝对不会听错那些声音。那些覆盖着橡木护板的石墙里面全是老鼠，它们在漫无目的地四处乱窜。而尼葛尔曼则像是个困惑的猎人一样狂躁地跑来跑去。走下楼梯后，我打开了灯，但这一次声音并没有消散。那些老鼠还在不停地骚动，那些脚步非常清晰有力，我最后甚至察觉到它们的运动都朝向一个明确的方向。这些家伙显然充满了不知疲倦的力量，它们似乎正在进行一场大规模的迁移——从某些不可思议的高处奔向下方某些可以想象，或者无法想象的深渊。

这时，我听到走廊里响起了脚步声。紧接着，两个仆人推开了厚重的大门。他俩正在搜索整个房子，试图找到某些未知的骚乱源头。因为所有的猫都发出了恐慌的嘶嘶怒吼，纷纷飞快地猛冲下几层楼梯，蹲在地下室下层紧闭的大门前大声号叫。我问他们有没有听到老鼠弄出的动静，但他们却给出了否定的答案。当我让他们留意那些从护墙板后面传出来的声音时，我才意识到，那些噪音已经停止了。我与那两个仆人一同来到了地下室底层的大门前，却发现猫咪全都不见了。虽然我随后决心要去地窖里一探究竟，但在那个时候，我仅仅查看了一下放在附近的陷阱。所有陷阱都弹上了，但什么都没抓到。除开我与猫咪外，没有人听到那些老鼠发出的动静，这一点让我有些得意。我在自己的书房里一直坐到天亮，一点不落地回忆并思索着我所发现的那些与我所居住的建筑有关的传说。

上午的时候，我靠着一张舒适的书房座椅睡了一会儿——虽然我打算以中世纪的风格来布置居家环境，但却没有放弃使用这类椅子。醒来后，我打了个电话给诺里斯上尉。后者听说了事情的经过后立刻赶了过来，与我一同探索了地下室的底层。我们没有找到任何会带来麻烦的东西，但却发现这座地窖居然是罗马人修建的——这个发现让我们感到了难以克制的激动。每一座低矮的拱门，每一根粗大的立柱都是罗马式的——不是那些拙劣的撒克逊人后来仿造的那种罗曼风格，而是恺撒时期建造的那种简朴、和谐的古典建筑；事实上，那些反复考察这块地方的古物研究者肯定很熟悉那些遍布石墙的题铭——像是“P. GETAE. PROP... TEMP... DONA...” 和“L. PRAEG... VS... PONTIFI... ATYS…”一类的东西。

有些铭文提到了阿提斯[1]，这令我不寒而栗，因为我曾读过卡图鲁斯[2]的诗篇，也知道一些与这个东方神明有关的可怖仪式，对他的崇拜曾经与对西布莉的崇拜有非常紧密的关系。借着提灯的光亮，我和诺里斯试图解读一些留在几块不规则的矩形巨石上的图案，但却一无所获。主流的观点认为这些巨石应该是某种祭坛，而那上面的图案几乎快被磨蚀掉了。我们记得其中的一个图样——某种带有射线的太阳花纹——被学者们认为并非起源于罗马，这也许暗示着这些祭坛仅仅是被罗马的祭司接纳再利用而已，它们应该来自那个曾经矗立在这个地

[1] 阿提斯：即上文提到的ATYS，是弗里吉亚地区和罗马崇拜过的一个神明，相传为西布莉的情人。

[2] 卡图鲁斯：著名的古罗马诗人。

方上的某些更加古老，或许属于当地原住民的神庙。在这些石头中，有一块的表面上有着一些令我们略感困惑的褐色污迹。而位于房间中央，最大的那块石头的上表面也留下某些火烧后的特征——可能有人曾在上面焚烧祭品，举行过燔祭。

这便是我们在那间猫咪们蹲在门前叫个不停的地下室里见到的情况。我与诺里斯准备在那里面过上一夜，看看到底会发生什么。我让几个仆人将躺椅搬了下来，告诉他们不要在意猫咪在夜晚的活动。我还将尼葛尔曼也带进了地窖，一方面是出于对它的喜爱，另一方面也是因为它或许能帮上忙。我们将地窖的橡木大门——一扇现代的仿品，上面留有几道切口用于通气——紧紧地锁上；然后躺了下来，让提灯持续地亮着，好留意地窖里发生的事情。

这座地窖位于小修道院地基下方的深处。因此，它无疑坐落在那座能够俯瞰荒凉山谷、向外突出的石灰岩悬崖地表下方很深的地方。我很确定那些神秘的、发出骚乱响动的老鼠全都跑到这里来了，但它们为什么会跑到这里来，我却一无所知。当我们充满期待地躺在地窖里的时候，我渐渐在守夜过程中断断续续地陷入似睡非睡的梦境。而总在我脚边不安活动的猫咪经常将我从这些梦境里唤醒过来。那并不是些正常平和的梦境，反而可怕得像是我在前一天夜晚经历过的那种噩梦。我又看到了那泛着微光的巨大洞穴和那个可怕的猪倌，还看见那些模样难以形容、身上长满真菌的牲畜在污秽里肆意地打滚。而当我看着这幅情景的时候，它们似乎变得更近、更清晰了——清晰到我足够看清它们的容貌。然后我看到了其中一个牲畜肥胖的模样，接着尖叫着惊醒了过来。尼葛尔曼被我的尖叫声吓得惊跳了起来，而一直没有睡着的诺里斯上尉则笑得前俯后仰。如果他知道我是为什么尖叫的话，兴许会笑得更厉害——但也可能完全笑不出来。但我当时并没有回忆起自己到底看到了些什么。极端的恐惧常常会颇为仁慈地掐断我们的记忆。

当情况出现变化时，诺里斯摇醒了我。他轻轻的摇晃将我从一个相同的可怖梦境里唤醒了过来；随后，他示意我听猫咪们的动静。事实上，当时我能听到许多不同的响动。紧闭的门外，有许多猫正在石头阶梯上不停地嘶叫和抓挠，就像是个实实在在的噩梦；而尼葛尔曼却毫不留意那些被挡在门外的同类，只顾着在裸露的石墙周围兴奋地奔跑；同时，我还听到石墙里传来老鼠们奔跑时发出的混乱声响，就和昨晚惊扰我的声音一模一样。

我感到了强烈的恐惧，因为这种异常的情况已经无法用正常的思维来解释了。这些老鼠，如果不是某种仅仅只有我和猫咪才能感知得到的疯狂幻想，那么它们肯定就在那些罗马石墙里挖掘骚动，来回奔跑——可是我觉得那些石墙应该是实心的石灰岩块才对……除非十七个世纪多的流水已经在这些墙体里磨蚀出了弯弯曲曲的地道，然后那些啮齿动物又将地道啃磨得更加干净和宽敞了……但即便如此，阴森的恐怖气氛仍没有丝毫减弱；倘若那些不断活动的害虫真的就在石墙里面，为什么诺里斯听不到它们发出的可憎骚动呢？为什么他会催促我注意尼葛尔曼的举动，让我聆听门外猫咪发出的声响呢？为什么他总在胡乱而又含混地猜测究竟是什么东西引起了这些骚动？

当我试着尽可能合理地告诉诺里斯我觉得自己听到的声音时，我突然觉得那些声音正在逐渐消散，它们继续向下远去，跑进了位于这座最深的地下室下方的某个地方，就好像那些老鼠已经把整座悬崖挖空了一样。听完我的叙述，诺里斯没有像我预期的那么狐疑，反而像是被深深地震动了。他示意我注意门边的那些猫咪已经不再吵闹了，就好像已经放弃追踪那些老鼠了；但尼葛尔曼却突然变得更加躁动起来，开始疯狂地抓挠着位于房间中央、靠近诺里斯躺椅的那尊巨大石头祭坛的底部。

此刻，我心中那种对于未知的恐惧突然变得极端强烈起来。我知道刚才发生了某些非常让人惊异的事情，我看见诺里斯上尉——这个年轻、勇敢、或许比我更坚定的天生唯物主义者——此时也流露出了同样的惊骇神情。这或许是因为他是听着当地传说长大的，对那些传说已经了若指掌的缘故。一时间，我们不知道该做什么，只能看着那只老黑猫怀着逐渐消退的热情抓挠着祭坛的底部。偶尔，它会抬起头来，冲我发出喵喵的叫声——往常只有当它希望我能够提供帮助的时候，它才会这么做。

诺里斯拿起了一盏提灯，靠近祭坛，悄悄地跪了下来，刮掉了数世纪来堆积在前罗马时代的巨石与棋盘状地面之间的地衣，想看看尼葛尔曼正在抓挠的那些地方。可是，他没有发现任何东西。当他正准备放弃的时候，我却突然注意到一些微小的细节，同时颤了一下。这个细节证实了我的猜想。我一面提醒诺里斯，一面与他一同看着那个几乎无法察觉的细微证据——放在祭坛旁的提灯里燃烧着的火焰正在微弱但却不容置疑地轻轻摇晃。在这之前，这里并没有气流，因此这股气流肯定来自祭坛与地面之间因为诺里斯刮去地衣而露出来的缝隙。

那晚余下的时间里，我们一直都待在灯火通明的书房中，焦虑地讨论着下一步的行动。在这座被诅咒的建筑物底部那座由罗马人建造的最深的地基下方还有着某些更深的地窖——三个世纪以来，好奇的考古学家从未设想过这些地窖的存在——即便之前没有遇到那些神秘不祥的事情，单单这个发现就足够激起我们的兴趣了。此刻，我们对那些地窖更加着迷了；但是，我们仍然有些拿不定主意，不知道是应该听从那些迷信的告诫，放弃搜寻计划，永远地离开这座小修道院；还是满足自己的冒险冲动，勇敢地面对那些未知的深渊里等待着我们的恐怖。等到早晨的时候，我们终于妥协了，决定去伦敦召集一批更合适处理这个谜题的考古学家和科学家来解决这个问题。需要说明的是，在离开地下室底层前，我们曾徒劳地想要移动那座中央祭坛——我们觉得那下面肯定有一扇门，而门下面的深渊里充满了无可名状的恐怖。但是，不论那门里面有什么秘密，都得等到那些更加聪明的人来发现了。

我与诺里斯去伦敦待了许多天，并且先后向五位声名显赫的权威专家叙述了自己发现的秘密、相应的猜测以及乡野里的传闻逸事。我们相信，在接下来的探险里，如果我们发现了任何与我的家族有关的秘密，这些专家肯定都能保持相应的敬重态度。他们中的大多数并没有对我们的话一笑置之，反而表现出了强烈的兴趣，并由衷赞成我们的举动。我没有必要把他们的名字全都列在这里，但我要说的是，这些人当中包括了威廉·布林顿爵士——他当年在特洛特[1]展开的发掘工作震动了整个世界。当我们乘着火车回到安切斯特的时候，我觉得自己正站在未知的边缘，即将揭露出某些可怖秘密——世界另一边，许多美国人听闻总统的突然逝世[2]时的哀痛气氛似乎也象征着我的这种感觉。

8月7日夜晚，我们抵达了伊克姆修道院。几个仆人向我担保说这些天没有发生什么不寻常的事情。那些猫咪，包括老尼葛尔曼，全都表现得非常平静温和，而房子里的捕鼠器也没有弹起来过。于是，我将所有的客人们安排到布置妥当的房间里，并准备好在接下来的第二天开始探索行动。那天晚上，我回到塔楼上属于自己的房间里歇息了下来。伴着待在脚边的尼葛尔曼，我很快就进入了睡梦之中，但是让人毛骨悚然的梦境依旧困扰着我。我梦见一场像是特力马乔[3]操办的奇筵。筵席中，有一道盛在遮盖餐盘里的恐怖菜肴。席间，那个猪倌赶着那群原本待在那泛着微光的洞穴里，满身污秽的可憎畜群一遍又一遍出现在我眼前。然而，等到我在黎明时分醒过来的时候，只听到楼下传来普通的日常活动声响。那些老鼠——不论它们是真实存在或仅仅是我所想象的幽灵——没有出现；尼葛尔曼仍旧安静地睡着。等到我走下钟楼时，我发现同样心神平静、生活安宁的氛围弥漫在这间小修道院里。可是在已经聚集起来的几个学者当中，一个名叫桑顿，专注于精神和灵媒的家伙却相当莽撞地告诉我，现在展现在我面前的情形全都是某些力量有意展现出来的。

等到一切准备就绪，上午11点的时候，我们所有七个人拿着明亮的探照灯与挖掘设备走进了地下室的底层，然后闩上了地窖的大门。尼葛尔曼一直跟着我们，虽然它显得有些急躁，但几个探险者都觉得

---

[1]特洛特：土耳其比加半岛的古称，另外威廉·布林顿爵士是洛夫克拉夫特的杜撰，实际上并不存在这样一个人。

[2]逝世：1923年8月2日美国第二十九届总统沃伦·甘梅利尔·哈丁死于中风，也有人认为死于中毒。

[3]特力马乔：罗马时期佩特罗尼乌斯所著的讽刺小说《萨蒂利孔》中一角色，以一掷千金举办盛宴闻名。

没必要把它赶到门外去，但是，行走在这样一个隐约有啮齿动物出没的环境里，这只老猫的确显得有些焦虑。我们简单地介绍了那些罗马时期的铭文与留在祭坛上的未知图案，因为三个专家已经见过它们了，而且很熟悉它们的特征。而我们主要的注意力则集中在了最重要的中央祭坛上。不出一个小时，威廉·布林顿爵士就将它向后撬了起来，然后用一些我不太清楚的平衡方法保持住了祭坛的位置。

祭坛下面露出来的是一幅令人毛骨悚然的景象。如果不是早有准备，我们肯定会吓瘫过去。铺设地砖的地面上有一个接近方形的洞口，洞口后面延伸着一段石头阶梯。整段石阶磨损得相当严重，中间的部分几乎已经被磨成了一段倾斜向下的平面。而在这些石头台阶上阴森地堆积着许许多多人类的骸骨，或者与人骨类似的骸骨。那些还算完整的骷髅都保持着一些极度恐慌的姿势，上面布满了啮齿动物啃咬后留下的痕迹。根据在场的头盖骨推断，这些死者可能极度弱智，患呆小病，或者是某些原始的近似猿猴的个体。在这条堆砌着骸骨的可怕阶梯上是一段向下延伸的拱道。整条通道似乎是从实心的石灰岩中开凿出来的。有一股气流从通道下方徐徐吹了出来。它不像是那种从刚打开的墓穴里突然涌出来的难闻气味，反而是一股带着些许新鲜空气的凉爽微风。我们并没有停顿太久，很快就颤抖着在阶梯上清理出了一条向下的通道来。在这个时候，威廉·布林顿爵士仔细检查了那开凿出的墙壁，得出了一个非常古怪的结论——根据那些凿痕的方向来推测，这条通道应该是从下方开凿上来的。

现在我必须慎重起来，谨慎地挑选我的用词。

待我们在这些满是啃咬痕迹的骸骨堆里犁出一条道路，继续向下走了一段距离后，前方出现了一丝光亮；那不是神秘的磷光，而是一丝投射进来的阳光。这光线只可能是从那面顶端可以俯瞰到远处荒凉山谷的悬崖外透进来的——而且悬崖上肯定有些没人知道的裂缝，这很容易理解，毕竟没有人居住在那座山谷里，而且这面断崖实在是太高太陡峭了，只有乘坐热气球才能靠近研究它的表面。当我们继续向下走出一小段距离后，出现在我们眼前的东西让我们停止了呼吸。这种恐惧是如此强烈，桑顿——那个灵媒调查者当时便昏死过去，瘫倒在了身后人的怀里。诺里斯那张圆胖的脸也变得惨白，没有一丝血色，随后也无力地瘫软下去，仅仅能发出含糊不清的尖叫。而我觉得自己当时能做的只有紧紧闭上双眼，倒抽一口凉气或是恐惧地发出嘶嘶的吸气声。站在我身后的那个人——也是在这群人中唯一一个比我年纪更大的人——和大多数遭遇恐怖事物的人一样用我听过的最为嘶哑的声音低声说："上帝啊！"在我们这七个文雅有修养的人当中，只有威廉·布林顿爵士还能保持镇定；因为他在前面带领着整支探险队，所以他肯定已经先一步见识到了这幅恐怖的景象。

展现在我们面前的是一个泛着微光的巨型洞穴。这座洞穴非常高，远远地延伸到我们的视线之外。而它的内部是一个充满了无数谜团与恐怖的地下世界——透过惊恐的一瞥，我看见一个古怪的坟丘，一个由许多巨石堆建起来的原始石环，一座有着低矮半球形屋顶的罗马式建筑废墟，一堆铺展开来的撒克逊式建筑物以及一座早期英格兰式木制大屋——但它们全都不值一提，因为地面上骇人的奇景抓住了我的全部注意力。在距离阶梯几码远的地方铺展着一大片混乱堆积在一起，多得足以让人发疯的人类骸骨，至少是和阶梯上那些骨头一样疑似人骨的骸骨。它们绵延开去，那就像是一片泛着白色泡沫的海洋。其中的一些已经四散分离了，但其他的仍保持着完整或者部分完整。那些依旧保持完整的骨架均定格在一些着魔般疯狂的姿势上——要么正在竭力逐退某种威胁，要么就紧紧抓住其他的骸骨，摆出一副吞食同类的可怕模样。

人类学家特拉斯克博士弯下腰去，仔细辨认了其中的一些颅骨，并且发现了一些不同程度退化的混杂情况，这让他觉得极为迷惑。这些头骨在进化树的分级上大多数都低于皮尔当人[1]，但从各个方面来看

[1] 皮尔当人：1911 年英国苏塞克斯郡律师陶逊在辟尔唐公地发现的一些颅骨化石。这些化石最初被认为是史前人类的一个新种"皮尔当人"。1954 年的研究发现该颅骨实际上是巧妙伪造的赝品。但在《墙中之鼠》创作的年代，这一骗局还未揭穿。

它们已然是人类无疑。它们中的许多都显示出较高进化的特征，有极小一部分颅骨甚至达到了高度发达、知觉敏锐的地步。所有的骨头上都留有齿痕，大多数都是老鼠造成的，但其中有些则是由类人的生物啃咬留下的。在它们之中还有许多老鼠的细小骸骨——这一定是那支致命的老鼠军团里落下来的成员。

我想知道在经历过那天的骇人发现后，我们当中还有谁能神志健全地继续活下去。不论是霍夫曼还是马利·乔治·于斯曼都无法构想出一幅比这个泛着微光的巨大洞穴更加不可思议、更加令人嫌恶、更加怪诞的哥特式风格场景了。我们七人跌跌撞撞地走在这座洞穴里，面对着一个又一个发现，努力试图克制住自己不去想象三百年前，或是一千年前，或是两千甚至是一万年前，这里发生的事情。那里就是地狱的前庭。而当特拉斯克说某些骨骼显示出它们的主人已经持续退化二十甚至更多代，以至于几乎又变回了四足动物的时候，可怜的桑顿又一次昏了过去。

当我们开始试着弄清楚那些残余下来的建筑遗迹时，恐惧开始逐渐放大。那些四足动物——以及偶尔补充进来的两足远亲——曾经被圈养在那些石圈里。饥饿，或是对老鼠的恐惧，让它们狂乱地突破了围在自己身边的石圈。这里一定曾经饲养着一大群这样的东西。显然它们被劣等的蔬菜喂养得又肥又胖。在那些早于罗马时代的巨石储仓底部还残留着一些恶心的青储饲料残余。我此刻终于明白为什么祖先们会需要那样巨大的菜园了——老天在上，我多么希望我能忘记这一切！而更可怕的是我根本用不着去询问蓄养这群东西的真正目的到底是什么。

威廉爵士正提着他的探照灯，站在那座罗马时代的建筑废墟里，大声地解译出了一段我所知道的最为令人惊骇的异教仪式，并且讲出了这个早在远古时期就已经存在的异教曾经使用过的菜谱。显然，西布莉的祭司后来发现了这个异教，并将他们的可怕传统与自己的习俗混合在了一起。虽然诺里斯上过战场，蹲过战壕，但当他从那座英格兰式建筑里走出来的时候，连步子都变得有些摇晃了。那是一座屠宰场和厨房——至少他是这么觉得的——但是在那座建筑里看到熟悉的英国式厨具，读到熟悉的英语涂鸦（最近的那些可以上溯到1610年），对我们而言实在太难承受了。我甚至都不敢走进那座建筑物——我知道那座建筑物里曾发生过魔鬼般的行径，我的祖先沃尔特·德·拉·普尔最后只得用匕首终结了那一切。

不过，我鼓起勇气走进了那座由撒克逊人建造起来的低矮建筑。这座建筑物的橡木大门已经倒塌了。而当我走进去的时候，我看到了一排可怕的石头的牢房。那里一共有十个囚室，上面还保留着已被锈蚀了的栅栏。有三个囚室里还保留着囚犯的遗骨，全是一些进化得比较完全的人类骨架。我在其中一个骷髅的食指骨上找到了一只玺戒——玺戒上面有着和我的家族一模一样的盾纹。威廉爵士在罗马式的小礼拜堂下面发现了一个地窖，里面也有几个更加古老的囚室，但那里面全都是空着的。而在那座地窖下方还有一个低矮的地穴。地穴里摆着一些箱子，所有的箱子里都规整地排列着许多骸骨，其中的一些箱子上雕刻着一些内容相似的恐怖铭文——有些是拉丁语，有些是希腊语，还有些则是弗里吉亚地区[1]的语言。与此同时，特拉斯克博士掘开了一个古老的坟丘，并且那里面找到了一些颅骨。这些颅骨仅仅比一只大猩猩略微更像人一些。那些颅骨上都有某些难以描述的表意性雕刻。只有我的猫咪能够在这些恐怖的事物面前泰然自若地迈步。其间，我还曾看见它令人心惊胆寒地蹲坐在一堆由骸骨堆积成的小山上。我不由得怀疑它金黄色眼睛后面是不是也埋藏着什么秘密。

略微了解过这座微光洞穴——这座曾经一再以毛骨悚然的形式出现在我梦里的世界——所保存的可怕秘密后，我们转向了洞窟那头犹如午夜般漆黑的无底深渊。从悬崖裂缝里透进来的微光没办法照亮那块区域，而我们也永远不会知道那里面还有着怎样一些看不见的地狱。我们只朝那个方向走了一小段距离，因为我们觉得人类不应该知晓那里面的秘密。不过，近在眼前的黑暗里已经有许多东西能够吸引我们的注意了，因为不需要走多远就能借着探照灯看见无数深坑。老鼠曾经在这些深坑里享受它们的盛宴，然而突如其来的食物短缺使得

[1] 弗里吉亚地区：古代小亚细亚地区的一个王国，在今土耳其附近。

那支贪婪的啮齿动物军团将利齿对准了那些饱受饥饿折磨但仍旧还活着的人牲，接着在吞噬完这里的一切后，它们又从小修道院里蜂拥而出，造就了历史上那场永远不会被周边村民们遗忘的浩劫。

老天啊！那些腐烂的黑暗深坑里填满了被锯断剔净的骸骨与敲开的颅骨！无数个世纪积累下来的猿人、凯尔特人、罗马人、英格兰人遗骨塞满了那些阴森的缝隙！其中有些深坑已经满了，而又有谁能说得出它们原来有多么深呢？另一些则仍旧深不见底，远远超出了探照灯所能探测的范围，只留给我们无可名状的想象。我想起了那些在这片地狱深渊的可怕黑暗中四处走动然后不幸跌入这些陷坑中的老鼠，它们会变成什么样子呢？

其间，我在一处可怕深坑的边缘滑了一下。在那一瞬间，我感受到了狂躁的恐惧。我肯定在那里走神了很长的时间，因为当我回过神的时候，我已经看不到探险队里的其他人了，只有矮胖的诺里斯上尉还留在我的身边。这时，从那漆黑、无底、比我所知道的更遥远的深处传出了一个声音；我看见我的老黑猫猛冲向前，蹿过了我身旁，如同一个生长双翼的埃及神明一般，径直冲向了未知的无底深渊。而我则紧跟在它后面不远，因为仅在片刻之后我就抛掉了所有的疑惑。那是那些邪魔诞下的老鼠快速窜动时发出的可怕声响，它们总在追寻新的恐怖，并且决意要将我一直引领到地球中央那些咧嘴狞笑的深坑之中。在那片深坑里，奈亚拉托提普——那无面的疯神——正随着两个没有确定形状的愚笨笛手所吹奏的笛音漫无目的地咆哮。

我的探照灯灭了，但我仍旧在狂奔。我听见声音，听见哀号，听见回音，但那些老鼠窜动发出的亵渎而又诡诈的声响渐渐响亮，盖过了所有的声音；那声音慢慢地越来越响，越来越响，就像是一具僵直肿胀的尸体慢慢地浮上了一条油腻的河流，穿过无数缟玛瑙石桥，慢慢淌向一片腐臭的黑色海洋。我感觉有些东西撞在了我身上——一些柔软、圆胖的东西。那一定是老鼠；那支饱餐着死尸与生者，身体黏糊，贪婪成性的军团……老鼠为什么不可以像德·拉·普尔家族的人吃掉那些人牲一样吃掉德·拉·普尔家族的人呢？……战争吃掉了我的儿子，他们都该死！……那些北方佬用火焰吃掉了卡费克斯，烧死了德·拉·普尔外祖父，还有那个秘密……不，不，我告诉你，我不是那个站在微光洞穴里、如同魔鬼一般的猪倌！那个浑身盖满真菌的圆胖东西没有长着一张爱德华·诺里斯的胖脸！谁说我是德·拉·普尔家的人？……他活着，我的儿子却死了！……一个诺里斯家族的人怎么能占有属于德·拉·普尔的土地？……这是巫术！我告诉你……那带斑点的蛇……诅咒你，桑顿，我会告诉你我家族的作为，叫你再吓昏过去！……以血发誓，你们这些杂种，我会知道你们如何……你会愿意做你想要做的事？……大圣母！大圣母！……阿提斯……

Dia ad aghaidh's ad aodann . . . agus bas dunach ort! Dhonas's dholas ort, agus leat-sa! . . . Ungl . . . ungl . . . rrrlh . . . chchch . . .

他们说，三个小时后他们在黑暗里找到我的时候，我就在嘀咕这些东西；他们看见我蹲在黑暗里，身边是诺里斯上尉那已被吃掉一半的矮胖尸体。我自己的猫一边跳跃着一边撕扯着我的喉咙。现在，他们已经把伊克姆修道院给炸掉了，他们把我的尼葛尔曼从我身边拿走了，他们把我关进了这间位于汉温镇的精神病院里，并嘀咕着与我的家族和我的经历有关的可怖传言。桑顿就被关在我隔壁的房间，但他们不许我与他说话。每当我说起可怜的诺里斯的时候，他们便诅咒我犯下了如此令人心惊胆寒的罪行。但他们肯定知道那不是我做的。他们肯定知道那是那些老鼠做的；那些不断窜动，让我无法入睡的滑溜的老鼠；那些在这座房间的衬垫后面小步快跑，引诱我陷入某些我从不知晓的更大恐怖的恶魔老鼠；那些他们永远都听不见的老鼠；那些老鼠，那些墙中之鼠。

雷德胡克的恐怖
The Horror at Red Hook

译者：竹子

在我们的身边既有神圣的典礼也有邪恶的仪式。我相信，我们生活、行走在一个未知的世界里，这个世界里有洞穴，有阴影，也有生活在微光之中的居民。人类有可能沿循进化的轨迹逐渐倒退。我相信，有种令人畏惧的传说还未死去。[1]

——亚瑟·梅琴

I

几个星期前，在罗得岛州帕斯科格乡的街头发生了一件事情——有一个高大结实、看上去非常健康的路人做出了一系列非常奇特的古怪举动，并且在人群间引起了广泛的猜测。当时，此人正沿着从切帕奇特延伸过来的公路向山下走去；接着，他来到了房屋比较密集的街区，然后左转走到了大街上——那儿有好几个现代化的商业区，让人略微有一种到了大都市的感觉。也就是在这个时候，他做出了一系列令人惊异的举动；虽然没有任何肉眼可见的刺激因素，但他依旧奇怪地盯着自己面前最高的那栋建筑看了一小会儿，接着充满恐惧、歇斯底里地尖叫起来，疯狂地逃离了那块地方，然后跌跌撞撞地摔倒在相邻的路口上。几个伸出援手的路人将他扶了起来，帮他掸掉了身上的灰尘。接着他们发现这个男人意识清醒，身上也没有受伤的迹象，而

[1] 摘自亚瑟·梅琴的短篇小说《*Red Hand*》。

之前突然发作的紧张情绪也得到了明显的舒缓。男人尴尬地嘟哝着解释了几句，说自己神经绷得太紧了。说完，他沮丧地返回了通向切帕奇特的公路，头也不回地拖着步子走出了人们的视线。对于那样一个高大结实、样貌正常、看起来颇为能干的男人来说，这样的变故实在有些奇怪。围观的人群里有人认出了这个男人，说他寄住在切帕奇特郊外一位著名的奶牛农场主家里，可这个消息并没有让大家心中的疑惑减轻半分。

人们后来才知道那个男人是个在纽约工作的警探。他名叫托马斯·F. 马隆，如今正在长期休假，接受医学治疗。在此之前，他曾针对辖区内的一桩可怕案件进行了非常辛苦的调查工作，最终却遇上了出乎意料的变故。当时，他参与了一起突击搜捕行动，行动的过程中有几座老式的砖墙建筑突然坍塌，导致许多人死于非命——其中既有逮捕的囚犯，也有他的同僚——这件事情对他造成了特别强烈的刺激。结果，他患上了一种严重而且不同寻常的恐惧症，任何与那些倒塌楼房相仿的建筑，哪怕只有一丁点类似，都会给他带来强烈的恐惧。所以精神科医生最终要求他在一段时间内不能再观看那种样式的建筑。一个有亲戚居住在切帕奇特的警队医生告诉他，那座满是殖民地时期房屋的古典乡村是一处用来调养心神的理想场所；所以，饱受恐惧症折磨的警探搬来了切帕奇特，并且打定主意不再冒险走进更大的、街道周围林立着砖墙建筑的乡镇，除非居住在温索克特市、与他保持联系的专业医师在适当的时候建议他去尝试一下。这一回，他来帕斯科格只是为了买几本杂志，可事情的发展说明这个主意是个错误，这种不遵医嘱的行为不仅让他遭到了惊吓，还让他落得一个浑身擦伤、备感羞辱的下场。

流传在帕斯科格与切帕奇特的传闻只说了这么些事情；而且，那些最为博学的专业医师们也只相信这些事情。但马隆最初告诉专业医师的内容却要多得多，只是他发现其中有一部分内容完全没人相信，便止住了话头。此后，他闭口不言；大多数人认为是那些布鲁克林区雷德胡克街区倒塌的肮脏砖墙建筑，以及许多勇敢警员的牺牲，扰乱了他心智上的平衡，而马隆也没有提出任何抗议。他工作得太卖力了，一心想要清除那些充满混乱与暴力的巢穴，大家都这么说；平心而论，某些面孔的确让人惊恐万分，而最后发生的意外悲剧则是压垮他的最后一根稻草。这是一种简单又让所有人都能接受的解释，而马隆并不是个头脑简单的人，所以他明白这样的解释就足够了。若他向那些缺乏想象力的人去暗示一种超越人类现有一切观念的恐怖事物——一种会让来自远古世界的邪恶如同麻风与毒瘤般染上一间间房屋、一栋栋建筑、一座座城市的恐怖——那么，他得到的不会是宁静的乡村生活，而是疯人院里铺满软垫的单独隔间。此外，虽然马隆相信神秘主义，但他到底还是个神智清醒的人。他拥有凯尔特人在面对奇异隐匿事物时特有的远见卓识，也能逻辑严谨地迅速察觉到那些看起来让人难以置信的部分；这种组合让他在四十二年的生活中逐渐远离了自己的家乡，也让他这样一个出生在位于凤凰公园[1]附近的乔治亚式别墅里，并且在都柏林大学里念过书的人去了不少与他身份不相符合的奇怪地方。

如今，当马隆回顾起自己目击、察觉与忧虑的东西时，他很庆幸自己没有向其他人分享他的秘密——这个秘密让一位勇敢的斗士变成了颤颤巍巍的精神病人，这个秘密也让那些满是砖墙建筑的古老贫民窟与无数张黝黑狡诈的面孔充满了噩梦般的怪诞预兆。他的理性被迫接受了那些无法解释的事物，但这已不是他第一次遇到这种问题了——因为他曾经深入那些位于纽约的底层世界、充斥着各国语言的深渊，而这种举动不正是缺乏合理解释的怪事么？面对这口毒药大锅里的那些依靠敏锐眼睛才能分辨的古老巫术与怪诞奇迹，他能找到什么可以用来谈论的平淡琐事呢？在雷德胡克这口大锅里，属于各个邪恶时代的各式糟粕混搅着它们的恶毒，并将它们包含的隐晦恐怖永远维持下去。他曾在这片似乎昭彰露骨却又隐晦难解，看上去贪欲横行实际上污秽亵渎的喧嚣中目睹过隐秘奇迹的可憎绿色火焰。他认识的每一个纽约人都对他在警务工作时展开的试验冷嘲热讽，但马隆依旧报以温和的微笑。他们都是些机敏聪慧、愤世嫉俗的人。当马隆异

[1] 凤凰公园：爱尔兰都柏林附近的一座城市公园。

想天开地想要追寻那些不可知晓的奥秘时，他们纷纷嗤之以鼻，并且信誓旦旦地告诉他：如今的纽约城里除了廉价与粗俗外什么都没有。其中有一个人还和马隆打了个数额巨大的赌，说他甚至都不可能写出一个既讲述纽约市底层生活又能让人提起兴趣的故事——哪怕他曾在《都柏林评论》上发表过不少引起强烈反响的作品；眼下，回顾过去，他觉得这起极具讽刺意味的事件证实了那位先知的说法，同时又悄悄地驳斥了这些话语表面上的含义。他最后瞥见的恐怖情景的确没办法写成一个故事——就像坡对那本书所做的德语引述一样：

“es lässt sich nicht lesen——它本身即是不得阅读之物。”[1]

II

过去，他被指派到布鲁克林区的巴特勒街警局工作，那个时候发生在雷德胡克的事情还没有引起他的注意。雷德胡克紧挨着加弗纳斯岛对面、历史悠久的滨水区，是一座充满了卑劣杂种的巨大迷宫。在那儿，肮脏的公路沿着山丘从码头一直延伸到高地上，接着，腐朽破旧的克林顿街与科特街再从那片高地出发引向布鲁克林区的议政厅。雷德胡克的建筑大多是砖墙结构，它们的历史可以追溯到19世纪的前二十五年以及19世纪中叶的那段时候，一些比较偏僻的巷子与小道还保留着某种引人入胜的古旧韵味，而寻常的读者会将那称作是“狄更斯式”[2]的风格。生活在那里的居民构成了一个组成极度混杂、让人难以捉摸的群体；叙利亚人、西班牙人、意大利人以及黑人的特色相互侵蚀，糅合在一起，还有几小块属于斯堪的纳维亚人和美国人的居

---

[1]出自爱伦·坡的小说《*The Man of the Crowd*》，爱伦·坡在此文开场时说“It was well said of a certain German book that 'es lässt sich nicht lesen'——it does not permit itself to be read”。

[2]狄更斯式：狄更斯就是那个时代的人。

住区分布在不远的地方。它是一片混合了正常与污秽的喧嚣，并且发出一阵阵古怪的呼喊！回应着肮脏码头下一波波拍来的油腻波浪，以及海港汽笛的一声声骇人诵唱。在许久之前，这里曾有过一片更加明亮的画卷。那时候，眼睛清澈的水手行走在较低矮的街道和富有品位与质地的住宅间，而较大一些的房屋则整齐地排列在山丘上。如今，人们只能从某些景色中寻见已逝美好的残遗，例如那些建筑的修整外貌，教堂偶尔流露出的优雅风光，原有的艺术作品还有背景之中偶尔出现的些许细节——一段磨旧的阶梯，一条满是伤痕的门道，一对满是虫蛀的装饰立柱或是扶壁柱，或者一小块曾经的绿地和上面弯曲修饰的铁栏杆。房屋大多是用实心砖块修建的，偶尔一座开着许多窗户的圆顶阁楼还耸立着，向人们叙述那段还有船长家室与船只所有者守望大海的日子。

在这团肉体和精神均已腐烂的乱麻里，数百种方言交织的亵渎语句冒犯着天空。许多人游荡在外，沿着小巷与大路一面摇摇晃晃地行走，一面大声呼喊歌唱，偶尔鬼鬼祟祟的手会突然熄灭灯光拉下窗帘，当访客择路行过时，满是罪恶的黝黑面孔会从窗户边消失不见。警察们早已丧失了重整秩序，或者推行改革的信心，相较之下，他们更愿意竖立栅栏保护外面的世界不受雷德胡克的传染。巡逻队铿锵作响的脚步声只会换来一种幽灵般的死寂，而被逮捕起来的囚犯也全都是些沉默寡言的人。光天化日下的不法行径和当地的语言一样种类繁多，从走私朗姆酒、协助被禁止入境的外国人实施偷渡，到以最叫人厌恶的借口施行谋杀与残害，各种各样的犯罪活动与不起眼的恶行一应俱全。遮盖痕迹已经变成了一种值得称赞的艺术，那些光天化日下再频繁不过的事务到了邻近地区的居民那里，也变得不那么频繁了。进入雷德胡克的人远比离开它的人要多——或者，至少比从陆地那一侧离开它的人要多——而那些不太唠叨的人就是最可能离开它的人。

面对这种情形，马隆嗅到了某些秘密散发出来的微弱气味，这些秘密要比让市民们谴责的恶行更加恐怖，比令牧师与慈善家哀叹的罪孽更加骇人。身为一个有能力将想象力与科学知识联系起来的人，他意识到，现代人在缺乏法律保护的情况下会不可思议地去试图重现一些极度阴暗、基于本能的活动模式——当人类还是尚未开化的原始半猿时，就曾在日常生活与仪式庆典上按照这种模式活动；而且，他经常看见一队队目光迟钝、满脸麻子的年轻人在漆黑的凌晨时分一面诵唱、咒骂着，一面沿着自己的路线前进，这种景象会让他像是个人类学者一样不寒而栗。常有人看见那些年轻人：有时是在街角不怀好意地守夜，有时是在门洞里模样古怪地弹奏廉价乐器，有时是在布鲁克林区议政厅周围的自助餐桌上呆滞地瞌睡或猥亵地交谈，还有些时候他们会围绕着停靠在岌岌可危、紧密封钉木板的老房子的高大台阶前的肮脏出租车边窃窃私语。他们既让他毛骨悚然，又让他想入非非，但他不敢将这些事情告诉他参军的助手，因为他似乎在他们当中看见了某些具备隐晦连贯性的可怕线索；警探发现这一系列为人不齿的事实、习惯以及他们经常出入的地点背后还有着某些凶恶、神秘、古老而且完全不同的特定模式，于是他怀着慎重而又专业的细致心思将这些模式罗列了下来。他由衷地相信，这些人肯定继承了某些令人惊骇的原始传统，分享着一些从比人类更加古老的异教与仪式中存留下来的污秽残余。这些行为中的连贯性与一致性暗示了这种可能，而且他们卑劣而又混乱的行径后面也隐含着一丝古怪的秩序。他曾经读过相关的论文，例如默里小姐所著的《西欧女巫教团》，而这种努力并没有白费；他明白，直到最近这些年，农民以及其他一些鬼鬼祟祟的人群中还非常确定地残遗着一套包含了集会与狂欢的秘密体系——这套可怕的体系可以上溯至雅利安人世界[1]形成以前的黑暗宗教，而且时常以黑弥撒和女巫魔宴的形式出现在流行的传说故事里。他从不相信那些丰饶教团[2]与古老的图兰[3]—亚洲魔法所留下的可憎余孽已经彻底消亡了，而且他也时常在想，相比人们喃喃低语的故事里那些最糟糕的部分，某些事实真相会不会更加黑暗和古老。

---

[1] 雅利安人世界：指使用印欧语系语言的世界。

[2] 丰饶教团：原文是 fertility-cults。

[3] 图兰：图兰人，主要指中亚河中与南西伯利亚一带的阿尔泰民族。也用来形容一些乌拉尔语系民族。他们是白色人种的一类。

III

发生在罗伯特·斯威顿身上的事情让马隆见识了雷德胡克的实质。斯威顿是一位博学的隐士，他来自某个古老的荷兰家族，原本所拥有的财产勉强能够保证他自给自足。他居住在一座空旷但却缺乏修缮的私邸里，当年他的外祖父在弗莱布什[1]修建了这座房子——在那个时候整座乡村还只是一片讨人喜欢的殖民地农舍，巧妙地环绕在耸立着尖塔、覆盖满常青藤的归正宗[2]教堂与铁栏杆圈出的荷兰式墓地周围。现如今，这座偏僻的私邸坐落在一座满是庄严古树的院子里，距离玛特斯街还有一小段路程。六十多年来，斯威顿差不多一直在这座私邸里读书与沉思，只是在一个世代之前，离开过一段时候——那时候，他搭船去了旧大陆，暂时离开了人们的视线，并且在那边逗留了八年的时间。他养不起仆人，也只允许少数几位访客来打搅自己完完全全的隐居生活；因此，他通常待在三楼的某个房间里躲避那些想和他建立亲密友谊的人，同时也在那个房间里会见少数几个与他有所来往的人。他将那个房间收拾得很干净——那是一间有着高大天花板的宽敞书房，墙壁上紧密地堆砌着破破烂烂的典籍，一些笨重、古老、看上去不太讨人喜欢的典籍。斯威顿一点儿不关心城镇的扩张，也不关心它最终融入布鲁克林区的事实，相应地，整个城镇也越来越不关心他的存在。年纪大一些的人还能在街上认出他来，但大多数新来的居民只把他当作一个古怪的胖老头——他邋遢的白色头发，短楂胡须，磨得发亮的黑色衣服，还有手上的金头拐杖只会换来嘲笑的一瞥，除此之外别无他物。在警探的职责让他接触到有关斯威顿的案子前，马隆从未见过斯威顿，不过，他从别处听说过他的名字，知道他是个在中世纪迷信方面非常有见解的专家，并

---

[1] 弗莱布什：纽约地区最早的定居地之一。当年是荷兰人的殖民地，现在属于纽约市布鲁克林区。

[2] 归正宗：新教的一支，通常又称加尔文宗。

且曾经不经意地想要看一看他写下的那些已经绝版的小册子——一些有关卡巴拉与浮士德传说的小册子——因为他的一个朋友曾经凭记忆引用过其中的一些内容。

斯威顿会变成一桩“案子”，是因为硕果仅存的几个远亲要求法庭对他的精神状态进行仲裁。在外界看来，他们的举动似乎有些突然，可事实上这是他们经过长期观察与忧伤讨论之后得出的结论。他们之所以要这么做，是因为斯威顿的言辞与习惯出现了某些古怪的变化；他开始狂乱地说将会出现某些奇迹，并且在毫无缘由的情况下频繁出入布鲁克林区里的那些声名狼藉的聚居区。这些年来，他变得越来越不修边幅，最近这段时间里甚至开始像个真正的乞丐那样四处游荡；一些朋友偶尔会尴尬地看见他出现在地铁车站里，或是看见他在区议政厅周围的长椅旁徘徊，与一群皮肤黝黑、样貌邪恶的陌生人说话。当他说话的时候，总是喋喋不休地说自己即将抓住无限的力量，并且怀着似乎知道什么的恶意目光重复一些诸如“源体”[1]“阿斯摩太”[2]“萨麦尔”[3]之类的词语。提起诉讼后，人们才知道他花光了自己的收入，并且将重要的财产全都浪费在了一些奇怪的地方。一方面，他买了许多从伦敦和巴黎进口的奇怪书籍；另一方面，他还在雷德胡克租下了一间肮脏的地下室——他几乎每晚都待在地下室里，接待一些混杂着流氓与外国人的古怪团体，似乎在那些被绿色百叶窗遮罩的隐秘窗户后面指挥某些仪式性的活动。被派去跟踪他的侦探们报告说，这些夜间仪式会传出许多奇怪的叫喊、诵唱还有蹦跳的脚步声。虽然在那片污秽的地区里经常举行诡异的狂欢，但这些仪式却透着一种特殊的狂喜与放纵，让警探们感到不寒而栗。不过，听到消

---

［1］“源体”：犹太教神秘主义思想卡巴拉中的一个用语，比较贴切的意思应该是“灵光”或者“属性”。

［2］“阿斯摩太”：也叫“阿斯莫德”，一个恶魔，这个名字被各种神秘学著作与神秘学思想提到（尤其是犹太教神秘主义思想）。

［3］“萨麦尔”：也叫“塞缪尔”，一个天使，最初是犹太教的死亡天使。此外，诺斯替教认为它是造物主的第三个名字。

息后，斯威顿开始想办法保住自己的自由。在法官面前，他的行为举止显得相当通情达理、温文尔雅；此外他还大方地承认了举止上的怪异与言语上的夸张，并且解释说这一切都是他在学习与研究时过分投入导致的结果。他说，他正在研究欧洲传统里的某些细节，需要密切接触外国群体，以及他们的歌谣和舞蹈。亲属们说有卑劣的秘密结社在迫害他，可他表示这是非常荒谬的说法；并且表示说，那些亲属对他和他的工作了解得非常有限，令人难过。这些冷静的解释获得了成功，他自由地离开了法庭；而斯威顿家族、克劳依家族、冯·布朗特家族雇来的几个侦探也怀着听天由命的厌恶情绪撤销了指控。

也就是这个时候开始，联邦检察官与警方介入了这个案子，而马隆就是其中一员。警方对斯威顿的动作很感兴趣，而且私家侦探也好几次请求警方提供协助。在这种情况下，他们发现斯威顿的新伙伴们全是雷德胡克街区曲折小巷里最邪恶、最凶狠的恶棍，而且这当中至少有三分之一的人在盗窃、骚乱与偷渡方面是有名的惯犯。事实上，可以毫不夸张地说，这个老学者新交的特别圈子与最凶恶的团体组织几乎完美地重叠在了一起。而且这个组织还在偷偷走私某些曾被埃利斯岛[1]明智地拒之门外的糟粕，某些难以形容和归类的亚洲糟粕。斯威顿租用的地下室位于帕克区[2]拥挤的贫民窟里。那儿有一处相当不同寻常的聚集区，里面生活着一群身份不明、生着斜眼角[3]的人。这些人使用阿拉伯字母，可生活在亚特兰提克大街上的那一大群叙利亚人却明白地表示自己和他们全无关系。本来，这些人都会因为缺少证件而被驱逐出境，但执法部门行动得很慢，而且除非公权力愿意动手，否则没有人愿意去招惹雷德胡克。

这些家伙有一座岌岌可危的石头教堂。每到星期三，那座教堂都会被当作舞厅来使用。它那哥特式的拱壁耸立在滨水区最卑劣的地

---

[1] 埃利斯岛：纽约湾的一个岛屿，在19世纪末至20世纪中叶这里是美国的主要移民检查站。

[2] 帕克区：是布鲁克林区的一个地段，雷德胡克的边上，也可能属于雷德胡克。

[3] 斜眼角：通常是用来指蒙古人种，或者亚洲人。

方。名义上来说，那是座天主教教堂；但全布鲁克林区的牧师都拒绝承认它的合法性，也不认为它是真正的教堂。当听过教堂在夜晚传出的声音后，警方也认同牧师们的看法。在过去，教堂空着、没有亮灯的时候，马隆常常觉得自己听到地底下有一台隐藏起来的风琴在发出骇人的粗哑低音；而教堂公开服务时，信徒们发出的尖叫与鼓声也让所有观察者都觉得心惊胆战。被问起这些事情时，斯威顿说，他觉得那里的祭典是聂斯脱利派基督教[1]残留下的部分仪式，同时还混进了西藏萨满教的影子。根据他的猜测，那里的大多数人都属于蒙古人种，源于库尔德斯坦地区[2]或库尔德斯坦附近的某个地方——而马隆不由得想起，波斯地区魔鬼崇拜者的最后残遗，雅兹迪人[3]就生活在库尔德斯坦。不过，这都是过去的事了。针对斯威顿展开的调查引起了一些骚动，让人们明确地意识到这些非法移民已经在雷德胡克泛滥成灾了，而且还有增加的趋势；他们依靠着某些税务官员与海港警卫无法察觉的海运计谋渗入这里，进而在帕克区泛滥开来，然后迅速蔓延到山丘上，而且生活在这一地区、形形色色的其他居民都怀着兄弟般的古怪热情欢迎他们的到来。他们有着矮胖的体格和眯着眼睛、非常容易辨认的面孔，这些特征配合上俗丽的美式服装形成了非常怪诞的组合，而且似乎越来越多地混杂在区议政厅附近的闲人与流浪匪徒当中；直到最后，人们认为有必要做出行动——清点他们的数量，确定他们的源头与工作，如果有可能的话，还要找出个办法将他们集中起来送到

---

［1］聂斯脱利派基督教：准确的名字应该叫作“东方亚述教会”。由聂斯脱利的追随者建立的教会。主要在叙利亚与波斯地区宣教。有趣的是这个教派有时会拒绝“聂斯脱利派”这个名字，另外它也曾在唐朝传进中国，也就是后来的景教。

［2］库尔德斯坦地区：从幼发拉底、底格里斯和阿拉斯等河上游起到伊朗的哈马丹为止的一块地方，包括土耳其东南部、伊拉克北部和伊朗西部若干地区，以及叙利亚和亚美尼亚的一小部分。

［3］雅兹迪人：库尔德人的一个分支，同时这个词也指他们所信奉的一个混杂了多神信仰、拜火教、基督教和伊斯兰教等教义的古老宗教。由于这个教派认为魔鬼已向神忏悔，并得到了赦免，成为了天使，所以他们否认魔鬼和地狱的存在，也因此被基督教和伊斯兰教同时视为拜魔鬼者。

合适的移民机构里去。在得到联邦政府与城市警卫的同意后，马隆被指派到了这项任务上，而当他开始在雷德胡克展开调查后，他觉得自己正在某些不可名状的恐怖边缘竭力保持平衡，而衣衫褴褛、不修边幅的罗伯特·斯威顿这个大恶魔就是他的对手。

IV

警察总会有各种各样、聪明巧妙的策略。通过低调的游荡、细致的闲聊、适时送上屁股口袋里的酒瓶以及巧妙地讯问那些被吓坏的囚犯，马隆对眼前颇具威胁意味的情况有了许多零碎的了解。这些新移民的确是库尔德人，不过他们使用一种特殊的方言；相比精确的语言学，这种方言有点儿含糊隐晦、令人费解。他们和码头工人或者没有执照的小贩一样工作生活，不过也经常在希腊餐馆里提供服务，或者照管街角的报亭。不过，他们中的大多数都没有明确的生活来源；因此显然与那些见不得光的生意有所牵连，其中最容易弄清楚的便是走私与私酿。他们搭乘着蒸汽轮船——显然是那种集装箱式的货船——来到纽约，然后再趁着无月的夜晚溜到那些小艇上，偷偷划过码头下方的水面，沿着一条隐秘的沟渠来到某座房屋下方的地底水池里。但马隆无法确定码头、沟渠与房屋的位置，因为告密者的记忆全都非常混乱，而且他们的言语非常夸张，甚至达到了无法解释的地步；此外，马隆也不知道他们为什么要有组织地渗入雷德胡克。他们不说自己从何而来，也不会变得太松懈，以免泄露那些找到他们，并且为他们提供引导的组织。事实上，当被问到他们为何来到这里时，他们会表现出像是极度恐惧的神色。而其他团体的匪徒也同样沉默寡言，最多只能探听到一些消息——某些神明或者伟大的祭司向他们保证，在一块陌生的土地上，他们能获得闻所未闻的力量与超自然的荣耀。

不论是新移民还是本地歹徒都会非常规律地出席斯威顿的夜间集会，而警方很快就了解到这位昔日的隐士还租借了别的公寓容纳其他知道自己暗号的客人；后来，他租下了整整三栋建筑，给许许多多古怪的同伴提供了永久的住处。这段时间，他很少待在那座位于弗莱布什的老宅里，即便要回去也只是取——或者还——几本书后就匆匆离开；他的面容与举止也变得疯狂起来，甚至让人感觉有些恐惧。马隆与他见过两次面，但每次都被唐突地回绝了。他说，他不知道任何秘密的阴谋或活动，也不知道库尔德人是怎么进来的，更不知道他们想要什么。他的工作就是在不受打搅的情况下研究本地各种移民的民间传说；而且警方也没有道理去关心他的工作。马隆称赞了斯威顿过去编写的那本讲述卡巴拉与其他神话的小册子，但老人只是稍稍软化了片刻，然后又恢复了原样。他觉得自己受到了打搅，并且以一种非常明确的态度回绝了他的访客；直到最后，马隆只能满怀厌恶地放弃了继续下去的打算，转而求助其他的信息渠道。

如果让马隆顺着这桩案件继续查下去，他会发现些什么？我们永远也没法知道了。当时，市政府与联邦当局之间发生了一场愚蠢的争论。这件事让调查工作搁置了好几个月。在那场争论里，马隆警探被安排到了其他的任务上。但他始终没有忘掉这桩案件，也没有傻站着为罗伯特·斯威顿身上发生的变化感到惊叹。在那个时候发生了一连串的绑架案和失踪案，就在这些案件引起的骚动开始席卷整个纽约城的时候，那位不修边幅的学者也完全变了副模样。这种变化来得非常突兀，同样也令人震惊。一天，有人在区议政厅附近看到了斯威顿——此时的他有着整洁的面容、打理得当的头发，而且还穿着一套颇有品位的干净衣物。而且，从那之后，人们每天都会在他身上找到某些不太显眼的改变。他一直保持着自己全新的端庄形象，而且他的双眼也开始闪现出不同寻常的活力，他的声音变得清脆了，那种早在很久之前就让身材走样的肥胖也在渐渐消失。他变得越来越年轻，而且换上了与这种新迹象相称的轻快步伐和开朗性格，而且他的头发也古怪地显现返黑的迹象——不知为何，那种黑色并不像是染色的结果。时间一个月一个月地过去，他的穿着变得越来越开放。直到最后，他的新朋友也开始为他重新翻修、重新装饰位于弗莱布什私邸的举动感到惊讶——他在毫无征兆的情况下召开了一系列的招待会，请来了他能想起的所有熟人，完全宽恕了那些在不久前还想要禁闭他的亲戚，还向他们表达了特别的欢迎。有些人因为好奇参加了招待会，其他人则仅仅只是去履行自己的义务；可是，这位前隐士逐渐显露出的优雅风度与文质彬彬却在顷刻之间迷住了所有人。斯威顿肯定地表示，他已经完成了大多数之前设定的工作；此外，斯威顿还说，他最近还从一个几乎已经被他忘掉的欧洲朋友那里继承了一些财产，并且准备把自己剩下的日子花在这段让他觉得能够悠闲、关心与节食的愉快第二春上。他在雷德胡克露面的次数越来越少，与身份相宜的人来往得越来越多。另一方面，警方发现那些匪徒越来越倾向于聚集在那座古老的石头教堂与舞厅里，却渐渐疏远了帕克区的地下室，但是还有许多人依旧在那座地下室与它新修的附属建筑里过着令人嫌恶的生活。

随后，发生了两件事情——虽然两件事没什么联系，但却都与马隆所设想的案件有着重要的关联。其一，《鹰报》刊登了一则不起眼的启事，宣布罗伯特·斯威顿已与居住在湾岸区[1]的妮莉亚·杰瑞森小姐正式订婚——杰瑞森小姐是一位有着崇高社会地位的年轻姑娘，而且是年长的斯威顿的远亲；其二，市警局针对那座兼做舞厅的教堂展开了一场搜捕活动，因为有人报告说自己曾短暂地看见一个被绑架的孩子出现在教堂地下室的窗户后面。但是，警方没有发现任何有价值的信息——事实上，当他们赶到那里的时候，整座建筑已经完全废弃了——但地下室里的许多东西却让马隆这个敏感的凯尔特人觉得有点儿不安。那里有许多嵌板，上面简陋地画满了他不太喜欢的东西——它们描绘了一张张神圣的面孔，上面挂着充满讽刺意味、相当世俗化的古怪表情；即便以普通信徒的礼仪观念来衡量，这些画像也显得颇为不妥。此外，他也不太喜欢题写在布道台上方墙面上的希腊铭文；他在都柏林大学上学的时候曾偶然遇见过这段古老的咒语，它逐字翻译过来的意思是：

噢，午夜之友，午夜之伴，

---

[1] 湾岸区：纽约市皇后区的一块地方。

为狗群咆哮而喜乐，为溅落献血而欢欣，
于坟冢阴影间流浪，
渴求鲜血，赐凡人以恐惧，
戈贡，魔摩，千面之月，
欣然凝视吾等之献祭！

读到这句铭文的时候，马隆打了个寒战，同时隐隐约约地想起，有那么几个夜晚，他觉得自己听到教堂下方传出了一些粗哑低沉的风琴声。接着，他又注意到摆在圣坛上的那只金属盆——那一圈留在盆子边缘的锈迹让他再度打了个寒战。他闻到一股骇人的古怪臭味从相邻的某个地方传了过来，于是紧绷着停顿了下来。有关风琴声音的记忆一直在马隆的脑海里徘徊不去，因此在最终离开前，他格外细致地检查了一遍地下室。对他而言，那是个格外惹人厌恶的地方；可是，说到底，那些亵渎神明的嵌板与铭文到底是那些无知蠢货胡乱制作的粗劣作品，还是另有深意？

等到斯威顿举行婚礼的那段时间，频发的绑架案已经被报纸当作丑闻广泛地传播开了。虽然受害者大多是来自社会底层家庭里的儿童，但随着失踪人数不断增加，依旧在人群中引起了极为强烈的愤慨。杂志报纸喧嚷着要求警方采取行动，于是巴特勒街警局再次将人手派往雷德胡克，搜寻可能的线索、发现与罪犯。能够再度加入搜索任务让马隆感到非常欣慰。此外，他还搜查了斯威顿名下的一座位于帕克区的房屋——这次行动让他觉得颇为自豪。实际上，虽然那一地区流传着许多听到尖叫的传说，虽然有人在地下室入口外捡到鲜红的腰带，但是那次搜查行动并没有发现任何被绑架的儿童；大多数房间与阁楼里的简陋化学实验室里都放置着许多绘画，而那些破旧剥落的墙面上也书写着潦草的铭文——所有这些事情都让警探相信，自己追查到了一件非常严重的事情。那些绘画让人觉得毛骨悚然——在绘画里，各式各样、大小不一的骇人怪物以无法用语言形容的方式拙劣地戏仿着人类的模样。墙上的铭文都是红色的，其中有阿拉伯文字、希腊文字、罗马文字以及希伯来文字。马隆只能看懂一小部分铭文，不过他能读懂的那部分已经足够凶险不祥了，而且还充满了卡巴拉式的意味。有一条频繁出现的格言是用某种希伯来式的希腊语书写的，暗示了在亚历山大帝国衰落时期出现的最为可怕的恶魔召唤：

"HEL·HELOYM·SOTHER·EMMANVEL·SABAOTH·AGLA·TETRAGRAMMATON·AGYROS·OTHEOS·ISCHYROS·ATHANATOS·IEHOVA·VA·ADONAI·SADAY·HOMOVSION·MESSIAS·ESCHEREHEYE."

另一方面，圆环与五芒星随处可见。它们不容置疑地表明那些在这个地方过着卑劣生活的人们的确有着非常奇怪的信仰与渴望。不过，搜查人员在地窖里发现了最为古怪的东西——一堆货真价实的金锭。这些金锭上非常随意地盖着一张麻布，它们闪闪发光的表面与四周的墙体上都留有同一类奇异的象形符号。搜查期间，那些眯着眼睛的东方人成群结队地从每一扇门后涌了出来，但警方仅仅遭遇了一些被动的抵抗。由于没发现任何相关的线索，他们只能保持原样地退了出来；不过辖区的队长给斯威顿写了一张便条，提醒他要注意越来越激烈的公众抗议，仔细审查租客与被收容者的品性。

V

随后，人们迎来了在6月举行的婚礼，以及大规模的轰动。接近正午的时候，弗莱布什洋溢着欢快的情绪，插着彩旗的汽车蜂拥进老荷兰教堂附近的街道，教堂也支起了从大门一直延伸到公路上的遮阳棚。在当地，斯威顿与杰瑞森喜结连理是一件非常难得的大事，不论是风尚还是从规模上来讲，都没有比这更盛大的事情了。护送新郎与新娘前往“丘纳德尔号”的队伍，即便不是最风光的，也足够在社交名人录里留下充实的一页了。5点钟的时候，人们开始挥手告别，笨重的客轮渐渐离开了长长的堤岸，掉头转向海上，抛下它的驳船，进入越来越开阔的水面，朝着旧大陆的美好驶去。入夜后，外港里已经空无一物，迟到的乘客们只能看见在清澈的海洋上方闪烁着的星星。

没人知道究竟是流动货轮还是高声尖叫率先引起了人们的注意。它们可能是同时出现的，但再多猜测也无济于事。尖叫声是从斯威顿的舱房里传出来的。如果破门而入的水手没有立刻疯掉的话，他或许还能说出些可怖的事情——可是，他彻底地疯了，并且比最初的受害者尖叫得还要响亮。后来，他一面傻笑着一面在船上跑个不停，最后人们只得将他抓住锁了起来。随后走进舱房、打开照明灯的随船医生并没有发疯，但他没向任何人说起自己看到的东西——直到他和住在切帕奇特的马隆互通信件时才再度提起这件事。那是一起谋杀——绞杀——但他明白，斯威顿夫人喉咙上的爪印绝不会是她丈夫——或者其他任何人——留下的；而且在白色墙上还曾短暂地闪现过一段红色的铭文——后来根据人们的回忆，那似乎与可怕的亚拉姆语[1]文字中的“莉莉斯”一模一样。医生之所以没有提起这些事情，是因为它们消失得太快了——至于斯威顿，医生至少能将其他人闩在船舱外，待自己回过神后再做打算。医生明确地向马隆保证说，他没有看到斯威顿。在他开灯前的片刻，开着的舷窗曾被某种磷光短暂地遮住过一段时间，而且有一瞬间外面的夜空里似乎有一些回音，像是某种微弱而又可憎的窃笑；但他没有看到任何确定的轮廓。医生表示，自己依旧清晰健全的神志就是对此的最好证明。

与此同时，那艘流动货轮吸引了所有乘客的注意力。货轮放下了一只小艇，载着一伙穿着警官制服、皮肤黝黑、傲慢无礼的粗汉蜂拥着登上了暂时停下来的“丘纳德尔号”。他们要求乘客们交出斯威顿，或者斯威顿的尸体——他们知道斯威顿在船上，而且出于某种原因，他们很确定他已经死了。船长舱里几乎乱成一团；一时间，医生在汇报舱室里发生的事情，而那些从货轮上过来的人也在提出他们的要求，哪怕最睿智最严肃的水手也不知道该做些什么。突然，登船水

---

[1] 亚拉姆语：一种闪族语，与希伯来语和阿拉伯语相近。它是《旧约圣经》后期书写时所用的语言，也被认为是当时犹太人使用的语言。

手的领队，一个长着可憎黑人嘴唇的阿拉伯人，掏出了一张皱巴巴、脏兮兮的纸，递给了船长。纸上签着罗伯特·斯威顿的名字，还有一段古怪的文字：

> *以防我遇到突发或者无法预料的意外或死亡，请将我或我的尸体送到搬运人[1]和他的助手手里，不要问任何问题。我的一切，或许也包括你的一切，全都仰赖绝对的服从。以后再做解释——眼下不要辜负我。*
>
> *——罗伯特·斯威顿*

船长与医生相互看了看，接着后者朝前者耳语了几句。最后，他们无能为力地点了点头，领着登船的水手们走向斯威顿的舱室。打开舱门的时候，医生示意船长看向别处，然后把那些奇怪的水手放了进去。准备工作花费的时间长得不可思议，可到了最后他们还是抬着需要的东西一个接一个地从船舱里走了出来。在他们完全出来之前，医生始终没办法让自己的呼吸平缓下来。尸体被抬出来的时候，裹着铺位上的床单。看到包裹的形状并不明显，医生松了口气。那些人不知用什么办法，在没有暴露尸体的情况下，把它送到了船的另一边，然后运上他们的货轮离开了。“丘纳德尔号”再度启动，医生与游轮的负责人回到了斯威顿的舱室里，想看看还能做些什么。可当他们来到船舱的时候，医生却发现自己必须再次保持沉默，甚至还得编造出一些谎言来，因为船舱里发生了些可憎的事情。当负责人问他为什么要放干斯威顿夫人的血液时，医生非常明确地表示自己没有这么做；他也没有提醒负责人注意立架上摆放瓶子的地方已经空了，而且水槽里还有一股的奇怪味道——显然有人将原来装在瓶子里的东西匆匆倒进了水槽里。那些人——如果他们真是人的话——离开游轮的时候，口袋里都满满地塞着东西。两个小时后，他们用无线电将整桩可怕事件

---

[1] 搬运人：原文是 bearer，另一个意思是抬尸人。

中应该为世人所知的那一部分内容告诉了外界。

VI

6月的那天夜晚，马隆没有听到从海上传来的消息。他在雷德胡克的小巷里忙得不可开交。当时，一场突然降临的骚动蔓延到了整片地区，仿佛从“秘密消息来源”那里听到了某些奇怪的事情，居民们全都充满期望地聚集到了舞厅教堂与帕克区的那几栋房子前。最近有三个孩童刚失踪——全是居住在通向古瓦斯[1]的街道上的蓝眼睛挪威人——此外，还有谣言说那些生活在这一地区、强健壮实的北欧人正在密谋一场暴动。马隆花了好几个星期的时间劝说同事们进行一场大规模的肃清活动；最后，他们终于同意进行最后一击——倒不是因为这个白日做梦的都柏林人，而是因为情势——即使以他们的常识来看也已经相当明朗了。这天夜晚的躁动不安与威胁意味成了决定性的因素。刚到午夜，一支从三座警局里征募人手组建的搜查队对帕克区及其周边地带展开了突袭。房门被一扇扇撞开，路上游荡的闲人被一个个逮捕归案，那些被蜡烛点亮的房间被迫吐出数量多得不可思议的嫌犯——那之中有各式各样的外国人，穿着花纹长袍、戴着尖尖高帽以及其他莫名装束的外国人。在混战当中，许多人逃过了追捕，因为很多目标在匆忙中跌进了没有想到的竖井里，而突然点火产生的刺激浓烟掩盖了那些能够泄露他们位置的臭味。但溅洒出来的血液流得到处都是，马隆每每看到还在冒烟的火盆或圣坛就会止不住地颤抖。

他想要同时出现在好几个地方，却分身乏术。直到一个信使报告说那座破旧的舞厅教堂空无一人后，他才决定去斯威顿的地下室看一看。那个神秘的学者明显已经成为了某个教团的领袖与中心，而马隆相信，那座地下室里肯定保留着某些与这个教团有关的线索；他怀着由衷的期盼彻底搜索了那些满是霉菌的房间，一面留意着那种隐约像是停尸房般的臭味，一面检查了那些随意散落在四周、奇特怪异的

[1] 古瓦斯：布鲁克林的一个街区。

书籍、仪器、金锭以及带有玻璃塞的瓶子。其间，一只黑白相间的瘦猫从他的双脚间钻了过去，将他绊了一下，同时打翻了一只装着半杯红色液体的烧杯。这一变故让马隆受了极为强烈的惊骇，时至今日，他依旧不确定自己究竟看到了什么；但在梦里，他依旧想象着那只猫，想象着它一面快速逃走，一面表现出某些可怕的变化与特点。接着，他遇到了一扇紧锁着的地窖木门，于是想要找些东西来砸开它。在附近有一张笨重的凳子，它结实的座位足够应付那些老旧的木板了。马隆很快就砸开了一条裂缝，然后扩开成了洞口，接着整扇木门都被打开了——不过是从另一边给打开的；一股凛冽的寒风从那边号叫着涌了出来，夹带着来自无底深渊的各种恶臭，然后一股并非来自俗世或天堂的吸力仿佛有知觉般地缠住了僵直的警探，将他拖进了洞口，坠向无垠的空间——那里面充满着窃窃私语、悲切哀号以及嘲弄般的笑声。

当然，那只是个梦。所有的专科医生都对他这样说，而他也没法说出任何与之相悖的证据。事实上，他宁愿事情就是这样；若是如此，老旧的砖墙贫民窟与黝黑的外国面孔也不会如此深刻地啃食着他的灵魂。可从始至终，它都真实得令人恐惧，没有什么东西能够淡化那些记忆；他还记得那些漆黑的地窖，那些巨大的拱廊，还有那些源自地狱、迈着巨大的步子悄声行走的丑陋轮廓——它们紧紧握着那些吃掉一半的东西，而这些依旧活着的部分躯体尖叫着恳求怜悯，或是疯狂地高声大笑。焚香与腐烂的气味令人作呕地融合在一起，黑色的空气里满是模糊不清、隐约可见、没有确定形体、却满是眼睛的元素生物。在某个地方，黑色、黏稠的水面拍打着缟玛瑙修建的码头。其间那些粗哑的小铃铛曾摇晃着发出令人战栗的叮当声，呼应着一个全身赤裸、散发着磷光的东西发出的疯癫窃笑。接着，那个东西游进马隆的视线里，攀上堤岸，爬到一张位于远处、满是雕刻的金色基座上，蹲坐下来，不怀好意地凝视着周围。

沉浸在无尽黑夜里的大道朝各个方向辐射开去，让人有些怀疑这里是某种源头，其中蔓延出来的东西注定会腐化并吞掉一座又一座城市，并且在杂种这一瘟疫散发的恶臭中淹没一个又一个国家。无比深重的罪孽从这里登陆，邪恶不洁的仪式让死亡开始狞笑着不断行进，罪孽在这些不洁的仪式中溃烂，将我们腐化成真菌般的畸形——就连墓穴也不愿意容纳的恐怖畸形。撒旦在这里建立了它的巴比伦王庭，散发磷光的莉莉斯在纯洁孩童流淌出的鲜血里洗浴着自己长着麻风的肢体。梦魔与魅魔们号叫着向赫卡忒[1]献上自己的赞美，无头的死胎向玛格那玛特[2]发出呜咽的声音。山羊们纷纷跳向应当受诅咒的纤细长笛声音传来的地方。潘神们[3]永无止境地追逐着畸形的半人羊[4]，越过扭曲得像是肿胀蟾蜍的石块。摩洛克[5]与阿希特拉丝[6]亦在此处；因为在这个所有受诅之事得到完美展现的地方，意识的界限已变得松散，人类的想象暴露在无数景象之前，那之中包含了邪恶能够塑造的每一种恐怖与禁忌。那些东西从敞开的黑夜之井里汹涌袭来，而这个世界、这个自然根本无法抵御这样的侵袭；这些人守着一个紧锁着的金库，金库里面塞满了自过去流传下来的恶魔学识，而当一位智者拿着可憎的钥匙意外踏进他们的圈子时，就没有任何神迹或祷告能够制止这场已然降临的可怕巫术骚乱[7]了。

突然间，一道真实的光线穿透了那些幻影，马隆听见那些应该已经死去的亵神之物里传来了桨声。接着，一艘船首挂着提灯的小艇冲进了视线里。艇上的水手将船拴在了一个安装在泥泞岩石码头边的铁环上。接着几个皮肤黝黑的人扛着一个包裹在床单里的长条形重物从

[1]赫卡忒：希腊神话中奥林匹亚时代之前的一位泰坦，是象征着黑月之夜的“月阴女神”或“冥月女神”。

[2]玛格那玛特：大圣母玛格那玛特，在罗马神话中等同于西布莉。

[3]潘神们：aegipans，在较早的神话里他是宙斯之子，后来也有人把他视为潘的父亲。也有人认为他和潘是同一个。此处显然采用了较晚的解释。

[4]半人羊：在罗马神话中指野外林地的精灵或妖精。

[5]摩洛克：Moloch，古代闪族人的火神，其在迦南及巴比伦的信徒有烧死孩童进行献祭的传统。

[6]阿希特拉丝：Ashtaroth，古代叙利亚及腓尼基司性爱及生育之女神。

[7]可怕巫术骚乱：原文是Walpurgis-riot of horror。Walpurgis，沃尔珀吉斯，通常指4月30日的夜晚，也叫五朔节之夜。但此处显然不是4月30日，故用了它的引申意义。

艇上鱼贯而出。他们将床单包裹着的东西带到了那只全身赤裸、散发着磷光的东西所蹲坐的金色雕花基座边。基座上的东西一面窃笑着一面用爪子挠了挠床单。接着，他们解开了裹在上面的床单，将里面的东西竖直地立了起来——那是一具腐坏的尸体，是个肥胖的老头，脸上留着短短的胡楂儿，有着一头邋遢的白色头发。散发着磷光的东西又窃笑了几声，那几个人从自己的口袋里掏出了几个瓶子，将它的脚涂抹成红色，然后将瓶子递给了那个东西。它喝下了里面的液体。

突然，从一条通向无穷远处的拱道里传来了声响。那是一台亵渎神明的风琴在如同魔鬼一般喋喋不休、呜呜喘息，它用一种带有嘲弄意味的粗哑低音塞满了那些粗劣地模仿着地狱的场景，同时轰鸣着向外涌去。在一瞬间，所有活动着的东西全都如同电击般受到了震慑；那群恐怖的梦魇立刻组成某种仪式性的队伍，朝着声音传来的地方摇摇晃晃地滑了过去——那其中有山羊、塞特、潘神、梦魔、魅魔、狐猴、扭曲的蟾蜍、没有固定形体的元素、长着狗脸的嗥叫怪物以及那些在黑暗里无声阔步的东西——而在队伍最前面的正是那个曾经蹲坐在金色雕花基座上、全身赤裸、散发着磷光、令人憎恨的东西。它不可一世地大步前行，手里托着肥胖老人那双眼已经混浊的尸体。那些皮肤黝黑、模样古怪的人跟在后方跳着舞蹈，而整列纵队也沉浸在酒神狂欢式的疯癫[1]中蹦跳着向前行去。马隆跟在队伍后方跌跌撞撞地走了几步，觉得精神错乱、茫然无措，怀疑自己是否还在这个世界，或者其他任何一个世界上。随后，他折返回来，畏畏缩缩地滑坐到冰冷潮湿的岩石上，伴着魔鬼风琴的嘶哑轰鸣喘着粗气、颤抖不已。而那支疯癫队伍所发出的嗥叫声、咚咚声、铃铛声愈行愈远，渐渐微弱了。

他能隐隐约约地感觉到那些位于远方反复诵唱的怪物与令人惊骇的嘶鸣。偶尔，仪式性奉献时的呜咽或哀号会飘过黑暗的拱廊，传到他的耳朵里，最后那边传来了那段他曾在舞厅教堂布道坛上方读到的

[1] 酒神狂欢式的疯癫：古代希腊色雷斯人信奉葡萄酒之神，希腊人会以非常癫狂乃至野蛮的形式为他举行祭祀活动。

可怕希腊咒文。

噢，午夜之友，午夜之伴，
为狗群咆哮而喜乐（一声突如其来、令人毛骨悚然的嗥叫），为溅落献血而欢欣（不可名状的声音里夹杂了病态的尖叫），
于坟冢阴影间流浪（一阵如同口哨般的叹息），
渴求鲜血，赐凡人以恐惧（从无数喉咙里传出短促、尖锐的哭喊），
戈贡（如同应答般重复了一遍），魔摩（怀着狂喜重复了一遍），千面之月（叹息与笛子的曲调），
欣然凝视吾等之献祭！

待吟唱结束时，响起了一片叫喊声，那些嘶嘶的声音几乎淹没了粗哑低音风琴发出的轰鸣。接着，许多喉咙里的吸气声从远处传了过来，随之而来的还有一连串闹哄哄的吠叫与低述——它们说："莉莉斯，伟大的莉莉斯，看那新郎！"然后是更多的哭喊，骚动的喧哗，跟着便是一个人跑动时发出的咔嗒咔嗒的急促脚步声。那脚步声渐渐靠近了，马隆睁大了眼睛望了过去。

不久前还有点儿暗淡的地窖此刻又微微地明亮了一些；在那魔鬼似的微光里出现了一个奔逃的身影，可那本是个不应该奔逃、不会有感觉、不能够呼吸的身影——它是肥胖老头那眼珠混浊的腐烂尸体，如今它不再需要任何支持，反而依靠着刚结束的仪式所释放的某些地狱魔法活动了起来。在它身后紧跟着的是那个曾经蹲坐在金色雕花基座上，全身赤裸、散发着磷光、不断窃笑的东西，再后面则是那伙皮肤黝黑、气喘吁吁的怪人，以及所有那些拥有智性又令人恐惧的可憎之物。后面的追逐者正在逼近那具尸体，而后者似乎有一个明确的目标，它绷紧了每一块腐烂的肌肉冲向那座金色雕花基座——那个地方显然有着非常重要的死灵术意义。紧接着，它触碰到了自己的目标，而后跟在面的队伍加快了速度，开始更加狂热地奔跑起来。可是，已经太迟了。虽然最后爆发出的力量扯裂了尸体的肌腱，让那块令人作呕的尸块挣扎着跌倒在地变成了渐渐溶解的凝胶模样，但那具瞪着眼睛、曾经是罗伯特·斯威顿的尸体还是实现了自己的目的，并且获得了胜利。那股推力大得惊人，但尸体还是坚持了下来；当推动基座的尸体垮塌下来，变成一堆泥泞不堪的腐烂污渍时，它推挤得基座也跟着晃动了一下，脱离了下方的缟玛瑙地基，翻倒进了下方黏稠的海水。那雕刻过的金色表面短暂地闪烁了片刻，随即便笨重地沉向那些位于下方冥界之中凡人难以想象的深渊。在那个瞬间，整个令人恐惧的场景在马隆的眼前消散于无形；某些东西垮塌了下来，发出雷霆般的轰响，完全遮住了邪恶的世界，而他也在轰鸣之中昏了过去。

VII

经历这些梦境的时候，马隆还不知道斯威顿的死讯，也不知道他已经被人从海上转移走了。但案件里的某些奇特现实古怪地印证了他的梦境；可是，这不能成为人们应该相他的理由。帕克区的三座老房子无疑经历长时间的衰败，已经以一种难以察觉的方式腐烂了，因此当半数搜捕队员与大多数囚犯还在房子里的时候，它就在没有任何明显原因的情况下倒塌了；大量的搜捕队员与囚犯当场毙命。只有在地下室与地窖里才有些幸存者。位于罗伯特·斯威顿房子下方的马隆实在非常幸运。因为他的确在那里，没有人否认这一点。当人们发现他的时候，他正昏迷不醒地倒在一洼漆黑水池边，在几英尺外的地方还有大堆怪诞而又恐怖的腐物与白骨，以及通过牙医辨认、确定属于斯威顿的尸体。案子很明显，这就是走私者使用的地下沟渠；那些人在船上带走了斯威顿的尸体，并将尸体带回了他的家。再没有人见过那些人，至少再没有人认出过他们；船上的医生也对警方做出的简单结论不甚满意。

斯威顿显然在大规模的人口走私活动中占据着主导的位置，临近街区有着数条地下运河与隧道，而位于他房屋下方的沟渠正是其中的一段。这座房子里有一条隧道通往舞厅教堂下方的一座地窖；但置身在教堂里的人只能通过位于北墙里的一条狭窄秘道才能抵达这座地窖。人们在这座地窖里发现了一些非常古怪而又可怕的东西。那台轰鸣作响的风琴就被安置在这里。那儿是一座非常宽敞的拱顶小教堂，里面摆设着几条木头长凳与一座雕刻着古怪图案的圣坛。地窖的墙上排列着狭窄的隔间——说起来让人毛骨悚然——其中有十七个隔间里关押着囚犯。所有的囚犯都被单独监禁在隔间里，而且还被链条锁着。他们全都处于一种极度弱智的状态。其中有四位母亲养育着一些模样古怪、令人不安的婴儿。那些婴儿暴露在光线下没多久就全部死亡了；医生们觉得这种局面反而更加仁慈些。虽然有许多人检查过他们，但只有马隆想到了一个由老德里奥[1]提出的严肃问题："恶魔、梦魔、魅魔是否真的存在？而他们与凡人的结合又是否会诞下子嗣？"[2]

在彻底封堵掉所有的沟渠之前，工作人员首先对所有的水道进行了彻底的疏浚。此次工作清理出了大量开裂、锯断的骨头。发现的骨头涵盖了各种大小，数量之多甚至引起了轰动。很显然，他们找到了之前一系列的绑架案的源头；但活下来的囚犯中，只有两个人能通过合法的线索与这件事牵扯上关系。如今，这些人都被关进了监狱，因为他们被认定是实际行凶者的同谋。马隆经常提到的那个有着重要神秘学意义的金色雕花基座——或者王座——却再未出现在人们的视野里。不过，有人在斯威顿屋子下方的沟渠里发现了一座深井。可是，这座井太深了，没法展开进一步的发掘工作。后来，当人们在原址上修建新房子的地窖时，他们堵住了深井，并且用水泥封死了洞口，但马隆一直怀疑那下面藏着什么东西。警方对此次行动颇为满意，因为他们粉碎了一个由狂徒和人口贩子组成的危险团伙——至于那些未被定罪的库尔德人，警方将他们移交给了联邦政府。他们最终被证实属于施行恶魔崇拜的雅兹迪部族，并且被驱逐出境。那艘流动货轮以及

[1] 老德里奥：一位16世纪的神学家。他写过一本名叫《巫术研究六册》的书，是一本非常有名的神秘学著作。

[2] 原文为拉丁文：An sint unquam daemones incubi et succubae, et an ex tali congressu proles nasci queat?

它上面的船员依旧是个未解之谜，但那些充满怀疑精神的警探已经准备好再度对抗那些走私与偷运私酒的违法活动了。但在马隆看来，这些警探的视野实在有限——因为他们既不关心众多不可思议的细节，也不在乎整桩案件透露出的、诱人联想的朦胧意味——这让人觉得有点儿悲伤；不过，对于那些只知道关注可怕轰动，发现一个小小的虐待狂教团就洋洋自得——可能还会将之称为来自宇宙最中心的恐怖——的新闻报纸，马隆同样嗤之以鼻。但他乐意安静地留在切帕奇特休养，宣称自己有神经系统的问题，并且祈祷时间能逐渐将那段恐怖的经历从近在眼前的真实场面逐渐转变成一段栩栩如生、近乎大胆幻想的遥远记忆。

罗伯特被下葬进了绿林墓地，就安息在他的新娘身边。没有人为他那零散得有点儿古怪的骸骨举行葬礼。这场突然降临、为事情画上句号的死亡让亲戚们感到欣慰。雷德胡克的那些可怕事件与这位学者究竟有什么联系？事实上，从未有人找到过具备法律意义的证据；毕竟他的死亡阻断了他可能会面对的询问。他的死讯没有被大肆提及，而斯威顿家族的人也希望后代只记得他是个和蔼的隐士，喜欢涉猎那些无害的魔法与民间故事。

至于雷德胡克——它总是那副样子。斯威顿来了又走；恐怖的事情聚集了又消散；但黑暗与污秽里的邪恶精魂一直徘徊在那些居住在古老砖墙建筑里的杂种们中间。暗中为祸的团伙依旧执行着某些无人知晓的差事，成群结队地经过窗边，而那些窗户里，灯光与扭曲的面孔神秘莫测地亮了又暗。古老的恐怖是一条生长着一千颗头颅的蛇怪，而黑暗的教团也深深地扎根在亵渎神明的言行之中，甚至比德谟克利特之井还要深邃。兽的灵魂无处不在，洋洋得意；那些眼光迟钝、脸带麻点的年轻人组成了雷德胡克的军团，他们依旧排列成队，诵唱、诅咒、号叫着从一个深渊走进另一个深渊，没人知道他们从何处来到何处去，一些他们永远也无法理解的力量鞭策着他们匆匆前进。一如以往，走进雷德胡克的人远比从陆地那侧离开它的人要多，而且已经有人在传说，一些新建的沟渠正从地下流向某些交易中心——在那里酒精与其他那些不宜说起的东西正在交换往来。

舞厅教堂如今几乎完全变成了舞厅。夜晚的时候，一张张奇怪的面孔会出现在窗户的边上。不久前，一个警察说他相信被封上的地窖又被挖开了，而且这其中的原因绝对不会太简单。我们所对抗的，比历史和人类更加古老的毒害究竟是什么？在亚洲，猿猴们循着这些恐怖翩然起舞，而毒瘤也安全地潜伏着——哪里的破败砖墙背后隐藏着鬼祟的活动，它就扩散向哪里。

马隆的战栗并非毫无道理——因为就在前几天，一个警官碰巧听到一个眯着眼睛、皮肤黝黑的老巫婆在一条小巷的阴影里教导一个孩子某些窃窃私语的方言。他仔细听了一会儿，觉得那些话语听起来非常奇怪，因为她在一遍又一遍地重复：

噢，午夜之友，午夜之伴，
为狗群咆哮而喜乐，为溅落献血而欢欣，
于坟冢阴影间流浪，
渴求鲜血，赐凡人以恐惧，
戈贡，魔摩，千面之月，
欣然凝视吾等之献祭！

敦威治恐怖事件

The Dunwich Horror

译者：竹子

蛇发女妖、九头蛇、奇美拉——这些源自《塞莱诺与鹰身女妖们》里的可怕故事也许会在迷信者的大脑里不断地翻版复制——但它们终究是过往的事物。它们只是转述，只是符号——而它们的原形一直源于我们，永远都是。然而，为何诵念这些我们在清醒时明知为虚妄的事物仍然会令我们恐惧呢？难道我们生来就认为这些事物是恐怖的么，认为这些事物会对我们施加以肉体上的伤害么？噢，完全不是！这些恐怖事物不过是过往的象征。它们带来的恐惧比它们的形象出现得更早——或者，即便没有形象，它们也不会有任何变化。……这类恐惧完全是精神上的——世界上越是没有这类的东西，它带来的恐惧就越强烈；而这种恐惧在我们无辜的幼年时期占有主导地位。对于这类恐惧，我们能提供出许多不同的解决方案。其中一些可能会深入洞察我们前世的情况，或者至少能够窥探一眼我们前世的幻境。[1]

——查尔斯·兰姆《女巫与其他夜魔》

I

在马萨诸塞州中北部地区旅行的人若是在迪恩斯角另一边的艾尔斯伯里峰走岔了路，就会来到一个古怪而偏僻的小乡村。他们会发现路面逐渐延伸向高处，而被野蔷薇环绕的碎石墙则从两侧渐渐迫近，挤压着留在满是尘土的弯曲小路上的道道车辙。在随处可见的森林

[1]选自英国散文家查尔斯·兰姆(1775-1834)的代表作品集《伊利亚随笔》。

里，树木似乎都生长得格外巨大；而那些野草、荆棘与灌木也都生长得相当繁茂，一点儿也不像其他有人定居的地方。奇怪的是，耕种的土地却非常稀少，而且都很贫瘠；零星散布着的房屋也全令人惊愕地保持着统一的风貌——古老、肮脏而且破败不堪。偶尔，旅行者们也会看见一些饱经沧桑的老人孤独地待在破败的门阶前，或是站在乱石散布的山坡草甸上。不知为何，旅行者们通常都不太愿意向这些人问路。他们实在太过沉默和鬼祟，因此人们会莫名地觉得自己好像正面对着某些禁忌的事物，并且希望自己不要与他们扯上关系。每当小路延伸向高处，让旅行者们看到位于密林之上的群山时，聚集在他们心中的古怪不安就会变得更加强烈起来。那些山峦太过圆整，太过对称，反而给人一种不太自然的感觉，让人觉得有些不适。那些山头上大多竖立着由高大石柱组成的奇怪圆环。有时候，天空会格外清晰地映衬出这些石环的轮廓。

小路时常会被深不见底的山峡与深谷截断，而那些架设在那些深渊上方的简陋木桥却总让人觉得不太安全可靠。而当道路翻过山头，再度延伸向下的时候，旅行者们会看到大片绵延的沼泽。这些沼泽会让人本能地觉得厌恶。倘若是在夜晚，藏起来的夜鹰会开始短促地尖啸，不计其数的萤火虫则伴着由北美牛蛙的刺耳鸣叫所交织成的无尽沙哑旋律开始翩翩起舞，此时人们几乎会觉得有些恐惧。发源于半球形山峦之间的密斯卡托尼克河上游蜿蜒迂回地流淌在群山脚下。而那股涓细、闪亮的流水总是让人古怪地联想起蛇的形象。

靠近那些山峦的时候，旅行者们往往会更加留意那些覆盖着密林的山坡，而非环绕着巨石的峰顶。这些阴森耸立的山坡看上去是如此幽暗和险峻，不由得让所有的过客都希望远远地避开它们。可是，他们无路可避。随后，他们会看到一座廊桥，以及位于廊桥后的小乡村。那座小乡村蜷缩在溪流与圆山那几近垂直的陡峭山坡间。乡村里一堆堆腐朽破烂的复折式屋顶似乎预示着这些建筑要比矗立在临近区县的其他建筑古老得多，而这往往会让旅行者们觉得有些讶异。靠近些后，他们又会不安地发现大多数房子早已荒废，并且坍塌成了一堆堆废墟，就连那座有着破旧尖塔的教堂也变成了小村庄里的一间邋遢杂货铺。旅行者们大多不敢穿过桥上的阴暗走道，可是除此之外他们也没有别的选择。而等到他们穿过去后，旅行者们又会觉得村庄的街道上飘荡着一股淡淡的不祥臭味——那就像是霉菌生长并朽烂了数个世纪后积累的气味。如果旅行者能够尽快离开那个地方，顺着群山脚边的羊肠小道走下去，穿过山那边的平坦乡野，重新回到艾尔斯伯里峰，他们往往会觉得备感宽慰。往后，这些旅行者或许会在某天得知自己那天路过了敦威治。

外面的人总是尽可能不去拜访敦威治。自从某件恐怖的事情发生后，所有指向那里的路标全都被摘掉了。以寻常的审美眼光来看，那里的景色其实非常优美；但从来都不会有艺术家，或夏季游客拥向那里。在两百年前，当谈论魔女之血、撒旦崇拜以及林间精怪还不至于被人嘲笑的时候，人们总习惯拿这些东西当作疏远那里的借口。而在我们这个充满理性的年代里——自1928年敦威治恐怖事件的真相被那些心系这座小镇以及全世界的福祉的人们掩盖下去后——人们依旧会有意地避开那块地方，即便他们说不出确切的原因。或许有个原因能够解释人们为什么会避开那个地方——虽然那些不知情的外乡人并不知道其中的缘由——生活在那里的居民全都堕落又颓废，让人厌恶，就像新英格兰地区其他许多如同一潭死水般的地方一样，这些人已经在倒退的道路上走得太远了。他们自己形成了一个新的族群，并且在心理与生理方面都有着诸多因为退化和近亲通婚而导致的明显缺陷。他们的平均智力低得可怜，而他们的历史里也充斥着公开的恶毒行径、语焉不详的谋杀、悖常的乱伦，以及某些几乎不容言说的暴力与变态行径。那些老一派的上流阶层——以两三家于1692年从塞伦搬到这里并且持有贵族纹章的古老家族为代表——堕落得没有那么厉害；但许多家族的旁支早已深深地融入了卑贱平民的行列，仅仅能通过他们的姓氏追溯到他们堕落前的血统。沃特雷与毕夏普家族中的某些人依旧会将自己的长子送去哈佛或是密斯卡托尼克大学，但这些年轻人却很少再度回到这些诞生了他们与他们祖辈的破败屋檐之下。

没人能说清楚敦威治到底哪里出了岔子——就连那些了解近期恐怖事件真相的人也不知道。但是古老的传说提到过许多事情，例如印第安人举行的不洁仪式与秘会——在这类仪式和秘会上，印第安人会从圆形的群山中召唤出某些有着恐怖形状的阴影，并且进行疯癫的狂欢祷告；而地面下也会发出响亮的爆裂声和隆隆声来回应他们的祈祷。1747年，刚到敦威治公理会教堂[1]的亚比雅·哈德利牧师曾经以“撒旦与他的小魔鬼们就在附近”为论题发表过一次令人印象深刻的布道。其间他说道：

“我们必须承认，在这里许多恶魔们用来亵渎神明的行径已经变成了尽人皆知的事情，绝对无法否认。阿扎赛尔、巴泽勒尔、别西卜[2]与彼列所发出的那些应该被诅咒的声音，如今正从地下传来。有数十位尚在人世的可信证人可以为证。就在不到十四夜前，我就曾听到我家房子后面的山丘中传来清晰的邪魔对话。在那里面回响着咯咯声、滚动声、呻吟声、尖啸声以及嘶嘶声。在这尘世没有什么东西能发出那种声音。这些声音一定来自那些只有邪术才能找到的洞窟，只有恶魔才能开启的巢穴。”

在发表过这次布道后不久，哈德利先生就失踪了。不过他布道的原文倒是在斯普林菲尔德被刊印发表了出来，至今还能看到。年复一年，总会有人报告说听到群山里传出奇怪的声音，而这些报告如今依旧让无数地质和天文学家困惑不已。

另一些民间传说声称山顶石柱圆环附近会飘荡出污秽的臭味；或者在一天的某几个小时里，站在巨大深谷底部某几个特定的位置上，能够模糊地听到呼啸而过的风声。还有一些传说则试图解释魔鬼寻欢地的故事——那是一片被诅咒了的荒芜山坡，在那个地方不论是大树还是灌木，乃至一片草叶都无法生长。另外，当地人也非常害怕为数众多的夜鹰，它们总在暖和的夜晚发出鸣叫。人们发誓说这些鸟儿是亡魂的接引者——它们总是立在枝头等待着那些垂死者的灵魂，并用怪异的叫声附和死者最后时刻挣扎发出的呼吸声。倘若它们能在灵魂

---

[1] 敦威治公理会教堂：基督新教的宗派之一，在教会组织体制上主张各个堂会独立，会众实行自治，即公理制，故有此名。

[2] 出自《圣经》，为邪恶的代名词。

离开身体的那一刻抓住死者消散的灵魂，它们便立刻振翅飞走，发出一串恶魔般的窃笑；如果它们失败了，这些鸟儿就会在一片失望的沉寂中逐渐消失。

当然，这些传说现在显得既荒谬，又落伍；毕竟它们都是从非常久远的古老过去流传下来的。敦威治的确异乎寻常的古老。它比周边三十英里内任何一个人类居住地都要古老得多。时至今日，旅行者们也许还能在村子的南边找到毕夏普家族名下建于17世纪的古老房子所残留下来的几堵地窖墙壁与一座烟囱；而瀑布附近1806年修建的磨坊残留下的废墟变成了这个地方能够看到的年代最晚的建筑物。这里的工业并不发达，19世纪轰轰烈烈的工业运动在这里也只不过是只短命的蚱蜢。不过，在所有一切建筑中，最为古老的还是那些位于山顶上，用简单凿刻的石柱堆建起来的巨石圆环；不过，这些东西通常被认为是印第安人而非殖民者的作品。目前流行的看法认为这些地方曾经是印第安人坡肯塔克部落的墓园。人们曾在这些圆环中，以及哨兵岭上一个尺寸不小的桌状巨石附近，发现过许多骷髅与骸骨，这显然支持了现有的理论。不过，仍然有许多人种学家固执地认为那些遗骸应该属于高加索人种，即便这个说法显得相当荒谬和不可思议。

II

1913年2月2日，星期日，凌晨5点，威尔伯·沃特雷诞生在敦威治乡的一座大农宅里。那座没有住满的老农宅坐落在一片山坡上，距离村庄有四英里远，距离最近的另一座住宅也有一英里半远。其他人之所以还能回忆起这一天是因为那天恰巧是圣烛节[1]——不过，住在敦威治的居民经常以另一个名义庆祝这个日子；此外，另一件事情也让敦威治的居民记住了这个日子——那天群山里传出了某些声音，并且在前一天晚上，村庄里的狗执着地咆哮了整整一夜。整件事情里不

[1] 圣烛节：纪念圣母玛利亚行洁净礼的基督教节日。

那么引人注意的是孩子的母亲——拉薇妮亚·沃特雷。她属于没落的沃特雷家族，是一个略有点儿畸形、患有白化病、毫无吸引力可言的三十五岁女人，与自己的父亲住在一起。那些最为恐怖的巫术传说经常提到她父亲年轻时的某些举动，但到了那个时候他只是个有点儿疯癫的老头而已。没人知道拉薇妮亚·沃特雷的丈夫是谁，不过考虑到当地长久存在的各种陋习，也没有人拒绝接纳这个孩子；但这并不妨碍村民们猜测孩子父亲的身份——事实上，他们把能够想到的人都猜了一遍。然而，奇怪的是，拉薇妮亚似乎为这个肤色黝黑、长着一副山羊脸的婴儿感到非常自豪——即便婴儿的模样与她拥有粉红色眼睛与其他白化病特征的病态外貌形成了鲜明的对比。人们常听到她嘟哝着许多奇怪的预言，宣称这个孩子有着与众不同的力量与不可限量的前程。

拉薇妮亚的确像一个喜欢念叨这种事情的人。她是个孤独的人，喜欢在雷暴时去群山里闲逛，而且总是试图研读她父亲从沃特雷家族先辈那里继承下来的古书——那些散发着臭味的古书已经在家族里流传了两个世纪，由于年代太过久远，而且满是虫蛀，大多都剥落成了碎片。她从未上过学，但老沃特雷教会了她许多支离破碎的古老学识。当地人一直都很害怕那座偏僻的农宅，因为老沃特雷在黑魔法方面小有名气。此外，在拉薇妮亚十二岁那年，沃特雷夫人无故死于暴力的事情也让当地人对他们一家有所顾忌。由于一直被孤立，并且受到各式各样的奇怪影响，拉薇妮亚总是做着一些狂野而夸张的白日梦，而且还喜欢从事古怪的消遣；她很少把时间花在家务上，因为沃特雷一家在很早以前就不再注重整洁与干净了。

威尔伯出生的时候，村子的人曾听见过一声毛骨悚然的尖叫——那声音甚至盖过了群山里传来的噪音与夜晚狗群的咆哮——但没有哪个医生或助产士参与了接生过程。事实上，直到一个星期后老沃特雷驾着雪橇穿过雪地来到村子里，语无伦次地向一群待在奥斯本杂货店里的闲人们说起这件事的时候，大家才知道他多了个外孙。那个老头似乎有了些变化——他含糊不清的脑子里多了几分鬼祟，这让他从一个令人害怕的家伙悄悄地变成了一个像是在害怕某些东西的人——不过，这也没什么大不了的，被家庭事务搅得心绪不宁的人从来都不在少数。在交谈之中，他始终带着一丝得意的神情，往后，村民们也在他女儿脸上看到了一模一样的神情。许多年后，当时在场的许多听众都还记得他关于孩子父亲的言论。他说：

“我不在乎别人怎么想——如果拉薇妮亚的儿子长得像他爸，他会出乎你们所有人的预料。你们别以为他是这附近的人。拉薇妮亚曾经读过、看过一些你们大多数人只听过的东西。我肯定她男人是你们能在艾尔斯伯里这边找到的最好的丈夫。如果你们像我一样了解这些山丘，你们就知道没有比那更好的教堂婚礼了。我告诉你们——总有一天，你们这些人会听到拉薇妮亚的一个孩子站在哨兵岭的山顶上高喊他爸爸的名字。”

在威尔伯出生的头一个月里，只有两个人见过那个孩子。其中一个是老撒迦利亚·沃特雷，他属于沃特雷家族里尚未没落的那一脉；另一个是厄尔·索耶的同居女友梅蜜·毕夏普。梅蜜之所以去见威尔伯纯粹是因为好奇，而且她后来也如实地把自己看到的东西全都说了出来；但撒迦利亚去见老沃特雷则是因为生意上的往来——那个时候，老沃特雷从他儿子柯蒂斯那里买了一头奥尔德尼奶牛，所以他把那头奶牛送了过去。从那时开始，到1928年敦威治恐怖事件发生的时候，威尔伯的家人一直在购买家畜；奇怪的是，沃特雷家那间破破烂烂的马厩里似乎从未被牲畜填满过。有一阵子，人们耐不住好奇纷纷偷偷爬上老农宅后面的陡峭山坡，仔细清点那些小心吃草的家畜。但他们发现牲畜的数目从未超过十或者十二头，而且那些牲畜看上去大多都是一副毫无血色的贫血模样。沃特雷家的牲畜显然患上了某种疾病或瘟疫——可能是由不干净的牧草，或者肮脏马厩里的致病真菌与腐烂木料引起的——因此他们家的牲畜经常死亡。此外，人们还经常在那些家畜身上看到奇怪的伤口与疮口——那些伤口看起来像是用利器割出来的；而且在威尔伯刚出生的那几个月里，去农舍里探望的人曾有一两次看到那个头发灰白、不修边幅的老头和他邋遢的卷发白化病女儿的喉咙上也有类似的伤痕。

威尔伯出生后的那个春天里，拉薇妮亚又像过去一样开始在群山里漫步了。不过，这时候她那比例有点奇怪的胳膊里还抱着那个皮肤黝黑的孩子。等绝大多数村里人都见过那个孩子后，人们渐渐对沃特雷一家失去了兴趣。虽然这个新生儿发育得很快，似乎每天都有新的变化，但村里人都懒得多加关注。威尔伯的生长发育的确快得有些异常。在出生三个月后，他的个头和力气已经胜过了许多满岁的婴儿了。而且他的举止，甚至包括他的声音都表现得非常克制，就好像他知道自己在做什么一样——对于一个婴儿来说，这显得非常古怪。七个月大的时候，那个孩子已经能够在没有任何帮助的情况下蹒跚走步了——对于这一点，村里人已经多少都有心理准备了——虽然刚开始的时候，威尔伯的步子还有些蹒跚，但一个月后，他已经能够应付自如了。

又过了些时候，在那一年的万圣节午夜，人们看到哨兵岭的山顶——那个摆放着桌形巨石与大堆古老遗骸的地方——燃起了一堆巨大的篝火。赛拉斯·毕夏普（尚未没落的毕夏普家族里的一员）说，在那堆篝火烧起来的一个小时之前，他曾看见那个男孩走在他母亲的前面，稳稳当当地跑上山去了。他的话引起了不少的流言蜚语。那天，赛拉斯正在寻找一头走失了的小母牛，但当他无意间借着提灯的昏暗光线瞥见那两个人的时候，他几乎忘记了手头的任务。他看见那对母子几乎悄无声息地跑过了矮树丛，而更让赛拉斯震惊的是，他觉得那两个人似乎都光着身子，一丝不挂。但后来他有点儿不太确定那个男孩有没有穿衣服——他可能扎着一条带边饰的腰带，还穿着一条深色的短裤，或者长裤。自那以后，就再也没有人见过威尔伯衣冠不整的模样。不论何时，他总会穿戴整齐，并且紧紧地扣好衣服。任何让他衣冠不整（或者有可能让他衣冠不整）的事情似乎都会令他充满愤怒与警惕。在这一方面，他一点儿也不像自己邋遢的母亲与外祖父。这件事一直让村里人觉得非常好奇，但到1928年敦威治恐怖事件发生时，这有了合理的解释。

第二年的1月份，另一件事情引起了一些闲言碎语："拉薇妮亚的黑小鬼"开始说话了——虽然那个时候他才刚满十一个月。人们注意到了两个比较明显的特点：一来，那个小孩的口音完全不像是当地的口音；二来，他说话的时候并不像一般小孩那样口齿不清——就算是三四岁的孩子想做到这一点也不容易。那个孩子并不健谈，而当他说话时，言语间似乎总会流露出一丝令人难以捉摸的东西，某种敦威治与它的居民完全不具备的东西。这种让人觉得古怪的感觉并非源自他说话的内容，也不是因为他所使用的简单词句；这种古怪的感觉似乎与他的语调，或者说他体内用于发声的器官有关。此外，他脸上流露出的成熟和老练也格外引人注意；虽然遗传了母亲与外祖父的尖下巴，但是坚挺、早熟的鼻梁加上那双深黑色、有些拉丁血统的大眼睛给了他一副接近成年人的神态，甚至还流露出些许不同寻常的智慧。可是，尽管容光焕发，他却生得格外丑陋：肥厚的嘴唇，布满粗大毛孔的淡黄色皮肤，粗糙鬈缩的头发，以及瘦长得古怪的耳朵总给人一种好似山羊或者野兽的感觉。没过多久，人们就开始讨厌他，而且比讨厌他母亲与外祖父更甚。所有与这个孩子有关的猜测都掺进了许多与老沃特雷有关的传说——像是他过去施展的魔法，以及他双手捧着一本打开的大书，置身一个石圈中央，大声喊出"犹格·索托斯"这个令人胆寒的名讳时，群山也跟着震动起来的故事。村子里的狗特别讨厌这个孩子，而他常常被迫采取各式各样的防卫手段来对付狗群威胁性的低吼。

III

在这段日子里，老沃特雷一直在购买家畜，但他的畜群规模依旧没有明显的扩充。此外，他开始切割木料，准备修葺老农宅里那些未被利用的部分——他的农宅原本是座盖着尖屋顶的宽敞大房子，房子的后半段完全埋进了满是石头的山坡里；一直以来，老沃特雷与他的女儿都只使用一楼的三间破得不太厉害的房间。那个老头肯定还保留有惊人的力气，因为他一个人完成了所有的繁重体力劳动；虽然他有时会疯疯癫癫地唠叨起一些不着边际的话，但手里做出来的木工似乎都进行了全面的设计与计算。其实早在威尔伯刚出生的时候，村民们就注意到沃特雷家的一间工具房突然变得整洁了，不仅装上了隔板，而且换了结实的新锁。现如今，在见识过农宅废弃二楼的翻修工作后，大家发现老沃特雷一点也不比一个细心的工匠差。但看到他用木板严丝合缝地封死了二楼修复过的所有窗户后，大家觉得他的疯病还是没有起色——不过也有许多人说花力气去修复那栋房子本身就是疯子才会去做的事情。但是，他在一楼为自己刚到世上的外孙整理出一个房间的举动倒算合情合理——有几位客人曾参观过这个为威尔伯准备的小房间，不过老沃特雷从来都不允许人上二楼参观那些窗户被封死的房间。在楼下为孙子准备的房间里，老沃特雷装上一排排高大坚固的书架，并且按照某种显然精细设计过的顺序将所有腐烂的古籍与残本全都摆了上去。但是在不久前，他还习惯把这些书胡乱地扔在各个房间的墙角。

“我拿它们还有些用，”老沃特雷一边拿着在厨房生锈炉子上煮出来的糨糊修复那些印有黑体字的碎纸，一面解释说，“但这孩子能更好地利用它们。他需要尽最大的努力修补好它们，因为这都是他要学的。”

1914年9月，小威尔伯一岁零七个月大的时候，他的体格和能力已发育得几乎有些吓人。这个时候的他和四岁的小孩差不多一样高，不仅言谈流利，而且聪明得不可思议。他经常自由地在田野与丘陵里奔跑，而当他母亲拉薇妮亚去山野里闲逛的时候，他总会陪伴身边。在家里的时候，他会勤勉地研读那些画在外祖父古书上的奇怪图案与绘画。在那些冗长而宁静的下午里，老沃特雷总会待在他身边指导他的学习。那个时候，老农宅的修缮工程已经完成了。但那些看到它的人都会觉得有些纳闷——因为老沃特雷把二楼的一面窗户改装成一扇坚固的木板门。那原本是一面位于东面山墙上的后窗，紧挨着山坡；在被改装成木板门后，老沃特雷还特意修建了一条带防滑条的木制走道将那扇木板门与地面连接了起来。待这些工作完成后，人们注意到那个自小威尔伯出生后就一直紧紧锁着并且装上了无窗隔板的老工具房再度被废弃了。那座工具房的木门又敞开了，无精打采地挂在门框上摇晃着。有一回，厄尔·索耶去沃特雷家卖牛。做完生意后，他走进那间工具房看了看。在工具房里，他闻到了一股让人心烦意乱的奇怪臭味——他以前只在丘陵山顶上那些印第安人石圈附近闻到过这种气味。他说没有任何正常的东西会发出那种气味，这个世界上的任何东西都不会发出那种气味。但话说回来，敦威治居民们的住房与棚户里从来都不缺怪味。

接下来的几个月里，村民们没见到任何怪事，但所有人都发誓说群山里的神秘声音变得更频繁了——虽然变化并不明显，但却一直以缓慢的速度在增多。1915年的五朔节前夕，当地发生了一连串的震动，甚至就连住在艾尔斯伯里的居民都有所察觉。又过了几个月，那年的万圣节的晚上，哨兵岭的山顶燃起了一堆篝火。随着篝火的燃起，地下也传出了隆隆的轰鸣——“那是巫师沃特雷干的。”人们都这么说。小威尔伯依旧在以不可思议的速度生长，四岁的他看起来就像是个十岁的小孩。他已经能独立并且废寝忘食地阅读了，而另一方面，他比以前更加沉默了。长久不变的沉默寡言吞没了他。也就是在这个时候，人们开始刻意地谈论起了那副山羊模样的面孔似乎逐渐显露出了某种邪恶的迹象。有时候，他嘟哝起某些难懂的古怪词语，或者用一种奇怪的旋律高声诵唱——听见他诵唱的人都会因为无法解释的恐惧而颤抖不已。许多人都注意到狗非常讨厌他，而且威尔伯还准备了一把转轮手枪，确保自己能安全地穿过村子。虽然他很少使用那件武器，但狗主人们不会因此对他摆出好脸色。

少数几个愿意拜访沃特雷家的人经常发现拉薇妮亚独自一人待在一楼的房间里，而窗户被木板封起来的二楼却会传出古怪的叫喊与脚步声。她从来都不说自己的父亲与儿子在楼上做什么。不过，有一回，一个爱开玩笑的鱼贩子想去打开那扇通往二楼的上锁木门，而拉薇妮亚却突然变得面无血色，同时显出了超乎寻常的惊恐神情。后来，那个鱼贩子和敦威治村中那些待在杂货铺里的闲人们谈起了这件事情，他说他觉得自己听见有匹马在楼上来回踱步。而那些闲人们不由得胡思乱想了起来。他们想到了那扇被改装成木门的窗户和那条从地面直达二楼木门的走道，还有那些不断失踪的牲畜。然后，他们想起了那些关于老沃特雷年轻时候的故事；想起某些传说宣称在一个合适的时间向某些异教神明献上一头小公牛后便能从土地中召唤出奇异的事物。这时候，他们全都打了个寒战。那时候，人们已经注意到村里的狗都很讨厌沃特雷一家住的老农宅，这种厌恶就和它们冲着小威尔伯本人表现出来的敌意一样强烈。

1917年，战争开始了[1]。征兵委员会的主席——乡绅索耶·沃尔特——遇到了麻烦。他发现自己很难从敦威治村中的年轻人里挑选出合格的人手，甚至都没法满足新兵营的配额。这种区域性的大规模体质退化引起了政府部门的注意。当局特地派遣了几位官员与医疗专家前往敦威治主持调查工作；新英格兰地区的报纸读者应该还能回忆起这件事情。当媒体参与进调查后，记者们注意到了沃特雷一家，这直接导致《波士顿环球报》与《阿卡姆广告人》印制了大堆夸张的周末故事讲述了小威尔伯的早熟、老沃特雷的黑魔法、几架子的奇怪典籍、老农宅被封闭的二楼、当地的离奇事件还有群山里的声音。那个时候，小威尔伯已经四岁半了，而且看起来就像是十五岁的小伙子。他的脸颊和嘴唇上全是粗糙的黑毛，就连声音也变得低沉沙哑起来。

厄尔·索耶带着一群记者与摄影师来到了老沃特雷的住处，并且提醒他们注意那种似乎是从封闭二楼渗下来的奇怪臭味。他说，那种气味就和他在那间大修后被彻底废弃的工具房里闻到的一模一样；而且他觉得他有时候还会在那些位于山丘顶端的石头圆环附近闻到一样的气味。当那些新闻故事刊印出版的时候，敦威治的居民们便找来一一读过，并且咧嘴耻笑起那些显而易见的错误来。但是，他们也觉得有些奇怪——那些新闻作者为什么反复提起老沃特雷用非常古老的金币来购买家畜？虽然沃特雷一家接待了那些访客，但是他们的脸上总挂着掩饰不住的厌恶神情。不过，他们也不敢粗暴地对待这些访客，或是拒绝与客人们交谈，因为那会招来更多的关注。

[1] 1917年4月美国对德宣战，加入第一次世界大战。

IV

之后的十年里，沃特雷一家的故事被淹没在了这个病态村落的日常生活里，无从分辨。人们渐渐习惯了他们一家的奇怪行径，也不再关心他们在五朔节前夕与万圣节之夜举行的神秘仪式。每年两次，他们会在哨兵岭顶端点燃熊熊的篝火，而那个时候山峰也会发出越来越响亮的隆隆声；而且不管是在什么季节，沃特雷的偏僻农宅旁总会出现不祥的怪事。这段时间里，拜访沃特雷家的人说他们听见被封闭的二楼传来奇怪的声音，就算沃特雷一家人都在楼下时也是如此。沃特雷一家依旧在献祭母牛和小公牛，而且非常频繁，没有停止的迹象，这也让村民们觉得有些惊讶。据说有人曾向防止虐待动物协会投诉，但却也没有什么下文，因为敦威治的居民从来都不想引起外界的关注。

1923年前后，小威尔伯十岁大的时候，他的思想、声音、体格以及那张长着胡子的脸等方方面面让人觉得他已经非常成熟了。也就是在这个时候，老农宅迎来了它的第二次大改造。这次改造的目标是二楼那些被老沃特雷封起来的地方。看到他们祖孙二人丢弃掉的小部分木料后，村子里的人猜那两个人打通了二楼所有的隔墙，甚至还移走了阁楼的地板，在一楼与屋脊间留下了一块非常空旷的开阔地。此外他们还拆掉了原本修建在农宅中央的大烟囱，在露出来的生锈大洞里装上了一根露在外面的薄皮灰锡炉管。

在农宅大修后迎来的第一个春天里，老沃特雷注意到越来越多的夜鹰会在晚上从冷泉峡谷飞到他的窗沿边。他似乎觉得这是件非常重要的事情，并且告诉那些待在奥斯本杂货店里的闲人们，他觉得自己的大限快要到了。

“它们正和着我的呼吸叫唤呢。”他说，“我猜它们已经准备好要抓走我的灵魂了，它们知道我的灵魂就要走了，而且不想放过它。小伙子们，等我走了以后，不管它们有没有抓住我，你们都会知道的。如果它们成功了，它们会唱歌和大笑直到天亮；如果它们没能逮住我，它们到黎明时都会安安静静的。我正等着它们呢，兴许它们搜寻的灵魂还有几分力气能和它们好好打上一架。”

1924年收获节[1]的晚上，威尔伯骑着家里剩下的一匹马，穿过重重夜幕，赶到村庄里的奥斯本杂货店中打电话叫来了艾尔斯伯里的霍顿医生。当霍顿医生匆匆赶到老农宅时，他发现老沃特雷已经有半截埋进了坟墓里。微弱的心跳与沉重的呼吸声都预示着老沃特雷的大限已经不远了。他那患有白化病的丑陋女儿与长着古怪胡子的孙子全都待在他的床边，但头顶上方的二楼房间里却依然传出一阵阵令人不安的拍打或涌动声，像是潮水一遍遍拍打在平坦的沙滩上。但最让霍顿医生心烦意乱的却是户外夜鹰短促的鸣叫声；似乎有数不清的夜鹰在黑夜里一遍遍地鸣叫着它们没完没了的口信，魔鬼般计算着那个垂死之人剩余的喘息。霍顿医生觉得那情景实在是太反常、太不可思议了，就和他为了这次出诊不得不踏进的这个地方一样反常，一样不可思议。

直到1点的时候，老沃特雷恢复了意识。他停下沉重的喘息声，哽咽着向他的孙子说出了几个词。

“更大一些，威利，更大一些。你长大了，那东西长得更快。它很快就会准备好为你服务了。记得用那首长赞美诗为犹格·索托斯打开大门。你能在完整版的751页找到那首赞美诗。然后你要点着那监牢，在空气里点火，绝对不要烧到它。”

老沃特雷显然已经彻底疯了。他停顿了片刻，停在屋外的大群夜鹰跟着改变了鸣叫的拍子，与此同时远方隐约传来了群山发出的奇怪声响。随后，老沃特雷又多说了一两句话。

“按时喂它，威利，要注意用量。但不要让它在这地方长得太快。如果，在你为犹格·索托斯打开大门之前，它就破坏了住处或是逃出去了，那么一切都完了。只有从外面来的它们能让它繁衍和生效……只有它们，旧日支配者正等待着归来……”

但句子再度被沉重的喘息声打断了，屋外的夜鹰跟上了变化，拉薇妮亚也跟着尖叫了起来。他们就这样又拖了一个小时，接着老沃特雷发出了临终前的喉鸣。随后，那些吵闹嘈杂的鸟鸣声渐渐地沉寂了

[1] 收获节：北半球许多英语国家的传统节日。具体时间为8月1日，意味着小麦可以开始收获了。

下来，霍顿医生伸出手合上了死者圆瞪着的灰暗眼睛。拉薇妮亚在一旁发出了呜咽的哭声，但威尔伯却轻声地笑了笑，而群山也发出了模糊的轰鸣。

“它们没有抓住他。”他用低沉浑厚的嗓音嘀咕说。

到了那个时候，威尔伯已经在他所钻研的领域里积攒了非常渊博的知识。他与许多负责保存古代稀有查禁典籍的图书馆管理员有书信上的来往，因此许多图书管理员都认识他。另一方面，敦威治人也越来越痛恨害怕他，因为当地发生许多起儿童失踪案，而村民们隐约怀疑那些案子与他有关；但他们依旧保持沉默，可能是因为恐惧，也可能是因为威尔伯——和他的外祖父一样——依旧还在使用那些古老的金子购买家畜，而且买得越来越多。他看起来已经非常成熟了，而且他的身高已经接近了正常人的极限，似乎没有停止的迹象。1925年，有一个密斯卡托尼克大学的学术界笔友来敦威治村拜访了他。那个时候他已经有六英尺八英寸高了。那位拜访者吓得不轻，他带着满腹疑惑，面色苍白地离开了敦威治。

这些年来，威尔伯越来越蔑视自己患有白化病的丑陋母亲。后来，他不再允许母亲在五朔节前夕和万圣节之夜里与自己一同前往群山里举行仪式。1926年的时候，那个可怜的女人向梅蜜·毕夏普埋怨说自己有些害怕威尔伯了。

“我知道他很多事情，但是很多我都不能告诉你，梅蜜。”她说，“但现在他的秘密比我知道的还要多得多。我对天发誓，我真的不知道他到底想要什么，想要做些什么事。”

那年万圣节，群山里回荡出了前所未有的嘹亮声音，而熊熊篝火也像往常一样出现在了哨兵岭的顶端。但更加吸引人们注意的却是大群夜鹰发出的有节奏的鸣叫声；这些晚得出奇的夜鹰[1]似乎全都聚集在沃特雷家那间未点灯的老农宅附近。刚过午夜，它们发出的尖锐音调突然演变成了一片混乱喧闹的尖笑。那些嘈杂的鸣叫一直回荡在村

[1] 北美三声夜鹰是候鸟，万圣节时期应该已经离开新英格兰地区了，故有“晚得出奇”一说。

庄上空，直到黎明时分才彻底安静下来。然后，它们全都消失了，赶着飞往南方过冬——往常，它们在一个月前就该启程前往南方了。起先，没有人知道这到底意味着什么。当时似乎没有居民过世。但在那之后，人们再也没有见过拉薇妮亚——那个饱受折磨的白化病女人。

1927年夏天，威尔伯修好了两座位于田间的小棚，并且逐渐将自己的古书与财物全都搬到那两座棚屋里。过了没多久，厄尔·索耶告诉聚集在奥斯本杂货店里的闲人们，威尔伯又在改造沃特雷家的老农宅了。这一次，威尔伯封上了位于一楼的门和窗户，并且拆掉了一楼所有的隔墙——四年前，他和他的外祖父也这样改造了农宅的二楼。改造完成后，他搬进了田间的那两座小棚屋里。索耶觉得威尔伯似乎非常焦躁，而且还有些颤抖。人们大多怀疑他知道母亲失踪的内情，而且很少有人愿意靠近那座老农宅。那一年，威尔伯已经有七英尺高了，而且还没有停止生长的迹象。

V

接下来的冬天发生了一件奇怪的事情。威尔伯第一次离开了敦威治，旅行去了乡村外面的世界。虽然威尔伯与哈佛大学的怀德纳图书馆、巴黎的法国国家图书馆、大英博物馆、布宜诺斯艾利斯大学以及阿卡姆的密斯卡托尼克大学图书馆都有书信来往，但当他试图向那些图书馆借阅一本自己非常渴望得到的古籍时，所有的图书馆都拒绝了他的申请。最后，威尔伯只得亲自走一趟。于是衣衫褴褛、不修边幅、肮脏不堪，还操着一口粗野的方言的他动身去了距离敦威治最近的密斯卡托尼克大学。这个足足八英尺高，肤色黝黑，长着一副山羊脸的怪人，带着一个从奥斯本杂货店里买来的廉价旅行袋，来到了阿卡姆，想要参阅一本长久以来一直被锁在大学图书馆里的可怖典籍——由阿拉伯疯子阿卜杜·阿尔哈兹莱德编撰，奥洛斯·沃尔密乌斯翻译，并于17世纪在西班牙出版的拉丁文版《死灵之书》。在这之前，威尔伯从未见过一座城市，但他并没有在城里做片刻逗留，一心一意赶到了密斯卡托尼克大学。当他出现在校门前时，学校里那只长着硕大白色犬齿的看门犬怀着异样的狂暴与敌意冲着这个陌生人咆哮了起来，将拴着自己的结实铁链绷得笔直。但威尔伯却毫不在意地从它面前走了过去。

威尔伯随身带着外祖父留给他的那本由迪伊博士翻译，价值连城却并不完整的英文版《死灵之书》。当获准查阅拉丁文本时，他立刻开始对照两本书籍，并试图在拉丁文本上寻找到自己手里那本不完整的典籍上第751页记载的内容。这是威尔伯能够礼貌透露的所有信息；即便曾与他在农场里见过一面的图书馆馆长——同样博学多才的亨利·阿米蒂奇——向他客气地询问了许多的问题。威尔伯承认，他在寻找某种仪式或咒语，那个仪式或咒语里面包含了一个可怕的名讳——犹格·索托斯。但是威尔伯发现了许多差异、重复与模棱两可的地方，这让他觉得非常困惑，很难做出决定。当他抄下自己最终选择的咒语时，阿米蒂奇博士不经意地越过他肩头看见了桌子上敞开的书页；而拉丁文版左侧的书页上记录着会威胁到这个和平理性世界的可怕危险。

根据阿米蒂奇博士在脑里的默默翻译，那书页上写着：

“人类既非这地上最古老的主人，也非这地上最后一任主人。寻常的活物与物质亦非独行于世。旧日支配者昔在，旧日支配者今在，旧日支配者亦将永在。不在吾等所知之空间，而在诸空间之间。彼等平静行过，彼等于初源行过，彼等位于空间之外，而吾等不能见其踪影。犹格·索托斯知道大门所在。犹格·索托斯即是门，犹格·索托斯即是门之匙，即是看门者。过去在他，现在在他，未来皆在他。他知晓旧日支配者曾于何处闯入；亦知晓旧日支配者将于何处再次闯入。他知晓彼等曾踏过地上的哪些土地，也知道彼等仍踏在哪些土地上，亦知道当彼等行过时为何无人得见彼等。借由彼等气味，世人偶尔可知彼等近了，但无人可知晓彼等容貌，然世人可从彼等的人类子嗣身上窥见彼等的容貌；彼等子嗣亦有各样的相貌，有世人最真切的幻想，亦有如彼等一般无形无实之形体。若在适当的时节于荒凉土地上说出某些词句，呼号过某些仪式，则彼等将行过并腐坏那些土地，而无人得见彼等。风会喋喋转述彼等声音，地会喃喃转述彼等意识。彼等令森林屈服，城市粉碎，然没有森林与城市可见彼等之手。冰冷荒原之上，卡达斯知晓彼等，而谁人知晓卡达斯呢？南方的冰雪荒漠与沉没大洋的小岛上承载着刻有彼等印记的石头，而谁人得以眼见那些封冻的城市，那些有海草藤壶的密封高塔呢？伟大的克苏鲁亦是彼等兄弟，然其亦只可模糊感知彼等所在。呀！莎布·尼古拉丝！透过那污秽，汝可知晓彼等。彼等之手已在汝之咽喉，而汝仍不见彼等；彼等居所在汝之门槛。犹格·索托斯即是门之匙，诸空间皆汇聚在此。世人统治着彼等曾统治之世界；彼等亦将会统治世人所统治之世界。春夏过后就是秋冬，秋冬过后亦是春夏。彼等耐心等候，因为彼等终将再度统治此地。”

联系上他曾听过的那些有关敦威治以及当地阴郁鬼怪的传说，还有围绕在威尔伯·沃特雷身上的可怖谜团——从来路不明的出生到可能弑母的嫌疑，眼前的这些文字让阿米蒂奇博士感到了一阵恐惧，像是遇到了从墓穴里刮来的黏稠寒风。他觉得，站在自己眼前的这个长着一副山羊面孔、俯身弯腰的巨人像是来自另一个星球，或许另一个维度空间的生物；他像是某个仅仅有部分是人类的东西，并且与某些如同巨大幻影般延展在一切时空、物质和力量之外的黑暗深渊有着紧密的联系。这时候，威尔伯抬起了头，开始用他那洪亮而古怪的腔调说起话来——就连这种腔调似乎也在暗示他的发音器官并非是像正常人类那样运作的。

“阿米蒂奇先生，”他说，“我估计，我必须将这本书带回家去。我必须在某些特定的情况下尝试上面的东西，但我没法在这里尝试。如果让那些条条框框禁止我，不再继续下去，那会是个不可饶恕的大罪。先生，让我带走它吧。我发誓，没有人会知道这里面的区别。不用你说，我会好好保护它的。不是我把这本迪伊的版本弄成这样子的……”

但当他看到图书馆馆长脸上坚决的反对神情时，他止住了话头，而那张山羊模样的面孔上渐渐显露出狡诈的神情。阿米蒂奇原本打算告诉威尔伯，他能够将自己所需要的章节抄下来带走，但他想到了可能导致的后果，便立刻打消了这个念头。若将通向那亵渎神明的外层世界的钥匙交到这样一个生物手里，实在需要担负起太多责任了。当威尔伯·沃特雷眼见事情到此为止，只得努力轻描淡写地回答说：

“啊，好吧，如果你这么觉得，也许哈佛不会像你们这么小气。”他没有再多说什么，站起来，大步跨出房间，弯腰穿过了一扇扇门框。

阿米蒂奇听着那只硕大的看门犬所发出的疯狂咆哮声，同时透过窗户看见沃特雷如同大猩猩一般迈着大步跑过了校园。而后，他想起了自己曾听说过的那些疯狂传说，以及《阿卡姆广告人》在周日版上刊登的古老故事；还有他以前拜访敦威治时了解到的民风与人情。某些并非来自地球——或者至少不是来自三维空间里的地球——的无形之物正裹挟着恶臭与恐怖涌过新英格兰的幽谷，并且可憎地徘徊在群山的顶端。长久以来，阿米蒂奇一直都有这样的感觉。而此刻，他似乎已觉察到一场恐怖入侵的某些可怕部分正在显现，并且瞥见世界正朝着某个古老且曾经沉寂过的梦魇所统治的邪恶领地迈出了可怕的一步。他怀着嫌恶的心情颤抖着把《死灵之书》锁进了柜子，但房间仍旧弥漫着无法辨认的邪恶恶臭。“透过那污秽，汝可知晓彼等。”他想起了《死灵之书》上看到的句子。是的——这种恶臭和不到三年前他在沃特雷的那间老农宅闻到的令他作呕的气味一模一样。他再度想起了威尔伯——那张山羊脸，还有那些不祥神情，然后面带嘲笑地想起了那些关于他出身的传说。

“乱伦？”阿米蒂奇自言自语地喃喃说道，“老天，这群傻瓜。让他们见识了亚瑟·梅琴的《大神潘》，他们却自以为只是一起普普通通的敦威治丑闻。可是，威尔伯的生父到底是什么东西？究竟是怎样的被诅咒的无形力量在影响或抽离这个三维世界里的地球？出生在圣烛节，在那往前的九个月是1912年五朔节之夜，据说那天在阿卡姆都能听到土地里传来奇怪的声音。在那个5月的夜晚到底有什么东西在群山里走动？在接近十字架节[1]的日子里，到底是什么恐怖存在将自

[1] 十字架节：基督教节日，日期为5月3日。

己与这个半人的血肉联系在了一起？”

在接下来的几周时间里，阿米蒂奇博士收集了所有能找到的有关威尔伯·沃特雷，或者敦威治附近的无形鬼怪的材料。他与住在艾尔斯伯里，照料老沃特雷直到咽气的霍顿医生取得了联系，并且从他那里打听到了威尔伯的外祖父留下的遗言。阿米蒂奇博士反复思索了那些遗言。随后，他又去了一次敦威治村，但却没有得到多少新发现；但仔细研究过《死灵之书》上威尔伯非常渴望得到的那部分内容后，他有了一些全新的可怕线索——让他能够窥探到这个暗中威胁着这颗星球的奇异邪魔的本质、手段，以及它的目标。他与波士顿的几个研究古代传说的学者进行了详细探讨，并且与其他许多地方的学者互通信件，但他越是沟通就越觉得惊异，这种惊异已经不仅仅让他觉得忧虑了，而且让他觉得是一种精神上的强烈恐惧。随着夏天渐渐过去，他隐约觉得自己必须做些什么来应对那个潜伏在密斯卡托尼克峡谷上游的恐怖；应对威尔伯·沃特雷，这个待在人类世界里的怪物。

VI

敦威治恐怖事件发生在1928年收获节到秋分日之间的那段时候，而阿米蒂奇博士亲眼目睹了它的可怕序幕。在那个时候，他听说怪人威尔伯去了一趟剑桥，还听说威尔伯发了疯地想要从怀德纳图书馆借走《死灵之书》，或者弄一份《死灵之书》的副本。但那个怪人没有成功，因为阿米蒂奇已经向所有保存有那本可怕典籍的图书馆送去了最为严正的警告。威尔伯在剑桥表现得极度紧张；他非常想拿到那本书，同时也非常想赶回家去，仿佛害怕离家太久会导致某些严重的后果。

8月的早些时候，发生了一件几乎算是预料之中的事情。8月3日凌晨，阿米蒂奇博士被校园里那只凶猛的看门犬发出的疯狂凶猛咆哮给吵醒了。那些近乎疯狂的咆哮与吼叫阴沉可怕地响个不停；而且变得越来越响亮，但却又穿插着意味深长却又令人毛骨悚然的停顿。然后，远处传来一声尖叫——那声尖叫源自另一个完全不同的喉咙；半个阿卡姆市的人都被这声尖叫给惊醒了，并且从那以后经常在噩梦里饱受它的折磨；那声尖叫肯定不是这个世界的生物发出来的，或者至少不是完全属于这个世界的生物发出来的。

阿米蒂奇匆忙地套上几件衣服，跑出门去，穿过大街和草坪，冲向了夜色里的学校大楼。他看见其他人在他前面奔跑，并且听到防盗警铃的刺耳声音持续不断地从图书馆的方向上传了过来。随后，借着月光，他看见图书馆的一扇窗户敞开着，里面黑洞洞的。不论那是什么东西，它肯定已经闯进去了；因为咆哮和尖叫是从房子里面传出来的。那些声音正在逐渐降低，最后演变成了一种混合了呻吟与低吼的声响。阿米蒂奇发自本能地意识到没有丝毫心理准备的人可能完全无法承受里面发生的事情，因此在开门的时候，他以馆长的身份命令其他人都退后些。在到场的其他人中，他看到了华伦·里斯教授和弗朗西斯·摩根博士。由于阿米蒂奇曾经向那两个人透露过自己的一些猜测与忧虑，因此他示意里斯教授和摩根博士与自己一同进入图书馆看看。到了那个时候，图书馆里几乎已经平静下来了，只能听见看门犬发出的警惕低吼声；但在这个时候，阿米蒂奇突然听见灌木丛里传出了许多夜鹰发出的响亮叫声。那些有节奏的可憎鸣叫就像是在为一个垂死之人发出的最后呼吸伴唱一般。

建筑物里充斥着一股阿米蒂奇博士非常熟悉的恐怖恶臭。他们三个人穿过大厅，径直跑向了存放宗谱的小阅读室——看门犬的低吼声正是从那里面传出来的。有一小会儿，没人敢去开灯。但阿米蒂奇最终鼓起了勇气，猛地摁下了开关。随后，他们三个中的一个——他们一直都不确定是谁——大声地尖叫了起来。里斯教授说有那么一瞬间他完全丧失了意识，不过当时他并没有绊倒或昏厥。

倒在阅读室地上的东西大约有九英尺长。它半蜷向一侧，躺在一摊由黄绿色脓浆与黝黑黏液混合而成的恶臭液体里。看门犬已经撕破了它身上所有的衣物以及一部分皮肤。那东西还没有死，并且依然在断断续续地无声抽搐着。它的胸腔正伴着户外夜鹰发出的疯狂鸣叫可怕地起伏着。房间里散落着一些皮鞋与衣物的碎片。窗户下面躺着一个空的帆布袋子——它显然是被人扔进来的。在靠近中央桌子的地板上有一把左轮手枪，以及一个已经损坏却没能卸下来的弹巢——这解释了为什么没有人听到枪声。不过，在那个时候，他们只注意到了那个躺在地上的东西，完全无暇检查其他的地方。倘若说没有人能够描述出那个东西的模样，似乎有些陈词滥调，而且也不太准确；严格来说，如果叙述者想要将它严格地类比成这颗行星——以及这个三维已知世界里的普通生物，那么他肯定没办法生动地描述出那个东西的模样。毫无疑问，它有一部分是人类——有着人类一样的双手与头部，以及一张沃特雷家族特有的尖下巴山羊脸——但它的躯干与下肢却是令人难以置信的畸形怪物。如果不是在外出的时候用宽大的衣服遮盖住了那些部位，它肯定会引起其他人的质疑，并且被其他人追踪消灭。

它腰部以上的部分基本与人类相似；但那块被看门犬用锋利爪子警惕按住的胸腔上却生长着一块像是鳄鱼或是短吻鳄才有的块状厚皮。它的背部排列着黑色与黄色的花斑，隐约有些像是某些蛇类的鳞片皮肤。然而，腰部以下的部分却要可怕得多。那些地方的皮肤上都覆盖着浓密而粗糙的黑色长毛。许多条生长着红色吸吮式口器的灰绿色长触手自它的腹部延伸出来，无力地瘫在地上。那些触手的排列方式有些古怪，似乎体现了某些在地球上——乃至整个太阳系里——从未见过的深奥对称原则。在它的臀部似乎生长着一双非常原始的眼睛——这对眼睛深深地陷在两个长着纤毛的粉红色肉环里；此外它还有一条尾巴，或者说某种带有紫色环形斑纹的躯干或触角——许多迹象表明那里有一个没有发育完全的嘴，或者喉咙。如果忽略掉那些黑色长毛，这东西的下肢略微有些像是史前巨型蜥蜴的后腿，但那对肢体的末端不是蹄子或爪子，而是一种有着脊状纹路的肉趾。当那东西呼吸的时候，它的尾巴与触手也会跟着有节奏地变换色彩，就好像某种体液循环使得它们在普通状态变化得更像是自己非人的祖先——那些触手原有的绿色色调会变得更深，而尾巴上那些紫色环斑之间的黄色表皮则会转变成一种病态的灰白色。阅览室里没有血；那些恶臭的黄绿色脓浆沿着沾污的地板慢慢地扩散开去，流出了那黑色黏液的范围，并且留下一种奇怪的色泽。

三个人的出现似乎惊动了那个垂死的东西。它开始喃喃低语起来，但却没有转身，也没有抬头。阿米蒂奇博士并没有用笔记录下它嘟哝的内容，但却非常肯定地认为它说的并不是英语。起先的几个音节与地球上的任何语言都完全不同，但到了后面，他们听到一些不太连贯而且显然出自《死灵之书》的词语。显然这个东西正是因为想要得到那本亵渎神明的典籍才引来了杀身之祸。根据阿米蒂奇的回忆，那些片断听起来像是：

“尼嘎，尼卡卡，巴戈—修戈咕，伊哈；犹格·索托斯，犹格·索托斯……”

随后，那声音渐渐变低了，最终化为乌有，与此同时窗外那些夜鹰发出的有节奏的尖叫声却逐渐拔高，充满了邪恶的征兆。

接着，喘息声停止了。看门犬扬起头，发出一声悠长而阴沉的号叫。那张黄色山羊脸上的神情变了，而那双硕大的黑色眼睛也令人惊骇地合上了。窗外那些夜鹰突然停止了尖叫，闭上了嘴。然后，它们像是遇到了什么可怕的事情，纷纷惊慌失措地拍打着翅膀想要逃走。一时间，那些翅膀发出的扑哧声甚至盖过了门外聚集人群的窃窃私语。这些长着羽毛的守望者们汇聚成了一朵朵巨大的云团，遮挡住了月光，向高空涌去，逃离了人们的视线，拼命想要躲开自己打算搜寻掠捕的猎物。

突然之间，看门犬猛地惊跳起来，发出恐惧的吼叫声，接着惊慌失措地从它闯进来的那扇窗户里跳了出去，逃走了。人群里发出了一阵尖叫声，阿米蒂奇博士冲着外面的人大声喊了起来，命令他们在警察或验尸官到来前不许进入图书馆。值得欣慰的是，阅读室里的窗户都开在很高的地方，所以没人能够透过它们窥视里面的动静。不过，他还是小心地放下了黑色帘子，遮住了窗户。这时，来了两个警察。摩根博士在前厅接待了他们。他劝说两位警察在验尸官赶到，而那个瘫在地上的东西已经被盖上后，再进入那间充满了恶臭的阅读室——

并且告诉两位警察，这是为他们好。

与此同时，地板上的东西发生了一系列可怕的变化。没人能确切描述出那东西是如何在阿米蒂奇博士和里斯教授眼前萎缩瓦解的，也说不出瓦解的速度到底有多快；但是，恰当地说，除开面部和双手的表皮外，威尔伯·沃特雷身上真正属于人类的部分非常少。待到验尸官赶到时，沾污的地板上仅仅只剩下一团黏稠的白色东西，而那些可怕的恶臭也几乎消散干净了。显然，沃特雷没有头盖骨或是硬骨骨架；至少没有真正的，或者稳定的，骨头。这点也许他与他那位无人知晓的父亲有些相似。

VII

然而，这仅仅只是敦威治恐怖事件的序幕。迷惑不解的警察们按照规定走完了所有程序。所有不太正常的细节都被恰当地封锁了起来，没有透露给媒体和公众。政府还派了一些人去艾尔斯伯里和敦威治调查威尔伯·沃特雷生前拥有的财产，并顺带通知任何可能的继承人。赶到敦威治的调查人员却发现整座村庄的人都表现得非常不安与焦虑——因为那些半球形圆山发出的隆隆声变得越来越响了；而且沃特雷家那间被完全封死，只留下一个空架子的农宅里也传出了不同寻常的恶臭以及撞击与拍打的声音。原本负责在威尔伯离开时照料牲畜的厄尔·索耶已经因为高度紧张变得极度神经质了。警察们编了个借口，没有去碰那座弥漫着恶臭、已经被封死的房子；仅仅去死者生前居住的地方——那座新修缮的小棚屋——进行了一次简单的参观，然后就很满意地结束了整个调查工作。随后他们在艾尔斯伯里的郡政府的大楼里写了一份冗长的报告，并且宣称密斯卡托尼克溪谷上游许许多多个姓沃特雷的家庭——不论是没落的还是没没落的——正在为威尔伯遗产的继承权进行着一轮又一轮的诉讼。

调查人员在一张被威尔伯当作书桌的老梳妆台上找到了一份非常厚的手稿。这份手稿记录在一本很大的账簿上，其中的内容全都是奇怪的文字符号。根据段落的间隔以及墨水和笔迹的变化来推断，调查人员认为它是某种日记，但它的具体内容依旧是个令人困惑的谜。经过一个星期的争论后，当局将这份手稿连同死者收藏的奇怪古书全都送交给了密斯卡托尼克大学进行研究，并希望大学方面尝试破译手稿的内容；可没过多久，即使那些最高明的语言学家也发现这并不是件非常轻松的差事。此外，人们也没有发现任何线索能够解释威尔伯和老沃特雷经常使用的古老金币是从哪里来的。

9月9日夜晚，恐怖降临了。那天晚上，群山里响起了声音，所有的狗也疯狂地咆哮了整整一晚。10号早晨，那些早起的人注意到空气中飘散着一股奇怪的臭味。乔治·科里雇用的工人——在冷泉峡谷与村子之间干活的卢瑟·布朗——赶着牛群去唐埃克牧场放牧。然而在大约7点钟的时候，他发疯似的跑了回来。跌跌撞撞冲进厨房的时候，他几乎因为恐惧全身抽搐起来；外面的院子里，同样恐惧的畜群全都在可怜地来回踱步，发出哞哞的叫声。它们显然也受到了同样的惊吓，并且跟着那个男孩一同跑了回来。喘气的间隙，卢瑟努力结结巴巴地向科里夫人讲起了他的遭遇。

“峡谷外面那条路上，科里夫人，有个东西在那里。闻起来像是打雷后的味道，所有的小树和灌木都被从路边推开了，好像有一座房子沿着路被拖过一样。那还不是最糟糕的。那条路上还有脚印，科里夫人，巨大的圆形脚印，就和桶子一样大。脚印深得好像有一头大象从上面走过去一样，但是它们看起来不像是四条腿的东西走出来，像是更多的腿走出来的。我就看了一两个，然后就跑回来了。我看见每一个脚印上都有线条从一个地方分散出去，就好像是大棕榈叶子一样，不过有棕榈叶子的两三倍大。那些脚印一直沿着路走下去了。还有，那气味真是恐怖，就像沃特雷巫师的那座老房子附近闻到的一样……”

说到这里，他开始支支吾吾起来，似乎又想起了那些让他飞奔回来的恐怖景象，并且充满恐惧地颤抖起来。科里夫人见没办法从他那里获得更多的消息，于是开始给附近的几个邻居打电话，准备把自己听到的消息转告给他们；直到这时，真正恐怖的事情正式拉开了序幕。当她打给距离沃特雷家最近的赛拉斯·毕夏普家时，女管家萨莉·索耶接了电话，但科里夫人没有转述卢瑟的话，反而听萨莉·索耶唠叨了起来；因为萨莉的儿子昌西看到了一些更可怕的事情。萨莉说，昌西昨晚睡得不好，早上起来后，他独自爬上了朝向沃特雷家方向的山头。在看过那个地方，以及毕夏普先生的牛群昨天晚上休息的牧场后，他立刻跌跌撞撞冲了回来。

“是的，科里夫人。”电话线的那头传来了萨莉颤抖的声音，“昌西刚回来一会儿，被吓得几乎说不出话来。他说老沃特雷的房子被炸掉了，木头散得到处都是，就好像里面装满了炸药一样。只有房子底层的地板没有炸飞，不过那上面盖满了好像是柏油一样的东西。有一股可怕的味道，而且还一滴一滴地从边缘滴在木头被炸飞掉的地板上。庭院里还有一种可怕的脚印，那脚印比一个大桶还大。里面全是那种被炸飞了的房间里留下来的黏糊糊的东西。昌西还说，一条很宽的痕迹朝着草场的方向去了。还有，一个谷仓也倒了。痕迹经过的地方石头墙都被推倒了。

“还有，他说，他说，科里夫人，等他去寻找赛拉斯的奶牛时，他被吓坏了。他在上方草场，靠近魔鬼狂欢地的附近找到了那些牛。其中有一半都不见了，另外几乎一半的奶牛虽然还活着，但像是被吸干了血。它们身上的伤口，和拉薇妮亚那个小黑鬼出生后，沃特雷家里的那些牛身上的伤口一模一样。赛拉斯现在已经出去查看情况了。但我发誓他肯定不会靠近沃特雷巫师的家。昌西没有仔细看清楚那些痕迹延伸到草场后又去了哪里，不过他觉得那条痕迹应该朝着峡谷那边往村子的路过去了。

“我跟你说，科里夫人，现在有些本不该在外面的东西在外面走动。我想威尔伯·沃特雷那个小黑鬼原来一直在那间老房子的底楼里养着它。现在，沃特雷活该遭了恶报。他根本不全是个人，我跟谁都这么说。而且我想他和老沃特雷一定在那间被钉起来的房子里养着某些东西，说不定是比他更不像人的东西。现在，有些我们从没见过的东西在敦威治附近活动——活的东西——不是人，而且绝对对人没什么好处。

“昨天晚上，地下又出声了。而且快天亮的时候，昌西说他听到冷泉峡谷里的夜鹰叫得特别响亮，吵得他睡不着觉。然后他觉得他听到另外一些模糊的声音从沃特雷巫师的房子那边传过来。他说那好像是木头被撕裂的声音，就像是大箱子或者板条箱被撑破的样子。就是因为这个，他躺到太阳升起时还没睡着，所以一到早上他就起床了。他想出去到沃特雷那里去看看到底出了什么事。我跟你说，他看得够多了，科里太太。这不是什么好事，我觉得大家所有人应该聚到一起开个会，我们要做点什么。我知道有些可怕的东西在外面。我感觉到时候不多了，天知道那到底是什么。

“你家卢瑟注意到那些大脚印往什么地方去了吗？没有？哦，科里夫人，如果那些脚印在悬崖这边的路上，而且还没到你家附近的话，我估计它们一定走到峡谷里去了。它们肯定会这么做的，我一直都说冷泉峡谷不是一个干净的好地方。那里的夜鹰和萤火虫的表现一点儿也不像是主的造物。他们还说，站在那里面的一些合适的位置上，你能听到空气里传来奇怪的风声和说话声。就在岩石塌落的地方和熊洞之间的地方。”

那天中午，敦威治村里四分之三的男人和男孩聚集到了一起，来到隔在沃特雷家与冷泉峡谷之间的小路和草甸上，怀着恐惧的心情察看了可怕的现场——包括留在地上的巨大可怕脚印，毕夏普家饱受摧残的牛，老农宅留下的恶臭古怪废墟，还有那些生长在田野和小路附近被压弯折断的植被。闯进这个世界的东西——不论它是什么——肯定已经向下深入那座不祥的巨大峡谷了。因为所有生长在悬崖上方的矮树都被弯曲折断了，而那些贴着陡峭崖壁生长的灌木中间也被犁出了一条宽阔的空白。那就好像是一座房子，在山崩的推动下，碾过纠结生长在一起的树木，然后滑下了几乎是垂直的崖壁。峡谷里没有什么声音，但却飘荡着一股模糊而且无法描绘的臭味。人们全都待在悬崖边上吵个不停，但没人愿意爬下悬崖去，看看那个巨大无比的未知恐怖究竟是什么。搜索队伍里有三条狗，起先它们一直在狂暴地咆哮，但当人们靠近悬崖的边缘时，它们却像是受到了惊吓，无论如何也不愿靠近那里。有些人打电话把这条消息告诉了《艾尔斯伯里实录报》；但报社的编辑已经听惯了敦威治的疯狂故事，因此他胡编一段滑稽的短讯报道，然后就将这件事忘在了脑后。没过多久，美联社也转载了这条消息。

那天晚上，所有人都赶回了家里，所有的房子和马厩都被结结实实地锁上了。自然也没有人让牛待在户外的牧场里过夜。大约凌晨2点的时候，住在冷泉峡谷东边的埃尔默·弗赖伊一家被一股可怕的恶臭以及狗群疯狂的咆哮声给惊醒了。那家人说他们听到外面的某个地方传来了一种模糊不清的唰唰声或是拍打声。弗赖伊夫人认为他们应该打电话给邻居，然而就在埃尔默准备拍板同意的时候，木头断裂发出的巨大声响打断了他们的商议。那声音显然是从畜栏传来的。接着，他们听见家里的畜牛发出了令人毛骨悚然的叫声，同时开始不断地踩踏地面。几条狗纷纷恐惧地蜷缩在了一起，紧紧靠在已经被吓傻了的家庭成员脚边。出于习惯，埃尔默点亮了一只灯笼，但没有进一步的行动；因为他知道如果自己走出房子，进到黑暗的院子里，那么肯定会当场丧命。女人和孩子们都在抽泣，他们紧紧堵住自己的嘴，免得尖叫起来——残余的自卫本能告诉他们，保持安静是他们能够活下来的唯一保障。最后，牛的叫声逐渐转变成一阵阵可怜的哀鸣，然后他们听到啪的一声撞击，然后几声噼啪声。弗赖伊一家蜷缩成一团挤在起居室里，一动也不敢动，听着最后一丝声音渐渐消散在冷泉峡谷里。然后，在凄凉的呻吟声中响起了峡谷里的夜鹰发出的可憎鸣叫，塞琳娜·弗赖伊颤抖着爬到了电话边，将事情告诉了邻居，拉开了这段恐怖事件的大幕。

第二天，整个村庄都沉浸在恐慌中。一群群恐慌而又沉默的村民来来回回地察看着残忍惨剧发生的地方。两条巨大的破坏痕迹从峡谷一直延伸到了弗赖伊的院子里；可怕的脚印布满了这一小片光秃秃的土地；红色破旧畜栏的一边完全凹进去了；至于那些可怜的畜牛——人们只能找到并辨认出大约四分之一的牛。其中的一些只留下了奇怪的碎片；而那些生还下来的也都不得不被射杀掉。厄尔·索耶建议向艾尔斯伯里或阿卡姆求援，可其他人依然觉得这于事无补。老泽伦·沃特雷——来自一个在殷实和衰败之间摇摆不定的沃特雷家族分支——提出了最阴暗和疯狂的建议，他觉得他们应该在山顶举行仪式。他所在的家族依旧保留着很多传统，而且他所记得的那些在巨石圆环里举行的仪式与威尔伯以及他外祖父所使用的并非完全相同。

然而村庄里的人一直生活非常消极，根本没有办法组织起真正的防御来保护自己。天色渐渐地暗了下来。只有少数几个关系密切的家庭联合在了一起，搬到了同一个屋檐下，在黑暗中相互守望；而大多数人只能在黑夜来临前一遍又一遍地加固封锁自己的家门，重复装填滑膛枪，摆好随手能拿到的干草叉等等，做一系列徒劳的举动。然而，除开一些自群山里传来的奇怪声音外，什么也没有发生。而当白日再次降临时，人们纷纷希望那个怪物已经悄无声息地离开了，就像是它出现时一样。甚至有一些大胆的家伙认为他们应该深入到峡谷里，进行一次进攻性的探险。然而他们最后还是没有胆量为依旧犹豫不决的大多数人做出一个实际的榜样。

当黑夜再度降临时，人们又重新加固了自己的防御工事，但吓得挤作一团的家庭却少了许多。等到清晨的时候，弗赖伊以及塞拉斯·毕夏普两家人都说家里的狗非常紧张，而且他们也听到远处传来了模糊的声音，并且闻到了奇怪的臭味。此外，早起外出打探情况的探索者们充满恐惧地发现环绕哨兵岭的山路上出现了一系列新的可怕痕迹。和之前一样，路两旁压挫后留下的痕迹从侧面说明了这个恐怖怪物的确有着巨大得可怕的体型；此外，那些痕迹似乎延伸向了两个不同的方向，好像那个东西从冷泉峡谷里走了出来，然后爬到了山上，接着又原路折返了回去。在小山的脚下，一条足有三十英尺宽、由被压扁了的小树与灌木组成的宽大痕迹直直地延伸向了山上；而当那些探索者们看到这条无法阻挡的痕迹甚至爬上过最为笔直的峭壁时，他们都惊讶得吸了口冷气。不论那只怪物是什么，它肯定能爬上几乎完全垂直的岩石悬崖。而当探险者们从更安全的道路爬上小山的顶端时，他们看到那条痕迹在山顶结束了——或者说，在山顶折返了回去。

当初，沃特雷一家人在五朔节前夕与万圣节之夜的时候总是在山顶点燃可憎的熊熊篝火，并且在桌子样的巨石边举行那可憎的仪式。

而现在，那只小山般的怪物已经将山顶碾成了一片开阔的空地，只有那块桌子样的巨石还留在空地的中心。巨石那微微凹陷的表面积聚着一层厚厚的、散发着恶臭的黏液，就和这只可怕的怪物从沃特雷家被毁坏的老房子里逃出去时，在地板上留下的黝黑黏液一模一样。人们面面相觑，喃喃低语地商讨了一会儿。然后他们往山下看了过去。这个可怕的怪物显然沿着上来时的路线折返了回去。任何猜测都毫无用处。理性、逻辑、关于动机正常的想法完全派不上用场。只有不愿和其他人一起行动的老泽伦还能对整件事做出正确的评论——或者提出一个看似合理的解释。

星期四入夜的时候和其他几天的情况差不了多少，但事情的发展却让所有人都没法高兴起来。峡谷里的夜鹰不同寻常地叫个不停，因此很多人都没睡着。大约3点的时候，所有的共线电话[1]突然令人毛骨悚然地响了起来。所有拿起话筒的人都听到了一个惊恐而且疯狂的声音在听筒那头尖叫着："救我！噢！上帝啊……"还有些人觉得那声短暂的惊呼后还跟着一声撞击的声音。但除此之外再没有别的声音了。没人敢采取行动。而且直到黎明前，谁都不知道这通电话是从哪里打来的。后来，他们鼓起勇气给连在电话线上的所有人都打了电话，却发现只有弗赖伊一家没有回应。一小时后，他们就知道了原因。一群匆忙中组织起来的村民拿起了武器，胆战心惊地来到了位于峡谷一头的弗赖伊家。那里的情形很可怕，然而却也在意料之中。地上新添了许多宽大的痕迹和可怕的脚印，然而弗赖伊的房子却已经垮了。那座房子就像是蛋壳一样凹了进去。武装起来的村民没有在废墟中发现任何活物，也没有找到尸体，只有恶臭与一摊黝黑的黏液。埃尔默·弗赖伊一家就这样消失了。

[1] 共线电话：19世纪到20世纪中叶非常流行的电话通信模式。这种技术将地区的所有电话都连接在一个环路上，降低了电话的搭建成本，并且能够让环路上的所有电话相互通话——类似现代的分机。

VIII

与此同时，一个相对平静但却更加折磨人精神的恐怖故事正在阿卡姆镇上一个排列着许多书架的小房间里阴郁地逐渐展开。当局将威尔伯·沃特雷的离奇手稿——或者说日记——转交给了密斯卡托尼克大学，希望大学方面能够解译其中的内容，可语言学家们——不论他们研究的是古代语言还是现代语言——全都对这份文本一筹莫展；它所使用的文字系统虽然与美索不达米亚平原上使用的阿拉伯文大体相似，但相关领域的权威却完全看不懂其中的内容。最后，语言学家们一致认定这份文本所使用的是一种为了加密特别制作的字母系统；可是当他们尝试用常见的密码破译方法解读其中的内容时，依旧一无所获——他们甚至还考虑了作者口音的因素。不过，在沃特雷家找到的古书倒是非常引人注意，而且其中的一些内容甚至有望为哲学家与科学家打开一些可怕的新领域。但它们对于手稿的破译工作毫无帮助。在那些书籍中，有一本带铁扣的厚重典籍也使用了未知的文字系统——但它所使用的文字与手稿完全不同，看起来非常像梵语。最后，这份记载在老账簿上的奇怪手稿落到了阿米蒂奇博士手上，因为他一直特别关注与沃特雷家族有关的事情；此外他也有着渊博的语言学知识，并且非常熟悉古代与中世纪的神秘仪式。

对于手稿所使用的字母系统，阿米蒂奇有他自己的想法。他觉得这套字母可能是某些被查禁的邪教所使用的秘语。这些邪教有可能是从古时候一直流传下来的，而且他们从阿拉伯世界的巫师那里继承了许多的风俗和习惯。不过，在他看来，这些事情并不重要；如果他猜得没错，手稿作者之所以使用这些字母符号，只不过是为了加密某种现代语言，因此他没必要知道这些符号的确切起源。考虑到这本手稿的文字量非常大，阿米蒂奇觉得作者肯定不希望大费周章地使用自己没有熟练掌握的语言——除非他想要记录某些特别的仪式或咒语。因此，阿米蒂奇在一开始就假定这份手稿的主体内容都是英语。

然而有了同僚们再三失败的经验，阿米蒂奇博士知道这会是一个即深奥又复杂的谜题；也知道自己没必要去尝试那些简单的破解方法。在8月下旬，他学习了大量的密码学知识；他知道自己的图书馆中拥有最全面的资料，因而夜复一夜费尽心力地沉浸在阐述密码学的专著里。他阅读了特里特米乌斯的《密码术》、吉安巴蒂斯塔·波尔塔的《书写中的隐秘字符》、德·维吉尼亚的《数字处理》、费尔肯纳的《密码破译法》、18世纪戴维斯和西克尼斯撰写的论文、还有其他一些现代的学者例如布莱尔、冯·马蒂的专著以及克鲁勃的《密码书写法》。在学习的过程中，他也断断续续地尝试破解那份手稿，并最终意识到自己面对的是一种极端巧妙并且完全独创性的密码；这种密码将许多不同的对应字母表按照乘法表的样式排列起来，然后用任意只有最初编写者才知道的关键词对明文进行加密。较早的专著似乎比较新的专著有用得多。而且阿米蒂奇猜测这份手稿使用的编码应该非常古老了，而且无疑是由许许多多神秘主义的实践者代代相传下来的。有好几次他似乎看到胜利的曙光，却仍被某些意料之外的阻碍挡在了门外。随后，在9月，迷雾逐渐散开。手稿中某些位置上的某些字母开始变得清晰明确起来；而且这份文本显然是用英语书写的。

9月2日的夜晚，阿米蒂奇博士解决了最后一个大的障碍，并且第一次读到了一段连续的文字——它记录了威尔伯·沃特雷的过去。如同所有人预料的那样，它的确是一本日记；而且它的风格清晰地显示出那个留下这本日记的奇怪家伙有着渊博的神秘学知识，却在一般的知识上表现得像个文盲。阿米蒂奇破译的第一段文字所标注的日期为1916年11月26日。这段文字的内容让他颇为吃惊和不安。他记得，这段文字应该是由一个看起来好像十二三岁的小伙子——实际上却只有三岁半的孩子——写下来的。上面写着：

“今天学了呼唤万军的阿克罗，不太喜欢。小山会回应它，但是空气不会。楼上的东西赶在我前面了，而且比我想象的还要快得多，它不太可能有多少地球上的脑子。开枪打了埃兰·哈钦斯的牧羊犬杰克，因为它打算咬我。埃兰说如果狗死了，他就要杀了我。我猜他不会。外公昨晚一直要我念多尔咒语，我觉得我看到了两个磁极的地下城市。等到地球被清理干净后，如果我能使用多尔咒语，但还不能突破，我就到那两极去。在女巫仪式上，空气里的它们告诉我说，很多年后我才能清理地球。我想那个时候外公应该是死了，所以我必须学会所有空间的角度还有所有的伊尔和尼赫赫尼格尔之间的仪式。外面来的它们会帮我，不过没有人血，它们就没办法有身体。楼上的那个家伙看起来也会是这样。如果画出维瑞之印，或者对它吹出伊本·卡兹之粉，我就能稍微看见它的样子。它看起来像是五朔节前夕里小山上的它们。另一张脸会逐渐消失的。我想知道等地球被清理干净，而且没有什么地球生物还待在上面的时候，我看起来会是什么样子。随着呼唤万军的阿克罗而来的他告诉我，我可能会被改变，外面还有许多工作要做。”

到了早晨，阿米蒂奇博士已经因为恐惧被冷汗给浸透了。他精神高度集中，全无睡意，并且狂热地继续着手里的工作。整个晚上，阿米蒂奇一直在研究那份手稿。他开着电灯，坐在桌前，用抖个不停的双手一页页翻过日记，同时用尽可能快的速度破译着上面的内容。其间，他紧张地给妻子打了个电话，告诉她自己今天不会回来了。等到第二天，他的妻子从家里带来了早点，但他一口都没顾得上吃。整个白天，他都在阅读。只有到了需要再度使用复杂的密匙时才会停顿下来，疯狂地继续破译。其他人为他送去了中餐与晚餐，但他都只吃了一丁点。深夜的时候，他在椅子上打了个盹儿，但很快就被混乱的噩梦给惊醒了。那些梦魇几乎就和事情真相以及他所揭露的那些危及整个人类存亡的威胁一样令人毛骨悚然。

9月4日早晨，在里斯教授和摩根博士的坚持下，阿米蒂奇与他们两个短暂地见了一面。随后两人面色灰白，浑身颤抖地告辞了。那天夜晚，他躺到了床上，但时醒时睡，一直没有睡得很沉。第二天，星期三，他又回到那份手稿前，开始为自己正在破译的章节——以及前面他已破译过的章节——写下详尽的笔记。那天的午夜时分，他在办公室里的安乐椅上睡了片刻。但在黎明到来前，他又重新回到了桌子边，继续自己的工作。9月5日中午的时候，阿米蒂奇的私人医师——哈特韦尔医生探望了他一回，并且坚持要求他停下手头的工作。但阿米蒂奇拒绝了。他告诉医生目前至关重要的任务就是读完这本日记。不过他答应医生，等时机适当时，他会给医生一个解释。

当天晚上，天刚黑的时候，他终于读完了那本可怖的手稿，精疲力竭地倒在了椅子上。当妻子送晚餐过来时，阿米蒂奇正处于一种接近昏睡的状态。但是，当阿米蒂奇注意到妻子的眼睛正在浏览自己写下的笔记时，他立刻清醒了过来，发出了一声大喊，警告妻子不要读下去。随后，他虚弱地站起来，将写满了潦草字迹的纸张全都收集到了一起，装进了一个大信封里，然后飞快地将信封塞进了外套的内袋。虽然他还有足够的力气走回家去，但心里却清楚地意识到自己需要医疗援助。于是，他立刻叫来哈特韦尔医生。等医生将他安顿到床上的时候，他只能一遍又一遍地喃喃地说："看在上帝的份上，我们该做些什么？"

最后，阿米蒂奇博士还是睡着了。到了第二天，他有些精神错乱。他没有向哈特韦尔医生解释任何事情，但在镇定的时候他说自己必须与里斯和摩根进行长时间的商讨。然而，在精神错乱的时候，他的表现实在令人非常吃惊——他疯狂地宣称必须消灭掉某个关在封闭老农宅里的东西，而且还荒唐地觉得来自另一维度空间的某些恐怖古老种族将会灭绝地球上所有的植物、动物以及全体人类。他尖声高叫说整个世界正陷入危险之中，因为远古之物准备剥夺地球上的一切，并把地球拖出太阳系和物质宇宙，放到另一个空间里去——早在无穷无尽的岁月之前，地球就是从这个空间里掉落出来的。其他的时候，他则要求查阅令人恐惧的《死灵之书》以及雷米吉乌斯的《恶魔崇拜》，并且希望从中找到某些仪式来制止他妄想出来的危机。

"阻止它们，阻止它们！"他大声尖叫道，"那沃特雷一家人就是想让它们进来，最糟糕的事情已经过去了。告诉里斯和摩根，我们必须做些什么——这是一场看不见的战争，不过我知道怎么制作粉尘……自从8月2号威尔伯到这儿，死在这里算起，它已经有两个月没有喂东西了。如果照那个速度……"

不过，虽然已经七十三岁高龄，但阿米蒂奇有一副健康的身体。待睡过一晚后，他的精神错乱已经好多了，也没有出现发烧的症状。他于周五晚些时候醒了过来，头脑也非常清醒。但折磨人的恐惧依旧挥之不去，而且他也觉得自己肩负着极大的责任。等到星期六的下午，他觉得自己应该去图书馆看一看，并且叫来了里斯和摩根举行了一次讨论。在那天接下来的时间里，以及整个晚上，三个人都绞尽脑汁地构想着那些最为疯狂的猜测，并绝望地相互争辩。他们从大书架上和保险柜里搬出了大堆的可怖奇怪典籍，狂热同时也困惑不解地抄写下了一个又一个图解与仪式。他们没有质疑自己所做的事情。他们三个都曾在这座建筑物的那个房间里见过威尔伯·沃特雷的尸体。因此，他们不敢抱有哪怕一丝的侥幸心理，更不会认为那本日记只是一个疯子的胡言乱语。

然而当他们开始讨论是否应该将这件事情通知马萨诸塞州警方时，三个人的意见有了分歧。但最后反对者获得胜利。因为那些没有见过实际例子的人肯定不会相信他们的话，而且随后的调查也证实了他们的想法。那天晚些时候，小会议结束了，但三个人仍然没制订出一个明确的计划。整个周日，阿米蒂奇都忙于对比各个咒语，并混合那些从大学实验室里带出来的化学试剂。他越是思索那本可憎的日记，就越是怀疑化学药剂在消灭威尔伯·沃特雷遗留下来的那个东西时，究竟能不能起效——当时他还不知道，仅仅在几个小时后那个威胁着整个地球的存在会摆脱束缚，成为敦威治村民无法忘却的恐怖噩梦。

但对于阿米蒂奇博士来说，星期一和星期天没什么区别，因为他一直在无休止地重复实验与研究。深入研究那本可怕的日记后，他又对整个计划做出了许多改动。他知道，到了最后关头，他们肯定还会要面对许多的不确定性因素。星期二的时候，他已经制订出了一个明确的行动计划，并决定在一个星期内造访敦威治。而后，星期三，他看到最为惊骇的消息。在《阿卡姆广告人》一个角落里隐蔽地夹着一则来自美联社的滑稽小消息：据称敦威治出现了一个前所未闻的怪物。阿米蒂奇几乎当场就昏了过去，随后他打电话给了里斯和摩根，告诉了他们这条消息。他们一直讨论到深夜，第二天他们飞快地准备好了所有东西。阿米蒂奇知道他将要摆弄一些非常恐怖的力量；然而其他人已经在他之前摆弄了更加险恶与深奥的东西，而他没有别的办法来阻止这一切。

IX

星期五的清晨，阿米蒂奇、里斯与摩根坐上了开往敦威治的汽车。在中午1点前后，他们赶到了村子里。这一天天气不错，但即便在最明媚的阳光下，那些半球形的山丘上，以及遭遇袭击地区的幽深阴暗峡谷里，依旧笼罩着寂静的恐怖氛围与险恶兆头。偶尔，他们还能瞥见某些山丘的顶端耸立着荒凉的巨石圆环。奥斯本杂货店里的人全都沉默不语，空气里弥漫着恐惧的气味，三个访客立刻意识到某些让人毛骨悚然的事情已经发生了。随后，他们听说了埃尔默·弗赖伊一家人遇害的悲剧。那天下午，三个人开着车子在敦威治里四处走访，向当地人打听已经发生的灾难，以及与灾难有关的一切事情。随后，他们亲眼见识了弗赖伊家的荒凉废墟，黝黑黏液残余下来的污渍，留在弗赖伊家院子里的亵神脚印，赛拉斯·毕夏普家受伤的畜牛，以及那些由压扁的植被构成的宽阔痕迹。越来越强烈的恐惧折磨着他们。那个东西爬上哨兵岭然后又沿路返回的痕迹在阿米蒂奇看来几乎就是末日灾变的先兆。他久久地盯着山顶上那个好似祭坛一般不祥的巨石。

而后他们得知有人曾向州警察局报告了发生在弗赖伊家的悲剧，而且那天上午警局还从艾尔斯伯里派了一批人来处理村民的报警。于是，他们决定找到那些调查案件的警察，并尽可能地对比他们获得的记录。可是，他们很快就发现这件事做起来远比他们计划的要困难——因为他们根本找不到这群警察。村民们说，有五个警察乘着一辆汽车来到这里，而阿米蒂奇等人只在弗赖伊院子里的废墟边找到了他们的汽车。汽车里一个人也没有。那些曾与警察们交谈过的村民起初也和阿米蒂奇以及他的同伴们一样为这件事情感到困惑不已。然后，老山姆·哈钦斯似乎突然想起了什么，面色顿时变得苍白起来。他轻轻推了推弗雷德·法尔，然后指了指一旁潮湿、幽深的山谷。

“老天，”他喘着气说，“我告诉他们不要到峡谷里去。我从没想过，见过那些痕迹和气味后，还会有人这么做。中午的时候，我还听到夜鹰的尖叫从那下面传出来……”

来访者与本地人不约而同地打了个寒战，所有人似乎都发自本能、不由自主地拉长了耳朵。在看到这个恐怖怪物的所作所为后，阿米蒂奇不由得为自己打算肩负的重任打了个寒战。不久，天色渐渐地暗了下来，这也是那个巨大的亵神怪物出没的时刻，行使那当在黑夜中行的不义之事……老图书馆长排演了一遍记忆里的那些仪式，同时紧紧地抓住了写着替代方案的那张纸——那张纸上记录着另一个他记不住的仪式。他的手电筒一切正常；里斯站在他身边，紧紧抓着一个小提箱和一只农场里用来对付害虫的金属喷雾器；而摩根则提着一支他非常信赖的、用来猎杀大型动物的步枪——虽然同伴曾警告过他，物理武器根本派不上用场。

在读过那本令人毛骨悚然的日记后，阿米蒂奇非常痛苦地意识到了自己所要面对的恐怖；但他却没有向敦威治的居民们透露任何暗示或线索，以免加剧他们的恐惧心理。他希望能够在不惊动这个世界，不让其他人知道这个可怕的东西已经逃出来的前提下，消灭这个怪物。随着夜色越来越深，村民们开始三三两两地回家去了。虽然现有的证据说明，人类的锁与门闩对于那个怪物而言毫无用处，只要它愿意，它就能弯折树木、碾碎房屋，但村民们依旧焦虑地闩死了房门。当听说来访者打算待在峡谷附近弗赖伊家的废墟边上守夜时，他们纷纷摇起头来。离开的时候，村民们大多觉得自己再也不会见到这些守夜人了。

那一晚，群山之下又传出了隆隆的声响；夜鹰们也险恶地鸣叫了起来。偶尔会有风从冷泉峡谷里吹出来，为夜晚沉闷的空气带来一股难以形容的恶臭。三个守夜人都曾闻过这种臭味。上一次闻到这种臭味时，他们正站在那个垂死的十五岁半的人前。但他们寻找的怪物并没有出现。不论那个待在峡谷的东西到底是什么，它都在等待着时机，而阿米蒂奇警告自己的同伴们，他们不能在夜晚展开进攻，因为那无异于自杀。

清晨的时候，光线依然很昏暗，夜晚听到的声音渐渐地停止了。这天非常灰暗阴冷，不时飘着毛毛细雨。云层逐渐在群山的西北方汇聚堆积，越来越厚。三个从阿卡姆来的访客依旧没有主意。雨渐渐地大了，于是他们在弗赖伊家残余下来的几座外屋里挑了一间躲了进去，开始讨论究竟应该继续等下去，还是主动出击，深入峡谷搜寻那只无名的恐怖猎物。雨下得很大，远方地平线上传来隆隆的雷声。片状的电光闪个不停，然后一道分叉的闪电在不远的地方闪过，仿佛要落进那座被诅咒的峡谷一般。而后，天空变得更暗了。三个守望者不由得希望这场风暴很快就会过去，并且会带来一个晴朗的好天气。

可是，一个小时后，天仍旧暗得可怕。这时，路上传过来一阵混乱的声响。接着他们看到十多个被吓坏了的人尖叫，甚至是歇斯底里地哭号着跑了过来。跑在最前边的一些人开始哭号着向他们叫嚷，当那些叫嚷最终组成了连贯的意思时，三个从阿卡姆赶来的人猛地惊跳了起来。

“噢，天哪，天哪！”有声音哽咽着说，“它又来了，这次，这次是白天！它出来，它出来，就在现在。上帝才知道什么时候会落到我们头上。”

说话的人喘着气，止住了话头。但另一个人却接着他的话继续说了下去。

“大概一个小时前，西勃·沃特雷听到电话响，是科里夫人，乔治的老婆打来的。他们就住在十字路口下边。她说，在闪电过后，他家雇的小孩卢瑟跑出去想把奶牛牵去躲避风暴。然后他看到峡谷口的树全都折弯了——往这边弯。他还闻到了星期一早晨发现那些很大的脚印时闻到的那种可怕臭味。而且，她说卢瑟说那里有啪啪和嗖嗖的声音，绝对不是那些弯曲的树和灌木发出来的。然后，路两边的树突然被推到一边，然后泥巴像是被踩了一脚，溅开了。但是那个时候，卢瑟他没有看见任何东西，只有被折弯的树和压扁的灌木丛。

“然后，毕夏普家的布鲁克沿着路走下去，他听到小桥发出恐怖的咯吱咯吱声。他说他听得出那是拉紧的木头裂开的声音。但是这个时候，他什么也没看见，只有树和灌木被折弯。等那嗖嗖的声音变得很远了，往威尔伯·沃特雷他们家和哨兵岭去了，卢瑟他有那个胆子走过去看他之前听到的地方，看看地面。地上全是泥巴和水，天也很暗，雨很快就冲掉了所有的痕迹。不过在峡谷口，那些树被推开的地方，那里还有一些可怕的脚印，有大木桶那么大，就和他星期一时看到的一模一样。”

这时，先前那个激动的发言者接着解释道：

“不过那还不是真正的麻烦，这只是开始。西勃这个时候打电话给了其他人。在所有人都在听的时候，赛拉斯·毕夏普切了进来。他的女管家萨莉跟所有人说，她刚才看到路边的树都被折弯了。她还听到一种很含糊的声音，就像是一头大象喘着气走路和踩在地上的声音，从房子的一头传来。然后她突然闻到了一股很吓人的味道。她的小孩昌西嚷着说，那味道和他星期一在沃特雷家的废墟那里闻到的一模一样。这个时候就连狗也吓人地叫了起来。

“这个时候，她在电话那边恐怖地尖叫起来。说她看见路下面的小棚子刚才塌了下去，就好像风暴压在上面一样。但是那个时候的风还没有那么强。所有人都在电话那边听着，我们能听到许多人吓得直喘气。突然，萨利又尖叫起来，说前面的木篱笆刚才被碾碎了，但是她看不到是什么东西干的。所有人都能听到电话线那头昌西和老赛拉斯·毕夏普在大叫。同时萨利尖叫着说有什么沉重的东西刚才打在房子上，不是闪电或别的什么，是一些很重的东西在房子前边一遍又一遍地拍打。但他们仍然没看见什么东西站在前面的窗户外。这个时候，这个时候……”

恐惧掠过所有人的脸上。阿米蒂奇虽然已抖个不停，但尚保持着足够的镇定，催促对方继续说下去。

“这个时候，萨利尖叫起来，她喊着说：‘救命！房子要塌了！’我们在电话那边听到一声巨大的撞击声，还有一群人的尖叫。就像埃尔默·弗赖伊一家出事时那样。”

那个男人停住了话头，但人群中的另一个又说话了：

“我们知道的只有这些，那之后电话里就没再传出声音或者说话了。只有这些。我们听到这些事后就跑出来，开着福特车和马车，在科里家里把所有我们能找到的强壮的人召集起来，到这里来看看。你们觉得我们最好应该干点什么？不然，我想这是上帝在审判我们，没人躲得过去。”

阿米蒂奇意识到自己必须采取主动了。于是他果断地对那群依旧犹豫不决的被吓坏了的农夫们说：

“我们必须跟着它！伙计们。”阿米蒂奇尽可能地让自己的声音听起来更值得信赖一些：“我想这是个机会好干掉它。你们都知道那沃特雷一家人是巫师——这东西是魔法，我们必须靠一些正确的方法才能消灭它。我看过威尔伯·沃特雷的日记，也读过一些他曾经读过的奇怪的古书。我想我能正确地把咒语背出来，让那东西逐渐消失。当然还不能百分之百肯定，但起码我们能有个机会。它是看不见的，我已经知道了。但是这个长距喷雾器里的粉末能让它现形一段时间。待会儿我们能试一试。它是个可怕的活物，但是还没有威尔伯·沃特雷打算放进来的那个东西那么糟——如果他能活得再长一些，他肯定会这么做的。你们永远都不会知道，我们的世界从怎样一个东西手底下逃了出来。所以现在我们只需要对付这一个东西，它不会变得更多。但它仍能造成很大的害处。所以我们不能犹豫，要除掉它。

“我们必须跟着它——首先我们必须到那个刚刚被毁掉的地方去。谁能带个路？我还不是太清楚这里的路，但是我想这里应该能抄近路赶过去。怎么样？”

人们沉默了一阵，然后厄尔·索耶抬起肮脏的指头指向屋外渐渐变小的雨，轻声地说：

“我觉得，想要最快赶到赛拉斯·毕夏普家，你们能穿过低地的草甸，横穿低地上的那条小溪，然后爬过凯瑞尔斯山，上面有一条路。那里就离赛拉斯家不远了。就在路那边一点。”

阿米蒂奇、里斯还有摩根立刻朝着他指的方向出发了，大多数村民则远远地跟在后面。天空渐渐亮了起来，看起来风暴已经逐渐过去。随后，阿米蒂奇无意中走错了方向，这时乔·奥斯本叫住了他，并跑到前面去领路。随着队伍不断前进，人们逐渐拾回了勇气与信心。然而这条捷径的尽头是一座覆盖着茂密植被、坡度近乎垂直的小山，他们必须将那些异常古老的大树当作梯子才能从小山上翻过去，这给人们的勇气提出了严峻的考验。

最后，他们爬到了一条泥泞的马路边。这时，乌云已经散去，露出了阳光的踪迹。他们离赛拉斯·毕夏普家已经很近了，周边那些折弯的树木，以及地上那些清晰得让人毛骨悚然的足迹显示的确曾有东西从那儿过去了。他们飞快地检查了位于马路转弯处的废墟。和弗赖伊家一样，他们没有在毕夏普家倒塌的废墟与马厩里发现任何生还者，也没有看到任何尸体。没人愿意待在恶臭和黝黑的黏液里，但所有人都本能地将注意力转向了地上那行巨大的脚印。这些让人恐惧的脚印一直延伸到了沃特雷家的废墟边，然后又转向了顶端安置着巨石祭坛的哨兵岭。

经过威尔伯·沃特雷的住处时，所有人都明显地颤抖起来。他们的热情里似乎掺进了一份犹豫。毕竟，他们正在追踪一个足有房子那么大却没人能看见的东西，而且这个东西还犯下之前所有的魔鬼行径，这肯定不会是件好玩的事情。在哨兵岭的脚下，那行足迹离开了马路。接着，人们在山坡上发现了一条新的痕迹。这条由压扁的灌木与折弯的矮树所组成的宽阔痕迹一直延伸向小山的顶端。

阿米蒂奇掏出了一个做工精良的袖珍型望远镜，扫视了一遍陡峭的绿色山坡。然后，他把望远镜交给视力更好的摩根。摩根盯着望远镜看了一会儿，突然吓得大叫起来。随后，他一面指着山坡上的某一点，一面把望远镜递给了厄尔·索耶。和大多数未接触过光学仪器的人一样，索耶笨手笨脚地摸索了一阵子，终于在阿米蒂奇的帮助下成功地对焦了透镜。而当镜片里影像逐渐清晰起来时，他同样尖声大叫起来，却远远不如摩根那么克制：

“全能的上帝啊！草地和灌木在动！它们在往上动——很慢——就像是在爬，这时候快到山顶了！天知道那是什么！”

恐慌飞快地在这些搜寻者间传播开了。追踪这个不可名状的怪物是一回事，真真实实地找到它则是另外一回事。阿米蒂奇的咒语也许会管用——但是如果没用呢？人们围着阿米蒂奇纷纷询问与这个怪物有关的信息，但似乎对得到的答复都不太满意。所有人都觉得，此时此刻，自己距离那些完全超越人类理性经验的事物仅仅有一步之遥。

X

最后，那三个从阿卡姆来的人——胡子花白的老阿米蒂奇，面色铁灰、身材矮胖的里斯教授以及比较年轻精干的摩根博士——决定上山接近那个怪物。他们非常耐心地教会了村民如何使用和对焦望远镜，然后把随身的袖珍望远镜留给了惶恐地等在山脚边路上的村民。村民们相互传递着这只小望远镜，密切地关注着他们的进展。上山的路非常难走，有好几次，他们不得不停下来帮助阿米蒂奇翻过障碍。然而在那三个艰苦攀登的人上方，那条宽阔巨大的痕迹依旧在渐渐向上延伸，似乎制造出这条痕迹的可憎怪物正怀着无法撼动的决心缓缓地向上蠕动。渐渐地，攀登者与怪物之间的距离缩短了。

当阿米蒂奇三人决定转一大圈绕过那条巨大的痕迹时，来自沃特雷家族尚未没落的分支的柯蒂斯·沃特雷正拿着望远镜。他告诉等在一旁的村民，那三个人打算爬到一个较矮的次峰上。那个山峰正好能俯视整条巨大的痕迹，而且正对着灌木丛弯曲的方向。接下来发生的事情证明这的确是个明智的举动；就在那只看不见的怪物越过峰顶没多久，那三个人也爬到了峰顶。

这时，拿着望远镜的卫斯理·科里大声喊着说，阿米蒂奇正在调整里斯拿着的喷雾器，肯定要发生什么事情了。人群不安地骚动起来，因为他们记得那只喷雾器据说能让看不见的恐怖怪物短暂地现形。两三个人紧紧地闭上了眼。但柯蒂斯·沃特雷夺过了望远镜，将眼睛瞪到了最大。他看见，三个人利用地形来到了怪物身后的高处，里斯拥有非常好的时机能够将那些有着神奇效果的粉末喷洒在怪物可能存在的位置上。

那些没有望远镜的人只看见靠近山顶的地方突然出现了一团灰色的云雾。那云雾有一座中等大小的房子那么大。但拿着望远镜的柯蒂斯却突然刺耳地尖叫起来，并且将望远镜扔进了路上齐踝深的泥浆里。他摇晃了一下，几乎摔在地上，还好两三个人及时地抓住了他，帮他稳定下来。他唯一能做的只是用一种几乎听不到的声音喃喃道：

“噢，噢，我的天，那……那……”

人群顿时喧哗起来，他们纷纷询问柯蒂斯到底看到了什么，但是只有亨利·惠勒想到了被柯蒂斯扔掉的望远镜。他快步赶上前，抢救出落在泥泞里的望远镜，并飞快地擦拭去上面的泥巴。这时候，柯蒂斯已经没法连贯地说话了，甚至说上几句支离破碎的回答也让他深感恐惧，难以继续。

“比一间马厩还大……全是扭曲的绳子一样……那地狱里的东西就像是一个非常大的鸡蛋，有几十条胳膊，就像是有嘴的大桶。当它行走时，那嘴就会半合上。……它周围没有什么固体，全是胶冻一样的东西……它身上全是突出的眼睛……一二十张长在胳膊末端伸出来的嘴，或者像是大象的鼻子，就和烟囱管一样大。……它们在摆动，一张一合。……全是灰色的，还有蓝色或者紫色的环……上帝，老天在上，在那顶端还有半张脸……”

不论可怜的柯蒂斯最后还记得什么，他都没法继续承受了。在能说出更多东西前，他完全地昏死了过去。弗雷德·法尔和威尔·哈钦斯把他抬到路边，安置在潮湿的草地上。这时，亨利·惠勒颤抖着举起了从泥泞里抢救出的望远镜，转向山上，希望还能看到些什么。透过望远镜，他能分辨出三个小人。他们显然正在陡峭的斜坡上尽可能快地奔向山顶。但仅此而已，其他的什么也看不见。这时，所有人都留意到后方的山谷里，以及哨兵岭的灌木丛下，传来了一些不应该在这个时节出现的声音。那是无数夜鹰尖锐的鸣叫。而在这尖锐的合唱之下，似乎还潜藏着一丝紧张和邪恶的期盼。

这时拿到望远镜的厄尔·索耶告诉人们，那三个人已经站在了最高的峰顶，和那祭坛样的巨石处在同一高度上。但是阿米蒂奇三人站的位置与那块巨石之间还隔着很远一段距离。他说，有一个人似乎正在有节奏地将自己的双手举过头顶。随着索耶进一步描述山顶的情形，山下的人似乎听到了一种模糊、好似音乐般的声音从远方传来，就像是一曲伴随着某些姿势，大声诵唱出的圣歌。那遥远山顶上的奇景肯定无比怪诞，让人难以忘怀，但是现在没有哪个观察者还有心情欣赏。“我猜他正在念咒语。”惠勒抢回望远镜后低声说。那些夜鹰鸣叫得更加疯狂了。它们按照一种非常奇怪且毫无规则的节奏鸣唱着，一点儿也不像山上那个正在进行的仪式。

突然，阳光似乎暗淡下来了，但却没有云层遮住太阳。所有人都留意到了这个奇怪的现象。一种隆隆的声音似乎正在群山之下酝酿，同时天空也相应地传来清晰的轰鸣声。两种声音奇怪地混合在了一起。这时，电光在高空闪过，地面上的人群纷纷迷惑地看向空荡荡的天空，徒劳地搜寻风暴到来的前兆。那三个诵念着圣歌的阿卡姆人此刻也变得清晰起来，惠勒这时看到他们三个人都伴着那带节奏的咒语，举起他们的胳膊。接着，人们听到从远处的农舍里传来了猎犬疯狂的咆哮声。

阳光变得越来越暗淡，人们纷纷迷惑地望着地平线。接着天空那渐渐变深的蔚蓝色中鬼魅般地出现了一片略带紫色的黑暗。那黑暗阴沉地压在隆隆作响的群山上空。这时，电光再次划过天空，似乎比以前更亮了。而人们纷纷觉得这道电光在那远处祭坛样的巨石上方划出了一个明显的朦胧轮廓。然而，在那个瞬间没人在用望远镜观察。无数的夜鹰继续毫无规则地鸣叫着，一波又一波。空气里似乎充满了无法预料的险恶意味，而敦威治的居民们鼓起勇气，继续硬撑着。

在没有任何预兆的情况下，突然爆发出了无数深沉、嘶哑、喧闹刺耳的声音。它们深深地刻进了山下惊恐人群的记忆里，永远都不会被忘记。那声音绝对不会源自任何人类的喉咙，因为人类的声带绝对不会发出这样反常而扭曲的声音。虽然这些声音明白无误地自那峰顶祭坛般的巨石上传来，但人们宁愿说它们是来自地狱里的深渊。甚至那都不能被称之为声音，因为那种恐怖、低沉的音色对人们的意识与恐惧施加了深层次的影响，远远比耳朵所听到的简单振动要更加复杂巧妙；可人们又不得不将它们称为声音，因为它们虽然模糊却无可辩驳地形成带有某些意义的词语。那声音非常响亮——几乎与群山之下的隆隆轰鸣还有天空里回荡的雷霆一样响亮——然而没有人能够看到发出声音的东西。由于没有人能想象出在这个世界有什么看不见的东西能够发出这样的声响，山下挤作一团的村民挤得更紧了，并开始畏缩退却，就好像正等待着一记猛击一般。

“耶戈尼拉……耶戈尼拉……斯弗斯其拉……犹格·索托斯……”一个低沉沙哑，让人毛骨悚然的声音在天空中回响着，“伊布茨……哈呀耶—恩嘎叻哈……”

突然，那一波又一波的阴沉的低吼似乎变得断断续续起来，就好像发声者正在非常恐惧地挣扎。亨利·惠勒睁大眼睛透过望远镜看着山顶，但却只能看到三个姿势怪诞的人形轮廓。他们都摆着怪异的姿势，疯狂地摆动着自己的手臂，仿佛他们的咒语已接近它的最高潮。那些夹杂着词语，如同雷鸣般的低沉沙哑声音是从什么地方发出来的呢？那究竟是怎样的黑暗源泉，竟然能够带给人们如同阴间般的恐惧与感受；究竟是怎样无底的深渊，竟然有着无可匹敌的意识，或者包藏了潜伏许久的神秘遗族？眼下，它们正开始重新积聚力量，并相互连贯，逐渐变成了直白、彻底也是最终的疯狂。

“阿—伊—呀—呀—呀—哈—厄—伊—呀—呀—阿—阿……呐阿阿阿阿阿……呐阿阿阿……救……救……救我！救我！……夫—夫—父—父亲！父亲！犹格·索托斯！”

但一切都到此为止了。从令人惊骇的祭坛巨石上方空气里涌出的那些如同雷鸣般的混浊声音毫无疑问是英语的音节。这让挤在道路中央面色苍白的村民感到头晕目眩，但是他们之后却再也没有听到那些音节了。随后，仿佛要将山丘撕裂的可怕爆炸声吓得他们剧烈地惊跳起来；那种仿佛预示着末日灾变的震耳轰鸣仿佛来自地下，或者来自天空，没有人能确定它的位置。接着，一道明亮的闪电从紫色的天穹落在了祭坛般的巨石上，看不见的强大力量与无法描述的恶臭如同一波潮水从山顶横扫而下，扩散向周围的乡野。树木、野草、灌木疯狂地摇晃着；那些站在山脚被吓坏了的村民在这股窒息的致命恶臭中衰弱下去，几乎摔倒在地。远处传来了狗的咆哮声。绿色的野草和树叶纷纷枯萎下去，变成一种无精打采的古怪黄灰色。田野与森林里落满了夜鹰的尸体。

那种恶臭消散得很快，但那些植物却都没有好转。时至今日，那座可怕的小山上的植物依旧让人觉得有些奇异与污秽。随后几个阿卡姆人在再次变得明亮纯净的阳光里慢慢地从山上爬了下来。直到那时可怜的柯蒂斯·沃特雷才逐渐恢复了意识。那三个人神情严肃，缄默不语。某些可怕的记忆与思绪折磨着他们，那些记忆与思绪甚至比将山脚下这群村民吓成一团的恐惧更加恐怖。虽然人们提出一大堆杂乱的问题，他们只是缓缓地摇了摇头，重申了一个重要的事实。

“那个东西永远消失了。”阿米蒂奇说，“它被撕裂了，送回了它最初被创造出来的地方，永远也不会再存在了。对于一个正常的世界，它本身就是一个不可能存在的东西。它身上只有一小部分是我们所熟悉的真正的物质。它很像它的父亲——而且它的大部分已经回到它父亲那里去了。那里是某个我们不知道的、存在于我们的物质宇宙之外的领域或是维度空间；人类只有通过最应该被诅咒的亵渎仪式才能将它的父亲短暂地从某些我们不知道的无底深渊里召唤出来，在群山之间出现片刻。”

这时人们出现了一段短暂的沉默。在这个停顿中，柯蒂斯·沃特雷那散乱的意识开始重新连续起来，连贯在了一起。他双手抱住头，开始喃喃自语。记忆似乎相互联系了起来，令他昏厥过去的可怕景象仿佛又突然出现在了他面前。

“噢，噢，上帝啊，那半张脸，它顶部的半张脸……那张脸有着红色眼睛和卷曲的白化病人一样的头发，没有下巴就像沃特雷一家……它是章鱼、蜈蚣，或者蜘蛛一类的东西，但是有着一张好像人类的脸在它的上面。它看起来就像是威尔伯·沃特雷，只不过比他大上许多。”

他筋疲力尽地停顿了下来。村民们迷惑茫然地看着他，却还没有形成新的恐慌。只有老泽伦·沃特雷恍惚间回忆起了一些他以前一直没有说出来的事情，于是他突然大声地说：

“十五年前，”他随口说，“我听见，老沃特雷说，有一天我们会听见拉薇妮亚的一个孩子在哨兵岭的山顶上喊出他父亲的名字……”

但乔·奥斯本打断了他，继续问几个阿卡姆人：

“那究竟是什么？它真的是小沃特雷巫师从空气里召唤出来的吗？”

阿米蒂奇小心地挑选着他的用语回答道：

“它——唔，它基本上是一种不属于我们这个世界的力量；这种力量遵循其他的法则行事、生长、成型，那些法则与我们这个自然界的规则完全不同。我们绝对不能把这种力量从外面的世界召唤过来，只有那些最邪恶的邪教与最邪恶的人才会去这么做。威尔伯·沃特雷身上也有着一些这样的力量，足够把他变成一个邪恶、早熟的怪物，并给了他一副非常可怕的模样。我会去烧掉他留下来的日记，如果你们够聪明，你们最好把那个祭坛一样的石头炸掉，并且把这附近山头上的所有巨石圆环都推倒毁掉。像那样的东西能带来沃特雷那些人最想要的东西——他们要将那些东西放进来，消灭整个人类，并出于某些不可名状的目的，把地球拖到某些我们不知道的地方去。

“但，这个我刚才送回去的东西——沃特雷一家把它喂养大，参与接下来的可怕恶行。出于和威尔伯一样的原因，它也长得很快，很大——但是它要胜过威尔伯，因为它的身体里拥有比威尔伯更多的源自外面世界的力量。你不用问我威尔伯是怎么把它从空气里召唤出来的。因为他没有召唤它。那是他的孪生兄弟，只不过比他更像自己的父亲而已。”

印斯茅斯的阴霾
The Shadow Over Innsmouth

译者：竹子

I

1927到1928年的那个冬天，联邦政府的官员针对马萨诸塞州海港古镇印斯茅斯的某些情况展开了一次古怪而秘密的调查行动。公众最早得知这件事情是在2月份：当时发生了一连串大规模的突袭与逮捕行动，接着在做好适当的预防措施后——当局有计划地炸毁并焚烧了大批位于水滨荒废地带、行将倾塌、满是蛀虫、据说无人居住的破烂房屋。那些不喜欢四下打听的人们大多将这件事情当作针对酒精生意间歇性爆发的战争中的又一起严重冲突[1]而轻易地放了过去。

然而，那些热心跟进新闻报道的读者则会觉得有些惊愕讶异，不仅仅因为此次行动逮捕的罪犯数量惊人，动用人力也多得有些不同寻常；而且囚犯的后续处置也疑点重重。没有任何关于审讯的报道，甚至都没有听说明确的指控；逮捕的囚犯之后也没有被关押进任何国内的普通监狱中。有些含糊其词的陈述提到了某种疾病与一些集中营，之后又有报道提到囚犯被分散到了各个海军与陆军监狱之中，但这些报道全都没有得到证实。这一连串事件过后，印斯茅斯几乎成了空城，直到现在，才开始显现出懒散的复苏迹象。

许多自由派团体对此种举动口诛笔伐，而他们得到的却是冗长而机密的讨论；一些团体代表还被带去参观了部分集中营与监狱。结

---

[1] 1920年到1933年间，美国正在施行禁酒令，因此带来的走私、私酿，以及连带产生的黑社会问题导致了一系列严重的国内冲突。

果，这些社团立刻变得出乎意料的消极与缄默起来。新闻记者更难对付，但其中的大部分似乎最终还是与政府合作了。只有一家报纸——一家由于风格过分疯狂荒唐因而时常被忽略的街头小报——提到有一艘在深水巡航的潜艇朝恶魔礁外的海底深渊里发射了数枚鱼雷。然而，这条小报记者从某个经常有水兵海员往来的地方收集到的消息事实上似乎有点牵强附会——因为那处低矮的黑色暗礁坐落在距离印斯茅斯港一英里半的水域中。

那些居住在乡野周围以及临近城镇里的人私下里对这个地方有诸多非议，但却极少向外界提起这些事情。在将近一个世纪的时间里，他们一直在谈论奄奄一息、几近荒废的印斯茅斯；已经没有什么新东西会比他们多年前的窃窃私语与含混暗示更加疯狂、更令人毛骨悚然的了。许多事情教会了他们保守秘密，因而现在也没有必要对这些人再施加任何压力。再者，他们知道的事情实际上非常有限；因为贫瘠荒凉、杳无人烟的宽阔盐沼让那些居住在周边内陆地区的人们很少前往印斯茅斯。

但是，我最终还是决定挑战那些笼罩在这一话题上的禁忌。我很确定，事情的结果是如此全面与彻底，因而，即便我透露出那些惊恐异常的搜查人员在印斯茅斯找到了什么东西，也不会对公众增添任何损害——最多不过是一些充满厌恶情绪的震惊罢了。况且，搜查人员所发现的东西也可能存在着多种解释。甚至我也不知道，他们告知我的事情在整个故事中占了多大的比重，同时我也有着许多理由，希望能不再继续深究下去。因为我与这件事情的联系比任何一个局外人都更加紧密，而我的脑海里已经充满了古怪的念头，虽然它们还没有迫使我做出什么激烈的举动来。

1927年7月16日早晨，我发疯般地逃出了印斯茅斯；之后，我惊恐万分地向政府申请展开调查与介入行动，并最终导致了后来一系列见诸报端的事件。当整件事情还历历在目、并不明朗的时候，我很乐意保持沉默；但是现在它已经成了一个过时的老故事，而公众的兴趣与好奇业已转移到了别处，可我却有一种古怪而强烈的欲望想要悄悄地说一说我在那个笼罩在邪恶阴霾与怪异谣言中、充满了死亡与不洁畸形的海港中度过的令人惊骇的几个小时。单单只是把整件事情说出来也有助于我恢复自信；有助于让我宽慰地意识到自己并不是向某种极具传染性、犹如梦魇般的可怖幻觉屈服的第一人。同样，这也有助于我在往后面对注定的可怖抉择时能下定决心。

直到我第一次——到目前为止也是最后一次——看见印斯茅斯的前一天，我才听说了这个地方。当时我正在新英格兰旅行，借以庆祝自己即将成年——同时也为了观光游历、寻访古迹、追寻家族谱系。按照原定的计划，我本打算径直从古老的纽伯里波特[1]旅行到阿卡姆——因为我母亲所属的家族就是从那儿发源延伸出来的。由于没有驾驶汽车，所以我只能乘坐火车、电车以及公共汽车旅行，一路上也都在寻找最为廉价节省的路线。纽伯里波特的居民告诉我只有搭乘蒸汽火车才能抵达阿卡姆；而正是在车站的售票处，当我为昂贵的车票感到犹豫不决的时候，我听说了印斯茅斯。那个一脸精明、身材强壮、听口音不像是本地人的售票员似乎体谅了我在节约花费方面的努力，并且向我提供了一个其他人从未提过的方案。

“我想，你可以搭上那辆老巴士，”他的话语里带着某种犹豫，“但是，这里的人大都不愿意这么干。那辆车开往印斯茅斯——你也许听说过那个地方——所以人们都不怎么喜欢这条线路。一个印斯茅斯人在经营这条线路——乔·萨金特——但我猜，他从没有在这里，或是阿卡姆，揽到过任何生意。我都怀疑这条线为什么还一直开着，我想车票应该够便宜的了，但里面坐着的人从没有超过两三个——除了印斯茅斯的本地人，没有人坐这趟车。车在广场出发——哈蒙德药店前面——每天早晨10点与晚上7点发车，除非他们最近变动了时刻表。那车看起来像一堆破烂——我从来没上去过。”

这是我第一次听说印斯茅斯——这个阴霾笼罩的地方。任何一座从未出现在普通地图或是新近旅游指南上的小镇都会让我饶有兴趣，而售票员那种言语古怪的暗示更加激起了我脑中真正的好奇心。我当时觉得，一个能让周围邻近地区如此反感的小镇肯定至少有着某些不

[1] 纽伯里波特：马萨诸塞州东北方的一座城市，东临大西洋。

同寻常的地方，也值得一个游客多加留意。如果能借道前往阿卡姆，我倒是愿意在那里中途停留一会儿——所以，我恳请售票员多告诉我一些关于那里的事情。对此，他表现得不慌不忙，极其谨慎，而且说起话来略微有些得意扬扬的味道。

“印斯茅斯？哦，那是马奴赛特河[1]河口上的一个小镇子。有点儿奇怪。过去差不多算得上是座城市，在1812年战争[2]前还是个港口，但过去一百多年里渐渐垮掉了。现在已经没有火车去那里了——B.&M.线[3]压根就没从那里过，从罗利延伸过去的支线在几年前也都停运了。

“我猜，那儿的空房子比那儿的人还要多，除了捕鱼捞虾外，也没有值得一提的生意。所有人都在这里，或者阿卡姆，或者普斯威奇做生意。过去他们还有几家磨坊，但现在已经什么也没剩下了，只有一家黄金精炼厂还在断断续续地勉强运营。

“不过，那家精炼厂之前倒是桩买卖。它的所有者，老头马什，肯定比克罗伊斯[4]还要有钱。古怪的老家伙，不过，一直闭门不出。据说，他晚年得了皮肤病，或是哪里畸形了，结果不再出来见人了。那个创立这门生意的奥贝德·马什船长就是他的外祖父。马什的母亲好像有些外国血统——他们说是个南部海洋上的岛民——所以，当他五十年前娶了一个普斯威奇女人时，所有人都骚动了。他们一直都这么对待印斯茅斯人。这儿和这一带的人总是竭力掩饰自己身上的印斯茅斯血统。不过，我现在看起来，马什的儿子与孙子看起来和别人没什么两样。我曾经让他们给我指出那些人——不过，现在想想，最近没见到那些年长些的孩子了。倒是从来没见过那些老头。

---

[1] 马奴赛特河：洛夫克拉夫特虚构的一条河流。

[2] 1812年战争：即第二次独立战争，美国独立后试图解放并吞并当时仍属英国殖民地的加拿大而展开的第一次对外战争。二者拉锯到1815年，最后决定边界恢复原状。

[3] B.&M.线：波士顿至缅因州铁路线的简称。

[4] 克罗伊斯：利迪亚（小亚细亚西部的富裕古国）的一位国王，据说极其富有，以至于后世用这个词来指大富豪、极为富有的人。

"为什么所有人都讨厌印斯茅斯？好吧，年轻人不该太相信这一带人的说辞。他们很难谈论什么东西，但只要他们开口谈论什么，就根本停不下来。我猜，过去一百年的时间里，他们都在谈论印斯茅斯的事情——大多数时候，都是些窃窃私语——而且，我想他们比谁都害怕。有些故事你听了肯定会发笑——他们说老船长马什和魔鬼做了交易，将许多小恶魔从地狱里带了出来，并让它们生活在印斯茅斯。也有些故事说某些人在1845年前后，在码头附近，偶然撞见过一些魔鬼崇拜或是可怕的献祭仪式——不过，像我这样从佛蒙特州潘顿来的人，从来都不信这种鬼话。

"不过，你应该向一些老头子打听下海岸外那块黑色礁石的事情——就是恶魔礁，他们这么叫它。它大多数时候都会露出水面一大块，即使没在水面下也不会太深，不过你很难说它是个岛。那个故事说有一大堆魔鬼似乎会出现在那个礁石上——在礁石顶端某些洞穴周围活动，进进出出。那是个高低起伏、不太规则的东西，海面上一英里开外，在最后那段港口里还有船运来往的时候，水手们都愿意绕上很远的路，单单为避开它。

"就这么，水手们不会从印斯茅斯港里驾船出来。他们讨厌老船长马什的原因之一，就是他们认为老船长偶尔会在晚上潮汐合适的时候登上那里。他可能真的这么做过，因为我敢说那块石头的构造肯定非常奇怪，而且有可能他只是在找海盗的赃物，或许还找到了；不过有些闲话说他可能在那里与恶魔打交道。事实上，总地来说，我猜实际上是船长让那堆礁石背上了坏名声。

"这都是1846年瘟疫大流行之前的事了，那场瘟疫后，印斯茅斯里的居民少了一大半。他们一直都没搞清楚到底是怎么一回事，不过有可能是某些船只从中国或是其他地方带来的外国流行病。情况糟透了——当时那里有暴乱，还有各种各样可怕的事情，我想大多数都没流传到镇子外面来——事情结束后，那地方糟透了。再没有回来——现在住在那儿的人肯定不超过三四百个。

"不过，当地人这种感觉背后真正的东西其实只是简单的种族歧视——不过我不是说，我要指责那些有这种想法的人。我自己也讨厌印斯茅斯人，而且我也从没想过要去他们的镇子。我想你应该知道——不过我从你说话中看出你是个西部人——我们新英格兰的船过去曾经和非洲、亚洲、南太平洋以及其他地方的许多奇怪港口有过来往，他们偶尔会一同带回来一些非常奇怪的人。你可能听说过，有个塞伦人带了个中国老婆回来，也许你还知道，在科德角[1]还有一伙从斐济群岛上来的人在活动。

“好吧，印斯茅斯人背后同样有鬼。盐沼和溪流把那地方和乡下的其他地方隔得很开，我们也不知道事情的方方面面；但是，很清楚的是，二三十年代，老船长马什将自己所有三艘还能用的船招回来的时候，肯定带回来了某些非常古怪的样品。今天居住在印斯茅斯的人肯定有着某些很奇怪的特征——我不知道该如何解释，但那会让你有些害怕。如果你搭上了萨金特的车，你多少能看到一点儿特征。他们中的有些人有很窄的奇怪额头，扁平的鼻子，和鼓起来直盯着你的眼睛，那眼睛就好像永远不会闭起来一样。他们的皮肤也不太对劲。粗糙得像是结痂一样。脖子两边全是褶子，或者压根就是折叠起来的。很年轻的时候就秃掉了。年长一点的看着更糟。事实上——我觉得我从没见过年纪很大的那种人。我猜他们照镜子的时候就给吓死了！动物也讨厌他们——在有汽车以前，他们总是要花很大力气驯服马匹。

“阿卡姆或者伊普斯威奇，或者这一带的人都不愿意和他们有任何来往。他们来镇上，或是有人想要在他们那儿捕鱼时，他们也都表现得有些冷漠。奇怪的是，印斯茅斯港里的鱼也特别多，就算周围其他地方什么鱼都没有，但是要是你一个人去那里捕鱼，你可以看看他们是怎么赶走你的！这些人以前都是走铁路来镇上，在支线铁路的计划取消后，他们会走些路，然后在罗利搭上火车——不过现在他们都坐那辆车。

“没错，印斯茅斯有家旅馆，叫作吉尔曼旅舍。但我觉得那不会好到哪里去，我可不建议去那里住下。你最好还是在这附近借住一晚，搭明天早上10点的车；然后你能搭上晚上8点去阿卡姆的夜车。

---

［1］科德角：美国马萨诸塞州东南部的海角。

几年前，有个工厂巡视员在吉尔曼住过一阵，遇到了不少很不愉快的事情。似乎那里有群怪人，因为那个巡视员听见其他房间里也有响动——但是大多数房间都是空的——不过那响动着实让他打冷战。他觉得自己听到了外国话，但他说最糟的还是那些说话的声音。那声音听起来相当不同寻常。他说，像是什么东西溅出来了一样——让他根本不敢脱衣服，或是躺下来睡觉。只能等着，然后早晨的头件事就是退房，然后逃掉了。那说话的声音几乎整晚都没停。

“那个家伙名叫凯西，他说了不少事情，大多都是在说印斯茅斯人怎么盯着他，而且好像还在监视着他。他发现马什的精炼厂有些奇怪——那家精炼厂开在马奴赛特河下游瀑布边的一家老工厂里。他说的内容和我以前听说过的传闻差不多。账本残缺不全，不管是什么样的生意，一笔明细清楚的都没有。你要知道，马什家族从什么地方搞到金子进行精炼一直都是个谜。他们似乎没怎么在原料供应方面进行采购，但几年前，他们曾装运出了一批数量多得吓人的金锭。

“过去他们说水手和精炼厂的工人们偶尔会偷偷拿出些模样奇怪的外国首饰来卖，也有一两次有人看见马什家的女人们身上也有类似的首饰。大家都觉得这些东西是老船长奥贝德从一些异教徒控制的港口里买来的，尤其是因为他总会订购些玻璃珠和不值钱的玻璃玩意儿，就像是那些过去出海远航的人用来和偏远土著做生意的东西。其他人过去认为他在恶魔礁上找到了海盗的藏宝室，他们现在都这么想。但有趣的是，老船长已经死了六十年了，而且自从内战之后就再没有一艘像样的大船离开这个地方；但马什家族依旧在采购少量那些用来和土著做交易的东西——他们告诉我，大多数是些玻璃和橡胶的小玩意儿。也许印斯茅斯人就是喜欢看着这些东西——天知道，他们是不是已经和南太平洋上的食人族还有几内亚的野蛮人一样糟了。

“1846年那场瘟疫肯定带走了那地方上等血统人的性命。总之，他们现在可疑得多了，马什家族和别的富人都与其他人一样坏透了。像我跟你说过的一样，尽管街上所有的人都说那里有四百多人，但整个镇子上其实没有那么多人。我想他们就是那些在南方叫作‘白垃圾’的人——无法无天，狡诈，做尽秘密勾当。他们用卡车往外运了很多鱼和虾。很奇怪的是，鱼只在那里出没，从不去其他地方。

“没有人能随时得知那些人的动向。州立学校的官员和人口普查员都费尽了力气。你可以想象，在印斯茅斯，好四处打听的陌生人是不怎么受欢迎的。我个人不止一次听说有商人或者政府里的人在那里失踪，还有些不确切的消息说有个人发疯了，眼下待在丹弗斯。他们肯定用什么方法把他给吓坏了。

“这就是为什么，如果我是你的话，我不会在那里过夜的原因。我从没去过那里，也不想去那儿，但我想白天路过那里应该不会对你有什么损害——不过，这一带的人会建议你不要这么做。但是如果你只为了观光，找些老旧的东西，印斯茅斯应该是个值得去的地方。”

因此，那天晚上，我花了些时间待在纽伯里波特公立图书馆里查询了一些与印斯茅斯相关的材料。我原本试图在商店、餐厅、车库、消防站里向当地人打听些情况，却发现他们比售票员猜测的更不愿意开口；而且我也意识到自己无法抽出更多时间来劝说他们克服那种出于本能的缄默。他们表现出了一种让人费解的猜疑，仿佛任何对印斯茅斯过分感兴趣的人都有问题一般。不过，在我入住的基督青年会[1]里，店员仅仅是劝阻我不要前往那样一个阴沉、衰败的地方；图书馆里的人也表现出了非常类似的态度。显然，在那些有教养的人眼里，印斯茅斯仅仅只是一个被夸大了的、城市衰败的例子。

图书馆书架上的艾塞克斯郡史里几乎没透露任何信息，仅仅是提到那座镇子建于1643年。在独立战争前，当地一直以造船业闻名。在19世纪早期曾有过繁荣兴旺的海运业，后来利用马奴赛特河的优势，还形成了一个小型的工业中心。而1846年的瘟疫与暴乱则极少被提到，仿佛那是整个艾塞克斯郡的耻辱。

尽管后期记录显然有着毋庸置疑的重要意义，但是有关印斯茅斯的衰败过程也鲜有提及。在内战之后，所有的工业生产全都限制在了马什精炼公司的范围内，因而，除了从古至今一直绵延流传的渔业之

[1] 基督青年会：the Y.M.C.A，全球性基督教青年社会服务团体，提供健身和临时住宿的场所。

外，金锭贸易成为了唯一残余下来的大型产业。由于商品价格的跌落，以及大型公司带来的竞争，捕鱼的收入也逐渐变差了，不过印斯茅斯港附近的鱼群却从不见减少。外人很少向这里移民，而某些被谨慎掩饰起来的证据显示曾有一批波兰人和葡萄牙人试图在这里定居，却被当地人用极端得有些古怪的方式赶走了。

最让人感兴趣的却是那些售票员提到的古怪首饰。一些叙述简略地提到了那些隐约与印斯茅斯有所关联的奇异珠宝。这些东西显然曾给生活在乡镇里的居民留下过深刻的印象，因为叙述提到几件样品被分别收藏在阿卡姆的密斯卡托尼克大学博物馆与纽伯里波特历史学会陈列室里。有关这些东西的零星描述单调乏味、平淡无奇，却让我感到一种潜在的、挥之不去的奇异感觉。这些叙述里似乎有着某些非常古怪而又引人入胜的暗示，让我无法将它们赶出自己的脑海。因此，尽管时间已晚，我仍决心去看一看保存在当地的展品——据说是一件比例奇怪、显然用作饰冠[1]的大型首饰——如果有人能够安排我进入展厅的话。

图书管理员交给了我一张转呈给历史学会馆长安娜·蒂尔顿小姐的介绍函。蒂尔顿小姐就住在附近，经过简单的解释之后，这位年长的淑女便好心地将我领到了已经关闭的学会展览馆前——毕竟当时并不是太晚，所以我的要求尚不算无礼。展馆里的收藏确实值得一提，但在当时那种心情下，我的眼睛仅盯上了角落橱柜里那件在电灯光芒中闪闪发亮的奇异物件。

无需过多的美学方面的敏感，这件安置在紫色天鹅绒垫子上、尊贵而又异样的奇妙事物所散发出的那种超凡脱俗、同时又古怪陌生的华美已然让我惊异得喘不过气来。直到现在，我依旧很难形容出自己所见到的东西，不过就像介绍所描述的那样，它显然是某种饰冠。这件装饰的前端很高，有着一个宽大却不太规则的古怪轮廓，就像是特地为了一个几乎呈奇特椭圆形的头部而设计的。它的材质似乎以黄金

---

［1］饰冠：原文是 tiara，一般指那种镶嵌宝石为女性准备的头饰，像是公主冠之类的东西。不过这个词也可以指罗马教皇佩戴的三重冠。

为主，但是却散发着一种颜色稍浅的奇异光泽，似乎暗示着制作者向这些黄金中掺入了部分同样华丽，而且几乎无法鉴别的金属，将它们熔炼成了某些古怪的合金。饰冠的状况几近完美，它的表面以高浮雕的形式，雕刻或印铸着某些惹人注目而又反常得令人困惑的图案。部分图案只是简单的几何形状，还有一些则显然与海洋有关，但所有图案都显露出令人难以置信的技艺与优雅，让人愿意花上好几小时来细细研究它们。

我越是盯着它看，就越为这件东西感到着迷；而在这种痴迷中似乎还包含着某些难以界定或描述的心绪，同时又让人古怪地为之焦虑。起先，我以为是饰冠在艺术上表现出的那种古怪异域风格让我感觉到了不安。我过去见过的任何艺术品要么属于某些熟悉的民族风格，要么带有国家的特征，不然便是现代主义者因为刻意违背挑战一切大众认可的风格而创造出的作品。然而，这顶饰冠则完全不同。它显然是由某种早已成型同时也无比成熟、完美的技巧创作的产物，然而这种技巧却与我所听到或见过的范例——不论是东方还是西方，古代还是现代——都相去甚远。那就像是来自另一个星球的艺术品。

然而，我很快意识到自己的不安有着另一个或许同样重要的源头。它来自那些奇异图案通过图案与数学方法所暗示出的意象中。所有的图案都在隐喻着某些时空之中的遥远隐秘与无法想象的深渊，而那种浮雕反映出来的、有关水的单调意象也一同变得近乎凶险与不祥起来。在这些浮雕中有着许多传说般的怪物——它们诡诞凶恶得令人厌恶，表现出一种半鱼类半巨蛙的模样——让人产生了一种徘徊不去、令人不快、仿佛记忆般的感觉，无法摆脱；就好像它们从人类躯体深处那些记忆功能依旧非常原始、极其接近先祖的某些细胞与组织中唤起了部分图像。有几次，我不由得幻想着这些亵渎神明的鱼蛙怪物所具备的轮廓里充溢着不洁的精华，完美地象征了那种未知陌生、非人类所能想象的邪恶。

蒂尔顿小姐扼要地叙述了这顶饰冠的来历——这段简短而平淡的历史与它那奇异华丽的外表形成了古怪的反差。1873年，一个喝得酩酊大醉的印斯茅斯人以一个荒谬得可笑的价格将它当给了在斯台特路上的一家店铺——而典当者在稍后不久便在一场争吵街斗中被杀死。历史学会直接从当铺老板那里获得了这顶饰冠，并立刻进行了与之相称的展览。它的标签上注明其可能源自东印度或是中印半岛，不过坦白说这只是暂时性的分类。

至于它的来源及为何会出现在新英格兰，蒂尔顿小姐对比了所有可能的假说，最后倾向于认定它本属于某些异国海盗的宝藏，后来被奥贝德·马什老船长给找到了。马什家族在得知该饰冠的存在后立刻坚持出高价要求购回它的事实也为这一观点提供了部分佐证——尽管历史学会坚定不移地拒绝再度出售这顶饰冠，但时至今日他们依旧一再提起此事。

当这位好淑女带我离开展馆时，她明确地告诉我在这一带有教养的人士中，他们普遍相信马什的财富是从海盗那里获得的。而她对阴霾笼罩中的印斯茅斯所持有的态度和那些为一个社区在文明层面如此堕落沉沦而感到厌恶的人没有什么两样，虽然她从未去过那里。此外，她也向我保证关于恶魔崇拜的谣言是有部分真凭实据的——一个奇怪的秘密教团在那里扎下了脚跟，并且吞并了所有的正统教堂。

据她的说法，那个密教被称为“大衮密教”，无疑是一个世纪之前从东方舶来的低劣异教。当这个教派舶来之时，印斯茅斯的渔业资源似乎正在逐渐枯竭。考虑到突然之间渔场再度充满鱼类，并且长久以来没有出现衰竭，所以这个异教在那些头脑简单的平民中盛行不衰也是件很自然的事情，因而也会变成镇上最具影响力的教团，完全取代了共济会，并且将新格林教堂的旧兄弟会大厅做了总部。

所有这些，对于虔诚的蒂尔顿小姐来说，构成了一个极佳的理由，让她有意地避开了这座破败、衰落的古镇；但对于我来说，它仅仅是全新的刺激。这让我在原本预期的建筑与历史兴趣中，额外加入了对人类学方面的关注。而当午夜逐渐过去，我待在基督青年会的小房间里几乎无法入睡。

II

第二天早晨刚过10点，我便提着一只小行李箱来到了集市广场上的哈蒙德药店前，等待开往印斯茅斯的公共汽车。随着公共汽车抵达的时间逐渐临近，我注意到不少闲人纷纷避让开去，聚集到了街上的其他地方，或是走进了广场对面的“完美午餐厅”。显然，那位售票员并没有夸大当地人对印斯茅斯以及印斯茅斯住民的厌恶情绪。稍后不久，一辆极其破旧肮脏的灰色小公共汽车嘎啦作响地沿着斯台特路开了下来，转了个弯，停在了我身边的路沿上。我立刻便感觉到这就是我等的那辆车；而挡风玻璃上那张字迹略显模糊的招牌“阿卡姆——印斯茅斯——纽伯里波特”很快就证实了我的猜想。

车上有三个乘客，他们皮肤黝黑、衣冠不整、面色愠怒、样子显得有些年轻。当车辆停下来后，他们笨拙蹒跚地走了下来，开始一声不响、几乎有些鬼祟地走向斯台特路。接着，司机也走了下来，在我的注视中走进药店买了些东西。我意识到这就是售票员口里提到的乔·萨金特；然而就在我进一步注意到任何细节之前，一股油然而生、既无法抑制也无从解释的厌恶情绪在我心头扩散开去。突然之间，我意识到当地人不希望搭乘此人拥有并驾驶的公共汽车，也尽可能不去拜访此人以及他同族所栖身的地方，委实是一件极其自然而然的事情。

接着，司机走出了商店。我开始更加仔细地留意他，试图找出那种令自己觉得邪恶的感觉来自何处。他是个瘦削的男人，弯腰佝偻，接近六英尺高，穿戴着破旧寒酸的平民装束以及一顶边角有些磨破的灰色鸭舌帽。他的年纪在三十五岁上下，但如果没注意那张阴沉而又毫无表情的面孔，单单看到此人脖子两侧模样古怪、深深下陷的皱褶，很容易让人高估他的年纪。那个人的头很窄，一双鼓胀突出而且灰白暗淡的蓝色眼睛似乎永远不会眨动一般，鼻子扁平，前额与下颌均向后收缩，还长着一双似乎没有发育完全的耳朵。他脸上那张厚实的长嘴唇周围与毛孔粗大、颜色浅灰的面颊上几乎没留任何胡须，只有一些稀疏的黄色头发小块不规则地散布卷曲着；在某些地方面孔似乎不规则得有些古怪，就像表皮是因为某些皮肤病而剥落了一般。他的双手很大，布满了血管，呈现一种非同寻常的青灰色。手指与手掌的其他部分相比短得有些引人注目，而且似乎总是卷曲向巨大的手掌中心。当他走向公共汽车时，我留意到他的步态蹒跚得有些奇怪，而且脚掌也显得有些过分巨大了。我越是注意他的双脚，我就越怀疑他是否真的能为自己的双脚买到一双合适的鞋子。

这个人身上透着某种油腻的感觉，更增加了我的厌恶。他显然习惯在渔场码头工作或闲逛，因而身上带着许多那些地方特有的气味。我猜测不出他身体中流淌着怎样的外国血统。他的异状看起来并不像亚洲人、波里尼西亚人、黎凡特[1]人或是黑鬼，然而，我能意识到人们为何会感到怪异。我自己觉得，那更像是生物学上的退化而非外国血统。

当我意识到车上再没有其他乘客时，我感到有些遗憾。我不喜欢独自与这位司机一同上路。但当开车的时间明显接近时，我抛开了自己的疑虑，跟着那个人上了车，并递给了他一元美钞，然后小声地嘟哝了一个词"印斯茅斯"。司机一言不发地找给了我四十美分，并奇怪地看了我片刻。我在车后方距离他很远的地方找了个位置坐了下来，不过依旧与他坐在汽车的同一侧，因为我想在路上看一看陆岸边的风景。

最后，这辆破旧的老车伴着猝然一震发动了，在排气管喷出的一团尾气中喀啦作响地喧闹着穿过了斯台特路两侧的老旧砖房。我扫视着路边的人们，觉得他们都古怪地不愿注视这辆公共汽车——或者至少在避免望向它。接着，我们转向左侧，开上了大道，路线变得更顺畅起来。我们飞快地经过了合众国早期修建起来的庄严古宅与更加古老的殖民地时期农舍，经过了下格林低地与帕克河，最后开上了一段穿过海滨旷阔乡野、单调而又漫长的旅途。

那天的天气温暖而晴朗，但随着汽车不断前进，由沙地、芦苇与低矮灌木组成的风景逐渐变得荒凉起来。透过窗户，我看到了蓝色的

[1] 黎凡特：地中海与阿拉伯半岛之间的一片区域，毗邻地中海。

水面与普拉姆岛的沙滩；而汽车沿着狭窄的小路驶离从罗利到伊普斯威奇的主干道时，我们还曾短暂地极度接近过海滨的沙滩。一路上看不到任何房屋；而依据公路的状态推断，我敢说很少有车经过这里。被风雨侵蚀的矮小电话杆上仅接着两条线路。偶尔，我们会穿过横跨在潮沟上的简陋木桥。桥下的潮水冲刷的沟壑深深地侵入了陆岸深处，促进了这一地区的隔离与孤立。

有时，我会留意到一些已经枯死的树桩与矗立在流沙上、摇摇欲坠的基墙，同时回忆起过去在某本历史书上读到的古老故事，回忆起这里曾是一片肥沃而且移民密集的乡野。书上记载，当地的变化与1846年的印斯茅斯瘟疫一同到来，而那些头脑简单的民众都觉得这一切都与一股隐匿的邪恶力量有着某些阴暗的联系。而事实上，这是由于草率砍伐堤岸附近的林地而引起的水土流失现象，这种举动不仅剥离了土壤的最佳保护伞，而且还为风吹来的沙砾敞开了大门。

不久，普拉姆岛从视线里消失了，而我们左侧只剩下辽阔而空旷的大西洋海面。道路开始陡峭地向上爬去；我看着前方荒凉的山尖，看着那条车辙深陷的道路最终在山尖与天空交会，然后我感到了一种古怪的焦虑与不安——就好像这辆公共汽车会继续向上爬去，完全抛下这个清醒正常的世界，最终与神秘天际和高空中的某些未知秘密融为一体。海水的气味带来了不祥的意味，驾驶座位上那佝偻而僵硬的沉默背影与狭长的脑袋也开始变得越来越可憎起来。当我看着他的时候，我注意到他的后脑勺和他的面孔一样几乎没有什么毛发，只有一小撮分散的黄色毛发分布在粗糙的灰色头皮上。

接着，我们抵达了山尖，然后看到了那片铺展其后的河谷——绵延的峭壁一直延伸终结在金斯波特角，随后再转向安妮岬，而马奴赛特河从峭壁的正北方流入了海洋之中。在迷雾朦胧的远方地平线上，我只能隐约看见海角模糊不清的侧影，以及那座无数传说都曾提到的奇异古屋；但此刻，我的注意力却被就在自己下方不远处的景色给掳获了。我意识到，自己已经面对面地来到了被谣言笼罩着的印斯茅斯。

那是个绵延宽广、建筑密集的小镇，却透着一种望不见活物的不祥死气。林立的烟囱管里也只飘出了几缕轻烟。同时，在海平线的映衬下，三座没有刷漆的高大尖塔若隐若现地笔直挺立着。其中一座高塔的尖顶已经损毁崩塌，而这座高塔与其他那些塔顶上的钟面都不见了，只留下一个敞开着的黑色大洞。大片拥挤在一起、松松垮垮的复折式屋顶与尖尖的山墙以一种令人不快的清晰姿态传达出满是虫蛀、破败不堪的感觉。而当公共汽车沿着下山的路逐渐接近城镇时，我能清楚看见有许多屋顶已经完全坍塌陷落了。那其中也有一些乔治亚式的四方大宅——有着倾斜的屋顶、圆形的顶阁以及带栏杆的“寡妇望台”[1]。它们大多远离水滨，其中一两座的建筑状态似乎还算正常完整。一条早已废弃、锈迹斑斑、杂草丛生的铁路从这些房屋间延伸出去，引向内陆，铁路两旁倾斜的电报柱上早已不见电线，另一些通向罗利与伊普斯威奇的老车道也已经模糊不清，难以辨认了。

靠近水滨的区域衰败得最为严重，尽管我可以看见那一带的正中央耸立着一座保存得相当完好的砖石结构建筑与一座位于建筑上方的白色钟楼——那儿好像是一座工厂。海港里淤塞满了沙子，外面还围着一段古老的石头防波堤；接着，我渐渐从防波堤上分辨出几个微小的身影——那是几个坐着的渔夫，防波堤的尽头有一堆废墟，似乎是过去某座灯塔留下的基座。这道屏障的内侧形成了一条沙嘴[2]，我能看见沙嘴上有着几座破旧的小屋、一些泊岸的小渔船以及散布的虾笼。河流翻滚着经过带钟楼的建筑，然后转向南方，在防波堤的尽头流进了海洋里——这处河口似乎是海港里唯一的深水区。

码头残留下的遗迹随处可见——它们自滨岸上延伸突出，指向海中，末端坍塌成一堆难以分辨的腐烂废墟。那些位于南面最远处的码头似乎腐烂得最为严重。尽管正值涨潮，我依旧可以在遥远的海面上瞥见一条稍稍高出水面的黑色长线。它透着一种古怪而又难以察觉的

[1]“寡妇望台”：一种在19世纪北美流行的露台结构。通常修建在屋顶高处，面海。由于传说海员的妻子会在露台上面眺望海面等待丈夫归来，因而得名。

[2] 沙嘴：一端连接陆地，另一端延伸入开阔海域中的堆积地貌，通常由沿岸泥沙流输移、堆积而成，大部分已经高出海面。

险恶意味，而我知道，那就是恶魔礁。当我看着它的时候，心中的厌恶与排斥似乎掺进了一些细微而又奇怪的向往感觉；而古怪的是，我发现这种暗示似乎比那些主要的印象更加扰人。

我们在路上没有碰见任何人，并且在之后不久便开始经过那些不同程度废弃毁坏的荒废农场。接着，我注意到了几座依旧有人居住的房子——这些房子的破旧窗户里塞满了破布，满是垃圾的庭院周围扔着贝壳与死鱼。有一两次，我看见了一些看起来无精打采的人在贫瘠的园地里劳作，或是在满是鱼臭味的沙滩上挖蛤蛎；也看见几群肮脏不堪、如同猴子一般的孩童在满是杂草的门阶附近玩耍着。不知为何，这些人看起来比那些阴森凄凉的建筑更加让人不安——每一个人的动作与面孔中都有着某种古怪，虽然我无法确定为何古怪，也无法理解这种感觉，却本能地厌恶这些异状。有一会儿，我觉得这种典型的体形暗示了某些我之前见过的图像，也许是在书中，或是在某种特别恐怖或悲伤忧郁的气氛里；但是这种类似回忆的感觉很快便消散了。

当汽车行驶到低处的时候，我开始在这种反常的死寂中听到远处传来规律的瀑布水声。东倒西歪、没有上漆的房屋逐渐变得密集起来，排列在道路的两侧，显露出比我们身后风景更具城市风格的痕迹。前方的景色收缩成了一片街景，在有些地方我能看见一些痕迹，说明过去曾存在由鹅卵石铺设的街面与砖块修砌的人行道。所有的房屋显然都已经荒废了，偶尔房屋间还有些缺口，而立在其中摇摇欲坠的烟囱与地窖墙面还在诉说着那些业已坍塌的建筑。一切事物上都弥漫着人们能想象得到的、最为令人厌恶的鱼腥味。

很快我便看到了十字路口与岔道；那些位于左侧的道路通向那些未加铺设、破败衰落、污秽不堪的滨岸地区，而右侧岔路上的街景却依旧显露着过往的显赫与繁华。直到这时，我依旧没在城镇上见过任何人，但却遇到了一些迹象显示的确有稀少的居民生活在这里——我偶尔能看到被帘子遮挡起来的窗户，有时还能看见一辆停在街边的破烂汽车。渐渐地，铺设过的公路与人行道变得清晰起来，虽然大多数房子依旧相当古老——都是些19世纪早期的砖木结构——但它们显然得到了恰当的修缮，依旧适宜居住。而作为一个业余的古物研究者，置身在如此丰富而又一成不变的往日遗迹间，让我几乎已经忘记了嗅觉上的嫌恶与那种厌恶、反感的情绪。

但当我抵达目的地前，却对一处地方充满了非常强烈的厌恶情绪。公共汽车在路上经过了一处空旷的广场，或是道路四下散开的地方——那儿的两侧都耸立着教堂，街道中央还有一个圆形绿地留下的凌乱遗迹——而在右侧岔道的路口上，我看到了一座巨大的立柱礼堂。这座建筑外墙刷着的白色油漆已经变成了灰色，并且大多业已剥落。建筑山墙上黑色与金色的招牌也已褪色，我只能困难地辨认出“大衮密教”的字样。这就是那座被污秽异教占据的前兄弟会大厅。当我尽力解读这些铭文时，我的注意力被街对面那座有裂缝的大钟发出的刺耳声响给打搅了，于是我飞快地转向了自己座位这一侧的窗户，向外望去。

钟声自一座修建着矮塔的石头教堂上传来。这座教堂的建造时间显然要比这里的大多数建筑都晚。它遵循着一种笨拙的哥特式风格修建而成，有着一个高得不合比例的基座与装着百叶窗的窗户。虽然我所望见的这一侧钟盘指针已经丢失，但那一声声刺耳的钟声告诉我，此刻已经是11点整了。接着所有关于时间的念头都被一幅突然出现的景象给冲散掩盖了。那是一幅极为尖锐强烈同时又恐怖得难以言表的景象，在我真正意识到那是什么之前，就已经牢牢地摄住了我的心神。教堂地下室的门当时敞开着，露出内部长方形的黑色洞口。而当我望过去的时候，某个东西经过，或者似乎经过了那里面的黑暗；这个东西在我的脑里烙下了一个短暂却如同梦魇般的印象，虽然我无法从那东西上发现一丁点让人恐惧的地方，但这反而让事情变得更加令人疯狂与崩溃。

那是个活物——自从进入城镇完整部分后，除了司机之外，这是我看见的第一个活物——倘若我当时的情绪稍稍稳定一点，我绝不会从那东西身上发现任何令人恐惧的东西。在片刻之后我便意识到，那显然是位牧师；他穿着某些非常奇怪的教服——应该是大衮教团在调整了当地教堂的祭拜仪式后引入的新服饰。不过，在第一时间便抓住我的潜意识，并且为我带来一丝奇异恐惧的东西还是他头上那顶高大的饰冠；那个东西与前一天晚上蒂尔顿小姐向我展示的头冠简直一模一样。它激发了我的想象力，让饰冠下方那张看不清楚的面孔与穿着长袍蹒跚而行的身形多添了一份无可名状的不祥感觉。但我很快意识到，这并不能解释我为何会对那些好似记忆般的邪恶感觉感到一丝战栗。一个当地的神秘教团在他们内部选用一种因为某些古怪原因——或许是由于某些无主宝藏——而为社区居民广为熟悉的独特头饰不是非常自然而然的事情吗？

之后不久，我便看见人行道上零星出现了几个模样让人嫌恶的年轻人——那之中有单独的行人，也有两三个一伙沉默寡言的小群体。那些行将倾塌的房屋底层偶尔会开着商店，挂着肮脏破旧的招牌。而当汽车摇晃着前进时，我还看到了一两辆停在路边的卡车。瀑布的水声渐渐变得清晰起来，不久之后，我便看见前方出现了一道相当深的崖谷。崖谷上横跨着一座带有铁栏杆的宽敞公路桥，而桥的另一面铺展着一座广场。而当公共汽车叮当作响地开上桥后，我开始向两侧张望，注意到一些修建在草地断崖边缘与稍远地方的工厂建筑。下方峡谷深处的流水相当充沛，我能在右侧上游看见两座奔腾的瀑布，而左侧下游还至少有一座瀑布。这个时候，水流的声响已经变得颇为震耳欲聋了。接着，我们越过了河谷，开进了巨大的半圆形广场，然后驶向右侧，停在了一座有着圆形屋顶的高大建筑正面——建筑上残留着一些黄色的油漆，以及一个已经部分磨去、宣称它是“吉尔曼旅舍”的招牌。

我很欣慰地逃下了那辆汽车，并且立刻准备将自己的手提箱寄存进那间寒酸的旅馆大厅里。我只看见一个人，那是一个较为年长的男人，并没有我一直提到的那种“印斯茅斯长相”，不过我不打算向他询问任何困扰着我的问题；因为我还记得那些据说是发生在旅馆里的怪事。相反，我闲逛着走进了广场。这时候，公共汽车已经离开了广场，而我开始细致地打量起周围的景象来。

在铺砌着鹅卵石的大广场一侧是笔直的河道；而另一侧则被大约1800年那个时期修建起来的斜顶砖石结构建筑围了个半圆。几条道路从广场出发分别辐射向东南、南方与西南。路灯又小又暗，全都是低功率的白炽灯，让人觉得阴沉沮丧。虽然我知道晚上的月亮会很明亮，但我仍旧很高兴自己计划在入夜前离开这里。这里的建筑物状况还算不错，其中包括了大约一打正在营业的店铺；其中有一家由国立第一连锁店开设的杂货铺，其他还有一家午餐餐馆、一家药店、一家鱼类批发商店——另外在广场最东面靠近河边的地方还有一家同样的店铺，以及镇上唯一一家工厂的办公室——马什精炼公司。我还能看见大概十个人，以及四五辆零星停在周围的汽车与卡车。不必说，这就是印斯茅斯的镇中心了。往东我可以瞥见海港的蓝色风光，以及那三座在这海蓝色映衬下、象征着过去美丽风光的乔治亚式尖塔的破旧遗迹。而在河的另一面靠海岸的地方，我看见了一座白色的钟塔，我觉得那下面应该就是马什精炼厂的所在地。

出于某些原因，我决定先去连锁杂货店打听些消息，毕竟那里的员工不太可能是印斯茅斯的本地人。店里仅有一个大约十七岁的男孩负责，而我很高兴地注意到他相当开朗友善，肯定能提供一些让人愉快的消息。他似乎极端地渴望交谈，而我很快便意识到他并不喜欢这个地方，不喜欢这里的鱼腥味，也不喜欢生活在这里的鬼祟居民。任何外来者的话语对他来说都是一种解脱。他来自阿卡姆，眼下寄住在一个来自伊普斯威奇的家庭里，并且只要一有机会就会回家乡看看。他的家人并不喜欢他在印斯茅斯工作，但是连锁店将他调到了这里，而他不希望放弃这份工作。

他说，在印斯茅斯没有商会和公共图书馆，但我能在周围逛一逛。我过来时经过的那条街就是费德诺街。那条街的西面有些还算不错的老式住宅街道，像是百老街、华盛顿街、拉斐叶特街和亚当斯街——它的东面则是滨岸区的贫民窟。沿着中心大道走下去，我能在这些贫民窟里找到那些乔治亚风格的老教堂，不过它们在很早以前就已经废弃了。在临近区域走动时最好还是不要太过显眼，尤其是河流以北的地方，因为这儿的人大多阴郁愠怒，充满敌意。过去，甚至会有些陌生人从此失踪不见了。

这儿的某些地方对外人来说几乎算是禁地，为此他花了不小的代价才了解到这一情况。例如，外人不能在马什精炼厂周围长时间逗留，或是在任何一座依旧在使用的教堂周围徘徊，更不能在新格林教堂中的大衮教团大厅周围闲逛。那些教堂都非常古怪，其他地方的各个教会都竭力否认、排挤这儿的教堂，而且这些教堂里也采用了某些最为古怪的仪式与教服。他们的教义既异端又神秘，其中暗示人们可以通过某些奇迹般的转化进而在俗世里获得（某种程度上的）不朽肉体。引导年轻人的牧师——阿卡姆镇卫理公会[1]亚斯立教堂的华莱士博士——曾郑重地告诫他不要加入任何印斯茅斯当地的教会。

至于印斯茅斯的居民——年轻人几乎不知道该怎么理解他们。他们就像是生活在地穴里的动物一样鬼鬼祟祟极少被外人看见，而外人也很难想象他们在断断续续、随意散漫的打鱼工作之余是怎么打发时间的。也许（根据他们消耗私酿的数量来看）他们会像醉鬼一样躺着度过白天的大部分时间。他们似乎因为某种团体关系与共识而被闷闷不乐地联合在一起，鄙视、排斥着整个世界，仿佛他们已经进入了其他更加美好的永恒领域一样。他们的模样——尤其是那双永不眨动的、也从未有人见过曾闭合上的圆瞪双目——的确十分让人惊骇；而他们的嗓音也很令人作呕。在晚上听他们诵念圣歌绝对是一段可怕的经历，特别是在他们的主节日或是复兴日时——每年两次，分别在4月30日与10月31日[2]——尤为如此。

他们非常喜欢水，也经常在河流与海港里游泳。游去魔鬼礁的竞赛非常普遍，能在这里看到的所有人都能从事这种辛苦的运动。回想起来，公开能看见的都是些相当年轻的人，而这些人中的最年长者模样一般也最为丑陋邪恶。如果有什么例外，那绝大多数都是那些面貌没有异状的人，像是旅馆里的老员工。人们也在猜测生活在这里的年

---

[1] 卫理公会：基督教新教中的一个教会组织，前身是英国人约翰·卫斯理创造的卫斯理宗，后分裂，之后分裂出的美以美会、坚理会和美普会合并而成了卫理公会。

[2] 4月30日与10月31日：二者均为西方著名的与女巫活动有关的节日，分别为沃尔帕吉斯之夜（4月30日，五朔节前夜）与万圣夜。

长居民究竟变成了什么模样，猜想那种“印斯茅斯长相”是不是一种具有潜伏性的奇怪疾病，会随着年岁的增长逐渐发展显现出来。

当然，只有非常罕见的疾痛才能让一个成年个体在肢体结构上发生如此剧烈而彻底的变化，这种畸变甚至包括像是头骨形状这样骨骼方面的变化——但是，整体来看，这种外貌绝不会比这一疾病外在的可见特性更闻所未闻、更令人困惑。年轻人同样暗示说，想要在这件事情上得到任何真实的结论都是相当困难的；因为从未有外人亲自结识过一个当地人——不论他在印斯茅斯居住了多久。

年轻人言之凿凿地告诉我，某些地方还锁着许多比那些能看到的、最可怕的行人更加恐怖的怪人。人们偶尔会听到极为奇怪的声响。传说那些位于河流以北、行将倾塌的水滨屋舍下连接着许多隐匿的隧道，因而成为了一个货真价实的大杂院，圈养着那些无人见过的畸形怪胎。几乎不可能说清楚这些人身体里流淌着怎样的外国血液——如果真的有什么外国血统的话。偶尔，当政府的官员以及其他外部世界的访客来到镇里的时候，他们会刻意将某些特别让人憎恶的畸形藏起来。

我的消息来源说，向本地人询问任何有关印斯茅斯的事情都是毫无用处的。唯一可能开口的是一个模样普通、非常年长的老人。他居住在镇子北缘的贫民居里，平时常在周围走动，或是在消防站周围闲逛打发时间。这个老人名叫扎多克·艾伦，已经有九十六岁了，不仅是镇里闻名的酒鬼，头脑还有些不清楚。他是个古怪而鬼祟的家伙，时常会回过头去往后张望，像是害怕什么东西。在清醒的时候，没人能劝服他对陌生人开口。不过，要是给他一瓶最爱的毒药，他绝对无法抗拒；而酒精一旦下肚，他就会支离破碎地吐露记忆中某些最为令人惊骇的东西。

不过，从他那里拿不到什么有用的信息；因为他口中的故事既疯狂又荒诞，全都是些片段的话语，暗示着不可能的奇迹与恐怖——而这些故事唯一的来源只能是他自己脑中混乱的想象。从未有人相信他，但本地人依旧不喜欢他喝得酩酊大醉然后向陌生人胡言乱语；被人看见跟他搭讪，也不是件很安全的事情。兴许，某些最为疯狂的流言与谬见就是从他那里发展流传出来的。

几个生活在这里却并非本地人的居民不时会提到自己瞥见了某些非常可怕的东西，但在老扎多克的古怪故事与那些畸形难看的居民面前，无怪乎这种奇怪的幻觉会变得如此流行。没有任何一个非本地人会在外面待到很晚的时间，人们普遍有一种印象，认定这不是非常明智的举动。此外，户外的街道也阴暗得极其可憎。

至于生意方面——鱼类资源丰富到了几乎不可思议的程度，但是本地人在这方面的获利却变得越来越小了。此外，价格不断跌落，而竞争却日趋激烈。当然，镇子上真正的产业还是精炼厂，他们的商业办公室就在广场上，仅距我当时站着的地方有几个门面的距离。没人见过老人马什，但偶尔会有一辆紧关车门、拉上帘子的汽车开进工厂里去。

至于马什现在是副什么模样有着各种各样的谣言。他曾经是个出名的花花公子，而且人们传说他至今还穿着爱德华七世[1]时代流行的长袍华服——不过这些华服为遮掩某些残疾缺陷而做了修改。他的儿子们已经正式接管了广场上的办公室，但最近他们也逐渐淡出人们的视线，将诸多事务留给了更年轻的一代。他的儿子与女儿们逐渐变得非常奇怪，尤其是那些年长的；据说他们的健康状况也开始每况愈下。

马什有一个女儿，那是个遭人厌恶的女人，长着一副爬虫般的模样，常戴着大量怪异的首饰，而这些珠宝显然与那顶古怪的饰冠有着同样的异国风格。年轻人告诉我，他曾见过那些首饰好几次，并且听说它们出自某些秘密宝藏——海盗或恶魔的宝藏。修道士（或牧师，或者他们如今的称呼）也穿戴着这类装饰当作头饰；但平常人很少留意它们。那个年轻人没见过其他类似的首饰，但有谣言说，印斯茅斯镇上有很多同一类的珠宝。

马什家族与镇子上另三家大户名门——维特家族、吉尔曼家族以及埃利奥特家族——全都是些深居简出的人。他们住在华盛顿街的宽大宅子里。据说有些房子里还偷偷窝藏着某些尚还活着，但其面貌却

[1] 爱德华七世：19世纪五六十年代在位。

严禁被外人看见的同族；而家族早已对外宣称这些人已经死亡，并且在政府部门进行了登记备案。

由于许多街道标志已经不见了，年轻人帮我画了一张简陋但却丰富而仔细的地图，指明了镇子上的几个重要地点。经过短暂研究，我发现这张地图很有用，并在万分感谢后将它装进了口袋。由于路上看到的唯一一家餐馆脏乱得令我生厌，所以我在杂货店里买了许多奶酪脆饼与姜饼以对付接下来的午餐。我决定，自己要沿着主要街道走一走，与可能遇到的非本地人谈一谈，然后赶上8点的班车前往阿卡姆。我意识到这个镇子提供了一个重要而夸张的例子反映了社会衰退后可能发生的情况；但我并不是个社会学家，所以将自己的注意力放在了各种建筑物上。

于是，我沿着印斯茅斯那狭窄而又光线阴暗的街道，开始了系统却有些迷惑的探索。穿过桥后，我走向下游咆哮着的瀑布，紧接着经过了马什精炼厂，工厂里古怪地没有发出任何生产时间应有的噪音。这座建筑矗立在陡峭的河岸上，紧邻着另一座桥与街道会聚的开阔场地——我觉得这可能是最早的镇中心，在独立战争后才转移到了现在的镇广场。

我从中心大道的桥上再度横跨过了河谷，接着走进了一片完全废弃的地区——不知为何，这地方让我觉得有些不寒而栗。一堆堆行将坍塌的复折式屋顶组成了一道参差不齐却又奇妙古怪的天际线，而在这条天际线之上耸立着一座古老教堂的破旧尖塔——尖塔的塔顶已经倒塌，看起来阴森可怖。中心大道上的小部分房屋仍有人居住，但大多数都已被木板紧紧地封闭了起来。走下未经铺设的街道，我看见许多荒废的小屋上都敞开着黑色的窗口，其中的许多都因为地基的下陷而倾斜到了危险、甚至不可思议的角度。这些窗户看起来如此诡异可怖，甚至需要我鼓起勇气才能转向东面走向水滨地区。很显然，当房屋增多到足以构成一个完全荒废的城市时，一座废弃建筑带来的恐怖气氛将会得到几何级——而非线性——的膨胀。看到这些不见尽头的大道上充斥着空洞与死亡，想到这些相互关联起来的黑暗阴郁房间此刻已让位给蛛网、记忆与蠕虫，便会引起一种残存的恐惧与厌恶——

哪怕最为坚定的理性信念也无法将之驱散。

费希街与中心大道一样荒废，但不同的是，这里有着许多外形依旧完好的砖块与石头堆建起的仓库。而沃特街几乎就是它的复制品，不过这儿的建筑物间留着一些朝向海面的巨大缺口——那是过去曾修建着码头的地方。除了那些稀散分布在遥远防波堤上的渔夫外，我没有看见任何其他活物；除了海港里潮水的拍打声与马奴赛特河瀑布的咆哮外，我没有听见任何其他声音。这座城镇令我变得越来越紧张，甚至当我从沃特街大桥上返回时，不时鬼祟地向后张望。而根据镇子的草图，费希桥已经倒塌了。

河流的北面还有些凄惨生活的痕迹——沃特街上有正在营业的鱼产品打包作坊，四下里还能看见冒烟的烟囱与修补过的屋顶，偶尔还会听到不知哪儿传来的声音，不时还能在阴沉的街道与未铺设过的小巷里遇见蹒跚而行的怪人——但我似乎觉得这比南面的荒废更加让人觉得压抑。一方面来说，这里的人要比那些镇子中央的居民更加可怖与畸形；以至于我好几次邪恶地联想起了某些极为奇异荒诞的东西——我甚至无法确定这些想法从何而来。毫无疑问，印斯茅斯居民所表现的异国特征要比那些生活在遥远岛屿上的岛民更加明显——或者，这种“印斯茅斯长相”是一种疾病而非血统特征，如果真是这样，这一地区或许还存在更加严重的病例。

可是，还有一件小事让我感到不安和恼怒——那些隐约听到的声音的源头实在有些异样。它们原本应该从那些明显居住着人的房间里传来，然而实际上，那些被紧紧封闭着的建筑物里传出的声音却最为大声。我听见了木头在嘎吱作响，活物匆匆走过，还有一些可疑的沙哑噪音；而我不安地想起了杂货店男孩所提到的那些隐蔽隧道。突然之间，我发现自己正在想象那些发出这样声音的住户究竟长着一副什么模样。在这一区域，我还没听到过任何话语，并且不可思议地有些害怕会听到任何话语。

我仅仅在街上停顿了片刻，时间刚够自己看一看那两座分别位于中心大道与洽奇街上、漂亮而又破损的老教堂，之后便匆匆离开了那个水滨贫民窟。我下个目的地原本是新格林教堂，但不知为何，我却无法容忍自己再度经过教堂里那个戴着饰冠的修道士或牧师。此外，杂货店里的年轻人也曾警告过我，那座教堂，以及大衮教团会堂，都是陌生人不宜前往的地方。

因此，我继续向北沿着中心大道走向马丁街，然后转进内陆，接着从格林教堂北面安全地横穿了费德罗街，进入了那片位于北百老街、华盛顿街、拉斐叶特街和亚当斯街邻近区域，早已衰落的上层住宅区。虽然这些庄严而古老的大道看起来肮脏而杂乱，但它们那榆树荫下的尊荣华贵却并未完全褪色。一座座石头建筑吸引着我的视线，它们中的大多数全都衰老而破旧，在荒废的园地里被木板严实地围绕封闭起来。但每条街上都有一两座建筑显露出仍被使用着的迹象。华盛顿街上有一排大约四五座建筑依旧保存修缮得很好，还保留着照料得当的草地与花园。这些建筑中最奢华的那栋有着宽阔的阶梯花园，这些花园一直向后延伸到了拉斐叶特街上，我猜这就是精炼厂所有者，老人马什的家。

我没有在这些街道上看见任何活物，这让我怀疑猫和狗是不是全都离开了印斯茅斯。许多三楼与阁楼上的窗户都被严密地遮着，即便是在那些保存状况最为完好的建筑物中也是如此，这一情况也让我感到有些困惑与不安。这座满是死亡与陌生的寂静城市里似乎充斥着秘密与鬼祟，而我总是无法摆脱那种被监视着的感觉——仿佛一些圆瞪着、永不闭合的狡诈眼睛埋伏在四周紧盯着我一般。

当我左侧的钟楼发出3点的钟声时，我不由得打了个寒战。我依旧清楚地记得那座敲打出这些钟声的低矮教堂。沿着华盛顿街到河边，我看到了一片新地区——这是过去的工业区与商业区；我注意到前方有一座工厂的废墟，然后又看到了更多废墟，还有一座老火车站的遗迹，以及右侧峡谷上的廊桥式铁路桥。

我面前这座不知名的桥上立着一张警示牌，但我依旧冒险穿了过去，再度回到了南岸有人迹的地方。鬼鬼祟祟、踉跄蹒跚的怪人神秘地盯着我来的方向，而那些更加普通的面孔则冷漠而古怪地看着我。印斯茅斯很快变得让人难以忍受起来，我转往佩因路向着广场走过去，希望能在那辆还要等上许久的邪恶公共汽车正式发车前，随便搭上某一辆车前往阿卡姆去。

这时，我看到了左手边摇摇欲坠的消防站，并且注意到一个穿着普通破旧衣服、脸颊通红、胡须浓密、眼睛水汪汪的老头正坐在消防站前的长凳上，与两个衣衫不整、模样却并不畸形的消防员在说话。当然，这肯定就是扎多克·艾伦，那个疯疯癫癫、好酒如命的老头。而他口中关于印斯茅斯和印斯茅斯鬼怪的故事既不可思议又恐怖骇人。

III

肯定是某些反常的小鬼作祟，或是某些带有讽刺意味、来自黑暗隐匿源头的吸引，让我改变了原有的计划。许久之前我决心只将自己的注意力集中在建筑上，甚至在当时，我正急着走向广场试图找一辆快速交通工具离开这座在衰败与死亡中不断溃烂的城市；但当我看到扎多克·艾伦时，一个新的念头浮现在了我的脑海里，让我犹豫地放慢了脚步。

那个年轻人向我保证过，这个老头除了嘟哝些疯狂、破碎、难以置信的传说外什么也不会做；此外他还警告过我，与他说话并不太安全——尤其是被本地人看到的情况下；然而这个年长的老人毕竟见证了这座城镇的衰落，其所保留的记忆也能一直追溯到那段还有海船出入往来、工厂依旧兴旺运营的早期时代，因此对我来说，这是一种用任何理由都无法抗拒的诱惑。毕竟，那些最为怪异与疯狂的神话传说时常也仅仅是些基于事实衍生出的象征与寓言而已——况且，老扎多克肯定目睹了过去九十年来发生在印斯茅斯周边的所有事情。发作的好奇心盖过了理智与谨慎，在自己那年轻的自我主义怂恿下，我幻想着自己或许能用粗酿威士忌从他那里榨出一些夸张而混乱的倾诉，甚至还可能从这些故事里筛选出一段真实的核心历史。

我知道不能在这时候在这里与他交谈，因为那些消防员肯定会注意到我，并且会阻止我这么做。我觉得，我应该先弄一些私贩酒水——杂货店里的年轻人告诉了我一个能买到许多这类东西的地方。然后，我要表现得随意一点，继续在消防站周围闲逛，并在他开始惯常的闲逛的时候与他碰上一面。年轻人说他非常焦躁不安，极少会在消防站附近坐上一两个小时。

我在埃利奥特街上靠近中心广场的一家肮脏杂货店背后轻易地弄到了一夸脱[1]威士忌，可是价钱并不便宜。在那儿等着我的是一个看起来很肮脏的伙计，有一点儿那种眼睛圆瞪的“印斯茅斯长相”，不过行为举止倒是非常文明；也许是因为习惯了这类偶尔出现在镇上、寻找乐子的陌生人（例如卡车司机、黄金买家之类）的行为举止。

再度回到中心广场上时，我发现幸运女神正站在我这一边；因为当我绕过吉尔曼旅舍的角落，走出佩因街的时候，我一眼就瞥见了扎多克·艾伦那高大、瘦削、衣衫褴褛的身形。按照原定的计划，我挥舞了一下自己新买的酒瓶，试图吸引他的注意力；随后，当我转身进入韦特街，走向我能想到的最荒废的地区时，我发现他开始拖着步子渴望地跟在我的身后。

我根据杂货店里的年轻人所绘制的地图继续前进，走向南面那片我之前曾拜访过的、早已完全废弃的水滨地区。视线里唯一能看见的人就是那些站在远处防波堤上的渔夫们；只要再往南走几个街区，我便能完全地脱离他们的视线，而在这之后，我只需在某个废弃的码头上找两个座位，就能在没人注意到的情况下随意地询问老扎多克了。当我抵达中心大道之前，我便听见身后传来了一声喘着气的微弱叫喊：“嗨，先生。”于是我停了下来，让老头能赶上我的脚步，并继续发挥夸脱瓶里诱人的吸引力。

我们一同走到沃特街，然后转向南面，走进了无处不在的荒凉与疯狂歪斜的废墟当中。这时我开始试探他，却发现这个老头的口风比我想象得要紧。最后，我在摇摇欲坠的砖墙间看到了一处野草丛生、面向大海的缺口——靠近水边覆盖着苔藓的石堆提供了些尚能忍受的坐处，同时北面的一座仓库废墟也遮挡住了所有可能的视线。我意识

[1] 一夸脱：美制一夸脱大约是 0.946 升。

到，这是一个用来长时间密谈的理想场所，因此我领着自己的同伴走下了小巷，在长着苔藓的石头上找到了个地方坐了下来。死寂与荒凉的气氛显得有些阴森可怖，而鱼腥味也强烈得让人几乎无法忍受；但我决心不让任何事情妨碍到我。

直到这时，我还有四个小时可以用来进行交谈——如果我打算赶上8点的公共汽车前往阿卡姆的话。因此我开始分给这个老酒鬼更多的酒精，同时开始享用起自己的廉价午餐来。我小心地分给他威士忌，唯恐弄巧成拙，因为我希望从扎多克那里套出絮絮叨叨的醉话，而不是让他变成一个不省人事的醉鬼。在一小时之后，他谨慎鬼祟的沉默寡言开始出现松动的迹象，但让我颇为失望的是他依旧在转移话题，绕开了任何有关印斯茅斯，以及它那被阴影遮罩的过去的问题。他嘟哝着时事，显示出在新闻报纸方面涉猎广泛、颇为熟悉的模样，而且非常倾向以一种乡村式的说教口吻来从哲学上分析这些新闻。

两个小时后，我开始担心自己那一夸脱的威士忌可能不够撬开扎多克的嘴，并且思索着是不是该扔下老扎多克再买一些酒回来。可是，就在这个时候，机会却为我创造了一个靠提问一直无法打开的突破口；气喘吁吁的老人在闲谈时突然有了转变，同时也令我倾身向前更加仔细地聆听起来。这时，我背对着满是鱼腥味的海面，但他却面对着大海，而某些东西让他眼神游离地盯着远处那一线低矮的恶魔礁——此时那片暗礁正显眼地、近乎令人着迷地耸立在波涛之上。那幅景象似乎让他颇不高兴，因为他开始咒骂出一连串低声的诅咒，但最后却以一种秘密的嘟哝与心照不宣的睨视结束了自己的咒骂。他弯腰低向我，抓住了我外套的领子，低声说出了某些我绝对不会听错的话语。

“那就是所有一切开始的地方——那个被诅咒的、一切邪恶汇聚的地方，深水开始的地方。地狱大门——陡峭扎进一个没有正常人能触碰到的海底。老船长奥贝德犯下的事——他在南太平洋小岛上找到了一些对他有好处的东西。

“那时候，每个人都过得很糟。生意衰落，磨坊里没有客人——即便是新磨坊也没有——我们最好的居民在1812年战争时被一艘私掠船给杀了，或是与‘伊利兹号’以及‘漫游者号’双桅横帆船一同失踪了——它们都是吉尔曼家族的船。奥贝德·马什他还有三艘船在海上——双桅船‘哥伦比亚号’，双桅横‘帆船海蒂号’，还有三桅船‘苏门答腊女王号’。他是唯一一个在太平洋上继续进行东印度航线贸易的人，不过直到1828年的时候，斯德·马丁的‘马来·普莱德号’三桅船还出过海。

“没有什么人像是奥贝德船长——那个撒旦的老走狗！咳，咳！我还能记得他说过远方的地方，说那些去基督教会和顺从背负重担的人都是蠢货。说他们应该像印度的居民一样去崇拜一些更好的神明——那些会回报人们献祭、给信徒带来鱼群的神明，那些会真正回应人们祷告的神明。

“他以前的伙伴，麦特·埃利奥特，也说过不少类似的话，不过他反对人们做任何异教举动。他们说过一个位于奥大赫地[1]东面的岛屿。那地方有许多石头遗迹，古老得任何人都不知道关于这些遗迹的事情，有些像是波纳佩岛[2]和卡罗琳群岛[3]上的东西，但是那些东西上有雕刻出的面孔，看起来像是复活节岛上的巨大雕像。那附近还有一个小的火山岛，上面有其他一些完全不同的雕刻和遗迹——完全被磨蚀掉了的遗迹，好像是在海里泡了很久，上面布满了许多可怕怪物的图画。

“好吧，先生，麦特他说那些住在遗迹附近的当地人有抓不完的鱼，还有许多闪亮的手镯、护身符和头环，据说这些都是用某种奇怪的金子做成的，上面全是那种雕刻在相邻小岛上的怪物——上面画着某些像是鱼一样的青蛙，或是像是青蛙一样的鱼，摆着各式各样的姿势，就好像人类一样。没有人知道他们从哪里弄来这些东西的，当地的土著也不知道他们是怎么弄到那么多鱼的——就算非常靠近的岛屿上打不到鱼的时候，他们依旧能捕到很多鱼。麦特觉得这事很奇怪，

---

[1] 奥大赫地：大溪地过去的称呼。

[2] 波纳佩岛：西太平洋的岛屿，上面有大量史前人工遗迹。

[3] 卡罗琳群岛：西太平洋上的群岛。

奥贝德船长也是。此外，奥贝德还注意到许多俊俏的年轻人一年年地不见了，而且当地也没有什么老人。此外，他觉得有些人的模样看起来非常奇怪，就算是以卡纳克人[1]的标准来看也是。

“最后是奥贝德搞清楚了他们邪教仪式的真相。我不知道他是怎么办到的，不过他开始是和土著交换他们身上那些像金子一样的东西。然后问他们这些东西的来历，是不是能弄到更多东西，最后从他们的老酋长那里慢慢听到了整个故事——瓦拉基亚，他们这么叫那个酋长。除了奥贝德之外，没有人愿意相信那个黄皮肤的老魔鬼，但船长能够像读书一样看懂其他人。哈哈！我把这些东西告诉别人时根本没有人相信我，我也不相信你会相信，年轻人——但是，看看你，你有一双奥贝德那样锐利、能读人的眼睛。”

老人的嘟哝声变得微弱起来。即便我知道他的故事只不过是些酒醉后的幻想，但他语调中那种诚挚而又可怖的不祥意味仍令我觉得不寒而栗。

“啊，先生，奥贝德知道，这个世界上有些普通人从未听说过的事情——而且即便他们听说了也不会相信。似乎这些卡纳克人将许多年轻人和处女献祭给了一些生活在海底、类似神明的东西，然后从它们那里获得各种各样的恩惠。他们在那座有着古怪遗迹的小岛上与这些东西见面，而且那些关于半蛙半鱼怪物的图像就是这些东西的图像。或许真的有那样的生物，所以才有后来的美人鱼故事和绘画。它们在海床上建造了各种各样的城市，而那座岛屿就是从海里浮上来的。似乎，岛屿突然出现在水面上的时候，它们中的一些还生活在那些石头建筑里。卡纳克人就是这么知道它们生活在那下面的。它们打破局面后就立刻开始比画着和当地人沟通了，之后不久还达成了交易。

“这些东西喜欢活人祭祀。在很久之前它们这样干过，但后来和陆地世界失去了联系。我不能说它们对那些活人祭品做了什么，我猜奥贝德也没热心问过这些事情。但是对于异教徒来说这不是什么问

[1] 卡纳克人：生活在新喀里多尼亚的土著。

题，因为他们有过一段困难时期，渴望地想要所有东西。他们会给那些海里的东西送固定数量的年轻人，每年两次——五朔节与万圣节的时候——尽可能地规律。也给一些它们雕刻的小装饰。那些东西同意回报给他们许多的鱼——它们将鱼从海里的四面八方赶过来——偶尔还会交换一些黄金一样的东西。

“啊，像是我说过的，那些土著会跑到火山岛上与那些东西见面——带着祭典上的祭品坐着独木舟划到岛上去，然后拿着它们带来的所有黄金一样的珠宝首饰折返回来。起先，那些东西不会去大的岛屿，但后来它们想去哪里就去哪里。似乎它们很喜欢和人们混在一起，并且会在重要的日子——像是五朔节和万圣节——里参加人们的祭典活动。你看，它们能在水下和水周围生活——他们管这叫两栖，我猜。卡纳克人告诉它们，如果其他岛屿上的人看到它们，其他岛屿上的人或许会想要消灭它们。但是它们说它们不在乎，因为如果它们乐意，它们能够消灭所有人，不管是谁——只要他们没有画出特定符号——那种失落的上古者曾画过的符号。不过，它们怕麻烦，所以当其他人到岛上的时候，它们会隐藏起来。

“刚开始与那些蛤蟆一样的鱼做伴的时候，卡纳克人有些反感，不过后来他们学会了用新眼光看待事物。似乎人类也和那些水里的东西有着某些亲属关系——所有活着的东西过去都是从水里来的，而且只需要一点儿变化就能再度走回去。后来，那些东西告诉卡纳克人，如果他们和它们混血，就会得到一些起初看起来像是人类的小孩，但后来这些小孩会变得越来越像它们，直到最后这些小孩会进入水中，加入那些海底里的东西。这非常重要，年轻人——他们会变成那些鱼一样的东西，进入水中，永远都不会死。这些东西不会死，除非它们被暴力给杀死。

“唔，先生，似乎奥贝德后来知道那些岛民身上都流着那些深海怪物的鱼类血统。当他们长大后就会显现出来，他们会躲藏起来直到觉得自己可以进入水中离开陆地为止。有些会比其他人更加不正常，还有些永远无法完成变化进入水中；不过这些人中的大多数都会按照那些东西所说的一样发生变化。有些婴儿生下来就像是那些东西，那么他们就会变化得比较早；不过也有些像人的偶尔会在岛上待到七十岁的时候，不过他们通常会在那之前就进入水中开始尝试性地旅行。那些去水里的人一般会经常回来，所以那里的人常可以跟自己的曾曾曾外祖父说话，因为他们的曾曾曾外祖父在好几百年，或者更早之前就已经离开陆地去水里生活了。

“所有人都没有死掉的概念，除了是在与其他岛屿的居民乘独木舟打仗，或是被当成祭品献给住在海底的海神，或是在他们能够进入水底之前被蛇咬、患瘟疫，或是得了什么急性病。不过单单看着这种变化发生，那在一段时间里可不是一点半点的可怕。他们觉得自己得到和自己失去的一样好。我猜奥贝德在仔细想过瓦拉基亚的故事后，也是这么觉得的。不过，瓦拉基亚是少数几个没有鱼类血统的人——他是贵族家族里的人，他的家族要与其他岛屿上的贵族通婚。

“瓦拉基亚向奥贝德展示了很多与海底怪物有关的仪式和咒语，并且让他看了一些已经变得没有人形的村民。不过，不知道为什么，他没有带奥贝德见过任何一个刚从水里出来的那些怪物。后来，他给了他一个用铅块或者别的什么东西做成的、很有意思的东西——他说这东西能在打鱼的时候从任何一个有那些生物居住的地方捞上来。想要用它的话就将它扔进水里，然后配上合适的祷告与手势。瓦拉基亚愿意让这些东西分布到全世界，所以任何想要找它们的人就能找到一个巢穴，然后将它们带上来——如果它们愿意的话。

“麦特一点都不喜欢这事，他想让奥贝德离那个岛远一些；但船长急着想要发达，并且发现自己能很容易地从它们手里拿到黄金一样的东西，因此可以将这些东西派上特殊的用场。事情这么发展了好些年，奥贝德得到了很多金子一样的东西，足够让他在沃特街那间老旧磨坊里开上一家精炼厂。他不敢将那些东西整件整件地卖，因为人们会问他问题。不过，他的船员能够得到一些，并且不时将它们转手倒卖出来，虽然他们发誓对此保持安静；他也让自己的女伴穿戴一些很像是人类首饰的珠宝。

“后来，到了1838年——我还只有七岁的时候——奥贝德发现那些岛民在他出海的间隔里被消灭掉了。似乎其他岛上的居民听说了那里的事情，并且着手处理掉了这些事情。我猜他们肯定有那些古老魔法符号，就是那些海底怪物说它们唯一害怕的东西。说不定当一些小岛被大海抛出来，上面立着比大洪水还要古老的遗迹时，那些卡纳克人也会愿意冒险去看一看。那些虔诚的家伙——除了部分太大而没办法敲毁掉的遗迹外，他们没有在主岛和火山小岛上留下任何东西。在有些地方还放着一些小东西——就像是护身符——上面有些类似我们现在称为卐字的符号。或许那就是上古者的印记。岛上人都被消灭干净了，没有再找到任何黄金样的东西，周围岛屿的卡纳克人也对这件事只字不提，甚至都不承认那岛上曾经有人居住过。

“这事自然对奥贝德打击很大，尤其考虑到他的普通生意经营得相当糟糕。而且这事情对整个印斯茅斯都是个打击，因为在那段出海的日子里，船主得利润，船员们也相应地会得到部分的利益。大多数镇子周围的居民面对困难时期的时候就像是绵羊一样，逆来顺受，不过事情真的很糟，因为海鱼的产量逐渐收缩了，磨坊里的事情也不怎么样。

“这个时候奥贝德开始诅咒人们像绵羊一样逆来顺受，只知道对根本没有任何帮助的基督上帝祷告。他告诉他们，他认识一些人，那些人拜的神会回应祷告而且真正给予他们回报。如果有足够的人能站在他这一边，他也许能获得一定的权力，带来许多的鱼和不少金子。当然，那些在‘苏门答腊女王号’上工作过、见过那个岛屿的人都知道他的话是什么意思，而且没一个人不着急着想要接近那些海怪——不过他们不知道奥贝德所说的他要某种影响力是怎么一回事，所以他们开始问他怎样才能让人们信仰它们，把它们召过来。”

这时，老人颤抖着，喃喃低语，滑进了一种低落而忧虑的缄默中；紧张地向后望了一眼，然后又转过头来入神地盯着遥远的黑色礁石。当我向他说话时，他没有回答，因此我意识到自己必须让他喝完这瓶酒。这段疯狂荒诞的故事让我颇为着迷，因为我幻想着这其中有着一个有些粗糙简陋的寓意——这个寓意根植在印斯茅斯的怪状之上，并被想象力精心编织，进而立刻变得极富创造性起来，并且充满了零星异域传说的影子。从始至终，我都不相信这个故事真的有一点儿真正的实际基础；但他的讲述里却透着一种真实的恐怖，不过那仅仅是因为它提到的那些奇异珠宝显然与我在纽伯里波特看到的邪恶饰冠有着密切的关联。也许那些饰物终究还是来自某个奇怪的岛屿；可能这个荒诞的故事是奥贝德过去编出来的，而不是这个老酒鬼自己创作的。

我将酒瓶递给扎多克，而他直接喝光了瓶里的最后一滴酒。他能忍受如此多的威士忌实在有些奇怪，因为他那高亢、喘气的声音里居然没有丝毫的含混。他舔了舔瓶口，然后将它装进了自己的口袋，接着点着头开始低声地自言自语起来。我弯腰向前，想听清他可能说出的任何词句，并且觉得仿佛看到他那凌乱肮脏的胡子下有着一丝讪笑。是的——他的确说出了一些词句，而我所能抓住的只有一些片段。

"可怜的麦特——麦特他一个人反对这一切——试图拉拢人和他一起，和那些传道士讲了很久——没有用——他们把共济会的人赶走了，卫理公会的人也离开了——再也没有人见过浸礼会[1]里意志坚定的牧师巴布科克——上帝之怒——我那时年轻力壮，我听得清，看得明——大衮与亚斯他录[2]——贝利亚[3]和别西卜——金牛还有迦南人与非利士人的偶像[4]——巴比伦的可憎之物——弥尼，弥尼，提客勒，乌法珥新[5]——"

---

［1］浸礼会：又称浸信会，基督新教主要宗派之一。17世纪上半叶产生于英国以及在荷兰的英国流亡者中。

［2］大衮与亚斯他录：此处实际出自《圣经》，其中大衮（Dagon）是指非利士人的主神，亚斯他录（Ashtoreth）为西顿人的女神，又称天后。

［3］贝利亚：出自《圣经》，为《圣经》中的邪恶代名词。

［4］非利士人的偶像：出自《圣经》，指错误的信仰对象。

［5］"MENE, MENE, TEKEL, UPHARSIN."典故出自《圣经·但以理书》第五章二十五节。伯沙撒王摆设盛宴，席间出现人的手指在墙上写字，贤士无法解读这些文字，于是国王请来犹太人但以理进行解读。但以理告诉他文字的意思是"你时日无多"（或者引申为大祸将至）。此处的无意义的英文实际是墙上字迹的希伯来语发音。

他再次停顿了下来。看着他那水汪汪的蓝色眼睛，我觉得他已经和一个醉鬼没什么差别了。但当我轻轻地摇晃他的肩头时，他转向我，表现出了令人惊异的警惕神情，飞快地吐出了某些更加令人困惑的话语。

“不相信我，哈？嘿，嘿，嘿——告诉我，年轻人，为什么奥贝德船长和那些二十岁年纪的年轻人总是划船去恶魔礁，大声念诵圣歌，声音大到如果顺风的时候甚至在镇子的每个角落都听得见？告诉我这是为什么，哈？告诉我奥贝德为什么总是将笨重的东西从恶魔礁的另一面，那个礁石陡峭得像是悬崖一样扎进海底的峭壁上扔下去？告诉我他拿着瓦拉基亚给他的那个铅质玩意儿干什么？哈，年轻人？他们为什么在五朔节和万圣节的时候狂欢作乐？为什么那些新教堂里的牧师——那些过去是水手的家伙——穿着奇怪的袍子，头上戴着奥贝德带回来的金子样的东西？哈？”

这时那双水汪汪的眼睛几乎变得凶狠而狂躁起来，就连那肮脏的白色胡子也如同触电般直立了起来。老扎多克可能看到我战栗着向后缩回去，因为他开始邪恶地咯咯笑了起来。

“哈，哈，哈，哈！你知道了吧，嘿？过去我还能在晚上从自己家的圆顶阁楼里望见海面上的东西，那时候你也会想变成我现在这样的。噢，我告诉你，小孩耳朵尖，我没有错过任何关于奥贝德船长的谣言，还有那些前往礁石上的居民的谣言。嘿，嘿，嘿！我曾经爬上圆顶阁楼，用我爸的船员望远镜望见礁石上密密麻麻的全是某种东西。但是月亮一升起来，那些东西就都飞快地消失了。我说说这件事怎么样？那时，我看见奥贝德和他的人坐在一艘小渔船里。而那些东西从恶魔礁另一端的深海上消失了，再也没有出现……你想当那个小孩子吗？独自在圆顶小屋里偷看那些不是人形的东西？……哈？……嘿，嘿，嘿，嘿……”

老头开始变得歇斯底里起来，而我在一种莫名的惊恐中打了个寒战。他将粗糙的手放在了我的肩膀上，而我看得出它的颤抖完全不是因为喜悦。

“假设有天晚上，你看见奥贝德的平底船划到了恶魔礁外面，然后向水里扔下了某些笨重的东西，然后第二天得知一个年轻人在家里失踪了，你会怎么想？有人还见过海勒姆·吉尔曼的尸体或头发吗？他们还见过吗？还有尼克·皮尔斯、露利·沃特、阿多奈拉姆·绍斯维克、亨利·加里森？哈？嘿，嘿，嘿，嘿……那些东西用它们的手比画……它们真的有手……

“然后，先生，就是在这个时候，奥贝德又重新振兴起来了。我们看见他那三个女儿穿戴上了金子一样的东西——我们之前从未见过那种首饰，精炼厂的烟囱里又开始冒烟了。其他的人也跟着发达了——合适捕捞的鱼群开始涌进港口，天知道我们需要多大的货箱才能装完海产起航开往纽伯里波特、阿卡姆和波士顿。也就是在那个时候，奥贝德把铁路支线引到了这里。有些金斯波特的渔民听说这里的事情，也曾坐着小帆船过来捕鱼，但后来他们都失踪了。没有人再见过他们。那个时候，我们这儿的人组织了大衮密教，并且从髑髅地会堂手上买下了兄弟会大厅当作教团的驻扎地……嘿、嘿、嘿、麦特·埃利奥特是兄弟会的成员，还曾经反对过这桩交易，但那时候他已经被排挤出了视线。

“记住，我可没说奥贝德一心想继续自己在卡纳克岛上做过的生意。我觉得他一开始就打算要和那些东西混血，将年轻人变成永生的鱼。他想要那些金子一样的东西，而且愿意付出任何的代价，我想其他人在短时间里也对一切都感到很满意……

“等到1846年的时候，镇子里已经有了些意见和看法。太多人不见了——星期天的教会里充满了稀奇古怪的布道和传教——还有太多关于那座礁石的话题。我猜这和我也有些关系，因为我把自己在圆顶阁楼里看到的情景告诉了市政委员摩利。后来的一天晚上，那些跟随奥贝德的居民出海爬上了那座礁石，要举行一场聚会。我听见有枪声从平底船之间传过来。第二天，奥贝德和另外三十二个人都被关进了监狱，所有人都在猜测发生了什么事，都在猜测政府指控他们犯了什么罪要把他们统统抓起来。老天啊，如果有人能知道后来的事情……几个星期后，就在很长时间都没有人往海里扔什么东西之后……”

扎多克显露出了恐惧与疲惫的神情，因此我让他休息了一会儿，却一直依旧焦虑地盯着自己的手表。潮水已经转向，变成了涨潮，波浪的声音似乎惊醒了他。我很高兴潮水能涨上来，因为在涨潮时鱼腥味可能会变得淡一些。接着，我再度集中注意力，跟上了他的喃喃低语。

“那个可怕的夜晚……我看见了它们……我在圆顶阁楼上……成群结队……涌上来……老天啊，那天晚上印斯茅斯街上到底发生了什么……它们敲打着我们的门，但我的爸爸没有打开门……后来，他拿着自己的滑膛枪从厨房的窗户里爬了出去，去找市政委员摩利，看能帮上什么忙……全是死人和奄奄一息的声音……枪声和尖叫……老广场、镇广场和新格林教堂里全是尖叫……监狱的门被撞开了……声明……当居民们发现有一帮人失踪了之后，他们说这是一场瘟疫……要么加入奥贝德与那些东西，要么保持沉默，除此之外没有人能剩下……我再也没有看到我爸爸……”

老头喘着粗气，汗流不止。而他捏住我肩头的手也变得更用力了。

“等到早晨的时候，所有东西都被清理干净了——但却还有些痕迹……奥贝德那一伙人掌握了大局，声称事情要有所变化……其他人要与我们一起在聚会时举行礼拜，部分房子要空出来留给客人使用……它们想要像对卡纳克人一样与我们混血，而他却不觉得有必要阻止它们。奥贝德已经走得很远了……就像是在这方面入了迷一样。他说它们给我们带来了鱼与财富，所以它们也能得到它们想要的东西……

“对外面人来说，没有什么变化，如果我们还知道好歹，就应该避开陌生人。我们立下了大衮之誓，后来还有人让我们立下了第二道和第三道誓言。那些特别愿意提供帮助的，能够得到特别的奖赏——金子之类的东西——讨价还价绝没有用处，因为在那下面它们还有几百万个。它们不愿意爬上来消灭人类，但如果真的要这么做，它们能干出不少事情来。我们不像是南太平洋上的人一样，有着那种能够干掉它们的魔咒，而卡纳克人也永远不会泄漏自己的秘密。

“如果它们需要，我们就要给它们足够的献祭和还有野蛮人才喜欢的小玩意儿，并且在镇子里留下足够的居住地，它们就会安分地待着。不能去找陌生人，以免这儿的事泄漏到外面去——不要让外人来打听这里的事。全都要信教——大衮教团——儿童将永生不死，但却要回到母神海德拉与父神大衮那里去，因为我们过去都来自那里Iä! Iä! Cthulhu fhtagn! Ph'nglui mglw'nafh Cthulhu R'lyeh wgah-nagl fhtagn——”

老扎多克的故事很快便滑进了完全胡言乱语的状态，而我只能屏息而待。这个可怜的老头——那些酒精，加上他对身边衰败、怪异与病态的憎恨，到底将这颗充满想象力的大脑带进了怎样一个满是幻觉的可悲深渊。现在，他开始呻吟抱怨，眼泪流淌过他满是皱纹的面颊，流进他浓密的胡须里。

“上帝啊，我十五岁以来到底都看到了些什么——弥尼，弥尼，提客勒，乌法珥新！——那些失踪的人，那些自杀的人——他们把事情告诉了阿卡姆、伊普斯威奇还有其他那些地方的人，但他们都说这是疯话。就像你现在说我是个疯子一样。但是，老天在上，我看见的东西——早在很久之前，他们就想要杀我，因为我知道很多事情，但是我第一个接受了奥贝德提供的第二条大衮之誓，所以这保护了我，除非他们的评委会证明我故意将所知道的事情告诉了别人……但我不会立下第三条誓言，我宁肯死掉也不要那样——

“到了内战的时候，事情变得更糟了。当那些1846年之后出生的小孩逐渐长大了——那是它们中的一些。我很害怕，在那个可怕的夜晚之后，我就再也没四下打听过，也再没看到过它们中的任何一个——接近我的生活。是没有任何一个纯血的。我去参了军，如果我有一点点胆子或脑子，我就不会再回来，离开这地方远远的。但是人们写信告诉我事情已经没有那么糟糕了。我想，那是因为政府的征兵官在1863年的时候驻进了镇里。战争之后，事情又变糟了。人们开始堕落，商店和磨坊都关门了，海船也停运，港口也淤塞了，铁路荒废——但它们……它们一直都从那块该诅咒的魔鬼礁游进河里，或是游到河边。越来越多的阁楼窗户被钉死了，越来越经常从本应该没有人住的房子里听到奇怪的声音……

“关于我们这儿，外地人有他们自己的故事……看你刚才问的问题，我猜你也听他们说了不少。有些故事里讲了些他们偶尔能看见的事情，还有故事则是关于那些依旧从某些地方送过来，却并没有完全熔炼掉的奇怪珠宝。但他们不知道确定的事情。没有人会相信这里发生的任何事情。他们说那些金子样的东西是海盗的宝藏，说印斯茅斯人有外国血统，或者说我们有瘟热或者别的什么东西。而且，住在这里的人也会尽可能地赶走外地人。牲畜在人面前停住——马比骡子还差劲——但当他们坐上汽车后，一切又正常了。

“1846年的时候，船长奥贝德娶了他的第二个老婆。但是镇上的人压根没看见过她。有些人说他不愿意娶，但它们要求他这么干的。他和她生下了三个小孩，两个在很小的时候就不见了，但有一个女儿，她看起来和别人没什么两样，所以被送去了欧洲读书。奥贝德最后把她嫁给了一个什么都不知情的阿卡姆人。不过现在，外面已经没有什么人愿意和印斯茅斯人有来往了。现在管着精炼厂的巴纳巴斯·马什是奥贝德第一个老婆的孙子——长子万西弗鲁斯的儿子，但他妈也是它们中的一个，从来没见过，也从来没出门。

“巴纳巴斯现在已经到了要变形的年纪了。再也合不上自己的眼睛，不成人样。他们说他还穿着衣服，但很快就要回到水里去了。或许他已经尝试过了——它们会在自己擅长下水前，先去水里待一段时间。大家已经有将近十年没看见他了。不知道他那个可怜的老婆会怎么想——她可是从伊普斯威奇来的。他在十五岁迎娶她的时候，那些人差点把巴纳巴斯给私刑处死。奥贝德1878年的时候死了，他的儿子女儿们现在也不见了——第一个老婆的孩子都死了，其他的……天知道……”

涨潮的声音现在已近在咫尺了。这种声音似乎渐渐地改变了老头的情绪，将先前那种多愁善感的悲伤变成了一种充满戒备的恐惧。他不时地停下来，紧张地向后望去，或是瞥上一眼海面上的礁石。尽管他的故事疯狂而荒诞，但他举止中那种隐约模糊的焦虑不安却在不知不觉中感染了我。扎多克抖得更厉害了，并且开始提高了声音，似乎想要再度鼓起自己的勇气。

“嘿，你，你为什么不说点什么？你觉得住在这个镇上怎么样？所有东西都在腐烂死亡，每个转角都能听到关起来的怪物在黑暗的地下室和阁楼里爬行、号叫、四处乱跳。住在这样的镇子里怎么样？你想要听那些从大衮教团大厅里一晚又一晚传来的号叫吗？你知道那些号叫是在做什么吗？你愿意在五朔节和万圣节时听见那些从礁石上传来的恐怖声音吗？哈？觉得老头疯了吗？哈，先生，我告诉你那不是最糟糕的！”

这个时候，扎多克几乎是在尖叫了。他声音里那种疯癫的狂躁让我焦虑不安得几乎无法忍受起来。

“诅咒你，不要用它们那样的眼神盯着我——我说奥贝德·马什他现在在地狱里，而且会一直待在那里！哈，哈……在地狱里，我说！抓不到我——我没有做任何事，也没有告诉任何人任何事情——

“噢，你，年轻人？啊，即便我没有告诉任何人，不过我准备好说了！你坐在这里听我说，年轻人——这事情我还没有告诉任何人……我说过我在那晚之后就没再四下打探过——但我还是发现了其他的事情！

“你想知道真正的恐怖，哈？啊，那是——那不是那些大鱼魔鬼做过的事情，而是它们准备做的事情！它们从它们来的地方将一些东西带到了镇子里——它们已经这么做了好几年了，后来慢慢松懈了。河北面沃特街和中央大道之间的地方全是那些东西——它们带上来的魔鬼——等到它们准备好了……我说等到它们准备好了……你听说过修格斯吗？……

“哈，你没听清楚？我告诉你我知道它们在做什么——我有天晚上看见它们……呃——啊——啊！呀……”

老头那阵突如其来得让人毛骨悚然的尖叫声令我差点儿昏厥了过去。他的尖叫里透着不像是人类拥有的恐慌与畏惧。他那双一直越过我的肩头盯着鱼腥味海洋的眼睛明显地瞪大了；而他的脸变得像是希腊舞台悲剧中受惊恐惧的面具。他瘦骨嶙峋的爪子可怕地抓进了我的肩头，而当我转过头去，看看他望着的地方时，他一动也不动地僵在那里。

我什么也没看见。只有一阵阵涌上来的潮水，还有一连串比远方那条起伏的防波堤更近一些的波纹。但扎多克却摇晃着我，于是我转过头去，看着他那张从恐惧的僵直中逐渐融化的面孔。他慌张混乱，眼睑抽搐着，牙龈打颤地嘟哝出一些话句来。接着他的声音传了出来——虽然像是颤抖的耳语一样。

“快走，快走！它们看见我们了——快逃命！不要再等什么了——它们知道了——逃啊——快——从这个镇子上逃出去——”

接着，另一道大浪扑在了昔日码头留下的松散石堆上。而后这个疯老头的地狱变成了一阵让人血液凝固、完全不似人类的尖叫。

“咿——呀！……呀！……”

在我回过神之前，他已经松开了捏在我肩头上的手，疯狂地冲向了大街，逃向北面那堵已经毁坏的仓库高墙。

我向后瞥了一眼海面，但却什么也没看见。于是，我跟着走上沃特街，顺街向北望去，却再也没看到扎多克·艾伦的身影。

IV

在经历过这件烦乱而又可怖的事情后，我很难描述自己的心情——这段经历乍看之下疯狂、可悲、怪诞而又恐怖。虽然那个杂货店的年轻人令我早有准备，可尽管如此，现实依旧扑朔迷离令人焦虑。虽然这个故事幼稚荒唐，但老扎多克疯子般的坚持与恐惧却感染了我，让我渐觉不安。此外，我之前对于这个城镇，以及它那笼罩在无形阴霾下的荒芜的嫌恶更是混杂进了这种不安之中。

稍后我或许能仔细审视整个故事，提取出某些故事核心中那些有关过往历史的暗喻；不过这个时候，我只想着将它从脑海里赶出去。时间已经很晚了——我的手表显示已经到了7:15，而开往阿卡姆的车会在8点整离开镇中心广场。所以我试图让自己的思绪尽可能地自然与实际一点，同时飞快地穿过满是开裂屋顶与倾倒楼房的街道走向旅馆，好从那里取回自己寄存的行李，搭上前往阿卡姆的公共汽车。

傍晚时候的金色阳光为古老的屋顶与破旧的烟囱笼罩上了一种美好与平和的神秘氛围，让我偶尔不自禁地向后回望。虽然我很乐意离开这个臭气熏天、被恐怖笼罩的印斯茅斯——并且希望能搭上别的车辆，而不是去乘坐那个模样邪恶的萨金特所驾驶的公共汽车——然而我并不特别着急，因为在每个安静的角落都有值得细细审视的建筑细节；而且我估计，我能在半个小时内赶到那里。

我仔细研究了杂货店年轻人给我的地图，想找一条之前没有走过的线路。最后我放弃了斯台特路，决定沿着马什街走到中央广场去。走过佛尔街的转角时，我看到零星有几群鬼祟的人在窃窃私语。接着，当我最终抵达广场的时候，我看见几乎所有的闲人都聚集在了吉尔曼旅舍的大门前。我在大厅中要回了自己的行李，同时觉得似乎有许多双鼓起突出的苍白色眼睛正在一眨不眨地盯着我，而我也由衷地希望这些令人不快的家伙不会与我一同搭乘那辆长途汽车。

将近8点的时候，公共汽车载着三名乘客喀啦作响地开进了广场。人行道上一个面相邪恶的家伙向司机嘟哝了几个难以分辨的词句。接着，萨金特扔下了一只邮袋与一卷报纸，走进了旅馆里；而几个乘客——正是我早上从纽伯里波特过来时，在车里看见的那几个人——蹒跚摇晃着走上了人行道，与一个流浪汉含糊说了几句话。他们使用的是一种模糊的喉音单词，我敢发誓那绝对不会是英语。我登上了空荡荡的汽车，坐回到了来时曾坐过的座位上。但没等我坐定，萨金特却走了过来，开始用一种古怪而又令人厌恶的沙哑嗓音对我嘟囔。

似乎，我的运气糟透了。公共汽车的引擎出了些毛病，虽然它从纽伯里波特启程时还好好的，但公共汽车已经没法顺利地开往阿卡姆了。事实上，车子甚至可能都没法在当晚修好，此外也没有其他的交通工具可供我离开印斯茅斯，前往阿卡姆或是别的地方。萨金特对此深感抱歉，但我必须在吉尔曼旅舍里过夜了。也许店员能够为我打折降价，但除此之外也没有其他的补偿办法。这突如其来的障碍让我顿时头晕目眩，而这座大半区域缺乏照明的衰败小镇在入夜后的光景更让我感到了强烈的恐惧。虽然如此，我也只得离开公共汽车，再度走进了旅馆的大厅。前台那位愠怒而又模样古怪的值夜店员将顶楼的428号房间以一美元的租金分给了我——那是一间很宽敞的房间，但是并没有供应自来水。

尽管在纽伯里波特听说了不少关于这家旅馆的闲言碎语，但我依旧在旅客簿上签下了自己的名字，交纳了房租。接着，我将行李交给了店员，跟着一个乖戾、孤僻的服务生登上三层咯吱作响的楼梯，穿过了满是灰尘、看起来毫无人气的走廊。分配给我的是一个背街的房间，沉闷破旧，有两扇窗户，以及一些光秃秃的廉价家具。房间里能俯瞰到一个肮脏破旧的天井，以及一些围绕着天井、低矮又荒废的砖石大楼；此外，我还能看到一片向西延伸的破旧屋顶以及远侧的乡间沼泽。走廊的尽头有一间浴室——那是一间让人沮丧的老古董，里面安置着古老的大理石盆、锡桶、昏暗的电灯，还有一些围绕管道安装着的发霉木头支架。

这时天还亮着，我向下走到广场上，四下看看想找个地方用餐；却注意到那些模样畸形的闲人纷纷投来了奇怪的目光。因为杂货店已经关门了，因而我被迫光顾了之前自己刻意避开的那家餐厅。餐厅里有两个人，一个驼背、窄面、目光呆滞、眼睛一眨不眨的男人，和一个鼻子扁平、双手笨拙且厚实得不可思议的乡下女人。这里采取柜台结账。当发现大多数食物显然来自罐头与包裹时，我由衷地松了口气。一碗加了脆饼的蔬菜汤对我来说已经足够了。不久之后，我便起身离开，折返回吉尔曼旅舍里那间毫无乐趣可言的小单间；经过那个面貌凶恶的店员时，我从他桌边那张松散摇晃的台架上拿了一张晚报与一份满是肮脏污点的杂志。

当天色渐暗时，我打开了廉价钢骨床上方那只昏暗的灯泡，尽力继续阅读手中书报。我觉得最好还是让那些健康正常的事物完全占据自己的所有思绪；因为只要我还逗留在这座被荒凉气氛笼罩着的古老小镇里，那么过分思索它的畸形与反常就不会给我带来任何益处。从那个老酒鬼口中听来的疯狂轶事肯定不会给我带来非常愉快的梦境，而且我也觉得应该将他那双苍白黯淡的眼睛尽可能地从我脑海里赶出去。

同样，我也不能老是思索着那个工厂巡视员对纽伯里波特的售票员说过的故事，比如吉尔曼旅舍的异样，以及那些旅舍房客在夜晚发出的奇怪声响——我不能想那些东西。当然我也不能去想那张出现在昏暗教堂通道中、顶戴奇异冠饰的面孔；我依旧无法说明那张面孔为何会让我感到如此恐怖。倘若房间里不是这样阴森发霉的话，我或许能更容易地摆脱这些扰人心绪的事情。然而，那些严重的霉菌与镇上无处不在的鱼腥味令人毛骨悚然地混杂在了一起，让人不断地联想到死亡与衰败。

此外，这间客房的大门上没有门闩也让我觉得有些焦虑。门上留下的痕迹还清晰显示着房门过去的确安装着门闩，而另一些迹象似乎说明门闩是新近被取走的。毫无疑问，和这座古老建筑里的其他种种情况一样，这很不正常。我紧张地四处看了看，然后在衣柜上找到了一个看起来同样大小的插销。为了在这种无处不在的紧张气氛中寻求到一点实际的安慰，我用一把挂在自己钥匙扣上的三合一便捷工具中的螺丝刀将这个插销取了下来，将之转移到了门上空当处。新安装的插销非常合适，而当意识到自己能在睡觉后紧紧地闩上它时，我不禁松了口气。实际上并没有什么特别让人担忧的事情令我必须用到门闩，但是在这样一个环境里，任何象征着安全的事物都是有益的。通向旁边房间的侧门上也安装着门闩，因此，我也紧紧地闩上了它。

我没有脱衣服，而是决定一直读书读到困倦，然后脱掉外衣与鞋，直接躺下。另外，我从行李里拿了一只袖珍手电筒，放进了自己的裤子口袋里，以备晚上醒来时能看看表。然而，我并没有感觉到睡意；而当我停下来分析自己的念头时，我不安地发现自己实际上正在下意识地聆听寻找某些东西——聆听某些我非常畏惧，但又不敢言说的东西。那个巡视员的故事肯定对我的想象力造成了非常深刻的印象，甚至比我猜想的还要严重。我试着继续阅读，却发现毫无进展。

过了一会儿，我似乎听到楼梯和走廊上间断地传来了咯吱作响的声音，仿佛断续的脚步声。于是，我开始怀疑是不是其他房间里也住进了客人。然而，我却听不到别的声响。而更令我焦虑的是，这些咯吱声中似乎透着某种轻微的鬼祟意味。我不喜欢这种感觉，并且开始怀疑是否该继续睡在这里。这个镇子里有一些古怪的居民，而且无疑还发生过好几次失踪事件。难道这家旅舍会杀掉住宿的旅行者，谋取他们的钱财？但可以肯定的是，我看起来并不像是非常有钱的模样。

或者，这些镇民真的如此痛恨好奇的访问者？难道我明目张胆的观光旅行，以及频繁查阅地图的举动，引起了不友善的注意？接着，我意识到自己正处在极度紧张的状态，以至于一丁点咯吱声响也让我心疑到了这种程度——但不论如何，我依旧很遗憾自己没有带任何武器。

直到最后，我感觉到了疲惫，但却依旧没有丝毫睡意。于是，我闩上了刚装好门闩的房门，关掉了灯，躺在坚硬而又凹凸不平的床上——身上还穿着外衣和鞋子。在黑暗之中，夜幕下任何一丁点微弱的声响似乎都被放大了。加倍厌恨的思绪如同潮水般涌进了我的脑海。我开始后悔自己将灯关掉了，然而却又太过疲倦没办法站起来再将灯打开。接着，经过一段漫长而又枯燥乏味的间断后，我又听到了一阵从楼梯和走廊上传来的咯吱声。这阵微弱却该死的明显的声音像是一个险恶预示，仿佛我所有的焦虑都成真了一般。接着，毫无疑问，我听到有钥匙在——谨慎、鬼祟、试探性地——尝试打开房门的锁。

由于之前已有了模糊的恐惧，所以在认识到面临着实际的危险后，我的感觉反而更镇定了些。虽然没有确切的理由，但我仍本能地警觉了起来——好抢在这一全新而又真实的危机前占据先机，不论这场危机最后发展成什么样子。然而，当威胁从之前的模糊预兆转变成近在眼前的实际问题时，我依旧感到了深深的惊骇，仿佛真的遭到了重击一般。我一刻也没想过面前的摸索仅仅是个误会。我一心认定对方有着险恶的用心，并且保持着死一般的寂静，等待着入侵者的下一个举动。

过了一会儿，谨慎的摸索停止了，然后我听见有人用钥匙进入了北面的房间。接着，又有人在轻轻转动我房间侧门上的锁。当然，侧门的门闩还是闩着的，随后，我听见闯入者离开房间时发出咯吱声。过了一会儿，又传来了一阵轻微的咯吱声，让我意识到又有人闯入了南面的房间。于是，闯入者再次徒劳地尝试了一下被闩着的侧门，接着又踩着咯吱作响的地板渐渐远去了。这一次，咯吱声沿着大厅走下了楼梯，因而我知道闯入者已经发觉我房间的门都被闩着，并在或长或短的一段时间里放弃了尝试。

确认了这一情况后，我开始计划下一步的行动——这说明我当时潜意识里依旧在害怕某些威胁，并且已事先花了好几小时考虑逃跑的路线。从一开始，我便觉得门后的那阵子摸索举动意味着一个无法战胜也不能与之照面的危险，只能尽可能突然地逃出去。我所能做的只有尽快地活着从旅舍里跑出去，而且不能从前面的楼梯与大厅离开，必须另寻他法。

我轻轻地爬起来，打开了手电筒的开关，想要点亮床头的电灯，挑选一些随身物件装进口袋里，然后抛下行李，迅速逃走。然而，当我摁下电灯开关后，什么也没发生；接着，我意识到电源已经被切断了。显然，某些颇具规模并且神秘而又邪恶的活动正在逐渐展开——但其中的情况我却说不上来。当我站在那里一面摸着此刻已经毫无用处的开关一面深思熟虑的时候，我听到一阵咯吱声从地板下方传了上来，接着又隐约觉得听到一些几乎无法分辨的声音在交谈。过了一会儿，我开始不太确定下面传上来的声音是不是交谈声，因为那些明显粗哑的咆哮与只有些许音节的鸣叫与人类的语言鲜有相似之处。而后，我对那个工厂巡视员夜晚时在这间满是霉味、让人厌恶的建筑里所听到的声响有了全新的想法。

借着手电筒的帮助，我往口袋里装满了东西，然后戴上了帽子，踮着脚尖走到了窗户边，试图看看有没有办法从窗户爬下楼去。虽然州立的安全条例做过明确要求，但旅馆的这一侧仍旧没有安装任何火灾逃生楼梯。而且我发现从窗台到鹅卵石铺设的天井之间有三层楼落差，陡峭无比，没有其他的通路；不过一些古老的砖石商业大楼与旅舍毗邻；它们倾斜的屋顶与旅舍四楼之间的高度差并不大，完全可以跳下去。但是，如果我想从旅舍跳到任何一排建筑上，我都必须进入距离自己房间两个门的另一间客房——不论是北面的客房还是南面的客房——而我的大脑立刻便开始估计自己有多大机会能顺利地转移到其他房间里去。

我想，我不能冒险走到走廊上去；因为我经过走廊的脚步声肯定会被其他人听到，而且经由走廊进入那两个房间的难度颇高。如果我必须这么做，那么最好还是通过房间里不那么结实的侧门穿过去；我需要暴力打开门上的插销与锁，将肩膀当作攻城锤撞开任何阻挡我前进的东西。由于房屋与固定装置已经摇晃松动，所以我觉得这样的做法还是非常可能成功的；但我也知道自己没法在不发出任何响动的情况下完成这一任务。在任何敌人用钥匙打开正确的房门抓住我之前，我能依靠的只有自己的速度。我可以将写字台推到门后加固自己的房门——但只能一点一点地推，以便尽可能地降低发出的声音。

我预感到自己的机会非常渺茫，也完全准备好应对任何灾难性的后果。即便逃到其他屋顶上也并不能完全解决问题，因为我还需要爬到地面，然后从镇上逃出去。不过临近建筑荒废甚至几乎坍塌的状态对我来说是个好消息，而且每一行建筑物上都敞着许多黑色的天窗。

根据杂货店年轻人的地图来看，我最好的逃跑路线是向南。我先瞥了一眼房间南面的侧门。然而它是朝我这面打开的——我拉开了门闩，却发现还有其他固定物卡在门后——因此这并不是条合适的路线。由于放弃了这条线路，我小心地将床架搬到了门后挡住了这扇侧门，以便稍后能阻挠那些试图从隔壁房间闯进来的袭击者。北面的侧门是向外开的，尽管它也被紧紧锁着或是在另一侧插着门闩，但我知道这就是我的逃跑通道。如果我能跳到佩因街的屋顶上，并且成功地向下爬到地面，那么我就能经过天井穿过相邻或对过的建筑逃到华盛顿街或贝茨街上——或者，我也能沿着佩因街走下去，在路口转向南面逃到华盛顿街上去。无论如何，我都会想办法跑向华盛顿街，尽快远离中心广场。我希望自己能绕过佩因街，因为那条街上的消防站里可能整夜都有人驻守。

我一面思索着这些事情，一面望向那片仿佛肮脏海洋一般起伏在下方的破败屋顶。刚过满月，月光将那片屋顶照得很明亮。在我的右侧，风景被那条幽深的河谷划出了一道黑色的切口；那些废弃的工厂与火车站就如同藤壶一般攀附在裂口的对侧。在那之后，生锈的铁轨与罗利路穿过一片沼泽湿地，向远方延伸过去。沼泽湿地很平坦，而那些生长着灌木、较高也较干燥的土堆如同岛屿一般点缀其中。在我的左边，河水流淌的乡野则要更近一些，通向伊普斯威奇的狭窄小路在月光下显得很白亮。但是，从我在的位置上看不到南面那条通向阿卡姆的小路——那是我准备逃亡的线路。

我一直犹豫不决地思索着该何时撞击房间北面的侧门，又该如何做才能尽可能地减小动静不让人听见。接着，我注意到脚下那些微弱的声音已经消失了，而楼梯上再度传来了新的、也更沉重的吱呀声。然后，一道摇晃闪烁着的光线透过房门上的气窗射了进来，走廊地板因负担上了沉重的重量而开始呻吟。一些模糊不清、可能是说话的声音传了进来，然后我的房门外传来了一阵重重的叩门声。

在那一瞬间，我屏息而待。其间似乎流逝过了无穷的时光，弥漫在四周、令人作呕的鱼腥味似乎在突然间极端浓烈起来。然后又传来了一阵叩门声——那声音响个不停，而且越来越大。我知道是行动的时候了。我向前拉开了北面侧门的门闩，振作起来准备好撞开它。叩门声变得非常响亮起来，我希望那声音能够盖过我撞门时发出的动静。直到最后，我一次又一次地用肩膀撞在薄薄的门板上，完全不去理会疼痛与惊恐。这道木门比我想象的更加结实，但我并未就此放弃。与此同时，门外的吵闹声也在不断增大。

终于，侧门被我撞开了，但我知道撞门的动静必然被外面听见了。几乎是在同时，叩门声变成了一阵剧烈的猛击，而两边的房门里也响起了不祥的钥匙声。我飞快地冲过敞开的侧门，成功地在对方打开门锁之前插上了北面房间的门闩；但当我这么做的时候，我听见北面的第三间客房——那间我希望能从窗户边跳到房顶上的房间——的房门里插进了一把钥匙。

在那一瞬间，我感到了完全的绝望，因为此刻我似乎完全被困在了一个没有任何窗户出口的小房间里。接着，在一个可怕而又不可思议的瞬间里，我瞥了一眼之前那个入侵者在这间客房里试图打开侧门时留在灰尘上的痕迹，同时感到了一阵异乎寻常的恐惧。然后，尽管希望渺茫，但恍惚的无意识反应仍在继续，我继续冲向了下一扇侧门，盲目地撞上去，试图冲过这道障碍——假设门后的插销碰巧并不像之前这道门那样结实，那么我就能抢在外面的人打开第三扇门之前将门闩插上去。

我的暂时脱困纯粹得益于幸运，因为第二道侧门并没有上锁，实际上还开着一道缝。我迅速穿过了侧门，接着冲上去用自己右侧的膝盖与肩膀抵住了正向内打开的房门。开门的人显然没有留意到我的举动，因为我用力一推，门便砰地关上了。接着，我像前几扇门一样插上了门后那只状况依旧良好的插销。在我获得这短暂喘息的时刻，我听见另两扇门后的敲打声渐渐地弱了下来，接着一阵混乱的撞击声从之前我用床架挡住的那扇门后传了过来。显然那伙攻击者已经进入了靠南面的房间，开始从侧面向我进攻过来。但与此同时，北面隔壁客房里也传来了钥匙插进锁孔的声音，因而我知道危险已经迫在眉睫了。

房间向北的侧门大开着，但我已经没时间思索该如何阻止厅堂里钥匙转动的门锁了。我所能做的只有关上并闩好房间两侧敞开着的门——推上床架挡住其中一扇，然后用写字台挡住另一扇，接着将脸盆架横在了房门前面。我意识到自己必须相信这些权宜之策能暂时掩护我，保证我能跳出窗户，逃到佩因街大楼的屋顶上去。但即使在这样紧要的关头，我最担心恐惧的却并不是眼下防御措施脆弱不堪。虽然我不时会听到令人毛骨悚然的喘息、嘟哝还有低沉的吠叫，但是却从未听见这些闯入者喊出任何清晰或是明白易懂的话语来——这让我觉得不寒而栗。

当我推开家具、冲向窗户的时候，我听见一阵恐怖的疾跑声从走廊里传了过来，涌向我北面的房间。接着，我意识到南面的敲打声已经停息了。显然，我的大多数敌人都集中到了那扇能够直接抓住我的薄弱侧门边。窗外，月亮照亮了下方建筑的屋脊，我看见了着陆点那陡峭的坡面，并且意识到这一跳将极度危险。

简单权衡后，我选择了两扇窗户中更偏南的那一扇作为逃生之路；准备落在屋顶靠里侧的坡面上，然后跑向最近的天窗。一旦进入任何一座古旧砖石建筑，我就必须准备好对付其他人的追逐；但我希望能爬下去，在天井里那些敞开着的大门内外躲过追捕者，最终逃到华盛顿街，然后逃出镇子跑向南方。

北面侧门的撞击声此刻变得猛烈而可怕，我看到脆弱的门板开始裂开。显然，围攻者用上了某些沉重的物体，将它们当作攻城锤来击溃我的防御。然而，门后的床架还挺得住；因而，此刻至少还有些许机会能让我从容地逃出去。当我推开窗户时，我注意到窗户侧旁挂着厚实的丝绒窗帘——窗帘的上端固定在一些环绕着横杆的铜环上；此外我还注意到窗户外还有一大块突出在外、用来安装百叶窗的支架。这些东西让我意识到自己有办法能避开那危险的一跃。我猛地扯动那些窗帘，将它们连着横杆一同拉了下来，接着飞快地将其中两个铜环挂在百叶窗支架上，然后用尽力气将窗帘扔了出去。厚实的折叠窗帘完全垂到了毗邻的屋顶上，同时，我相信这些圆环与支架完全有可能负担住我的体重。因此，我爬出了窗户，顺着这条临时的绳梯滑下去，永远将吉尔曼旅舍那充斥着病态与恐怖的房间抛在身后。

很快，我便安全地落到了陡峭屋顶那松动的石板上，在没有打滑的情况下顺利地爬到了敞开着的黑色天窗边。我回望了一眼刚才离开的窗户，发觉里面依旧一片漆黑；但穿过林立的破旧烟囱，我能看见大衮教团大厅、浸礼会教堂以及令我不寒而栗的公理会教堂里都不祥地闪亮着强烈的光芒。下方的天井里似乎没有人，因此我希望自己能有机会抢在引起大部分人的警觉之前从这里逃出去。我点亮了袖珍手电筒照进天窗里，却发现没有楼梯供我下去。不过，天窗的位置并不高，因此我抓住窗缘然后跳了下去；掉落在一片满是灰尘、散落着破旧箱子与木桶的地板上。

这个地方看起来阴森可怕，但我已经无暇顾及这些，立刻借着手电筒的光照寻找起了向下的楼梯——其间我匆忙地瞥了一眼手表，发现已经是凌晨2点了。楼梯咯吱作响，但听起来还应该承受得住我的重量；因此我冲了下去，闯过了一个谷仓样的二楼，跑向一楼的地面上。这座建筑已经完全被废弃了，只有一阵阵回音还在回应着我的脚步声。随后，我来到了低处的大厅里。在大厅的一端，我看见了一个透着微光的模糊长方形洞口——那是通向佩因街的残旧大门。于是我转过头向着另一侧跑去，发现后门也开着；于是我冲下五阶石头台阶，跑进了长满野草、铺着鹅卵石的天井。

月光照不到这儿，但我即便不用手电筒照明也能看清楚逃跑的路线。吉尔曼旅舍里的某些窗户已经昏暗地亮了起来；同时，我觉得自己还听见一些房间里传出混乱的声响。接着，我悄悄地走向了天井中靠近华盛顿街的那一侧，并望见了几扇敞开着的大门。于是，我逃进了最近的那扇门里。大门后的过道很黑，当我一直走到过道的底端时才发现通向街道的大门被牢牢地楔住了，根本无法移动。为了尝试其他的路线，我摸索着沿路返回了天井，但在即将抵达出口前突然停顿了下了。

因为一大群可疑的怪人从吉尔曼旅舍的一扇侧门里拥了出来，无数提灯在黑暗里左摇右晃，许多人操着可怕而聒噪的嗓音低声交谈，而他们所说的词句肯定不是英语。人群开始无头苍蝇似的乱转，为此我松了一口气，因为他们不知道我去了哪里；虽然如此，他们依旧让我恐惧得全身战栗。我看不清他们的面貌，但那种蜷缩、蹒跚的步态让我感到了不同寻常的嫌恶。更糟的是，我看见有个人穿着奇怪的长袍，还佩戴着一顶模样非常熟悉的饰冠。当人们在天井里散开后，我开始恐惧起来。我能不能在这座建筑里找到通向外面大街上的出口呢？鱼腥味浓得让人厌恶，甚至让我怀疑自己会不会因此昏迷过去。于是我再一次地摸索着走向街道一侧，打开了一扇门，离开了走道，钻进一间安装着无框百叶窗的空房间里。借着自己手电筒射出的光亮，我胡乱摸索了一会儿，然后发现自己可以打开那几扇百叶窗；接着，我从房间里爬到了外面，然后小心地按照原样将它们关了起来。

此刻，我已逃到了华盛顿街上。一时间，我看不到任何活人，也见不到除了月光之外的其他光亮。不过，我听见几个方向上的远处都传来了嘶哑的嗓音、脚步声还有一种不太像是脚步声的古怪拍打声。显然，我没时间松懈。罗盘指针的位置看得很清楚，而我也很高兴地发现路灯已经关了——在那些不发达的乡村地区，人们总是习惯在月光明亮的晚上关上路灯。有些声音从南面传了过来，然而我依旧保持着既定的逃离方向。我知道，即便我在那儿遇上了某些或某群看起来像是追捕者的居民，也能找到大量废弃的宅邸门户供我藏身。

我走得又轻又快，一路上贴着那些废弃倒塌的房屋前进。由于先前艰难的攀爬让我弄丢了帽子，而且把头发弄得一团乱，因此我并不是特别惹人注意；即便被迫偶然遇到几个路人也有很大机会能在不引起注意的情况下溜过去。经过贝茨街的时候，我躲在一个敞开的前厅里看着两个蹒跚的身影从我面前走了过去；而后，我很快回到了路上，走向前方开阔的空地——埃利奥特街在那里与华盛顿街斜叉而过，形成了南面的十字路口。虽然我之前没见过这个地方，但根据杂货店年轻人给我的那张地图来看，这是个很危险的地方；因为月光会敞亮地照在这片空地上。但是我也没办法绕开它，因为其他的可选路线都需要迂回，进而导致被人发现的灾难性后果，或是拖延了逃跑的时间。我能做的只有大胆而公开地从上面穿过去；尽可能地模仿那种典型的、印斯茅斯人特有的蹒跚步态，同时希望没有人——或者至少没有任何追捕者——出现在那里。

我不知道追捕者的组织究竟有多严密——事实上，我都不知道他们的实际目的是什么。镇上似乎不同寻常的活跃，但我猜自己逃跑的消息还没有完全传播开来。当然，我很快就要从华盛顿街转向某些向南的街道；因为那些从旅馆里出来的人无疑会追在我后面搜查。我肯定在最后那座老建筑的尘土里留下了脚印，让他们意识到我是如何逃到街上去的。

就像我预计的那样，月光敞亮地照在空旷地上；我甚至能看到路中央那块花园模样、被铁栏杆围着的绿地。虽然镇广场方向传来的某些古怪的忙乱或喊叫声正在变得越来越大，但幸运的是这一带并没有人出没。南街很宽，以一个很小的坡度径直延伸向水滨地区，因此可以从这里一直望到海上很远的地方；而我希望自己在明亮的月光下穿过街道的时候，不会有人在远处瞥见我的身影。

横越街道的举动顺畅无阻，而我也没听到任何新的声音暗示说明有人发现了我的行动。我四下望了望，而不经意地慢下了脚步，看了一眼海上的景色。在明亮月光的照耀下，街道尽头的海面波光粼粼、闪亮夺目。而在防波堤外、更远处的海面上，恶魔礁看起来就像是一条朦胧深暗的细线。当我望着那座礁石的时候，我不由自主地想起了过去三十四个小时以来听说过的所有恐怖传说——传说里将那块崎岖的岩石描述成一个真正的入口，连接着充满了深不可测的恐怖与不可思议的畸怪。

接着，在毫无预兆的情况下，我看见远处礁石上出现了断断续续的闪光。那些光亮非常明显，决计不会认错，并且在我的脑海里唤起了无法理性去衡量的盲目恐惧。我的肌肉紧绷，准备在恐慌中夺路而逃，但某种无意识的谨慎与近乎催眠般的魔力让我呆立在了原地。更糟糕的是，此刻在我身后，东北方若隐若现的吉尔曼旅舍那高高的圆顶阁楼上也射出了一道光亮——那光亮时暗时亮，中间穿插着一连串相似但又不完全相同的间断，显然是一种应答的信号。

我控制住了自己的肌肉，再度意识到自己正站在非常显眼的位置上。于是，我继续开始伪装那种蹒跚步伐，但眼睛却一直盯着那片可憎又不祥的礁石——只要还能沿着开阔的南街看到那片大海。我无法想象，这个过程究竟意味着什么；只知道它包括了某些与恶魔礁有关的奇怪仪式，或是某些人驾船登上那座不祥的岩石。接着，我转向左边，绕过已经毁坏的绿地；眼睛却依旧盯着那片在幽灵般的仲夏月光中粼粼闪亮的海面，同时也看着那些让人费解的无名信号灯所射出的神秘光束。

也就在那个时候，最为恐怖的景象向我袭来——那景象摧毁了我最后一丝自制，让我疯狂地逃向南方，奔跑在荒无人烟、如同噩梦般的街道上，经过一座座敞开着的漆黑门洞与一排排如同死鱼眼珠般圆瞪着的窗户。因为当我瞥向近处时，我发现礁石到滨岸之间那块被月光照亮的水域里并不是空着的。大群身影在那一片水域里拥挤着游向镇子；而且虽然距离遥远，但我只看了片刻就敢断言那些不断沉浮的脑袋与拍打着的手臂全都怪异畸形得几乎无法描述，也无法有意地构想出来。

当我停下疯狂奔跑的脚步时，自己已经跑过了一个街区。之所以在这时停下来，是因为我听见左边传来了一些响动，仿佛是有组织的追捕者行动时发出的叫喊与活动。那其中有脚步声，还有从喉咙里发出含混音节，以及一辆咯吱作响的汽车气喘吁吁地沿着费德诺街驶向南面时传出的动静。在这一瞬间，我所有的计划全都改变了——因为如果他们赶在我之前封锁了向南的大路，那我显然必须寻找另一出口逃离印斯茅斯。我停顿了下来，躲进了一处敞开着的门洞里，觉得自已实在很幸运，居然赶在那些追捕者从平行的街道走过来之前离开了月光照亮的开阔地区。

但接下来问题就不那么令人欣慰了。因为追捕者已经走上了另一条街，显然他们并没有径直跟在我的后面。他们没发现我，仅仅是简单地遵照着一个大致的计划，试图切断我逃跑的路线。然而，这也意味着所有离开印斯茅斯的道路上都有类似的巡查队伍；因为镇子上的居民不可能知道我准备从哪条路上逃跑。如果是这样的话，我可能需要避开所有公路，穿过乡野，逃离印斯茅斯；但考虑到周边地区全是盐沼、溪流交错，我怎样才能顺利穿越这些障碍呢？一时间我心乱如麻——不仅是因为完全的绝望无助，也因为身边突然聚起了一股不祥的鱼腥味。

接着，我想起那条通往罗利、早已被废弃的铁路线。那里有着杂草丛生、用石子铺设的坚实路基，而且这段路基从河谷边缘那座行将倾塌的火车站起始，一直延伸往西北方向。镇上的居民有可能不会想到这条线路，因为那里满是荆棘、荒无人烟，几乎无法通行，同时也是一个逃亡者最不可能选择的逃跑路线。我曾从旅馆窗户边清楚地望见这条铁路，也知道它的走向。但是让人不安的是，罗利路和镇子里的高处都能看见铁路刚开始的那一段路基；不过我或许可以在不被察觉的情况下，从那些灌木间爬过去。不论如何，这是我逃亡的唯一机会，除了试一试外再无他法。

我退回到了身后荒废藏身处的大厅里，再一次在手电筒的光照下检视起杂货店年轻人交给我的地图。眼下最重要的问题是该如何抵达那条古老的铁路线；我发现最安全的路线是朝着巴布森街走，然后向西走到拉斐叶特街，虽然需要转弯，但是这样并不需要像之前那样横穿过开阔地。接着，转向北面与西面，以之字形路线沿着拉斐叶特街、贝茨街、亚当斯街与邦克街继续前进——后者就在河谷的边上，一直走到我从窗户里看到的那个摇摇欲坠的废旧火车站。至于朝巴布森街走是因为我不想再冒险穿过之前的开阔地，也不想沿着南街这样宽阔的交叉路段向西前进。

我再一次起程前进，穿过街道，到达街的右边，准备在尽可能不引起注意的前提下绕到巴布森街上去。吵闹声依旧从费德诺街传过来，当向后瞥去时，我觉得自己看到那座我在不久前离开的建筑边亮起了一些光亮。由于急着离开华盛顿街，我开始悄悄地快步轻跑，希望不会被任何正在侦查的眼睛望见。在巴布森街的下一个转角，我警惕地看到有一间房子里还住着人，他们窗户上挂着窗帘也证实了这一情况；但那里面并没有光亮，于是我安然无恙地从旁边走了过去。

巴布森街与费德诺街相交而过，所以那些搜寻者有可能因此发现我的踪迹。在这条街道上，我尽可能地紧贴着那些高低不平、倾斜下陷的建筑前进；其间两次因为身后响动短暂增大而躲进了路边的门洞里。前方的空地在月光的照耀下显得宽敞而荒凉，但眼下这条逃跑路线并不需要我穿过这一区域。在我第二次停下来后，我开始注意到那些模糊的响动中加入了一些新的、令人不安的声音；当我小心地从掩蔽处向外张望时，我看到一辆汽车飞驰过空旷的开阔地，沿着埃利奥特街向前开去，而那条街与巴布森街以及拉斐叶特街都有交叉。

当我仔细查看四周的时候——那种鱼腥味在短暂的减弱后又陡然浓厚了起来，让我觉得有些窒息——我看见一群弯腰蹲伏、笨拙粗鲁的身影也在大步摇摆着走向同一个方向；我知道肯定是那群负责看守伊普斯威奇街的追捕者，因为通往伊普斯威奇的大道就是从埃利奥特路延伸出去的。我瞥见其中有两个人穿着宽大的袍子，有一个还戴着尖顶的王冠——在月光照耀下，那王冠反射着亮白的光芒。那个人的步态非常古怪，甚至让我不禁打了个寒战——因为，我觉得那东西几乎是在小跳着前进。

当队伍中的最后一个身影走出我的视野之后，我离开了藏身处，继续前进；猛冲过街角，跑进拉斐叶特街，然后飞快地穿过了埃利奥特街，唯恐会有一些落在队伍后面的人会继沿着这条大路继续赶过来。我听见某些嘶哑、嘈杂的声音远远地从镇广场的方向传过来，但我穿过街道时并没有遇到任何危险。最让我担心的还是接下来在明亮月光下重新横穿宽阔南街的行动——还有那里的海景——但我必须鼓起勇气应对接下来的磨难。很可能有人正在监视这一带，而且埃利奥特街上那些落在队伍后面的人也可能从两端发现我。最后，我觉得最好还是放慢疾跑的步子，像之前那样学着印斯茅斯人那种蹒跚踉跄的步态横穿过南街。

当开阔的水面再次出现时——这次是在我的右面——我觉得最好还是不要往那边看了。然而，我却无法压抑自己的念头；当我模仿着那种蹒跚步态小心地走向前方一处能够保护自己的阴影时，我还是用眼角的余光瞥了一眼海面。海面看不到海船，这有点儿出乎我的意料。最先引起我注意的是一艘很小的划艇，那只划艇正驶向一片废弃的码头，艇上装着一些巨大笨重、被防水油布覆盖着货物。虽然距离遥远、朦胧不清，但我仍觉得那些划艇上的桨手面目可憎、遭人嫌恶。此外，我还能分辨出几个人在海中游动；远处的黑色礁石上有一团微弱而稳定的光亮，那并不像是之前看到的闪烁灯光，而且透着一种无法准确分辨出的古怪色彩。吉尔曼旅舍顶端那座高大的圆顶阁楼就若隐若现地耸立在前方右侧那些倾斜的屋顶上方，但此刻那里一片黑暗，没有任何光亮。虽然几股仁慈的轻风一度驱散了难闻的鱼腥味，但此刻它又卷土重来，变得令人发狂地浓烈起来。

当我听到一伙人小声嘀咕着从北面沿着华盛顿街走过来的时候，我还没穿过街去。当他们抵达那处开阔空地（也就是我一次看到月光下那令人不安的海面景色的地方）的时候，我可以在仅仅一个街区的距离上清楚地看到他们。他们那种野兽般的畸形面孔与弯腰佝偻像狗一样的步态让我惊恐万分。有一个人走动的姿势完全就像是只猿猴，频繁地用长长的手臂触碰着地面；而其他人——穿着长袍、戴着饰冠——似乎在以近乎小跳的方式蹦跳着前进。我推测这是之前我在吉尔曼旅舍后的天井里看见的那支队伍，也是最接近我逃亡路线的搜捕队。其中一些人向我这边望了一眼，让我几乎被恐惧牢牢地钉在了地上。不过，我依旧设法继续做出那种漫不经心、蹒跚前进的姿势。时至今日，我仍不知道他们是否真的看见了我，因为他们沿着先前的方向穿过了月光照亮的开阔地，并没有改变自己的路线，同时含混地用可憎的喉音嘀咕着一些我无法分辨的方言。

当再次进入阴影中后，我继续以先前弯腰小跑的姿势经过了那些破旧倾斜、茫然凝视着漆黑夜晚的老宅子。穿过西面的人行道后，我从最近的街角转进了贝茨街，并从那里开始不断接近南面的建筑群。我经过了两户有居住迹象的房子，其中一户楼上的房间里甚至还透着微弱的光亮，不过我并没有因此遇到任何障碍。当我转进亚当斯街的时候，自觉已经安全了许多。但一个家伙却突然从一处漆黑的门洞里跑了出来，出现在我的面前，让我惊骇万分。不过，我很快便发现他只是个酒鬼，醉得不省人事，根本构不成威胁；因此我安全地抵达了邦克街那一片荒凉的仓库废墟。

靠近河谷的死寂街道上没有任何人，瀑布的咆哮也完全掩盖了我的脚步声。我需要小跑过一段很长的路才能抵达废弃的车站。不知为何，四周这些砖石修建起来的仓库高墙要比那些私人宅邸的正面更加令人恐惧。直到最后，我终于看到了那座古老的拱廊式车站——或者说那座车站剩下的废墟——并径直走向了那条从车站远端延伸出去的轨道。

铁路已经锈蚀了，但大体上还算完整，不到半数的枕木已经腐烂了。想在这样的地面上奔跑或行走都很困难；但我尽最大努力前进，总体上来说，也花了不少的时间。铁路沿着河岸的边缘延伸了一段，但最后延伸到了一座长长的廊桥前，并从廊桥上横跨过了河谷——桥身到水面的落差高得让人晕眩。这座桥梁的状况将决定我接下来的计划。如果桥面可以走人，我便会从上面走过去；如果没法通行，那么我就需要冒险穿过更多的街道，从最近的公路桥上横跨河谷。

老桥那巨大谷仓般的桥身在月光中阴森地泛着冷光，而我看见至少在前几英尺的枕木还是安全完整的。于是我打开了手电筒，走进了廊桥里，却差点被拍打着翅膀、如同云团一般涌出来的蝙蝠群给击倒在地。走到桥的中段，我发现枕木间出现了一个危险的缺口——我一时间有些担心它会阻碍我的前进；但最后我冒险拼命一跃，幸运地跳到了对面。

从廊桥的隧道里走出来时，我很高兴能再次看到明亮的月光。古老的轨道水平地穿过了瑞文街，然后转向一片越来越像是乡村的地区，而印斯茅斯镇上那种令人厌恶的鱼腥味也跟着逐渐变淡了。浓密的野草与荆棘不断阻挠着我前进的步伐，残酷地撕扯着身上的衣物；

但我多少也有些欣慰，倘若真的出现危机，它们将会是很好的隐蔽所。而我也知道，罗利路上肯定能看到大半我逃亡的路线。

我很快就走进了沼泽区。这里只有一条修建在低矮长草路基上的轨道，相比其他地方而言，路基上的野草显得略微稀疏一些。接着，我来到了一个像是小岛般的高地边。轨道从一个低洼的露天坑道中穿过了高地，而坑道里长满了灌木与荆棘。我很高兴能遇上这样一个可以提供部分藏身之所的地方，因为根据我在旅馆窗户边看到的情景，这块地方非常靠近罗利路，令人有些焦虑不安。罗利路会在坑道的另一端与轨道交错而过，延伸往远处，在中间隔出相对安全的距离；但同时，我必须非常小心。所幸没有人在铁路上巡逻，这让我万分庆幸。

在走进坑道前，我向后瞥了一眼，但却没发现任何追捕者。那些耸立在衰败印斯茅斯镇中的古老的尖塔与屋顶在仿佛具有魔力的黄色月光下闪耀着可爱而空灵的光芒，不禁让我联想起了在阴霾笼罩上印斯茅斯之前的旧时光，想象起它们那时看起来是一幅怎样的景象。接着，当我视线从镇上扫向内陆时，某些不那么宁静的东西引起了我的注意，让我不由得呆立了片刻。

我看到了——或者说，我觉得我看到了——南面远处有东西在令人不安地起伏涌动；那景象让我推断出肯定有一大群东西从镇子里涌了出来，挤上了水平的伊普斯威奇路。由于距离非常遥远，我无法看清楚任何细节；但我仍不愿意盯着细看那支不断前进的队伍。它起伏得太过厉害。在西面，月亮洒下的光辉中闪闪发光，明亮得不太自然。此外，虽然风向不对，但我还是隐约听到了些声音——那是一种野兽般的擦碰与咆哮声，甚至比我不久前偶然听见那些追捕队所发出的咕哝声还要糟糕可怕。

一时间，各种各样令人不快的猜测从我的脑海中一闪而过。我想起了那些有着极端长相的印斯茅斯人——据说他们就被藏在那些位于水滨地带、历史悠久、行将倾塌的杂院里。此外，我也想起了之前望见的那些无可名状的游泳者。如果算上之前我见过的追捕队，并且假设其他街道上可能还有着更多的队伍，那么搜捕我的人肯定非常多——而对于印斯茅斯这样一个人口稀少的小镇来说，这个数目甚至多得有些奇怪。

但我眼前所看见的这支人员密集的队伍到底是从哪里钻出来的？难道那些无人探访的古老杂院里真的拥挤着许多怪人，过着没有登记备案也无人知晓的扭曲生活？或者有一大群陌生的外来者驾驶着海船而来，登陆上了那块该死的礁石（虽然我从未见过一艘海船）？他们是谁？他们为什么来这儿？如果这样一支队伍正在伊普斯威奇路上四处搜查，那么其他街道上的巡逻队是否也会相应地有所扩增呢？

我钻进了灌木丛生的坑道，以非常缓慢的步子挣扎着向前走去，此时那种可憎的鱼腥味再次显著地浓烈了起来。难道风向突然转向了东面，开始从海上吹过来，穿越了整个镇子？我觉得一定是这样没错，因为我开始听见一连串用喉音发出的、令人惊骇的咕哝从之前一直安静无声的方向传了过来。此外，还有些其他的声音——一种响亮的、大规模的啪嗒声或脚步声。这些声音不知为何在我脑海里唤起了某些最为令人嫌恶的景象，让我反常地想起那些起伏涌动、令人厌恶的队伍正在远处的伊普斯威奇路上行进。

而后，腥味与响声同时增强了，因此我浑身战栗地停顿了下来，由衷地感谢这处坑道能够提供足够的庇护。接着，我突然记起罗利路在向西穿过老铁路线、渐渐远去之前曾一度非常靠近铁路线。显然有某些东西沿着那条路走了过来，因此我必须趴下来，等他们经过身边、消失在远处后再做打算。所幸这些家伙没有带狗追踪我的足迹——不过，在当地这种无处不在的腥味中，可能连狗也无法发现我的踪迹。蜷曲在沙地裂缝中的灌木下，我觉得稍稍安全了一些，虽然我知道搜寻者们会从我前方不到一百码的距离外经过。因此，我应该可以看见他们的模样，但他们却看不到我——除非有某个恶毒的奇迹作祟。

一时间，我开始害怕看着他们从眼前走过。我知道他们会从近处那块月光照亮的空地上蜂拥而过，并且古怪地觉得那个地方将会被无可救药地污染玷辱。他们可能是那些长相最糟糕可怖的印斯茅斯人——那些人们不会愿记得的东西。

臭味变得让人无法忍受起来，响动也增强为一种野兽般的嘈杂——那其中有沙哑的嘎嘎声、咆哮声与吠叫声，却没有一丁点像是人类语言的声音。那真的是追捕我的队伍所发出的声音吗？他们到底有没有带狗？我之前还从没在印斯茅斯看到过任何家畜。那些拍打声或脚步声听起来真是可怖——我一点也不想看见那些发出这种声音的堕落生物。我会一直闭着眼睛，等到那些声音渐渐向西远去后再睁开。那一大群东西已经非常接近了——空气里充满了他们嘶哑的吼叫，地面也几乎在他们那怪异节奏的踏步中颤抖不止。我几乎已经停止了呼吸，用尽每一分意志紧紧地闭住双眼。

我甚至都不愿意说接下来的事情到底是令人毛骨悚然的现实，还是一段噩梦般的幻觉。政府——在经过我疯狂的呼吁后——所采取的行动或许可以证明那是一段可怖的真实经历；但或许这座阴影笼罩的闹鬼古镇散发着一种近乎催眠的魔力，让那个幻觉一再出现？这样的地方有着奇怪的力量，而置身在那些恶臭弥漫的死寂街道上，被混乱拥挤、腐朽的屋顶摇摇欲坠的尖顶所围绕时，那些遗留下来的疯狂传说或许会对许多人的想象产生影响。或者有某种能传播疯癫狂乱的细菌潜伏在那笼罩着印斯茅斯的阴霾之中？在听过扎多克·艾伦所讲述的故事后，还有谁能分清楚真正的现实？政府里的人一直没有发现可怜的扎多克，对于他的下落也没有任何确凿的结论。究竟疯狂是从哪里开始逐渐散去的，而现实又是从哪里再度开始的？甚至，我近来的恐惧会不会也完全只是些虚妄的幻想？

但我必须努力将那晚我在那轮讪笑着的黄色月亮下所看到的一切都说出来——我蜷缩在废弃铁路坑道中的野生荆棘里，清晰地看着那群东西蜂拥蹦跳着从我前方的罗利路上穿行而过。当然，我没能坚持始终紧闭着双眼。这是命中注定的失败——因为当一群来源不明、聒噪吠叫的东西在眼前不到一百码的距离外令人作呕地扑跳而过时，谁还能闭着眼睛蜷缩在原地一动不动？

我以为自己已准备好应对最糟的状况了——考虑到之前那些景象，我的确应该准备好了。其他那些追捕者全都是些该被诅咒的畸形——因此，难道我不是早已准备好面对一些更加畸形的东西，去看看那些根本没有混杂进任何正常模样的东西？直到那些沙哑的喧闹显然大声地从我的正前方传来的时候，我才睁开了眼睛。我也知道，我肯定能清楚无误地在坑道逐渐敞开、道路穿过小径的地方看到他们的一长截队伍。而我也无法继续克制，决定看看那投下睨视的黄色月亮会为我揭露出怎样的恐怖。

而这就是一切的终结，我在这颗星球表面所度过的余生，还有精神上的每一寸平静以及对自然世界与人类心智保持完整的信心全都终结了。我所想象到的任何东西——甚至，即便以最为字面的意思采信了老扎多克的疯狂故事后，我所猜想出某些东西，都不能与我所看见的（或者我以为我看见的）那亵渎神明、恶魔般的现实相提并论。我之前努力试图用暗示描述那些东西，以便延后鼓起勇气将它们写下的时间。这个星球上是否真的可能孕育出这样的东西？人类的肉眼真的能够看见那样鲜活而又客观存在的怪物，那种迄今为止只会在高烧的幻觉与缥缈的传说中才能略知一二的东西？

然而，我看见它们无穷无尽地涌过——看着它们扑腾、跳跃、聒噪、低鸣，像是在癫狂噩梦中跳着怪诞而险恶的萨拉班德舞曲[1]一般，以完全不似人类的姿态从阴森的月光下拥挤而过。它们中的一些头戴着用无名白金色金属制作的高大饰冠，还有些穿着奇怪的袍子，更有一个——那个在前面领路的怪物——披着一件背后恐怖隆起的黑色外套，穿着带条纹的裤子，并且在那个应该是头部的丑恶东西上扣着一只男式毡帽。

我觉得它们的颜色以灰绿色为主，不过却有着白色的肚皮。这些东西的大部分皮肤都滑溜发亮，但却有着带鳞片的背脊。它们的模样隐约有些人猿般的特征，但却有着一颗鱼头，长着巨大鼓胀、永不闭合的眼睛。它们脖颈的侧旁生长着不断颤动的鱼鳃，长长的手爪间覆盖着蹼膜。它们胡乱地跳动着，有时用两腿前进，有时四肢着地。不知为何，我有些庆幸它们只有四肢，而不是更多的手脚。它们聒噪、

[1] 萨拉班德舞曲：这是一种16世纪从中美洲殖民地传到西班牙地区的舞蹈。它在19世纪晚期到20世纪初得到了复苏。

吠叫的声音显然是一种清晰复杂的语言，传递着它们那呆木面孔无法表达的阴暗情感。

可是，尽管它们怪异恐怖，但对我来说却并不陌生。我很清楚它们是什么东西——在纽伯里波特看见的那顶邪恶饰冠依旧历历在目，它们是那些无可名状的图案上描绘的亵神半鱼半蛙，鲜活而又恐怖骇人。当我看着它们的时候，我也想起了那个出现在阴暗教堂地下室里、戴着饰冠的驼背祭司为何让我自己如此惊恐。我无从猜测它们的数量。在我看来，那像是一支永无止境的队伍——而我短暂的一瞥也肯定只能揭露出它们中的极小一部分。下一刻，突然而至、仁慈良善的昏厥染黑了我见到的一切；我头一遭昏死了过去。

V

当白天的蒙蒙细雨将我从昏迷中唤醒过来时，我依旧俯卧在灌木丛生的铁路坑道里。我挣扎往前走去，来到前方的道路上，却没有在新鲜的泥地上发现任何脚印。鱼腥味也已经散去。印斯茅斯腐朽破旧的屋顶与行将倾塌的尖塔此刻仿佛阴森的灰影若隐若现地耸立在东南面。周遭荒凉的盐沼上看不见任何活物。我的手表依旧在走，显示时间已经过了中午。

对于之前经历过的事情，我心中满是迷惑，但我感觉那背后还隐藏着某些令人毛骨悚然的东西。我必须远离被邪恶笼罩着的印斯茅斯。因此，我试着活动疲惫痉挛的手脚。尽管虚弱、饥饿、惶恐与迷惑，但休息了很长一段时间后，我发现自己能走动了；因此，我沿着泥泞的道路慢慢地走向罗利。夜幕降临前，我来到一个乡村里，吃了一顿饭，并且从那里得到了一些像样的衣物。之后，我搭乘夜车去了阿卡姆，然后在第二天与当地的政府官员进行了急切而漫长的会谈；之后，我又在波士顿向当地官员重复陈述一遍。现在，公众对于这几次研讨会的主要后续进展已经不再陌生——出于继续正常生活的考虑，我希望不用再多说什么了。然而，或许是疯狂突然降临在了我的身上，然而也可能是一个更大的恐怖，或者更大的惊异正在逐渐显现。

可以想象，我放弃了随后的大部分旅游计划——包括游览风景、参观建筑，以及之前颇为向往的借道访古旅行。我也不敢再去参观那件据说还保存在密斯卡托尼克大学博物馆里的奇异珠宝。然而，在阿卡姆逗留的那段时间里，我倒是收集了一些我长久以来一直希望获得的家族宗谱材料；老实说，这些资料收集得非常匆忙与粗糙，但如果有时间进行比较与编纂，肯定能派上很大的用处。当地历史学会的馆长E. 拉帕姆·皮博迪先生非常客气地协助了我的工作，而当我告诉他自己的外祖母名叫伊莱扎·奥恩，1867年生于阿卡姆，并且在十七岁的时候嫁给了来自俄亥俄州的詹姆斯·威廉逊时，他表现出了不同寻常的兴趣。

似乎我的一个舅舅在多年前也曾像我一样因寻访家族历史而来到这里；而且我外祖母的家族一直是当地人闲话的对象。皮博迪先生告诉我，她的父亲——本杰明·奥恩——在内战结束后不久便迎娶了一个女人，而过去曾有许多人谈论这段婚姻；因为这位新娘的家世非常古怪，令人迷惑。据说这位新娘是新罕布什尔州马什家族的孤儿，是埃塞克斯郡马什家族的堂亲，但她却一直在法国念书，对自己的身世知之甚少。有一位监护人一直在往波士顿银行汇钱供养她，连带支付她那位法国家庭女教师的工资；但阿卡姆的居民却没听说过那位监护人的名字。后来那名监护人不知何故失踪了，于是那位家庭女教师依照法庭的判决取得了监护人的权利与义务。这位法国女士早已作古，不过她生前是一位非常沉默寡言的人，而且有人说她本来可以透露更多内情的。

但最让人困惑的是没有人能在新罕布什尔州的知名家族中找到这个年轻女子登记备案的双亲——伊诺克与莉迪亚（梅泽夫[1]）马什。许多人都认为，她可能是马什家族某个显赫人物的私生女——但可以肯定的是，她那双眼睛肯定遗传自正宗的马什家族。大多数谜团都因

[1] 梅泽夫：女方的婚前使用的姓氏。

为她的年轻早逝而不了了之。她在我外祖母出生时不幸去世——因此我的外祖母也是她唯一的孩子。由于已对马什这个名字有了许多糟糕的印象，因此当我得知这个名字也曾出现在自己的家族谱系上时，顿时觉得有些厌恶；而当皮博迪说我也有着一双马什家的眼睛时，我更觉得不快。不过，我仍很高兴能收集到这些材料，因为我知道它们将会很有价值；此外我针对有着详细记录的奥恩家族历史做了丰富的笔记，并且还列出了一系列相关的书目。

我从波士顿直接返回了托莱多市的家中，之后在莫米市休养了一个月的时间。9月，我回到了奥伯林学院继续自己最后一年的学业，从那时开始直到第二年6月一直都在忙着从事课业与其他健康有益的活动——只有当政府官员偶尔造访，谈论起我之前恳请、并有迹象证明已逐渐展开的清剿运动时，我才会想起那段早已过去的恐怖经历。7月中旬——距离我逃出印斯茅斯刚好一年的时间，我去了一趟克利夫兰市，与先母的家族成员同住了一个星期，将我新搜集到的家族谱系材料与各式各样、一直保存在这里的记录、传统以及部分家传材料进行了对比，想看看能构造出怎样一张相互联系的家谱表。

我并不喜欢这份差事，因为威廉逊家族的气氛一直让我觉得有些压抑。这个家族总给人以些许病态的感觉。小时候，母亲从不鼓励我去拜访她的双亲，不过当外祖父从托莱多市赶来拜访我们的时候，她却很欢迎他。我那出生在阿卡姆的外祖母似乎有些奇怪，甚至会让我觉得害怕；因此，当人们发现她离奇失踪的时候，我甚至都不觉得很悲伤。据说，她在我八岁大的时候因为自己的长子——道格拉斯舅舅——自杀而过度悲伤，因此离家出走，从此失去了踪影。而那位道格拉斯舅舅，据说在去了一趟新英格兰后便开枪自杀了——毫无疑问，阿卡姆的历史协会也是因为这趟旅行而记住了他的名字。

道格拉斯舅舅很像外祖母，因此我一直都不太喜欢他。因为他俩那种目光呆滞、眼睛一眨不眨的神情总会让我隐约地感到无法解释的局促与不安。我的母亲与沃特舅舅看起来并不像他们。他们更像是自己的父亲，但我那可怜的表弟劳伦斯——沃特的儿子——过去简直与外祖母一模一样。不过，他因为身体状况太差，因此被迫被送往康顿市的一家疗养院长久地隐居了起来。我已经有四年没见过他了，但沃特舅舅曾经暗示说他的状况——不论是精神状况还是身体状况——非常糟糕。这一问题或许也是他母亲在两年前去世的主要原因。

我的外祖父与他鳏居的儿子沃特目前共同生活在克利夫兰市的宅子里，但过去的记忆一直厚重地笼罩在这间房子里。我依旧不喜欢这个地方，因此努力想尽快地完成自己的工作。我的外祖父为我提供了大量关于威廉逊家族的记录与传统；但有关奥恩家族的材料我却必须要依赖舅舅沃特，他将所有内容与奥恩家族有关的文件全都交到了我的手里，任我处置——其中包括笔记、书信、剪报、遗物、照片以及缩图。

也就是在检查那些外祖母奥恩的书信与照片的时候，家族祖先们渐渐开始让我感到了某种恐惧的情绪。我之前已说过，外祖母与道格拉斯舅舅一直都令我颇为不安。现如今，他们已过世多年，但当我盯着他们在照片里的容貌时，那种厌恶与疏离的感觉却变得更加明显地强烈起来。起初，我无法理解这种情绪变化，但渐渐地，我开始在潜意识里可怖地比较起他们与其他一些东西的异同来；虽然我一直有意地拒绝承认这种对比，甚至不愿往那方面去怀疑。这种典型的神情现在透露出了一些之前不曾透露的信息——某些如果大胆想象下去只会带来惊骇恐慌的信息。

但是，当舅舅在市中心的保险金库里将那些属于外祖母奥恩的首饰一一展现给我观看的时候，最可怖的惊骇降临了。有些首饰非常的精巧，引人遐想；但是这其中有一只盒子里却装着一些非常奇怪、古老的物件，它们是从神秘的曾外祖母那里流传下来的东西，而舅舅也不太愿意向我展示它们。他说，那是些非常怪诞、几乎让人厌恶的图案，而且据他所知也从未公开佩戴过；但我的外祖母过去时常会入迷地观赏它们。一些模糊的传说称这些东西被噩运缠绕，而那位照顾我曾外祖母的法国家庭教师说过，即便曾外祖母可以在欧洲无碍地佩戴它们，但她也绝对不能在新英格兰地区佩戴这些首饰。

当舅舅缓慢而又极不情愿地拿出那些东西时，他叮嘱我不要被那些奇异，而且时常让人毛骨悚然的图案吓到。尽管那些看过它们的艺术家与考古学家都称赞这些东西无比精美、充满了异域风情，但却没有人能够鉴定出它们的材质，也没人能够确定它们属于何种特殊的艺术派系。箱子里有两只臂环、一顶饰冠，以及一只胸针；后者以高浮雕的方式描绘了某些夸张得让人无法接受的图案。

在舅舅讲述这些事情的时候，我一直牢牢控制着自己的情绪，但面部表情肯定出卖了我的内心，显露出越来越强烈的恐惧。舅舅关切地看着我，停下了拆箱子的动作，开始研究起我的神情来。我示意他继续，而他再度显露出了勉强的神色。当第一件东西——那只饰冠——展现在我面前时，他似乎在期待着我有什么表达，但我怀疑他是否真的预期到了实际发生的事情。事情同样出乎我的意料，我本以为自己得到了充分的预示，已经准备好面对那件从箱子里拿出来的首饰了。然而，就像一年前在那条荆棘丛生的铁路坑道里一样，我再次一声不响地昏了过去。

从那天开始，我的生活变成了一场充斥着阴郁与忧惧的噩梦，而我也不知道那其中有多少是令人毛骨悚然的现实，又有多少是疯癫狂乱的幻想。我的曾外祖母是马什家族中来历不明的一员，与生活在阿卡姆的男子结了婚——而老扎克不曾说过，奥贝德·马什耍了些花招将自己与他那位可怖妻子所生下的女儿嫁给了一个生活在阿卡姆的男人么？那个老酒鬼不曾嘟哝说我的眼睛很像奥贝德船长？在阿卡姆的时候，历史协会馆长也曾说我有一双马什家族的眼睛。难道奥贝德·马什是我的曾曾外祖父？那么谁——或者说什么东西——是我的曾曾外祖母呢？但也许这都是疯狂的胡话。我曾外祖母的父亲——不管他是谁——都能轻易地从某些印斯茅斯水手那里买到这些泛白的金色装饰物。而我外祖母与自杀的道格拉斯舅舅脸上那种目光呆滞的神情也许完全只是我单方面的想象而已——完全是些想象，笼罩在印斯茅斯的阴霾阴暗地影响了我的想象，进而催生支撑起了这样疯狂的想象。但是，道格拉斯舅舅前往新英格兰寻根溯源之后为什么会开枪自杀呢？

两年多的时间里，我一直抗拒着这些影响，有时尚能成功。父亲在一家保险公司为我谋到了一份工作，而我则将自己尽可能地深埋在乏味的公事里。然而在1930年到1931年的冬天，一些梦境开始显现。起先，它们稀疏隐晦，但随着时间的流逝，它们越来越频繁，越来越生动。辽阔的水域展现在我眼前，而我似乎在一些奇异怪鱼的陪伴下游荡着穿过一些沉没在水底的雄伟柱廊与由生长着水草的巨墙组成的迷宫。接着，其他一些身影开始逐渐显现，让我醒来时充满了莫可名状的恐惧。但在梦境之中，它们却并不让我感到害怕——我就是它们中的一个；穿戴着它们那种不同于人类的装饰，沿着它们的水底道路漫游，在它们那邪恶的海底神殿中进行可怖的祷告。

梦境里还有更多我难以记清的东西，但是即便我只是把每天早晨醒来时还能记住的那些东西写下来——如果我真的敢将它们写下来的话——也足够让人们将我看成疯子或天才了。我感觉到，有一些可怖的力量逐渐试图将我从这个充满了健康生命、理智而正常的世界里拖离出去，带入一个无可名状、满是黑暗和怪异的深渊；而这个过程严重地影响到了我。我的健康的容貌逐渐变糟，直到最后我被迫放弃了自己的职位，过起了病人般停滞、隐居的生活。某些神经系统的古怪病态折磨着我，而我有时会发现自己几乎无法合上眼睛。

也就在这个时候，我开始越来越警惕地研究起自己在镜子里的倒影。疾病带来的缓慢摧残让人不忍细看；但对我来说，这里面还隐藏着某些更细微、更令人困惑的东西。我的父亲似乎也注意到这些变化，因为他开始古怪、甚至几乎有些恐惧地看着我。我身上到底发生了什么事？难道，我正在渐渐变成外祖母与道格拉斯舅舅那样？

一天夜晚，我做了一个可怕的梦。梦中的我在海底遇见了自己的外祖母。她居住在一座修建着层层梯台的宫殿里。这座宫殿散发着磷光，里面修建着长满了奇异鳞状珊瑚与怪诞分叉晶霜[1]的花园。她亲切、或许还带点讥讽地接待了我。她已经完成了转变，就像那些进入水中的人一样。此外，她告诉我，她并没有死。相反，她去了一个地方，并且进入了一个神奇的国度；她那死去的儿子也曾知道这个地方，因为这也是他命中注定的归宿，但是他用一把冒烟的手枪拒绝了这个国度里的一切奇迹。这也将成为我的归宿——我永远无法逃脱。

[1] 怪诞分叉晶霜：即通常所说的盐霜，是化合物从溶液中不断析出凝结产生的堆积体。

我将永生不死，与那些早在人类还未出现在地球表面时就已居住在这里的同伴生活在一起。

我还遇见了她的外祖母。八万年来，芙茜亚莉一直都居住在伊哈斯雷，而当奥贝德·马什死后，她又重新回到了这里。当地表的人类向海洋中发射死亡[1]时，伊哈斯雷并没有被毁于一旦。它受到了伤害，但却并没有被毁掉。深潜者永远不会被摧毁，即便那些被遗忘的上古者所使用的远古魔法偶尔会阻挡它们。眼下，它们会稍作休整；但有一天，如果它们还记得，它们将会按照伟大的克苏鲁的意愿再度崛起。下一次，将会是比印斯茅斯更大的城市。它们计划扩张，并且带上能够协助它们的东西，但现在，它们必须再一次等待。因为地表人类带来的死亡是由我而起，所以我必须忏悔，但惩罚并不严重。在这个梦中，我第一次看到了修格斯，而那幅景象让我在疯狂的尖叫中惊醒了过来。那天早晨，镜子明确地告诉我，我已经显现出了“印斯茅斯长相”。

眼下，我还没有走到道格拉斯舅舅那一步。我随身带着一把自动手枪，几乎要迈出那一步去。但某些梦境阻止了我。极度的恐惧正在逐渐减退，我奇怪地觉得自己正在被牵引向未知的海底，却不再为它感到恐惧。我在睡梦中会听到奇怪的声音，做出奇怪的事情，接着在欣慰而非恐惧中醒来。我相信我不需要像大多数人那样要等到完全转变的时候。如果我等到那一步，父亲或许会像舅舅对待可怜的表弟一样，将我关进一家疗养院。前所未闻的伟大荣光正在海底等待着我，而我很快就能去寻找它们了。呀—拉莱耶！克苏鲁—富坦！呀！呀！不，我不能自杀——我不可能注定要自杀！

我要计划帮助表弟从康顿市的疯人院里逃出来，然后一同回到被奇迹笼罩着的印斯茅斯。我们将游到海中那块若隐若现的礁石边，然后下潜进黑色的深渊里，进入耸立着无数立柱、雄伟壮丽的伊哈斯雷。此后，我们将在奇迹与荣光的围绕下，永远生活在那片深潜者的栖身之地里。

---

［1］发射死亡：即前文提到的潜艇在海中发射了鱼雷。

章节简介

The Call of Cthulhu

译者：竹子 玖羽

《克苏鲁的呼唤》(*The Call of Cthulhu*)

作于1926年夏季，最初发表于《诡丽幻谭》的1928年6月号。

1926年4月，洛夫克拉夫特因为经济困难且思乡心切，终于从纽约搬回了自己的家乡普罗维登斯，而《克苏鲁的呼唤》就是他回家后创作的第一个故事。后世的评论家通常认为他在纽约贫民区的生活经历激发了小说中关于“克苏鲁教团”的想象。

洛夫克拉夫特对这个故事的评价不高，并且在给友人的信里称这个故事“马马虎虎——虽然没有糟到一无是处，但总给人一种廉价、笨拙的感觉”。但“沉睡的远古神明”这个点子却得到了许多朋友的喜爱，虽然最初被《诡丽幻谭》的主编法恩斯沃斯·莱特拒稿，但他的友人们仍然非常热心地推荐这篇小说，其中一位朋友唐纳德·汪德雷甚至亲自找到《诡丽幻谭》的编辑进行协调，并最终促成了小说的发表。恐怕连洛夫克拉夫特本人也没有想到，随着时间的推移，《克苏鲁的呼唤》逐渐成了“克苏鲁神话”类小说中最具代表性的故事，也成了后世作家最喜欢模仿的范本。（竹子）

《大衮》(*Dagon*)

作于1917年7月，最初发表于业余作家杂志《流浪者》的1919年11月号。

自1908年创作了《炼金术士》后，洛夫克拉夫特因为精神崩溃，过起了离群索居的生活，同时也放弃了小说创作。虽然1913年后，他逐渐脱离隐居生活，开始在杂志上发表天文学科普短文与诗歌，但一直都未尝试写作小说。直到1917年，在《流浪者》的编辑W．保罗·库克的鼓励下，洛夫克拉夫特终于重新开始小说创作，而《大衮》就是他重启写作生涯后的第二篇作品。

和洛夫克拉夫特在同年6月创作的第一篇作品《坟墓》相比，《大衮》要出名得多。虽然这篇小说创作得很早，但风格却非常类似于他晚年创作的许多作品；不过在当时，洛夫克拉夫特可能并没有对这种风格的故事给予过多的关注。虽然他在1921年又创作了风格非常类似的《无名之城》，但真正将这种风格发扬光大，还要等到他1926年从纽约搬回普罗维登斯之后。（竹子）

《神殿》(*The Temple*)

作于1920年，最初发表于《诡丽幻谭》的1925年9月号。

《神殿》被普遍认为受到了爱伦·坡的诗《海中之城》影响，不过它真正的精神还是来自洛夫克拉夫特自己的“深海恐惧”。从《大衮》开始，这种对海洋、对海中之物的恐惧贯穿在他的许多作品中，包括《克苏鲁的呼唤》和《印斯茅斯的阴霾》。有趣的是，就连在现实中，他也非常厌恶海产品。

本作出色地展示了洛夫克拉夫特烘托恐惧的惯用手段：具有彻头

彻尾的现实主义和科学精神（就如他本人一样）的主角面对显而易见的怪异，竭力否定其存在，甚至到了自欺欺人的程度；但他越是否定，怪异就越发真实，最后，在极度的现实感中，怪异的轮廓无比鲜明地浮现出来，从而带来一种压倒性的恐怖和震撼。（玖羽）

《魔宴》(*The Festival*)

作于1923年10月，最初发表于《诡丽幻谭》的1925年1月号。

1922年12月17日，洛夫克拉夫特来到马萨诸塞州的马布尔黑德(Marblehead)，获得了极强的审美体验。这篇小说就是他在这种体验的基础上写成的；马布尔黑德就是金斯波特的原型，根据考证，本作对镇内路线的描写十分写实，文中提到的宅邸和教堂都是实际存在于马布尔黑德的建筑——甚至在1976年，教堂内发现了有如小说描述的地下纳骨所。不知这是单纯的偶然，还是当时洛夫克拉夫特从某种渠道得知了相关传闻。

除了洛夫克拉夫特在这一时期经常描写的“家族宿命”主题（见后文），严格地说，《魔宴》属于圣诞故事；它可说是圣诞故事中最为怪异的一篇。另外，“密斯卡托尼克大学藏有《死灵之书》”这个设定最早也出自本作。再往前追溯，“金斯波特”最早出自1920年1月28日创作的《可怕的老人》，“阿卡姆”最早出自1920年12月12日创作的《屋中画》，“密斯卡托尼克大学”最早出自1921年创作的《尸体复活者赫伯特·威斯特》，《死灵之书》最早出自1922年9月创作的《猎犬》，从中可以清晰地看出这些设定被逐步完善的过程。（玖羽）

《异乡人》(*The Outsider*)

作于1921年，最初发表于《诡丽幻谭》的1926年4月号。

这篇小说被公认为洛夫克拉夫特的最高杰作之一，多次被收入不同的作品集。洛夫克拉夫特曾在给友人的信里称，如果要出版自己的作品集，他希望用《异乡人》这个名字；洛夫克拉夫特逝世后，奥古斯特·德雷斯和唐纳德·汪德雷创建“阿卡姆之屋”出版社，出版他的作品时，的确把第一本合集命名为《异乡人，及其他故事》，但这只是出于偶然。——不过，考虑到《异乡人》本身的文学价值，这又可以说是一种必然。

洛夫克拉夫特受爱伦·坡的影响极深，这一点完全体现在《异乡人》中。本作是他笔下爱伦·坡风格最浓的作品，坡的影子在字里行间随处可见，德雷斯甚至曾写道：“如果把《异乡人》称为坡当年未发表的作品，恐怕谁都不会反对。”不过，在本作诞生的大约十年后，更加成熟、对自己也更加严格的洛夫克拉夫特认为，在创作《异乡人》的那个时候，自己过于模仿坡的风格了。由此，他开始摸索新的、属于自己的风格，最终自成一派，写出了《暗夜呢喃》《疯狂山脉》《超越时间之影》等不朽的名作。

《异乡人》也是洛夫克拉夫特最为深奥难解的作品，历来的研究者都认为，它不仅是一篇单纯的恐怖小说，还讨论了潜意识、宇宙观、非人性、来世、孤独等诸多方面，甚至有自传色彩。另外，洛夫克拉夫特撰写本作的1921年正是济慈逝世一百周年，这很可能是作品开头引用济慈的《圣艾格尼丝之夜》的原因。也有人因此称，这篇小说只不过是对诗中“男爵的梦”的演绎，属于向济慈的致敬……无论如何，对本作的解读丰富多彩，这也可以从一个侧面说明它的魅力。（玖羽）

《皮克曼的模特》(*Pickman's Model*)

作于1926年，最初发表于《诡丽幻谭》的1927年10月号。

和洛夫克拉夫特的许多作品一样，这篇小说也有现实基础存在：在殖民时代，波士顿的很多地下室之间挖了隧道，以作走私之用。洛夫克拉夫特很可能知道这一背景，由此创作了这个故事。洛夫克拉夫特执笔创作时，波士顿还有着如本作描述的风貌，但在那之后不久，随着城市开发的推进，这些风貌几乎都不复存在了。

洛夫克拉夫特罕见地在《皮克曼的模特》中使用了对话体，从而营造出了特殊的、从平静推进到歇斯底里的恐怖氛围。在设定上，本作与稍晚（1926年秋季至1927年1月）创作的《梦寻秘境卡达斯》有密切联系，而“麇集在地下的食人恐怖”这一主题则无疑和几年前（1922年11月）创作的《潜伏的恐惧》一脉相承。（玖羽）

《潜伏的恐惧》(*The Lurking Fear*)

作于1922年11月，最初发表于《家酿》的1923年1月号至4月号。

洛夫克拉夫特鲜少因编辑约稿撰写作品，本作就是其中的一篇。业余作家协会会员G．J．侯泰因于1922年1月创办了商业杂志《家酿》，洛夫克拉夫特应其邀请，在创刊号至6月号的六期上连载了《尸体复活者赫伯特·威斯特》，随后又连载了本作。后来，《诡丽幻谭》也在1928年6月号上全篇刊登了它。出于商业效果考虑，每期连载的末尾都必须插入一个“恐怖的高潮”，这在一定程度上损害了作品的阅读价值。但它依然不失为一篇重要的作品：在本作中，洛夫克拉夫特集中表现了他的世界观，以及种族偏见（即使在那个种族歧视司空见惯的时代，他的偏见也是非常过激的）。

除去种族偏见不谈，本作可称是洛夫克拉夫特世界观的一个典型例子。具体来说就是：近亲、退化、堕落、隔绝、杂交、畸形、邪恶会紧密地联系成一体，其中一项几乎必然意味着其他几项。这是他很多作品的重要主题，因为他对此感同身受——他的父母皆因精神疾病住进精神病院，随后病亡，而他的母亲一家（菲利普斯家）就是一个在殖民地陷入孤立、持续近亲通婚，最后深受其害的家族。洛夫克拉夫特自己的精神状况也很不好；家族的近亲结婚带来退化（而且征兆也在自己身上出现）正是他自己最恐惧的事情之一。这一主题在《印斯茅斯的阴霾》中达到了顶峰，他在《自述》中表达的“血统纯粹”论同样来源于此。（玖羽）

洛夫克拉夫特的家族有很严重的精神病史：他的父亲曾因精神崩溃被送进精神病院，他的母亲也有长期的精神问题，甚至他本人也在年轻时因精神崩溃而度过了五年的隐居生活。虽然没有证据显示他们家族有遗传性的精神疾病，但这些病例都让他感到非常焦虑，甚至恐惧。（竹子）

《墙中之鼠》(*The Rats in the Walls*)

作于1923年8至9月，最初发表于《诡丽幻谭》的1924年3月号。

洛夫克拉夫特最初将本文的稿件寄给了《大船—每周故事》，但被编辑拒绝——洛夫克拉夫特在给友人的信里称，《大船》的编辑认为《墙中之鼠》过于恐怖，不适合有修养的公众阅读。后来《诡丽幻谭》接收了这篇小说，并且在发表后得到了读者的欢迎。

“家族宿命”是洛夫克拉夫特在小说创作时经常涉及的一个主题。除《墙中之鼠》外，他创作的《印斯茅斯的阴霾》《关于已故亚瑟·杰尔敏及其家系的事实》《潜伏的恐惧》《魔宴》等故事也都涉及了同样的内容。这种对“家族宿命”的执着从侧面反映了他对自身命运的焦虑。涉及此类主题的作品大多是在1919年到1923年间创作的（只有《印斯茅斯的阴霾》除外），这段时间正和他的母亲因精神崩溃入院，最后去世的时间（1919年到1921年）重合。（竹子）

《雷德胡克的恐怖》(*The Horror at Red Hook*)

作于1925年8月，最初发表于《诡丽幻谭》的1927年1月号。

创作这篇小说的时候，洛夫克拉夫特正居住在纽约市雷德胡克区的一间单间公寓里。从1924年因结婚来到纽约，到1926年搬回普罗维登斯，洛夫克拉夫特对纽约的感情从最初的好奇与向往，逐渐转变成了深深的厌恶。居住在雷德胡克的这段时间，正是他情绪最为恶劣的那段时候。

洛夫克拉夫特对纽约的厌恶，很大程度上都是他的排外思想作祟。1892年至1943年，纽约市曼哈顿区的埃利斯岛一直是美国的主要移民检查站，每天都有成千上万的外国人通过移民局的检查、进入纽约，聚集在像雷德胡克这样的贫民区里，进而分散到美国各地。这一情况极大地加深了洛夫克拉夫特对其他民族（尤其是非白人）的敌意。他的妻子索尼娅·格林后来回忆道：

“各种民族混杂的人群已经成了纽约的标志，每当我们发现自己置身在民族混杂的人群里，霍华德（洛夫克拉夫特）就会气得脸色发白。……他看起来快发疯了。”

而洛夫克拉夫特更是直接将这种愤怒——或者说恐惧——写进了

自己的小说里。对洛夫克拉夫特这般有着强烈种族主义与排外情绪的人来说，当时的纽约就像小说里描述的一样，是“某种源头，其中蔓延出来的东西注定会腐化并吞咽掉一座又一座城市，并且在杂种这一瘟疫散发的恶臭中淹没掉一个又一个国家。无比深重的罪孽从这里登陆，邪恶不洁的仪式让死亡开始狞笑着不断行进，罪孽在这些不洁的仪式中溃烂，将我们腐化成真菌般的畸形——就连墓穴也不愿意容纳的恐怖畸形”。（竹子）

《敦威治恐怖事件》(*The Dunwich Horror*)

作于1928年夏季，最初发表于《诡丽幻谭》的1929年4月号。

洛夫克拉夫特本人非常欣赏这篇小说，而且这篇小说也给他带来了二百四十美元稿费，大约相当于现在的三千美元——对他而言，这是一笔不小的收入；事实上，这是他一生中最高的单笔稿费收入。

虽然《敦威治恐怖事件》所包含的善恶对抗、英雄主义等元素与洛夫克拉夫特的固有风格相左，但这篇小说依然得到了读者的广泛肯定。另一方面，正是由于这些元素的存在，这篇小说可能也是被改编次数最多的洛夫克拉夫特作品。在创作出来之后的八十余年间，《敦威治恐怖事件》被改编成了许多个版本的电影、漫画、广播剧，甚至是舞台剧。（竹子）

洛夫克拉夫特在给友人的信里称，敦威治的原型是马萨诸塞州的韦伯拉汉镇——1928年，他曾在此居住过两周。不过根据其他研究者考证，敦威治的很多地貌来自新英格兰的其他地方，例如，在塞勒姆北边的密斯提克山的山顶，有一块被称为“牺牲台”的巨大平石，这就是哨兵岭上的桌状巨石的原型。此外，威尔伯日记中的“阿克罗语”和“维瑞”出自亚瑟·梅琴的《白人》，洛夫克拉夫特在这里是致敬。（玖羽）

《印斯茅斯的阴霾》(*The Shadow Over Innsmouth*)

作于1931年11至12月，最初以单行本的形式于1936年4月出版。

这篇小说的发表过程一波三折。洛夫克拉夫特不太满意这个故事，所以没有向杂志社投稿，但德雷斯却很喜欢这个故事，并在1933年偷偷地将小说寄给了《诡丽幻谭》的主编莱特。后者也很欣赏这个故事，但却认为“小说太长，又难以拆分为两部分连载”，因而拒绝了投稿。最后，在1936年4月，通过业余作家协会会员威廉·L．克劳福德的努力，这篇小说终于以单行本小册子的形式正式出版，给当时已身患重病的洛夫克拉夫特带来了些许惊喜。这也是洛夫克拉夫特在世时唯一一篇以书籍形式发表的作品。

需要说明的是，小说里深潜者的形象并非是洛夫克拉夫特创造的。这个形象最初起源于罗伯特·W．钱伯斯的短篇小说《港湾主人》和欧文·S．科布的《鱼头》；在给朋友的信件里，洛夫克拉夫特曾数次称赞这两部小说的想象力。但深潜者的社会以及与印斯茅斯居民的往来完全源自洛夫克拉夫特本人的创作。（竹子）

怪奇小说创作摘要

Notes on Writing Weird Fiction

我会撰写小说，乃是因为目睹了某些东西（风景、建筑、气氛等），产生了惊奇、美感、对冒险的向往，以至艺术和文学上的想法、事件、意象；这只是一些模糊、零碎、难以捉摸的印象，如果能把它们变得明确、详细、稳定、形象化的话，我就会获得满足。我选择怪奇小说为载体，是因为它和我的性格最为相合——时间、空间和自然法则那恼人的限制永远地监禁了我们，它们会无情地击碎我们对自己的视野和分析皆不可及的无限宇宙空间的好奇心。把这种奇特的中断或称侵害化为幻影，哪怕只有一瞬间，就是我最根深蒂固的愿望之一。我的小说时常强调恐惧这个元素，因为恐惧是我们心中最深刻、最强烈的感情，要想创造出反抗自然的幻影，它可以提供最合适的帮助。恐惧和“未知”或“怪异”常有密切的联系，如果不强调恐惧这种感情的话，就很难富有说服力地描绘那被破坏的自然法则、那种宇宙规模的疏离感，以及那种“异界性”了。而我让时间在小说里扮演重要角色的理由，则是因为我隐约觉得，“时间”这一元素正是宇宙中最具戏剧性、最冷酷、最恐怖的东西。在我看来，与时间的斗争，也许是人类一切表现手法中最有力、最有效的主题。

我选择的“小说”这种表现手法十分特殊，恐怕也十分狭隘。尽管如此，它却是一种恒久不变、几乎和文学本身一样古老的表现形式。永远有那么一小部分人心中燃烧着对未知的外宇宙的好奇，燃烧着逃离“已知现实”这一牢狱，遁入梦境向我们展现的那些充满诱惑、充满难以置信的冒险和无限的可能性的世界的愿望——那幽深的森林，那都市中奇异的高塔，以及那瞬间所见的燃烧的夕阳。在这些人中，既有和我一样无足轻重的业余爱好者，也有伟大的作家——比如邓萨尼、爱伦·坡、亚瑟·梅琴、蒙塔古·詹姆斯、阿尔杰农·布莱克伍德、沃尔特·德·拉·梅尔，这些人皆是这一分野中的巨匠。

至于我的写作方法，则没有一定之规。我每一部作品的来历都各自不同，有那么一两次，我只是单纯地把梦记下来，但一般来说，我会先在头脑里想出自己要表现的情绪、想法、意象，不断地在思想中对它细加琢磨，直到找出表现它的最好方法——也就是想出能够用具体的语言描写的一连串戏剧性事件为止。我有一种倾向，会在脑内列举和想要表现的情绪、想法、意象最为相配的基本状况或场景，然后对处在所选的基本状况或场景中的特定情绪、想法、意象进行最符合逻辑和自然动机的阐释。

我实际的写作过程当然会因选择的主题和最初的构思不同而各有千秋。但如果对我所有作品的来历加以分析、平均起来的话，则可以推导出以下规则：

一、依据时间轴——而不是描写的顺序，列出所有事件的概要或大纲。描写必须足够，应包含所有的决定性事件，以及所有矛盾的动机。这只是一个临时性的框架，但有时也可以加上细节、注释和大致的因果关系。

二、撰写第二份概要或大纲——这回是根据描写的顺序，而不是时间轴排列。此时应充分且有余量地描写细节，并且记下视角转换、重点和高潮的地方。如果对原始构思的改动会增强小说的戏剧性力量或整体效果，则应修改构思。可以随心所欲地插入或删除某些事件——就算最后写成的小说和当初构思的完全不同，也不应束缚于当初的构思。在写作过程中，我经常根据新想法增删、修订文章。

三、根据第二份——依描写的顺序撰写的大纲，开始写作。写作时要着眼于迅速和流畅，不需太精细。只要觉得有必要，就可以随时在展开描写的时候对事件或情节加以改动，绝不要被以前的构思束缚。如果接下来的发展会突然带来全新的机会，让效果更具戏剧性、让叙述更为生动，就应该把它加到文章里，把已写的部分和新构思调和起来。在必要的或自己希望的时候，也可以对全文进行修订，尝试写出各种不同的开头和结尾，直到找出最佳的起承转合为止。但必须让小说的全部内容和最后的构思完全协调一致，去掉所有多余的东西（词汇、句子、段落乃至整段情节），把一切注意力都放在小说整体的协调性上。

四、校订全篇，着重注意词汇、语法、文章的节奏、分段、语调、优雅而有说服力的转折（从场景到场景的转换；将缓慢而详细的行动加快速度、删繁就简；或者相反等等）、开端、结尾、高潮等处的效果、戏剧性的悬念和趣味、逻辑性和氛围，以及其他各种要素。

五、整齐地抄写原稿——在这个阶段可毫不犹豫地进行最后的修改和增删。

这些程序的第一阶段基本是在脑内执行的，我会先构思一系列状况和事件，直到需要依描写的顺序拉出详细的大纲为止，都不会把它们付诸文字。此外，我有时也会在没想好后续情节的情况下直接动笔，这种开头本身就会形成一个悬念，用来激发和开拓后文的写作。

我认为，怪奇小说可分为四个种类：

一、表现某种情绪或氛围的；

二、表现某种视觉上的概念的；

三、表现整体状况、状态、传说、智力上的概念的；

四、表现明确的情景、特定的戏剧性状况或高潮的。

换句话说，怪奇小说可大体分为两种，一种表现怪异、恐怖的状态或现象；另一种则表现与这些异常的状态、现象相关的人物的行为。

所有怪奇小说（特别是恐怖小说），都应包含五个具体元素：

一、最基本的，会引发恐怖或反常的状态或实体；

二、恐怖通常会产生的效果或影响；

三、恐怖显现的模式——恐怖本身或被观察到的现象是怎样表现出来的;

四、对恐怖做出何种反应；

五、恐怖在给定状况下产生的特殊效果。

在创作怪奇小说的时候，我很重视营造合适的情绪和氛围，并在必要之处对它们加以强调。绝不能像那些生硬、拙劣的低级通俗小说那样，把不可能、不太可能、不可思议的现象写得像是在描述客观的行动和平凡的感情一般，那样写出来的东西只是平庸的记叙文而已。描写不可想象的事件和状况，会给作者带来特殊的、不能不加以克服的困难。为了克服这个困难，故事必须在所有场合都小心地维持一种现实主义的风格，只有一个例外，那就是在触及惊异之事的时候。这件惊异之事（已经仔细地“积累”了强烈的感情）必须有意识地给予读者非常强烈的印象，否则小说就会变得浅薄而不可信了。这件惊异之事必须成为故事的核心，它的阴影笼罩了所有的角色和事件。但角色的行动和事件的发展也必须首尾一致、自然进行——只有在触及那一件惊异之事的时候除外。在面对最核心的惊异时，文中的角色必须表现出压倒一切的感情，假如现实中的人物真的面对了这种惊异，他也会表现出这种感情。不要让惊异变成理所当然的东西，哪怕在设定上角色已经习惯了惊异，我也要编织出一种令人敬畏、令人难忘的气氛，好让文章和读者的感觉相称。散漫的文体会破坏所有严肃的幻想。

怪奇小说最需要的，不是行为，而是氛围。实际上，所有的惊异故事都只是在逼真地描绘一张反映了人类的某种特定情绪的画片，除此无他。如果涉足其他任何方面的话，在那一瞬间，故事就会立即变成廉价、幼稚、毫无说服力的东西。最重要的，是给读者一种微妙的暗示——这是一种觉察不到的暗示，它通过描述精心选择、互有关联的细节，使人生出种种情绪，制造出非现实，然而却具有异样的现实性的、暧昧模糊的幻影。只要不是在描写绵延的、象征性的彩云，就应避免将那些没有实质、没有意义的奇闻怪事简单地罗列成文。

以上就是我在严肃地创作幻想小说时有意无意遵循的法则，或称标准流程。就结果来说，它是否成功，也许会有争议，但如果不遵循这套法则的话，我的作品可能会写得比现在更烂吧。至少我是这么觉得的。

作于1933年，发表于《业余通讯录》1937年5、6月合刊号

H.P.洛夫克拉夫特自述
H.P.Lovecraft self-reporting

关于我[1]自身的情况：我生于1890年8月20日，出生地位于现住所以东约一英里处。当时我家[2]靠近郊外，都市的景色和乡村的风景——野地、森林、农田、小溪、山谷，以及树木在它高高的堤坝上茂密生长的锡康克河，都是我幼年记忆中不可分割的一部分。当时那一带的房屋不过刚建成三十年左右，小时候的我对建在现在住的山丘[3]上的房屋相当倾心。古老的事物无论何时都能让我感动——在我家昏暗的阁楼里有许多藏书[4]，其中也有年代非常久远的古书。在所有的书中，我最爱读这些古书。就这样，我熟悉了各种不同的古式活字印刷术。神秘之物与幻想之物皆能叩响我的心弦——外祖父[5]为我讲述的魔女、幽灵、童话故事是我最喜欢听的。我四岁开始读书，最开始读的书里有《格林童话》和《一千零一夜》。之后，我开始阅读希腊罗马神话的普及版，并为之深深倾倒。从八岁开始，我对科学也产生了兴趣——最初是化学（还在家里的地下室做过一些小实验），然后是地理学、

[1] 是1889年6月结婚的温菲尔德·斯科特·洛夫克拉夫特(Winfield Scott Lovecraft)和莎拉·苏珊·菲利普斯(Sarah Susan Phillips)的独子。

[2] 即建于安吉尔街(Angell Street)454号的母亲娘家。1893年父亲进入精神病院后，他和母亲一起住在这里。

[3] 学院山。

[4] 母亲家里的藏书。

[5] 惠普尔·菲利普斯(Whipple Phillips)，恐怖小说和哥特小说的爱好者，经常把这些故事讲给外孙子听。

天文学等学科。但我对神话和神秘的热爱并没有因此减少。

我最初写作文章是在六岁的时候[1]，但我最早的记忆是七岁时写的《高尚的偷听者》[2]，是个关于盗贼山洞的故事。从八岁起，我写了一堆粗劣不堪的小说，这些小说现在还留下两篇，分别是《神秘船》和《墓地的奥秘》。我从一本1797年出版的古书中学到了格律，从此开始写诗。我的散文和韵文文风颇古，因为我对18世纪——我所爱的古书和旧宅问世的时代——抱有不可思议的亲近感，对古罗马也有非常亲近的感觉。当时我体弱多病，基本不去上学，所以不管追求什么、选择什么，都有充足的自由。因为多次的精神疾病发作，我连大学也没上；实际上，我到三十岁以后才变得和常人一样健康。八岁或九岁时，我第一次读到了爱伦·坡的作品，从此就把他的作品当成范本。我写的尽是和字面意义一样的怪奇小说——关于时间、空间和未知事物的谜团使我心荡神驰，没有什么东西能赶上它们的一半……当然，从八岁以后，我就完全不信宗教或任何超自然事物了。我的想象力在南极、外星、异界等难以接近的远方土地上驰骋，天文学对我有特别的吸引力。我买了不大但很棒的望远镜[3]（现在还留着），十三岁时还出版了小小的天文学杂志，叫《罗得岛天文杂志》[4]，用胶版印刷，由我自己编辑并出版。

十六岁时，我还在上高中，第一次给报纸投稿[5]。我为新创刊的日报[6]撰写每月一次的天象报告，同时还为地方刊物[7]撰写天文记事[8]。

---

［1］现存一篇叫《小玻璃瓶》的作品。

［2］已佚。

［3］直径三英寸的折射望远镜，1906 年花五十美元（约相当于今天的一千两百美元）购入。

［4］每次印二十五册，从 1903 年持续到 1907 年。

［5］1906 年 5 月 27 日的《普罗维登斯星期日日报》上刊登了他的来信。

［6］1906 年 8 月 1 日至 1908 年为《普罗维登斯论坛报》撰稿。

［7］1906 年 7 月至 12 月为周刊《鲍图基特谷拾穗者》撰稿。

［8］洛夫克拉夫特在高中的外号原本是“甜心”(Lovey)，开始给报纸撰稿后外号变成了“教授”。

十八岁时，我对自己过去写的小说感到全都不满意，把它们悉数烧掉了[1]。那时我的兴趣完全转移到了诗作[2]、随笔、评论上，有九年没写小说[3]。我当时的健康状况很差，每天茫茫然地混过，也不旅行，只是喜欢在天气很好的夏日午后（专门骑自行车）到乡村中去[4]。

1914年，我加入了一个全国规模的业余作家协会[5]——它对孤立的文学入门者非常有用；我结识了很多有才华的作家，他们帮我克服奇怪的文风，还劝我重新拾起作为我的主要表达方式的怪奇小说[6]。就这样，以《墓》和《大衮》为起点，我从1917年起重新开始撰写怪奇小说。1918年，我写了《北极星》，1919年写了《翻越睡眠之墙》，当时我并没有把它们在商业杂志上发表的打算，在同人志上登了好几篇。1919年末，我初次接触到邓萨尼的作品，受到他莫大的影响，进入一段创作欲望空前绝后发达的时期[7]。1923年，我开始接触亚瑟·梅琴的作品，想象力进一步受到激发。这其间（1920年以后）我的健康状况也逐渐变好，遂摆脱隐居生活，开始旅行（1921年去了新汉普郡，1922年去了纽约和克里夫兰），同时也开始仔

[1] 此年因精神疾病从高中退学，在消沉中烧掉了所有小说原稿，只有上面提到的两篇被母亲保留下来。

[2] 诗作受其姨父富兰克林·蔡斯·克拉克(Franklin Chase Clark)影响甚大。

[3] 自1908年撰写《炼金术士》之后的九年。

[4] 1904年，因为经济状况恶化，全家不得不搬出洛夫克拉夫特从小长大的宅邸，住进位于安吉尔街598号的较小的房子。这对洛夫克拉夫特打击很大。他一直在那里住到1924年。

[5] “业余作家协会”是业余作者们互相交换同人志和文学评论的组织，当时有三个全美规模的协会。1913年，洛夫克拉夫特给杂志《大船》（The Argosy）投了一封抨击弗雷德·杰克逊（Fred Jackson）的恋爱小说的信，激起一场大辩论，因而受到注目，被邀请入会，他遂于1914年4月6日加入了“业余作者联合会”（United Amateur Press Association,UAPA）

[6] 1916年，《炼金术士》在同人志《业余作者集》(*United Amateur*)上刊登后，W.保罗·库克(W. Paul Cook)等人力劝他继续创作小说。

[7] 单1920年一年就写了《屋中画》等十二篇小说。

细调查普罗维登斯以外的古市镇（我小说中的阿卡姆和金斯波特实际上就是塞勒姆和马布尔黑德）。1922年，我的小说首次在商业杂志上刊登——那是一份有业余作家协会会员担任编辑的小杂志，叫《家酿》(*Home Brew*)，刊载的是十分拙劣的《尸体复活者赫伯特·威斯特》[1]，连载六期。同年年末，同一家杂志刊登了《潜伏的恐惧》（后来它在《诡丽幻谭》上也刊载过），给那篇文章绘制插图的正是克拉克·埃什顿·史密斯，我们是通过业余作家协会相识的[2]。1923年，《诡丽幻谭》创刊，我在史密斯的鼓励下投去了七篇小说[3]，结果全被采纳——当时的主编埃德温·贝尔德对我十分友好，比莱特好得多。《大衮》首先在该年的10月号上刊登，接下来我的小说和诗作就不断在《诡丽幻谭》上发表。

很快，我开始鼓励年轻的朋友弗兰克·贝尔科纳福·朗（也是通过业余作家协会认识的）向《诡丽幻谭》投稿。朗的小说于1924年底见刊。当时我的健康日渐好转，就想把眼界开拓得更广——甚至曾搬到朋友很多的纽约去，但最终的结果很失败。我厌恶大城市的生活，永不愿住在那里，于1926年回到故乡[4]。但我已经养成了旅行的爱好，调查的范围也向南北不断扩大。1924年我去了费城，1925年去了华盛顿和弗吉尼亚北部，1927年去了波特兰、缅因和佛蒙特南部，1928年去了佛蒙特的其他地方，莫霍克、阿尔巴尼、巴尔的摩、安纳波利斯、华盛顿，以及弗吉尼亚西部的无尽洞窟（第一次欣赏到了美妙的地下世界景观）。1929年参观了金斯敦、纽约的历史古迹、威廉斯堡、里士满、弗吉尼亚的约克城和詹姆斯城，1930年南到查尔斯顿、北到魁

[1] 这篇粗糙的小说后来被多次改编成B级片，以至于成了洛夫克拉夫特最有名的作品之一。

[2] 洛夫克拉夫特读过史密斯的诗集《黑檀与水晶》后，给他寄去读者信，两人从此成了亲密的笔友。

[3] 洛夫克拉夫特在这里记错了，实际上是五篇。

[4] 这里十分轻描淡写，但实际上他从1924—1926年经历了一次惨痛的婚姻，几乎是逃回普罗维登斯的。

北克，1931年到了佛罗里达的基维斯特，1932年去了查塔努加、孟菲斯、维克斯堡、纳奇兹、新奥尔良、莫比尔。因为经济状况恶化——现在简直是绝望的[1]——旅行计划暂时搁置了。以前有钱的时候身体不好，现在身体好了却没有钱了，我现在只能坐便宜的大巴到处走走。为小说等作品改稿或代笔是我创作以外的主要收入来源（已故的胡迪尼[2]也曾是主顾之一），但现在我却陷入了地狱般的状况[3]。

超乎寻常的事件在我的生活中极其稀少——我的人生就是慢慢地失去一切的过程。我的家族现在只剩下我和一个姨妈[4]，去年5月，我们搬到一所古旧的公寓中居住[5]。这所公寓属大学所有，位置很不错[6]，面积也大，暖气和热水都齐备，租金非常便宜[7]。我一直想住在古旧的住宅里，因贫困而搬到这里之后，恰好偿了心愿。我非常喜欢这栋房子。由于面积大，原来家里的很多东西（家具、绘画、雕像等）也都有地方放了。在各种意义上，虽然只有一点影子，但我还是觉得它和我长大的地方很像[8]。我的房间由书房和寝室组成，在以前写给你的信里应该也提过——我的书桌就摆在西窗前，从窗户里能望见古老的宅邸和庭院、尖尖的屋顶和塔楼，还有美不胜收的晚霞。我的藏书约有两千本[9]，我只

[1] 整个1934和1935年的鬻文所得只有一百三十七美元五十美分。

[2] 哈利·胡迪尼(Harry Houdini)，美国著名魔术师。洛夫克拉夫特为他代笔过小说《金字塔下》。

[3] 洛夫克拉夫特从1915年开始改稿，这是他主要的收入来源，但写此信时他的改稿大多已变成免费的了。

[4] 母亲的姐姐莉莉安·D. 克拉克(Lillian Clark)。

[5] 学院路66号的公寓，于1825年建成。洛夫克拉夫特和姨妈住在二楼。另外，1926至1933年期间他住在巴恩斯街(Barnes Street)10号。

[6] 正如洛夫克拉夫特在《夜魔》中描述的，就在布朗大学的约翰·海伊图书馆后面的山丘上。

[7] 周租金十美元。

[8] 洛夫克拉夫特母亲的娘家是一栋有三层、十五间屋的大宅子。

[9] 大半是母亲家里的。

为怪奇小说制作了目录。

我喜欢的作家，除希腊罗马作家及18世纪的英国诗人、散文家之外，都是爱伦·坡、邓萨尼、梅琴、布莱克伍德、蒙塔古·詹姆斯、沃尔特·德·拉·梅尔这种类型的。在幻想小说以外，我喜欢现实主义的小说——也就是巴尔扎克、福楼拜、莫泊桑、左拉、普鲁斯特等人的作品。我认为，法国人最适合写那种反映人生全景的作品——而我们盎格鲁-撒克逊人擅长的领域是诗歌。我十分讨厌维多利亚时代的文艺作品，几乎没有例外。我相信，新近出现的逃避主义文学一类的东西，比大多数先前的文学都有希望。超现实主义大抵已经走进了死胡同，但它的某些特定要素也许还能影响到主流文学。我在文学欣赏上很保守，我认为最近的散文既草率又有非艺术的倾向。

说到音乐，我的爱好十分贫乏——这可能是小时候被逼着学小提琴的后遗症。小提琴早就不会拉了[1]。维克多·赫伯特[2]是我真心鉴赏音乐的上限。总之，在音乐领域，我是个野蛮人。在绘画方面，我的审美十分保守，喜欢风景画。我家里有很多人都画画，我也曾经想画，但最后还是没画。至于建筑，我就像牛讨厌红布那样讨厌功能主义的现代派建筑。我还是喜欢古典风格的建筑，高耸的哥特式建筑最合我意，但总地来说，我对美学的兴趣可能比不上对科学、历史和哲学的兴趣。

我的政治倾向是反动保守——就是保皇党和联邦党[3]中的前者。但受到现实、也就是最近的思潮影响，开始转向与之对立的经济自由主义：国有经济、人为分配工作、严格保证工资支付时间和劳动时间、失业保险、养老金等等。但我不认为人民能很好地管理自己。除非他们能自己逐渐平息混乱，否则改革就必须由少数精英通过法西斯式的

---

[1] 据他自己说，“忘得如此彻底，就像从来没碰过小提琴一样”。

[2] Victor Herbert，爱尔兰裔美国作曲家。

[3] 指美国独立时赞成和反对的两派。在洛夫克拉夫特的时代，这两个词早已是历史名词了。

集权进行。当然，无论如何也要把主要的文化传统保留下来，但像俄国的布尔什维克主义那种极端的剧变是和我无缘的。

在哲学上，我是如乔治·桑塔亚纳[1]那般持机械论的物质主义者。从考古学和人类学两方面，我都对原始人之谜充满兴趣，在某种意义上，我是个天生的好古之人。我最关注的，可能就是在想象中再次体验18世纪的美国了；罗马史也令我十分着迷。如果缺少罗马人的视点，我根本无法想象古代世界。罗马时代的不列颠颇能引发我的遐想（就像亚瑟·梅琴那样），正是在彼时彼地，罗马文化的浪潮和我祖先的家系发生了交集。我倒是没写过以罗马治下的不列颠为背景的小说，但这只是因为觉得不好下笔而已。

我不想见到伟大的文明被分割开来，就美国从大英帝国分裂出去这件事，我感到深深的惋惜；我从心底里站在英国这一边。1775年的纷争要是能在大英帝国内部解决就好了。我敬佩墨索里尼[2]，但我认为希特勒只是墨索里尼拙劣的复制品，他完全被浪漫的构想和伪科学冲昏了头脑。不过他做的事可能也是必要之恶——为了防止祖国崩溃的必要之恶。总体来说，我认为任何一个国家都应该保持统治民族的血统纯粹，是北欧日耳曼裔的国家就尽量保留北欧日耳曼裔，是拉丁裔的国家就尽量保留拉丁裔，这样就能很方便地保证文化的统一性和延续性了。不过我觉得希特勒那种基于“纯粹人种”的优越感既愚蠢又变态，每个民族都有各自的习惯和癖好，真的在生物学上劣于其他种族的，只有黑人和澳洲原住民而已，应该对他们执行严格的种族分类政策。

至于我自己的情况、撰写小说的方法、对文学的见解等等，都在过去的信里告诉你了，因此这里没有什么特别要写的。而那些琐事，

---

[1] George Santayana，西班牙美国哲学家。

[2] 墨索里尼掌权后采取的政策对部分外国人来说是很有欺骗性的，他的种种复古举动也很对洛夫克拉夫特这种好古之人的胃口。顺便一提，乔治·桑塔亚纳也很欣赏墨索里尼。

比如一切类型的游戏和运动，我都不感兴趣，所以也不想写在这里。最让我感到愉快的，是观望古旧的宅邸，以及夏日里在充满古风、景色优美如画的土地上漫步。只要天气允许，夏天我绝不待在家里——我会在包里装上原稿和书，到森林或原野里去。我喜欢炎热，但无法忍受寒冷。因此，虽然我对故乡的风景和气氛十分留恋，但以后说不定会有必须搬到南方去的一天。散步是我唯一的正经运动。受坚持散步之惠，近年来我养成了几乎永无止境的忍耐力。

虽然就餐时间不固定，但我习惯每天只吃两顿。一般来说夜里的工作效率最高。我对海产品无比厌恶，甚至都不愿提起。十分喜爱奶酪、巧克力、冰激凌[1]。我不喜欢抽烟，对酒精类饮料根本不碰。大体上，比起酒神的生活方式，我更喜欢太阳神的生活方式[2]。我极其热爱猫，从最健壮的到最萎靡的都很喜欢。至于外表，我身高五英尺十一英寸，体重一百四十五磅[3]，肤色为白色，瞳色为褐色，发色为渐变到铁灰色的褐色，驼背、长鼻、颏部突出，长得奇丑无比。衣着非常朴素而保守，除了进入辩论时之外，对人的态度克制而客气。但在辩论时，无论是口头还是写信，一旦开始，我就不能保持克制了。

……我在四十岁后精通了希腊语，这应该算是值得夸耀吧；因为我十六七岁时学的一点皮毛早就忘干净了。原先在我家昏暗的阁楼里摆着三语对照版（拉丁语、希腊语、英语）《圣经》，但当生活发生剧变时，我把它抛下了。对这件事我至今都感到遗憾——实际上，我对自己曾经抛下的任何书籍都感到遗憾。

……没有人为我的家族立传——家谱里倒是记载着，有几个担任过牧师的祖先（全是英国人）出版过讲道集之类的东西，但我对这些一无所知。我所留下的家人的纪念品，只是母亲（故于1921年）的画

[1] 洛夫克拉夫特的母亲惯着他，使他养成了偏食的习惯。从喜欢甜食这方面，也可窥见低血糖症的倾向。

[2] 指尼采“酒神精神”和“太阳神精神”的理论。

[3] 约 178 厘米、66 公斤。

和姨妈[1]（故于1932年）的画而已。除去亲人之间的纪念价值之外，它们也的确具有一定的美学价值（特别是姨妈的画）。还有很多画因为长期放在仓库里，已经毁损了，不过也有没入过仓库的画，毁损的画也修复了一些。我姨妈画的海景画现在还挂在楼梯的墙上，外祖母的蜡笔画也留着，有朝一日姨婆的画可能也会传给我。如果证明家人才华的遗物不是很占地方的画，而是书的话，就能保存得更久了，但我会把这些画尽可能长久地挂在墙上。对于生活这种东西，我既不关心，也不想关心。即使经过五次搬家，我依然把很多从生下来就和我相伴的东西留在身边。这些桌子、椅子、书箱、画作、书、摆设等等，都是我非常熟悉的。对我来说，这些东西就意味着“家”。如果它们消失的话，我真不知道该怎么办才好了……

摘自1934年2月13日给F. 李·鲍德温(F. Lee Baldwin)的信

[1] 母亲的妹妹安妮·E.菲利普斯·加姆威尔(Annie E.philips Gamwell)。

图书在版编目（CIP）数据

克苏鲁神话Ⅰ克苏鲁的呼唤 / （美）H.P.洛夫克拉夫特著；竹子，玖羽译. -- 北京：作家出版社，2019. 8（2025.9 重印）
（悬疑世界文库）
ISBN 978-7-5063-9133-7

Ⅰ. ①克… Ⅱ. ①H… ②竹… ③玖… Ⅲ. ①中篇小说 - 小说集 - 美国 -现代 ②短篇小说 - 小说集 - 美国 -现代 Ⅳ. ①I712.45

中国版本图书馆CIP数据核字（2016）第209424号

克苏鲁神话Ⅰ克苏鲁的呼唤

作　　者：［美］H.P.洛夫克拉夫特
译　　者：竹　子　玖　羽
出版统筹策划：汉　睿
特约编辑：赵　衡　李　翠
责任编辑：李　静
装帧设计：几何创想
版式设计：潘伊蒙　李人杰
出版发行：作家出版社有限公司
社　　址：北京农展馆南里10号　　**邮　　编：**100125
电话传真：86-10-65067186（发行中心及邮购部）
86-10-65004079（总编室）
E-mail:zuojia@zuojia.net.cn
http://www.zuojiachubanshe.com
印　　刷：河北鹏润印刷有限公司
成品尺寸：142×210
字　　数：290千
印　　张：10
版　　次：2019年8月第1版
印　　次：2025年9月第38次印刷
ISBN　978-7-5063-9133-7
定　　价：46. 00元

悬疑世界文库

蔡骏策划
悬疑世界打造

H.P.洛夫克拉夫特《克苏鲁的呼唤》
最古老强烈的恐惧就是未知。

悬疑世界文库

中国类型小说殿堂卷帙
【悬疑世界文库】魅惑解锁
时间从此分叉
万象森罗 蛰伏如谜
爱与恨正在演绎无数可能
悬疑无界 故事无常
敬请期待